交易者

金岁 著

中国华侨出版社
·北京·

图书在版编目（CIP）数据

交易者 / 金岁著 . —北京：中国华侨出版社，2024.1

ISBN 978-7-5113-8974-9

Ⅰ.①交… Ⅱ.①金… Ⅲ.①长篇小说—中国—当代 Ⅳ.① I247.5

中国国家版本馆 CIP 数据核字（2023）第 171668 号

交易者

著　　者：金　岁
责任编辑：姜薇薇
封面设计：胡椒设计
经　　销：新华书店
开　　本：710 毫米 × 1000 毫米　　1/16 开　　印张：24　　字数：416 千字
印　　刷：三河市华润印刷有限公司
版　　次：2024 年 1 月第 1 版
印　　次：2024 年 1 月第 1 次印刷
书　　号：ISBN 978-7-5113-8974-9
定　　价：78.00 元

中国华侨出版社　北京市朝阳区西坝河东里 77 号楼底商 5 号　邮编：100028
发行部：（010）64443051　　传　真：（010）64439708
网　　址：www.oveaschin.com　　E-mail：oveaschin@sina.com

如果发现印装质量问题，影响阅读，请与印刷厂联系调换。

作者序

投资市场被称为没有硝烟的战场，无数人前赴后继地涌入，投入时间、财富，甚至生命。收益者欣喜若狂，失败者茫然无助，没有人能轻易看到成败的本质。

投资市场并不产生钱财，你赚的就是别人的亏损。如果你跳出自身的禁锢，用客观的立场去分析，就会发现市场中绝大多数投资者是完全无知的，不知因何而买入，更不知因何而卖出，生活中精打细算，股市里一掷千金。都说一样米养百样人，这百样人到了投资市场，也是形形色色。

本书是"交易者三部曲"的第一部，创作时间并不是很长，历时一年左右，但是书中的交易逻辑，则是作者半生的积淀，无论对市场的看法，还是股票期货的操盘技法，都是独到且连贯的。简单的事情重复做，这不但在投资市场有奇效，在人生中又何尝不是底层逻辑呢？

了解自己，了解世界，了解众生，这是自我提升的唯一条件。祝大家能在书中找到自己，找到自己的道与术。

目录
Contents

001	第 一 章	被骗了
006	第 二 章	这玩意儿靠谱吗
011	第 三 章	这生意做得精啊
015	第 四 章	很形象的比喻
019	第 五 章	想以小博大
024	第 六 章	高频操作的底层逻辑
029	第 七 章	幼儿辅导班模式
033	第 八 章	等价交换
037	第 九 章	没钱就留下刷碗
041	第 十 章	雪夜对酌
045	第十一章	会有不死的人吗
049	第十二章	自己开个营业部
053	第十三章	我想吃鱼了
057	第十四章	我能帮你吗
062	第十五章	神秘的力量
066	第十六章	这就想动手了
070	第十七章	得慢慢消化的知识
074	第十八章	成功的代价
078	第十九章	苏轼也玩星座
082	第二十章	林老师很年轻啊

086	第二十一章	请你吃螃蟹
090	第二十二章	小妮子心思挺重
094	第二十三章	历史总会重复
098	第二十四章	夜宴彩和坊　上
102	第二十五章	夜宴彩和坊　下
106	第二十六章	宁宁的算计
110	第二十七章	抵抗孤独，我有秘方
114	第二十八章	臆想者
118	第二十九章	这个领域咱们专业
122	第 三 十 章	能不能抄底
127	第三十一章	宿命
131	第三十二章	稳定的交易者
135	第三十三章	这就是高频战法
139	第三十四章	面授机宜
143	第三十五章	自律才是王道
147	第三十六章	往事如烟
151	第三十七章	再也回不来了
155	第三十八章	团建
159	第三十九章	这人有点儿意思
163	第 四 十 章	忙碌的除夕夜
167	第四十一章	规避风险才是成熟
171	第四十二章	代客理财
175	第四十三章	踏青
179	第四十四章	随机性奖励
183	第四十五章	期货是什么

187	第四十六章	试错
191	第四十七章	成功没有侥幸
196	第四十八章	打板的技巧
200	第四十九章	通过现象看本质
204	第 五 十 章	多周期战法
208	第五十一章	逻辑最关键
212	第五十二章	他俩啥情况
217	第五十三章	睡在我下铺的姑娘
221	第五十四章	丁群
225	第五十五章	美食街
229	第五十六章	止损无处不在
233	第五十七章	梁峁地果园
237	第五十八章	县一级专家
241	第五十九章	美人计用错了
245	第 六 十 章	信任　信心
249	第六十一章	果园散步
253	第六十二章	有情饮水饱
257	第六十三章	灾情严重
261	第六十四章	建仓苹果
266	第六十五章	春情荡漾
270	第六十六章	此生不再孤独
273	第六十七章	我们都曾有从前
276	第六十八章	人在旅途
281	第六十九章	替你算计下
286	第 七 十 章	出落村

292	第七十一章	烧烤夜话
298	第七十二章	斗殴事件
303	第七十三章	宁宁哭傻了
307	第七十四章	赔你五百
312	第七十五章	看守所第一夜
314	第七十六章	布置
319	第七十七章	会见律师
323	第七十八章	林泉害人啊
326	第七十九章	明月夜
331	第 八 十 章	底层逻辑
335	第八十一章	亲娘来访
339	第八十二章	母女夜谈
343	第八十三章	审讯
347	第八十四章	等待
351	第八十五章	狒狒与盐巴
357	第八十六章	朋友
362	第八十七章	出狱
366	第八十八章	丈母娘见女婿
371	第八十九章	尾声

第一章
被骗了

2017年的雪来得格外早，刚进11月，北京就已经被白色点缀。天气阴郁着，纷纷扬扬的细雨夹杂着雪花落下，大中午的，街上人很少，都撑着伞急匆匆地走过，风不大，但是刺骨。

孙佳宁有些茫然地站在街边的站台上，看着一个又一个行人从面前走过，看着一辆又一辆汽车疾驶而过。眼前的一切都好像很遥远，感觉自己并不在这个世界之中。身后蓝白相间的围墙下停着几辆警车，进进出出的警察似乎都很匆忙，没有人注意她的存在。是啊，相对这个世界，一个人渺小得无足轻重。刚从身后的派出所出来，她是来报案的。

嘎吱……！轮胎滑过路面的刹车声打断了她的神游天外，一辆出租车停在面前，车窗摇下，露出杨朔的小圆脸。

"快上车，这儿有摄像头。"

孙佳宁赶忙开门上车，坐在副驾上手忙脚乱地系上安全带。

"你没事吧？电话里我也没听明白，怎么样了？"杨朔在后座上探着脑袋问她。

"报案警察不管，说不属于刑事案件。"孙佳宁在暖风前搓搓冻僵的双手，眼睛盯着暖风出口，双眼似乎还是有点失焦。

杨朔是孙佳宁的大学同学，两人同一个寝室，好得如胶似漆，形影不离的。毕业后杨朔去了《法制日报》做记者，孙佳宁则选择走向社会，虽然不能朝夕相处了，但两人在这座城市中仍是最亲近的闺密、朋友，甚至有些亲人的味道了。

"师傅，去银锭桥。"杨朔吩咐司机，"我呢，刚给我哥打了个电话，说了下你这件事，我哥说警察大概率不管，干这个比较专业的会用合同啥的留好后路，不专业的，警察也很难逮着。"

"哦。"孙佳宁心不在焉地答应一声，脑子好像还在另一个世界。

"哎哟，我说姐姐你这是失神了吗？多大点儿事啊，我哥好像知道怎么回事，咱们现在就过去，你别着急啊！"

"你哥？你爹妈不就你一个吗？哪儿来的哥？"从发愣的状态中略微回过神来，孙佳宁的脑子也是有点儿转不过来了。

"表哥，我妈是他姑，他爸是我三舅，我妈是他爸的亲妹妹，这么说你能理解不？"

"找他干什么？我没事，只是想点事情想出了神，有点儿想不通是哪里出了问题。"

"所以要找他啊，我哥就是干证券工作的，这里面的道道儿没他不知道的，你别上火了，再急出个好歹，可更赔了。"杨朔不停地安慰着。

孙佳宁没有再说什么，有些心灰意懒，没有任何心情，更没有表达的欲望。

银锭桥在市中心，寸土寸金的地方。这里环境优雅，没有高楼林立，多是青砖灰瓦的仿古建筑，初冬的后海在昏暗的天色里荡起细密的涟漪，还没到上冻的时节啊。

静心茶园也是一栋青砖灰瓦的二层建筑，外面是稍显斑驳的青砖外墙，屋顶铺着灰色碎瓦，进门就是避风阁，内饰都是竹片拼接而成，很有些天然意境。大厅有七八张竹台，配着竹椅，靠窗的几桌都坐了人，三三两两地围着桌上的电脑在说着什么。

桌旁墙角都有翠绿的凤尾竹，种在大瓷盆里，郁郁葱葱的，给这个阴郁的冬天平添了几分生命力。看得出，这里的主人对竹子情有独钟。孙佳宁注意到，在楼梯旁边拐角处，有一个半圆形的吧台，里面的酒架上是各式洋酒，和整个大厅的风格显得很不协调。

最吸引人眼球的，是吧台旁边墙壁上的四个超薄宽屏显示器，里面竟然分门别类的全是股票交易内容。

杨朔在前面边走边介绍："他开过一段时间酒吧，后来也不知道什么时候开始做证券了，再后来就弄了这么个茶馆。他也教别人做股票，很厉害的，早就应该让你跟他学学，我这脑子也是，一直就没想过这事。"

说着她冲吧台里面的小伙子问:"王俊雄,我哥呢?"

王俊雄笑笑没说话,从吧台最里面角落站起一个人来,顶着一脑袋乱糟糟的鬈发说:"等你半天没来,我看了会儿电脑。你好,宁宁是吧?"

"您好。"孙佳宁微笑着点头招呼。这个什么林泉,和她想象的一点也不一样。

在她的想象中,做股票的人一般都是脸色苍白,看起来要有点理科男的呆滞,戴个大眼镜,一般还稍微带些拒人于千里之外的劲儿,可眼前这个人个子挺高,一米八左右,略瘦,整个人显得很干练。头发应该是烫过,也是圆脸,但是感觉和杨朔一点都不像。孙佳宁的第一感觉是这个人很难给别人留下什么印象,属于随时会隐没在人海中,并且带不起一丝涟漪那种。

几个人上到二楼,来到一个包间,临街的墙上有个很大的窗子,窗外就是后海。此刻,可以看到岸边的柳树枯黄衰败,但可以想象夏天时绿柳成荫、枝繁叶茂的样子,到时在这里吹着风、喝着茶,加上这里面刻意营造的植物氛围,应该算是一个很雅致的去处。

林泉亲自泡茶,孙佳宁很意外他居然玩的是茶道,更意外的是林泉好像对茶道一窍不通。

孙佳宁对茶道还是懂一些的,但是见林泉似是而非地瞎忙活,而且神态专注,举止还挺雅致,不禁轻声问杨朔:"我看你哥很专业的样子啊,你懂茶道吗?"

杨朔一副本该如此的样子:"当然了,他就开茶馆的,还能不懂茶道啊,我对这个不怎么懂,但是好坏我还是喝得出来的。"

"哦。"孙佳宁心下嘀咕,"你会喝个啥好坏,你哥这手法,连洗茶都跳过去了,好坏也都一个味儿了。"

黄黄的茶汤摆在两个人面前,杨朔一本正经地抿了一口,眯着眼静静地回味一会儿,悠然一叹:"不错,还可以,哥,你这手艺看得过去啊!"

"还好啦,我有个朋友是日本茶道的老师,我跟他学了学,挺有意思的,比大缸子喝茶好玩。"林泉慢悠悠地啜一口茶汤,轻叹一声,似乎回味无穷。

孙佳宁差点憋出内伤来,这两位可真是一家人。

她轻轻抿一口,微笑着放下茶盏说:"我很少喝茶,一般也就喝点速溶咖啡。"

放下茶,杨朔直奔主题:"哥,我们刚从派出所回来,宁宁被一个做证券什么的公司骗了钱，还买了好几个赔钱的股票。"说着她一拉孙佳宁："宁宁，你自己说，我表述不太清楚你这过程。"

孙佳宁歉然一笑，对林泉说："是这样，前一段时间我突然接到一条短信，说是一家专业操盘手的培养机构，他们能够掌握很多即将拉升的股票动向，每天会在开盘前公布。刚开始我就当个笑话来看的，可是后来他们真的每天在开盘前说一只股票，还都是当天涨停的，每次都是，我就信了。然后他们有个客服加了我的微信，跟我聊了几天，说加入会员之后可以享受几大特权，除了这个每日推荐之外还有很多学习资料，还能参加后期操盘手培训什么的，我就都信了。他们说一年年费3.5万元，两年4万元，两年的会员另外还有老师一对一讲解培训。我一合计，那就交两年呗，反正只差5000元，我还查过了，他们有正规的公司，注册地点什么的都能查到。谁想到交完钱，按照他们推荐的股票买入之后，不但没涨停，反而给套住了10多个点，别人都说我被骗了，但是去派出所报案，警察说不能立案。我这脑子乱糟糟的，之后杨朔去接我，说您是做证券的高手，我现在愁的是被套的股票，亏的钱已经比被骗的多了。"孙佳宁缓缓道来，神情有些晦暗，这些天因为这件事她一直倍感煎熬，有懊悔也有疲惫，更有对未来不确定的一丝恐惧。

这件事林泉已经听杨朔讲过了，但他还是礼貌地耐心听完。

"你遇上的这件事，不是新鲜事物，以前就有过，你说被骗了，没错，这就是赤裸裸的骗术，但是他们这个局做得很巧妙，直接通过报警解决有些困难，要迂回一下才有可能。"

孙佳宁说："不怕您笑话，我知道我是被骗了，也大致知道他们是怎么忽悠我的，但是没能明白他们是怎么做到的，怎么就能连续在开盘前知道哪只股票会涨停？除了他们能够控盘，我真的想不出来什么别的理由，即使现在我知道是骗局，也想不明白他们是怎么做到的。"

林泉淡淡一笑说："很好解释的。记得几年前有个事儿，一伙人专门在驾校门口发小广告，说3000元能保证考试一次过，稳拿驾驶本，考不过不收钱。你听说过吗？"

孙佳宁摇摇头："没印象，我对和自己无关的事情不怎么关注。"

"我也是，和自己无关的就不看，但是对于社会上的新鲜事，我还是很有兴趣的。"林泉自顾自续茶说，"这其实就是一个小伎俩，考试前人的心里都没底，相比3000元而言，时间成本更是大支出，毕竟驾校都在郊区，跑一趟最少要半天时间。再加上有'考不过不收钱'这个承诺托底，很多人也就抱着试试看的态度给了这3000元。"

"收了钱就能过？驾校考官和他们有勾结吗？"杨朔一脸疑惑，记者的职业天性让她对这类事情很感兴趣。

"听人说话别插嘴，"林泉慢条斯理地说，"这个伎俩的根本就在于概率，其实这伙人啥忙都帮不上的，你去考试，一旦过了，他们的任务就算完成了。如果你没过，考砸了，那就退你钱好了，能不能考过对他们来说，无所谓。"

杨朔想了一会儿才明白过来，"反正总有考过的，那就总有落袋的钱，这帮人的脑袋怎么想的？"

孙佳宁想了想，有点儿没明白，问道："那这个和我这件事有什么关系呢？"

"对啊，骗我们的也是这帮人吗？"杨朔一脸好奇。

林泉对这个妹妹很无奈："什么人骗的你我不知道，我说的是手法相差不多，这样的事以前就有，不是什么高科技，就是一伙小骗子，收购一些券商的客户资料，然后把有效对象分组……"

第二章
这玩意儿靠谱吗

"等等！你别说那么快，什么叫有效对象啊？"杨朔皱着眉打断问。

"就是他们买的资料，要和本人对得上，姓名、手机和事实一致，并且这个人也确实做股票就成。他们把这些资料上的目标分组，比如1万个目标吧，分成5组，每组2000人，然后找一些有重大利好的股票，或者游资正在炒作的'妖股'，就说找5只吧，每天开盘前，每组目标给1只股票，说自己已经提前买入，这个涨停的概率很大的，保守地说，这5个股票里面两个涨停问题不大，有时候三四个涨停了都有可能。咱们就算有两个涨停，也就是说，有两个分组中，推荐的股票涨停了。这时候，另外3个分组中的6000个目标，放弃不要了。再把见到涨停的这两个组的4000人，重新分成5个组，每组800人，第二天开盘前再选5个股票分别推荐过去，还按照两个推荐会涨停来说，淘汰3个组2400人，还有两个组1600个目标看到了涨停。你们要知道，这1600人，可是连续两天看到了涨停。"林泉停下来，抿了一口茶，看两人听得入神，就继续说。

"第三天以此类推，把剩下这1600人再分成5个组，每组300多人。就说300人吧，继续推荐5只股票，还按照之前的逻辑，淘汰3个组，剩下两组600人。你当时看见几个涨停？"林泉突然问孙佳宁。

"4个。"她有些落寞地说，"也是像你说的这样连续3天每天都有涨停，后来过了几天，又有一个客服联系我，早盘又给我推荐了一个，开盘就涨停了，我就信了他们。"

"这就是了，连续3天开盘前推荐涨停，这600人当中肯定有人信了，停下那几天，就是在消化这600人，该交钱的都交钱了，客服开始筛查剩下的人，看还有没有可能再发展几个交钱的,这个过程就是微信联系,语言诱惑。当然了,最后还会把这 600 个人中没交钱的,再次分成 5 个组,再来一次推荐,假设每组 100 人,有 200 人看见涨停,这 200 人,看见的是 4 个涨停,于是……"林泉意味深长地看了一眼孙佳宁。

她自嘲地笑笑:"于是我就信了。"

可不就是这样吗?林泉轻描淡写地就复原了事情的全过程,简直比自己这个亲身经历者还要清晰得多,自己思前想后都不能明白的事情,一下子就理顺了。

"不对不对,这个明显就是诈骗啊,警察为什么不给立案呢?"杨朔瞪着眼表示这说不通啊。

"转账的时候,他们给我的合同是一个学习交易软件的购买维护合同,按客服的说法,这个是给会员的优惠,能让会员在赚钱的同时提高自己。"孙佳宁摇摇头,"在派出所,警察已经说明,就因为这份合同,我和对方的关系是购买数码商品,整个事件的性质不构成犯罪。"

"这怎么可能,你把聊天记录给警察看看啊,这都不是诈骗那还有天理了?"杨朔一脸震惊。

林泉慢条斯理地说:"诈骗的构成要素是以虚构事实隐瞒真相的方法骗取钱财,他们在这个过程中应该突出了什么学习软件,淡化了每天抓涨停这个要素,虽然抓涨停这个是重头戏。你们的聊天记录中应该突出的是这个软件吧?最终签订合同的时候,也是购买这个什么软件的合同,是吧?"

"林泉,你怎么知道得这么清楚,我怀疑你也干过这样的事。"杨朔瞪着黑白分明的大眼睛,满脸都是逮着贼了一般的正气凛然。

林泉双肘支在桌上,把玩着景泰蓝的茶杯:"正确的事情都是一样的。这种事情要想做得安全,只能这样发展,可以有变化,但是不可以改变构架,否则,现在警察应该已经在抓人了。他们在这个过程中,肯定也把和客户沟通的整个进程做了跳转,比如客服换人、改变联系方式啊,这样他们就可以否认之前的沟通。"

杨朔也恍然大悟:"难怪之前的 3 个涨停,他们都是用短信联系的宁宁,后来才加的微信,这就是把之前的证据断线了呗?就因为这个就对付不了他们?"

"没什么对付不了的,只是取证比较麻烦,你可以去联系这伙人,把手机上的聊天记录全截图,跟他们说,退钱,否则就全网粘贴。他们做这种事情,弄个公司能够有效地规避一些刑事打击,但是同时给他们焊在原地了,不能方便地随时跑路。你要是真的给他们贴出去，难保也会有别的上当的人浮出水面，受害者多了，监管机构和警察就会注意他们。毕竟，他们做的这种事情根本就经不住查，有经验的警察在短时间内就能把整个证据链条夯实，虽然可能抓不住首脑，但是虾兵蟹将一个都别想跑。"

"那就是说还是有可能定性成刑事案件喽？"杨朔问。

"做这种事情的，肯定不是一个人，是一个团伙，但是首脑在设计这个框架的时候，肯定会意识到最后必然是土崩瓦解，被警方摧毁是一定的。既然知道结果，反推就成了，估计公司的法人是个'肉鸡'，大部分的员工是蒙在鼓里的，最终都是会被抛弃的。我让你找他们要钱，只能说是有希望的，因为他们那边每天都可能有人上当，如果你真的把他们贴上网去，很有可能直接导致他们被监管部门盯上，这样对首脑也是有很大威胁的，毕竟资金的最终走向还是流入他的口袋。如果说这个公司从开业就进入崩盘倒计时，首脑要做的就是尽量地延长这个倒计时的时长。而你只要能够威胁到这个时长，他们就会权衡利弊，如果他们已经运行到了即将崩盘的后期，肯定不会理你的，如果还没有到后期，他们是不会因为你这几万元影响更多的收入的。"

"那就先要钱，要完钱再给他们贴出去，我必须曝光他们，这也太缺德了！"杨朔骨子里面就是疾恶如仇的性格，再加上《法制日报》记者的身份，哪能忍下这口气。

孙佳宁想了想，整个事情算是通了，但还是有些疑问。"大哥，抓涨停这个真的能有五分之二的成功率？他们可都是开盘前就把涨停的股票写出来了。"

"抓涨停是一种玩法，并不像这伙人这么做，你注意没有，他们给你推荐的股票，虽然也涨停了，但是大部分你不好介入，也就是很多是开盘就直接涨停，甚至一字板，你们根本无法介入。"

"对，第四个给我推荐的时候，我想买入的，结果集合竞价开始的时候就涨停了，我挂在涨停价感觉意义不大，所以就没买入。"孙佳宁回忆道。

林泉呵呵一笑说："他们那个，只是为了吸引你们的眼球，根本就不算抓涨停，真正的抓涨停是一套系统的玩法，从集合竞价就要开始谋划的。"

"您能给我讲讲吗？我一直想不通这个事。"孙佳宁说这话的时候，就像一个渴求知识的小学生。

"这是一个相对系统的活儿，首先大盘或者板块整体趋势要向上，你要是不会看趋势，那就看5日、10日、20日均线，这三根线必须多头排列，这样的整体操盘情形比较开朗，对短线操作有利。如果大盘中长期走势呈下坡，那么短线最好不要介入，即使某一天高开也很可能是高开回落。这么跟你说吧，做股票无论什么时候，都要有双重思维，就是涨停抓不住，也要是只短期强势股，并且要有中线可以持有的理由。"林泉顿了一下，看着她郑重地说，"抓涨停是一个战法，底层逻辑才是最关键的问题，这个问题才是最重要的，其他都是附件，千万不要本末倒置。"

"嗯嗯。"孙佳宁边听边点头，等着林泉继续讲下去。

见她这样，林泉只得继续讲："在所有底层逻辑都合理的情况下，个股的挑选也是非常重要的。如果是我挑选，必须满足以下几个要点：第一，这只股票必须在多头区间，均线要多头，58日均线必须是开始向上的。第二，要有三个以上趋势指标显示在强势区间，摆动类指标全都突破高位但是不要出现背离。第三，这只股票从上一轮牛市下来跌幅要最少达到过70%，并且有过明确的见底信号，之后再次进入多头。第四，流通盘不能太大，上百亿的股票想要涨停都要靠消息共振了，很难形成单独主力。第五，这只股票一定要在之前不久有过涨停，你要看涨停那一天的分时图形态，去分辨是不是单一主力行为。第六……"

"停停……"杨朔按着太阳穴叫停，"我的天哪，我完全听不懂，这也太专业了吧！宁宁，你听明白了吗？"她转过脸问孙佳宁。

"明白一些，但是没有全懂，大哥您说的词汇太多了，我有点晕。"孙佳宁老老实实地回答，她完全没有想到，突然之间这么大量的知识就扑面而来，一时间有些不知从何处开始问。

林泉故作深沉地笑笑，看着两人的震惊，心里还是很爽的："这刚哪儿到哪儿，还只是停留在选股阶段，选定股票之后还有很多事呢。集合竞价就要筛选出来一些，首先要用量比，在9∶25集合竞价锁定的时候，量比在3倍以上，高开最好选择3%以上的，不要低于3%，因为高开幅度越大，说明多方和庄家主力做多的意图越强烈，同时综合之前的条件，后期拉升空间也就越大，但是直接拉升太高的也代表你当天没有收益，所以建议选择高开幅度在3%~5%的。"林泉喝了口茶，看她听得入神，继续说："跳空高开后，观察这只股票在当日之前是否有压力，上方有无筹码密集区，均线多头排列目的就是回避中长期均线的压力位，最好有形态真空区或者筹码真空区。还要看看跳空高开之前，是不是已经有过放量上涨之后缩量洗盘的过程，这个可以在成交量处观察。还有……"

"得，你俩聊吧，我这完全听不懂，还不如听相声呢！"杨朔听不下去了，起身要走。

孙佳宁赶忙抓住她的胳膊："别啊，你有点耐心成不，大哥讲的这些是真正的知识，我也没太听明白，您能不能再说一下，我记一下重点好不好？"说着她从挎包里取出笔和一个小记事本。

"这不是面对面能给你讲完的，但是也绝不是什么复杂的事情，也不用做笔记，你直接百度搜索流金岁月股票视频，找'捕捉涨停板'系列课程，都是我做的，刚才给你讲的这些，视频里面都有，看视频对着图，你才能更清楚地学明白。我看你对这些都不是很清楚啊，你炒股多久了？以前是靠什么方式做股票啊？"林泉问。

孙佳宁忙不迭在小本上写上"搜索流金岁月股票视频'捕捉涨停板'系列"，同时回答："我都做了快六年股票了，最开始我去参加了证券从业考试，现在我都过三科了，本以为学了这个能对炒股有帮助，后来才知道只是一些理论知识而已。"

林泉呵呵笑着没说啥，证券从业考试和炒股不搭界啊，干吗不找人问问呢？这姑娘真是有意思。

杨朔在一边也疑惑："从业资格不是上班用的吗？"

"对，开始我以为能学到些炒股知识，后来发现只是学习证券市场法律法规什么的，我想着不成就考个证，去证券公司上班没准儿能学到一些东西，加上我平常也没事，就考下来了。"孙佳宁一脸的无所谓。

"天快黑了，一块儿吃个饭吧。"林泉看看窗外，"西边拐弯儿有个新开的湘菜馆，咱们去试试菜如何？"

"我是不成了，整个下午我都没上班，好几个稿子堆我这儿呢，我得回报社加班，你俩去吧。宁宁，让他请你吃好的。"杨朔伸伸懒腰。

"抱歉，大哥，我这出来一整天，家里的猫还没喂呢，再不回家，该拆家造反了！"说着孙佳宁收拾挎包起身，"谢谢大哥帮我解释这么多，我就不耽误您的时间了，您这店离我家很近，下次我再来向您请教，好吧？"

杨朔笑呵呵地站起身："没问题，你就常来，当成自己家的就成，我哥大气得很。"

林泉也起身相送："没问题，今天这茶钱算你账上了！"

"哈，成，等凑够500万我一块儿结账。"

第三章
这生意做得精啊

孙佳宁没有想到，居然搜出来这么多视频课程，这难道就是交易殿堂敞开了门？在她心里，一直认为技术面是一种很难接触、门槛很高的投资方式，甚至应该属于理科，属于数学的范畴。没想到在这些课程总结提炼之后，竟然是这么通俗易懂。

这天晚上，她开始看下午林泉所说的"捕捉涨停板"系列。这是一个系列课程，百度搜索了半天，只有两节能看，其他的课程都是需要密码的。能看到的这两节，她已经看了两遍，所有的知识点都记录在本上了，其中一节课，讲的是看盘界面如何设置，这更是帮了她大忙。一直以来她都是傻傻地盯着价格变动，为啥上涨？怎么就下跌了？全然无头绪，这个课程补齐了她这方面的短板。不停地暂停播放，快速记录着，从小她的学习成绩就好，在很大程度上得益于这个习惯，好记性不如烂笔头。

她一项一项地把课程中讲到的技术点设置在电脑上。一共要开最少6个分区，日线图、分时图、板块信息、盘中即时信息、盘口行情信息和成交明细。如果显示器够大，就尽量再开几个K线图，把短周期全设置上，1小时、半小时、15分钟，这都是做"T+0"的重要参照……

孙佳宁突然看着自己的电脑很别扭，笔记本的显示器太小了，视频中林泉用的电脑能设置10个窗口，而自己的屏幕设置6个窗口就显得密密麻麻，很紧凑了。看来该换个显示器了，她暗自想。

对应日线的K线图分区最关键，要设置8个附图指标窗口，虚拟成交量，这是通达信交易软件的一个实用功能，可以随时监控到当前量能柱和之前量能柱的对比，应该设置在副指标窗口第一位，MACD放在第二个。课程中说了好几个指标，孙佳宁只知道这个指标，并且仅仅是停留在知道这个层次，深层的使用一窍不通。至于后面6个附图指标，什么趋向DMI，什么相对强弱指标RSI之类的，孙佳宁干脆就没听说过。尽管如此，她还是一丝不苟地按照课程中讲述的设置在电脑上，在自己想要的知识面前，她每一个细胞都兴奋地呐喊着。

设置完毕，看看表已经11点了，毫无困意。雪已经停了，孙佳宁伸伸懒腰，打开手机，微信显示有22个人的信息没有查看，这些都是买东西的。半年前她就开始做微商，这工作简单得很，在电商平台中找一些物美价廉的好东西，大都是吃穿日用的必需品。她先跟商家约定长期购买，从而降低价格，然后自己再组建一个群，每天在这个群里发一些商品的美图广告，因为她在群里卖得比别处便宜一些，所以总会有人跟她订货。

订货之后就简单了，微信收到货款之后，孙佳宁只需要用购货者的地址电话在平台下单，就完事了。刚开始赚钱不多，后来群里人越来越多，一直到后来有两个群，1000人了，好的时候每天也能收入千八百元。

但是这不是长久之计啊。这不刚半年，微信朋友圈里就出现了好几个微商，门槛太低，可复制性太强，没什么技术含量。

在孙佳宁的眼里，当机会已经很显著的时候，当大家都已经看到的时候，那就已经不算机会了。人要有先知的能力，领先于同龄人，就算是先知吧。话说大部分同龄人，这时候正在酒吧夜店纵情挥洒精力呢吧？而她，正在学习，正在试图看到未来的自己，或者说正在设计未来的自己，该拥有什么样的生活。

现在她最想看到的是"捕捉涨停板"的第三节，但是百度搜到的视频打不开，这让她有些烦躁。想了想，她重新下载了一个搜狗浏览器，安装好之后搜索"流金岁月股票视频"，结果还是一样，很多网站都有，但是"捕捉涨停板"第三节打不开。孙佳宁有些泄气，拿起手机给杨朔发了条微信。

"还在加班吗？"

消息很快就回复了过来："完事了，打车回家中，咋啦？"杨朔的头像是海绵宝宝生气的样子，很可爱。

"我有些问题想问问你哥，今天忘了加他，你给我推一下他微信成不？"

很快，一个二维码名片发了过来。

"你找他干啥？"杨朔应该是在出租车上没啥事，微信回得飞快。

"你哥很厉害啊，我在网上一搜，好多他的讲课视频，讲得还真好，一听就懂，不像别人故弄玄虚。"孙佳宁也懒得打字了，直接语音开聊。

"你这是要求学啊？他经常在茶馆里面讲课，你可以去听听，我是听不懂，都是啥股票期货的。"

"很神秘啊，高人。"孙佳宁很肯定。她以前也不是没有接触过类似的知识，只是从来没找到过感觉，这次听完这两节课，感觉有一扇门对她打开了，很多新奇的知识快速地填补了她脑中的空白，不由得她不好奇。

随便聊了几句孙佳宁就挂断了通话，随后给林泉发去了微信好友申请。看看表，这时已经午夜时分，不禁有些忐忑，这么晚了打扰别人，尤其是一个不太熟悉的男人，是不是有些不礼貌？

几声清脆的海鸥鸣叫，在涨潮的海浪声中肆意地掠过，这是她的微信铃音。拿起手机，"我通过了你的朋友验证请求，现在我们可以开始聊天了"。孙佳宁还没有想好怎么和他打招呼，一个笑脸就发了过来。

"不好意思哈大哥，这么晚了还打扰您，下午忙忙叨叨的，忘了加您。"孙佳宁的姿态放得很低。

"没事，这么晚你不睡，干啥啊？"

"我在百度上搜到了您的课程，那个'捕捉涨停板'系列课程，我只看了前两节，后面的都是需要密码的，我怎么才能看呢？"

"课程现在都是商品，都是出售的。你要是就想看这个系列，我明天给你找找去。"林泉回复得相当快，轻车熟路的感觉。

"不用麻烦您，这些课程在哪里卖？我自己去买就好。"孙佳宁对于这个回答也是有准备的，她早就发现百度搜索中的这些课程都是成系列的，也基本是不完全的，估计要想看全了也得花钱。她并不排斥这种方式，等价交换本就是这个社会的基本要素。

"你微信搜索'灯塔之光'，这是我们的小程序，目前所有的课程都在里面，你可以去看看的。"

孙佳宁注意到林泉说的是我们，想到刚才杨朔也提到讲课，不由得追问了一句："大哥，您是专门教人怎么做投资的吗？"

"你可以这么理解，也谈不上专门，呵呵，课程挺多，别挑花眼啊。"这样说就是收尾了，孙佳宁便也不再追问，道声晚安就去找小程序了。

……林林总总，孙佳宁数了一下，好家伙！股票系列课程有20多个系列，价格从十几元到五千多元都有，另外还有好多期货课程。

第三章 这生意做得精啊

·013·

她找到了"捕捉涨停板"系列,严格来说这是三个系列,分成了上中下三部分。第一部分是六节课,孙佳宁看看标价,388元;再看看第二部分,688元;第三部分,698元。不禁苦笑,这还真不算是贵的,把一个系列拆分了,这生意做得精啊,也真是会营销了。

直接微信购买了第一部,孙佳宁郁闷地发现,小程序中购买商品和淘宝是一样的,都是需要发货的,也就是说,虽然买了,但是现在看不上。这可把她给郁闷得够呛,之前的几节零散课程,就像是给她扎了针兴奋剂似的,使她根本无心睡眠,满脑子都是课程中林泉讲述的那些知识点和理论。他的课程有一个特点,就是先把原理给讲清楚了,这是非常关键的,原理一旦明白了,盘中的走势很多时候就可以顺理成章地解释清楚。

"盘口中的任何一个现象,只要出现了,就会有其深层次的推动因素,我们要做的,就是尽量丰富自己,用掌握的知识去识别出盘口动向的结果。如同我们在现实中要不断增长知识阅历,才能在必要的时候用丰富的生活经验对应可能出现的风险或机会。"孙佳宁觉得这句话很值得回味。

海鸥尖锐的叫声穿插在海浪声中,孙佳宁拿起手机,林泉发过来一个百度网盘的下载二维码。"这个二维码是'捕捉涨停板'第一部分的课程,你直接微信打开就能看,也可以下载看。"

"哈,真是太及时了,您怎么知道我正发愁这课程呢?"

"我有小程序的后台,你买课程,这边就响了,估计你也睡不着,我就先给你发过去。友情提示,凡事都不是一蹴而就的,心急吃不了热豆腐,能控制自己才是重要的技能。这都几点了?该休息了!"

"嗯嗯,好的,我再看一会儿就睡了,谢谢大哥。您别回复了,晚安。"

孙佳宁满心欢喜,就像一个小孩子得到了盼望已久的新玩具。她把笔记本电脑从床上挪到书桌上,又泡了一杯浓浓的红茶,今天不能睡了,什么不能一蹴而就的,豆腐只有热着才好吃。至于说要不要控制自己,强行学习也是控制啊。

第四章
很形象的比喻

一连几天，孙佳宁都把自己禁足在家里，不停地看视频，对照 K 线图拉指标，记笔记。

她已经连续 3 天没洗澡了，也没有时间洗那头黑瀑布般的长发。为了方便，她把头发解散扎成萌系双马尾，看起来好像一个女初中生一般幼稚。到后来，她感觉自己都快发酵了。

有些课程刚开始觉得挺难的，但是看了几遍之后，似乎很容易就能上手，尤其是指标课，只要附图指标对照上面的 K 线图，基本就能对照出来买卖点，这让她有点疑惑，赚钱就是这么容易吗？

这又是一个学习的夜晚，天快亮的时候，孙佳宁才胡乱睡了几个小时，醒来已经快中午了。她本想问一下杨朔可不可以和她一起去茶馆，都拿起手机了，又放下了。她隐隐觉得，还是自己直接去讨教更为便捷，于是给林泉发了个微信，表示自己在课程学习中有些疑点，可不可以直接过去讨教。

林泉回复："下午两点，店里有一个投资讲座，可以旁听。"

她坐在沙发上愣神，感觉大脑中别的都不在了，全是各种 K 线图形在跳跃，每一种图形对应下方指标的起伏位置，所代表的内涵是什么……

自己好歹也算是做过几年的股票了，虽然走的路径不同，但是没吃过猪肉也见过猪跑啊，技术分析这个东西自己是知道的，但是一直没有重视过。当初听到过一个论调，技术指标的表现，只能代表已经出现了的事情，而以后指标怎么走，则取决于 K 线如何走，而 K 线，实际上就是一天之内的价格标记，也可以说就是价格，既然价格决定指标的走法，那么通过指标看价格，就是本末倒置。

她现在脑中一片混沌，按照这个逻辑，也没啥错，既然是价格决定指标的走向，那么通过指标判断价格，就是刻舟求剑啊。但是，林泉课程中讲述的，只要去拉图画线，基本都是准确的啊！这个逻辑，让孙佳宁感到有些混乱。

吃了个牛角包，洗漱穿戴，收拾收拾就到了1点多，孙佳宁打车来到了静心茶园。

大厅里有两桌人，都在靠窗的位置，一个个子高挑的姑娘正在给其中一桌端茶点，看见孙佳宁掀帘子进来，回头冲吧台喊："王俊雄，招呼客人。"

"不用忙，不用忙，我是来找林泉大哥的。"孙佳宁赶忙说明。

"来这儿都是找他的，这不用解释。"那个叫王俊雄的小伙子迎上来。他个子很高，足有一米八五，戴个眼镜显得文绉绉的，说话却挺愣。

"啊？哦，是，我是来听课，跟林泉大哥约好的。"

"讲课在上面，楼梯口左转第一间。"王俊雄指了指楼上。

茶馆二层的空间显得不大，主要是隔出来了几个包间，所以，厅里只有靠窗的两个散座。上楼后的第一个包间最大，一个会议长桌最少可以坐15个人，此时已经坐了五六个人，听见门开都回头看了一眼，随即又把目光投向正在讲话的林泉。

"刚来的朋友请坐，我们接着聊缠论和指标流的一些差异性。"说着林泉用手中的激光笔指了一下身后的投影幕布。孙佳宁知道，这是提示自己正在讲的主题。

"我们继续聊，我认为无论是缠论还是指标流，乃至价值投资，这些都仅仅是一家之言。投资本就和人生差不太多，你要是细看，千差万别的，每个人的逻辑及手法都是不同的。但是，如果把自己的位置提高，站在更加高远的位置去看待去思考，你就会发现，其实世间只有那么几条路，或者说，成功的路径，只有这么几条，这几条路，从逻辑上来说，其实是一样的。"

林泉按下手中的激光笔，转换了一下正在投影的PPT，这是一只股票的K线图。

"我没怎么学过缠论，但是我有个朋友专门去学过，所以，我们两个人针对这一张图作了一些操作判断。图中黄色的是我画出的走势线，包括上涨、盘整、下跌，并且注明了下方对应指标的形态。蓝色线就是我朋友画的，同样他也是有针对性地使用缠论作出的判断。大家可以看到，基本没有太大差异。"

这时房间的门又打开了，两男一女三个人进来，对大家歉意地笑笑，直接找地方坐下。女人从挎包中拿出一个笔记本，看样子是要记录。孙佳宁能看到她的侧脸，只觉得她很白，耳垂上一个淡绿色的四叶草耳钉，和她淡雅的脸庞相得益彰。

"其实我认为，无论什么流派，最开始都是某些人使用过的操盘手法，并且是行之有效的手法，说白了，就是骗子去骗人，也得有个说得过去的逻辑吧？也就是说，只要是流传下来的投资论点，其实都有它的成功基础。这和武林江湖有点像，八卦掌、形意门、五行拳什么的种类繁多，但是大家现在总是用怀疑的眼光去看待武术。很大的原因是目前信息传播速度快，不论好事坏事，一夜之间天下皆知，大家对那些伪大师的厌恶，什么七鞭九鞭十六鞭的，连带着认为整个中国武术都不好了。其实我们应该用哲学的眼光去看待事物，无论什么拳法还是掌法，它能够流传下来，就一定有它的过人之处，比如说……"

林泉撸起袖子说："比如，在很多年前，某一个侠客，行侠仗义需要经常与人动手，渐渐地总结出一套拳法，在日复一日漫长的与人互殴中，这套拳法得以发展完善。有一天，侠客感觉天天和人打架没意思，于是开馆收徒，将这套拳法作为自己的得意之作广而告之。可惜这个阶段没人识货，他只收到了两个徒弟。大徒弟身高体壮并且小脑强大，有敏捷和力量加成，所以学得快而且好。二徒弟秀外慧中，气质婉约，所有的属性点都加魅力了，但生生把侠客的传世拳法练成了花拳绣腿。这两个弟子去参加比武，大徒弟赢了你就说侠客的拳法好？二徒弟输了就是拳法不好？"

门又开了，一个大胖子灵活地钻进来，满脸堆笑地冲林泉点头，赶忙找了个位置坐下。

"我们继续说，这两个徒弟都是这套拳法的传承者，这个传承在很大程度上要看使用者的先天素质，身高体壮并且敏捷快速，那么这天生就是打架的坯子，就是用王八拳也能打得摧枯拉朽。反观二徒弟，弱柳扶风一般上台比武，这是送人头去了，用拳法是不成了，用枪法可以考虑！"

下面一阵笑声，这真是个形象的比喻。

林泉停了下来，喝了口水说："说笑归说笑，但是操盘技法这东西和拳法有点像。我们拆开了讲，拳法是什么？发力技巧、格挡技巧、攻击技巧，还有一些迷惑对方的技巧等。这些和操盘很相似啊，我们讲操盘，其实就是合理的计划而已，什么时候开仓，什么时候止盈，什么时候止损，面对什么样的情况时用什么防范计划，什么情况下可以加仓，什么情况下需要减仓，就是这些。所谓拳法，或是操盘技法，其实就是把一个小环境中可能遇上的事情网格化，针对这些事情提前做好计划，并且坚决执行……"

孙佳宁听得入了神，虽然这时候林泉并没有讲那些操作技法，但是这些逻辑和理念性的东西才是最关键的，就是这些东西才能打开人的正常学习过程。

"我们再来看缠论和指标流。缠论的主要精髓，其实属于形态学，它的买卖点以及趋势判断，是从形态学这个角度切入的，针对每一种形态，缠论给出了自己的内在解释，比如说空头陷阱什么的。我们首先要说明，这个内在解释，是存在于市场本质中的，在这里，无论什么论调，都是互通的，也就是说，缠论对于每一个形态的总结，是以市场本质，也就是多空资金博弈这个角度展开的。而指标流也是如此啊！缠论中的走势也无非三种啊，上涨走势、下跌走势、盘整走势。当然还有组合走势，组合走势中才能出现空头陷阱什么的。但是这些基础形态，用形态学可以看出，用指标也同样可以看出来。"

林泉放下笔，继续说："我们之前讲 RSI，相对于强弱指标，这个指标的使用，就是在于多空行情是否到来以及多空行情是否强烈这两点，我个人认为非常好用。当然了，我觉得好用，所以我把它教给大家，这也跟刚才那个侠客差不多，学成什么样，还是要由大家自身的条件决定。还有一点我要说明，刚才举例说明的两个徒弟，他们也是会变的，大徒弟有可能后来沉迷酒色掏空身体，再抽点大烟啥的变成废人，而二徒弟也可能勤学苦练，最后名扬江湖成为一代宗师。这其实都离不开投资市场中的基本元素，量价时空。你选择了一只股票，是因为你看到它可能就是那个大徒弟，正是青春年少体力充沛的时候。但是你看到的是以前，而现在，它没准儿就是已经开始吃喝嫖赌的大徒弟，跟上它算你瞎，用老话讲就是烧鸡蛋崩瞎眼——看不清火候。"

第五章
想以小博大

"呵呵呵——"底下各位低声笑了起来。林泉顿了顿继续说："无论是缠论还是指标流，如果抛开表象，其实本质上差别不大，要说有差别，也是在于入门难度。指标流入门简单，就算是小白，100个人学，90个人可以学会。而缠论则不然，100个人学，只有10个人可以学会，其他90个人就属于淘汰的。但是！"说到这里，林泉加重了口吻。

"但是，如果要走到最后，依靠所学能够稳定投资的，缠论这10个人基本都能做到，而指标流则不然，入门的90个人，能够走到最后的，也只有10个人。从这个结论来看，缠论和指标流，对于投资者的修行来说，走到极致之处，效果是差不多的。换个角度，投资这条路，无论你用什么方法去修炼，最终的成功者，也只是十分之一。这一点，非常符合自然法则。"

说到这里，林泉看了看台下的众人，放下手中的翻页笔说："很多指标流的朋友会遇到一个问题，那就是我们投资使用指标到底能不能成，我也遭遇过不少人喷指标完全无用，那么，到底有没有用，咱们在这里先不下结论。我的课程里面，每次都会提到，学习指标一定要知道它的计算原理。比如……"

林泉切换PPT继续说："CR指标重视的是中间价，每当它和别的指标发生矛盾的时候，你就能知道是计算方式有些差异造成的。可是很多人不愿意去学习这些基础，光重视使用方式了，这是不对的。你得先知道指标是怎么计算出来的，趋势指标是什么？摆动类指标存在的意义又是什么呢？在我的课程中，指标存在的意义，就是要简化操作者的分析过程，用一个固定的公式计算某些数据。比如，连续几天的成交量和股票价格，加以计算，然后直接得出一个结论，或者摆出一个姿态，你可以选择在这里买卖，也可以选择多叠加几个指标分析结果，之后再作决策。这就是指标存在的意义，它可以简化我们的分析过程。当然，市场随时可能会发生突变的情况，比如某个外资说 A 股的估值太高了，也许市场就会发生变化，但是指标的固定公式是不会变的，所以有些人就觉得，这种固定的公式面对变化的市场环境，是没有用的。那要是以此推断，季度财报出炉之后，如果有外资说 A 股市场估值高，那么不是一样的效果吗？那就是财报也没用呗？"

孙佳宁听得暗自点头，确实如此，通过历史推导未来，这是必然的。

"指标是要配合战法用的，那些喷指标的，大部分是只会全仓买进坐等上涨的'小白'，投资除了技术分析、财务分析、价值投资等，还有一个仓位管理，什么时间进入多少资金，之后怎么操作都是有条理的。前不久我刚做了两节小课程，三分操作技法，就是最简单的战法，各位可以到小程序里面去看看。"

讲到这里，林泉停了下来，笑着说："现在进入提问环节，每人只有一个提问机会，问题也必须围绕今天所讲，违者罚款。"

"呵呵——"大家笑着，最后进来的大胖子直接笑着说："就罚我待会儿请林老师吃饭如何？"

"那罚我明天好了，明天我请林老师吃饭。"坐在最前面的一个黑西服男子也笑着说。孙佳宁感觉这个人似乎很落魄，西服很旧，就像是工服，大冷天的穿着工服出门，不是物业的就是中介的。

"大家别闹，有什么问题就提，咱们时间并不充裕，我这儿还有很多程序需要回测，各位抓紧。"林泉笑容可掬。

这时，在孙佳宁后面进来的那个女人举了手："林老师，我看过您讲的 RSI 指标战法，今天来也是想问问您这个指标的使用方法。"

林泉等了几秒钟，看着她似乎在等着回答了，笑笑说："你这么问，我无法回答的。时间也不允许啊，这个系列课程六七节呢，使用方法各种情况下都有变化的，你是针对什么地方有疑问呢？"

"是这样的，林老师。我叫李洁，是做商品期货的，学了您这个指标用法后，我感觉这个指标似乎是做空的时候更加好用，但是做多的时候失败率就会高一些。其实我现在有很多疑问，只是一时用语言组织不出来。"李洁摇摇头说。孙佳宁可以体会这种感觉，因为她此时也是如此。

"RSI 用在期货中效果很好的，只是你要注意课程中我讲过的用法，你要知道，指标的使用方式看似一样，但实际上差异很大。就好比刚才我讲到的拳法，千锤百炼的拳法和王八拳相比，有一样的地方，就是以攻击对方为目的，不一样的地方就是经过锤炼的拳法是一整套系统，开仓、止盈止损、加仓减仓、商品期货交易还有锁仓，这都是有系统的优势；而王八拳，只有攻击。你在听课的时候，要多注意我对指标使用方式的绘图讲解，那里面讲述的是我对指标的使用心得，说白了，指标使用很容易的，任何交易软件都有使用方式，那凭什么我就用得比你好？这其中是有因果的。使用中的细微变化，对于操作结果来说就是天差地别。至于你说做多的效果不如做空好，如果你指的是单一周期的情况下，那就说明你对趋势掌握得不够好，在下降趋势中，你用指标做空，效果明显要比做多更好啊，这是很正常的。双周期复合操作，这是所有期货股票都要知道的操作逻辑，目前来看，您并不知道。回去多看几遍课程，会熟能生巧的。下一位谁提问？"

林泉在讲这一段的时候，语速明显很快，李洁在下面基本没来得及记录。还想问些什么，这时候黑西服男提问了："林老师，我之前就学过缠论，我感觉缠论相比于指标，更加贴近市场本质，因为使用缠论操作，更多的是组合形态，比如刚才您提到过空头陷阱，这就应该是一种组合形态，我觉得这种组合形态应该比指标带来的提示更加全面，更加准确。"

林泉注视着他，不断地点头，表示自己听得很认真。

这一类型的提问其实都是一样的，每个人提出的问题，都反映出自己的不足。之前那个挺漂亮的李洁，她的问题其实就是自己没有看过其他课程，不知道用大周期套着小周期操作，所以才会在空头趋势中看多操作。这个黑西服男也是如此，明明不懂指标，却拿指标去比缠论。

"嗯嗯，您学过缠论，很好很好，但是您学过指标吗？"

黑西服男一愣，说："接触过几个指标，也试着用过，但是效果不理想。"

"但是我用指标很理想，效果非常好，我的看盘界面每一个K线周期下面，都是8个指标，这些指标是配合使用的，MACD和CR看趋势，CR还能起到摆动类指标的效果，带来超涨和超跌的提示。对了，你知道摆动类指标都有什么吧？"林泉看着黑西服男问。

"这个我还真没有刻意去研究过……但是您说的MACD我还是知道一些的。"

"您既然知道MACD，那就能继续聊，如果您使用MACD，日线级别的DIF和DEA周期您是怎么设置的？"林泉再次提问。

"呃……"黑西服男一时语塞，根本不知道该如何回答，讪讪笑道："我学得很浅，说实话，我都不知道MACD周期需要改。"

林泉伸手竖起大拇哥，冲黑西服男赞赏地说："这就对了，你的问题是错的，但是你最后的态度是对的。问题的错在于你根本就不懂指标，就拿指标去和缠论相比，这不是你一个人会犯的错，这其实是人类的群体现象，在接受新鲜事物的时候，总是想找到一个参照物去对比，这个参照物，大都是找自己相对熟悉的，就比如你刚才的对比，明显是在已经对缠论有一定了解的时候，看了看指标，这个时候，你发现指标远不如你所掌握的技法好用，这其实是一种自我催眠，自己安慰自己，我学的缠论是最佳操作方式。也可以说是懒，自我暗示不用再学其他的，现有的知识这辈子都够用了。呵呵，这已经脱离了指标和缠论，其实是一种认知层次了。我们人一生的每一次质变，都是认知的提升，而其他的一些自我感觉的变化，都属于简易的生活状态改变而已。这么说可能感觉跑题了，但是，我们大家在这里，其实追求的就是自我提升，不为了提升来这儿干吗？在家躺着不香吗？"

说到这里，林泉情绪有些起伏，语气也有一些沉重了："既然是为了提升，就应该知道提升是一个困难的、痛苦的过程。请大家记住，所有成年人的提升，最关键的对手都是我们自己，新的认知一定来自原有的一些认知被打破，也许你现在认为正确的事情，就是阻挡你前进的绊脚石。就如同一个鸡蛋，蛋壳是它的保护，但是到了最后，这个保护，一定会是最大的禁锢。"

掌声响起，在场的都是有追求的成年人，否则大把时间在家歇着不好吗？来到这里也都是为了解惑的，林泉讲的是根本的逻辑道理，任何人听到都会产生共鸣。孙佳宁想提问，又不知从何问起，索性直接打开了手机录音功能，把林泉说的都录下来。

这时候李洁又举了手："林老师，我可以问您一些期货的问题吗？"

林泉扫视众人："如果没有别人提问，那我就回答她的问题了。"

众人相互看看，没有谁有明确表示，林泉伸手示意李洁可以提问了。

"是这样的，我以前也是做股票的，后来跟我一个朋友开始学着做期货，现在属于刚入门，这个入门还是听了您的RSI指标课程才明白的。我想请您说说，像我这样的新手该怎么去操作期货？"

林泉有点无奈地笑道："您的提问还真是不好回答，太笼统了。这样，我给您大概说说期货和股票的区别吧。您既然做过股票,后来改做期货,从心理上一定认为期货比股票赚钱快,赚钱多,是这样的吧?"

李洁不好意思地笑了笑说:"是啊,期货价格变动快,想以小博大啊。"

第六章
高频操作的底层逻辑

林泉点点头说:"所谓成也萧何,败也萧何。期货的杠杆制度使它能够以小博大,但是,杠杆放大的,不仅是收益,还有亏损啊。有一组数据,归纳总结了投资市场多年来的情况。股票市场的投资者当中,80%的人是亏钱的,10%不亏不赚地维持着,只有10%才是赚钱的,并且,这10%赚钱的,是稳定赚钱,没有谁是撞大运的。相比股票市场,期货市场更加残酷,只有5%能够做到稳定收益。我们看到每年都会有些交易明星,做一些有趋势的商品,一波就大富大贵,但是这些人并不算在那5%当中,他们当中很多人属于撞大运的,今天迷迷糊糊地就把钱赚到了,随后也会迷迷糊糊地亏掉。"

他停了一下,拿起面前的杯子喝了口水,继续说:"就我个人而言,我对投资的看法很简单,就是简单的事情重复做。任何不能重复操作的事情,都属于撞大运。我们在投资市场听到过很多传奇、神话,尤其是期货市场,每年都会有,某个谁用几万元抓住大趋势,一下子翻了几千倍,从穷人一下子成了亿万富翁。从事实角度来说,这都是真的,但是从整体市场来说,一个亿万富翁的出现,就代表着一大片血淋淋的收割。直白地说,想抓住一波大的趋势,让自己走上人生巅峰,这是有可能的。但是,你想拥有超强的收益,就要付出相应的努力。当然,这都是后话,作为目前的你,还没有走出新手村。那么这个时期,你要按部就班地提升自己,首先你要知道股票和期货的不同之处,哪些是你的优势,哪些是劣势。把环境看清理顺之后,你要有一套自己的操作战法才可以。所有的投资者,要想有所收益,必须形成属于自己的操作方法,否则一切无从谈起。这个操作方法,也可以说是战法,首先要有底层逻辑,也就是说,我主要方向是做什么操作。是做趋势，做波段，还是做日内？是选择技术面，还是基本面，抑或是看商品供需库存？这些构成你主要的操作基础和目的，之后才能谈到开仓，止盈止损，浮盈加仓等。给你一个结论吧，目前水平的你，如果特别想知道何时开仓，赚多少钱就走之类的技巧，我劝你克制住，别动手，否则你就要倒霉了。"

林泉说得并不快，李洁记录得却很快，上面刚说完，她的记录也完成了。放下笔，李洁若有所思地看着自己的记录，问道："您说的底层逻辑我有些不能明确，您能再详细说说吗？"

林泉看看手表说："这就算是今天最后一个提问了，讲完之后咱们就散伙了哈。所谓底层逻辑，这只是我这么说的，我的课程中或者说我平常说的一些名词称谓，都是我自编的，你们不要想太多，底层逻辑在这里指的是你针对自己的预期而采用的策略。这个预期有短期的也有长期的，比如你今天来咱们这里，可能你的短期目的是弄清期货和股票的不同之处是什么，中期目的是学会期货并且可以赚大钱，长期目的是通过投资期货赚大钱，从而达到人生高点。这是一般人的逻辑，大家不必否认，这是正常的。但是，正常归正常，符合现实吗？每个人都会有对未来的憧憬，但是不切实际的憧憬，就是白日梦了。"

说到这里，林泉有些累了，扯过一把椅子坐下说："我可以给你一个实际的底层逻辑，就是我的一个完整系列战法，高频操作。它的逻辑就是很直接、很清晰的。首先我们要知道自己在做什么，投资的本质是什么？说白了，我们做的就是预测未来。你预测在之后的一段时间里，橡胶是上涨还是下跌，黄金会有什么样的走势，你的判断，决定了你会如何操作。那么，我们给预测未来这个事情，找一个例子，就说天气预报吧，这个是我们最常见的预测未来，现在我问你们，2018年1月15日，也就是一个多月之后的某一天，北京会不会有降水？"

林泉微笑着扫视大家，每个人都听得很认真，但对于这个提问，都感觉挺高深莫测的，不知道如何接话。

见无人应答，林泉自顾自继续说下去："一两个月之后的准确天气，估计气象台也无法准确预测，但是如果我们换一下思考方式，说8个月后，也就是6月，会不会有降水呢？这个概率应该就大很多了吧？其实这就是趋势战法的底层逻辑之一。但是在这个过程中，不是每个人都能坚守下去的，今天我们不展开讲。大家会想，半年之后的事情，谁又说得好呢？其实这是我们的思维局限。我们做的是预测未来天气，那么我们可不可以预测一下一小时之后的天气呢？今天阴天，目前来看，未来两小时不会有降水。这就是一个相对准确性很高的判断啊。大家可能说今天是阴天，还不好判断，那就找个大晴天呗。投资中，我们只做自己看得懂的事就好了啊。咱们把这个逻辑代入期货交易中，只做最近的事情。"

林泉在电脑上打开交易软件，转身指着投影幕布开始解释："这个是铁矿石的交易盘口，当前价格540，我们现在开始不要用价格去定义它，这个540我们就当它是数字。铁矿石的价格变动是0.5为一跳，我们看到，现在卖出位置是540，而下面买入位置是539.5，如果你要做多，可以挂单在539.5位置买入，成交之后直接挂在540位置卖出，这个过程一般会很快，铁矿石一跳的盈利是50元，也就是说，这样一次交易，一手铁矿石你能赚50元。如果你账户资金是5万元，按照现在的保证金，应该可以开仓12手，也就是赚600元，除去手续费150元，净赚450元。这是一跳的收益。如果是539.5买多开仓，540.5平仓，就是赚1200元，一买一卖手续费相同还是150元，这个时候净赚就是1050元，和你投入5万元相比，收益2%。"

放下电脑，林泉看着大家说："你可能对这个2%嗤之以鼻，但是高频操作的逻辑是积累，不用2%，每天收益1%就可以，一年200多个交易日，收益10多倍啊，相当可观的。关键是这个操作是非常快的，经常开仓之后几秒钟就完成了交易，并不耽误生活。当然了，这个快速也是新手操作者的一大障碍，绝大多数做高频的人，会忍不住频繁操作，这是一大弊病。因为高频操作开仓同时就要挂上止盈止损，所以可以全仓操作，在实际操作中，我们挂止盈和止损的参数是不同的，如果止盈是两跳，正常止损就是五跳。单指铁矿石来说，这样的盈损情况下，应用DMI战法成功率在90%以上，这数据是经过程序化5年回测的。这就是高频，只做最近的，最快的。"

林泉讲得有些口干舌燥，刚停下，坐在第一排的另一个男士就举手提问了："不好意思，老师，我是做农产品的，我想问问，农产品也可以应用您说的这个高频操作吗？"

"高频操作要看性价比的，也要看目标商品的活跃度。农产品当中有些很不活跃，交易的时候，你要看它之前的分时图走势，有些商品日内总是出现织布机行情，其实如果只做一跳，更加适合高频的，比如淀粉、玉米这些，它们本身活跃度比较低，如果做多，你可以在指标位出现提示的时候，在买入价格排队买入，记住，织布机行情要挂单排队买入，不要对手价买入，这种不活跃的商品，只能做一跳，咱们还是用图说明。"

说着林泉拿起鼠标点击几下，用激光笔指着投影屏幕上玉米的交易界面说："你们看，上一个交易日，玉米价格1756，这是买入价，卖出价格1757，比如在这个位置，交投很清淡，你们看分时图，价格总在这两个价位上下浮动，分时图价格走势线呈很规整的上下交织，这就是织布机行情。这个时候，如果你看稍微大一点的周期行情是向上的，就可以采用买入之后卖出，也就是在1756挂单买入，成交之后立刻挂单1757卖出平仓。我们还以5万元账户为标准，现在玉米保证金大概是1300元，5万元38手，玉米和淀粉一样，一跳收益10元，38手成交就是收益380元，目前玉米主力合约手续费买卖应该是1毛2，这跟没有也差不多。织布机行情的另一个特点，是连续成交，比如说你挂单排队买入38手，由于交易清淡，排队到你的时候很可能是连续成交的，我就经常赶上这样的事，1756位置一手一手成交，电脑连续铃声提示，这时候我会选择连续挂单卖出，因为卖出也要挂单排队。过一会儿排到了也是一手一手地卖出成交，保证金回到账户，我就立刻再去挂在1756买入。"

林泉喝一口水说："当然，这个过程不是无限的，普通操作一天的预期，也就是赚账户的1%，那么做50手也就可以了，收益500元就完成任务。大家可以看图，织布机的行情是很多的，高频的精髓就在于每天完成预期，还有就是非常广泛的交易机会。这里我们要注意，交易机会不是越多越好，而是越有把握越好，每天只赚账户的1%，这个时间大多数是用秒计算的，所以，要做自己看得懂的。再次提醒，高频的逻辑不同于趋势操作，高频的逻辑就是最眼前的事情，也就是随后1分钟里可能会出现的事情，而趋势操作，做的是一段时间之后肯定会出现的事情，这两个底层逻辑，是有差异的。"

林泉说到这里，转身放下激光笔，不待别人开口，微笑着说："各位，交易知识和人生知识差不多，不是一天就能够全部掌握的，需要一个积累的过程。今天咱们先聊到这里，以后这样的沙龙会很多的，我会在群里通知大家。"

说着林泉合上笔记本电脑，对着坐在长桌最后方的一个圆脸胖小伙儿说："章晨风，你看看大伙儿还有什么问题需要回答，记录一下给我。"接着对大家抱歉地一笑，说："我这儿确实事情多，旁边屋里程序化回测还在做着，我得去整理一下，各位要是有什么问题，可以跟他说。大家注意啊，晨风是资深的期货研究员，我的程序化交易都是他编写的，他以前是期货公司的从业者，有关交易制度性的问题也可以问他。"

章晨风站起来笑着说:"谢谢林老师的无私分享。这些交易知识,是任何地方都找不到的,这不是书本上能有的,大家鼓掌感谢。"

说罢,他率先鼓掌,其他人也都跟着起立鼓掌,林泉挥手笑笑。

第七章
幼儿辅导班模式

在跑步机上挥汗如雨地坚持了40分钟后,孙佳宁满身是汗地下来了。穿着一身速干紧身运动装的孙佳宁,身材看起来十分匀称,一双腿修长笔直,大量出汗之后红扑扑的脸蛋透着一股青春的活力,不像平常,也不像前两天那样满脸官司了。

回到沙发上,"咚咚咚"地灌了一大杯温水下去后,孙佳宁把手里擦汗的纸巾捏成一团砸向垃圾桶,可惜准头差了点,纸团砸在垃圾桶壁上,又弹落在地。

"姐姐你这是在跟谁置气呢?"

同样是一身速干紧身运动装,杨朔的身材就要逊色些。个子矮是天生的,无法改变。其实孙佳宁个子也不高,只是黄金比例的身材十分出彩。

但是精巧如画的颜值,足以弥补身材上的小瑕疵了。杨朔扭啊扭啊地走过来,还有那双灵活传神的大眼睛,从骨子里透着一种妩媚,孙佳宁不由得赞叹:"啧啧啧,美女,你这造型,祸国殃民啊!"

杨朔心安理得地承接了这通奉承,笑呵呵地说道:"今天这么闲?"

孙佳宁抬头看了看墙上的石英钟,笑道:"抓紧洗洗,等会儿陪我去请人吃饭。"

杨朔呵呵笑道:"看你这意思,不会是去相亲吧?请谁吃饭啊还要带着我?"

"请你哥,这几天我一直看他的课程,还听了他讲课,太专业了。你身边居然有这样的高人,我要去拜师!"孙佳宁一副万万没想到的样子。

杨朔眯起眼睛上下打量着她,诡异地说:"就只是拜师吗?嗯?就没有点儿别的什么?"

孙佳宁歪歪头笑着说："有什么呢？姑娘我要是有花心思，怕是早就功德圆满了。"

和孙佳宁不同，杨朔大学毕业之后男友不断，就是没有一个修成正果的，不是她看不上人家，就是人家受不了她的火暴脾气。这一点她俩形成强烈反差，孙佳宁是乐观主义加客观冷静，看人比较准，宁缺毋滥。

"你就嘴硬吧，待会儿就要你好看！"咬牙说了一句，拿上换洗的衣服，杨朔一头扎进淋浴间。

最近这些天，孙佳宁天天都会到静心茶园来。天气依然阴郁，云层很低，灰蒙蒙的天空似乎触手可及。这样的天气她总是情绪低落，就好像被灰蒙蒙的天色模糊了眼睛，对于前方的未知感更加重了。

好在有杨朔。对孙佳宁来说，这个朋友就是太阳一样的存在。杨朔是个急脾气，做起事情风风火火，身边很多人受不了她。但是孙佳宁能看到她的单纯，她快乐是单纯的，伤心也是单纯的，似乎永远不知道人心险恶。有时候你会认为她只在自己的小世界快乐生活，有时候却又感觉整个世界都是她的。只是有些时候，她确实有点二。

就比如现在。她俩坐在吧台，杨朔看着满架子的洋酒来了劲，让那个叫王俊雄的小伙子给她调一杯长岛冰茶。小伙子有点腼腆地说不会，她让人家出来，自己跑吧台里面去捣鼓。看着王俊雄无可奈何的样子，孙佳宁都感觉有点臊得慌。好在林泉没过多久就从二楼下来了，直接把杨朔赶出吧台。

"这么久都学不会调酒，白长这么大个儿……"杨朔坐在吧台，看着王俊雄远处忙活的身影嘟囔着。

"这不废话吗？这里是茶馆，你当还是酒吧呢？现在咱们玩的是茶道了。还有，你别跟人家没大没小的，挺大岁数了这么不稳当……"林泉嘴里说着，手上也没闲着，利索地勾兑、摇壶、碎冰，很快兑出两杯鸡尾酒，放在她俩面前。

"龙舌兰日出，以橙汁柠檬汁石榴汁为主，适合女孩子喝。我已经把里面龙舌兰的用量放得很低了，就是不会喝酒也没问题。"长直杯中，酒液由底部黄色渐变至中部淡粉色，到杯口处呈鲜红色，漂着晶莹的碎冰，果香四溢。

"什么长岛冰茶之类的货不是好玩意儿，好多小姑娘去了酒吧不知道喝什么，被人蛊惑喝长岛冰茶，你看它的名字是冰茶，给人的感觉就是饮料，其实是用好几种烈性基酒混合，再加上一些饮品勾兑的，后劲儿很大，以前又叫作失身酒。"

林泉手下很利落，快速地将刚才使用过的各种器具刷洗归位，好整以暇地抱着肩膀看着两人。

孙佳宁慢慢品味着，冰冰凉凉口感浓郁，带有新鲜的果香和龙舌兰酒的特殊香味，入口酸酸甜甜，很清爽。

放下杯子，她笑着对林泉说："这两天一直麻烦大哥，今天正好是假期最后一天，想请大哥吃个饭，您没别的安排吧？"

林泉看看杨朔，这丫头自顾自喝着手中的鸡尾酒，根本不理两人。

"我也没做什么啊，呵呵，你那个事情处理得怎么样了？要不要我帮你策划一下？"林泉眯着眼说。

孙佳宁笑着说："不用了，这已经很麻烦您了，那些烂人烂事，不再想了，人活着谁碰不上点埋汰事，要是一直放心上，那不就是不停地消耗自己吗？后退一步，就当没有发生过，就当钱包丢了，就当及时止损了。"

林泉真没想到眼前这个姑娘能说出这样一番话来，他本以为她就算不把钱要回来，也会想办法报复一下让这帮人倒点霉，结果人家轻飘飘退一步，看似忍让认头了，但是没有点智慧，谁能做得到？

杨朔听得眉毛都立起来了："什么？就这样算了？你知道你在说什么吧？好几万呢！你很有钱是吗？"

孙佳宁白了她一眼："我有几个钱你不知道吗？当时报警是以为他们是正经公司，大哥说了之后我才知道这就是一伙骗子，你见过肉包子打狗之后狗把包子吐出来的吗？钱进了贼手还能要回来？大哥说得对，这是他们的领域，他们早就对可能出现的各种状况了然于胸了，与其劳心费力和这帮烂人斗智斗勇，还不如退一步，有那时间做一点积极的事情。"

杨朔气不忿地对林泉说："哥，你不是有办法吗？你给她把钱要回来，要不回来也不能让他们痛快了，这还有天理吗？"

孙佳宁轻推一下杨朔的胳膊说："你别难为大哥，这些烂人烂事，谁赶上都是恶心。"

杨朔冷笑一声："呵呵，你小看我哥了，这些臭鱼烂虾，玩的不是什么高科技，想搞他们，也不用什么高科技。"说着她冲林泉一挑下巴："是不？"

林泉呵呵一笑说："你俩说得都对，搞他们确实不难，完全取决于执法机关是否有动力去逮他们。如果大势所趋，他们瞬间就会土崩瓦解。别的不说，只要去几个警察，把他们分开一审，半小时就能搞定。现在信息这么高效，也许一两个视频就能造成了势。但我认为宁宁说得更有价值。被人骗了几万元确实糟心，但是这损失对于我们一生来说，根本就是无关痛痒的。宁宁刚才说的，远离烂人烂事，这句话是绝对的智慧。智慧这个东西真的是可遇不可求的，佛家有慧光一说，意思就是能使一切明澈清楚、破除黑暗的智慧之光。我在投资市场里面苦苦挣扎七八年，才偶然地慧光一现。"

杨朔目瞪口呆："你还有没有点儿正义感？你不管他不管，要让这伙骗子嚣张多久？你知道还会有多少人上当？"

林泉说："世界本来就是优胜劣汰，这些脏东西不可能完全消失，所谓存在就是道理。在没有遇上这件事之前，你们不会知道这世界上还有这样一种坑，遇上了这件事，就知道了获取财富没有侥幸，还知道了远离烂人烂事，这已经是很大的收获了。站在我的角度，我真心认为你得到了很多，是应该庆幸的。而这世界注定会有骗子，会有贼，他们很坏，但坏也是这个世界的组成部分，坏也是对这个世界的一种'贡献'。至于还会有人上当，这是必然的，上当对于每一个人来说都是必经的，我也上过当啊，如果一帆风顺，我也早就变成一个正义感爆棚的'傻子'了吧？"

孙佳宁扑哧一下笑出了声，杨朔先是一愣，随即骂一声："你才傻子呢！我弄死你信不信？"

几人一阵哄笑，旁边王俊雄也挨着杨朔坐下，林泉在里面又调了几杯酒。到了吃饭的点儿，店里也没啥客人，几人也就毫无顾忌地说笑哄闹，那个身材高挑的茶艺师李墨也过来凑热闹喝一杯。

谈笑间，孙佳宁问："大哥，你在投资中的慧光是什么？能讲讲吗？"

林泉说："对你来说没有用的，这世上的智慧很多，但是自己亲身经历之后，在脑中闪现的才是你的智慧，没到那个时间，体会不到的。有点像搞对象，合适的时间遇上合适的人。比如，你以前交过一个男朋友，这人很渣，你很失望，分手了。10年之后，他和另外一个女人结婚生子，变得体贴顾家，变得责任心超强。你懂我要说什么吧？"

孙佳宁说："您总是这么聊天吗？讲故事举例说明，然后提问，我觉得这是幼儿辅导班的固定模式啊。"

第八章
等价交换

林泉呵呵笑着说："习惯了习惯了，老给别人讲课，一时间忘了自己吃几碗干饭了。对了，该吃饭了。"

李墨抿一口杯中的"龙舌兰日出"，对王俊雄说："得，老板要出去大吃大喝了，咱俩要不凑合个黄焖鸡？"

王俊雄说："成，我要加辣。"

李墨又冲着林泉可怜地说："老板，能不能给我们黄焖鸡加个蛋？累一天了怕吃不饱。"

林泉嘿嘿一笑，说："你这身材就是世间美好，吃多了不就毁了吗？"

王俊雄说："……墨姐别多想了，咱俩还是黄焖鸡去吧。"

林泉笑着说："上班时间别胡思乱想，改天休息我带你们吃好的去。"

转脸又对孙佳宁说："想吃啥，我来安排，这附近我熟悉。要不就去前两天新开的那个湘菜馆试试？这两天事情多，一直没空去。"

杨朔这时候插了一句："哥，宁宁想跟你学股票。"

林泉愣了一下，说："这都是小事，什么学不学的，互相探讨就是了，只是投资这个行当是个慢功，急功近利是大忌。"说这话的时候，他看着孙佳宁温和地笑笑。

孙佳宁微笑着说："大哥，我一直有个想法，投资这个行当，我想当作一个事业去做，一个这辈子都做的事业。之前被骗的时候我有点动摇，我不能确定我的想法是不是悖论。"她微微皱眉，权衡着如何措辞："大学毕业后，我一直没有正经工作。不是我找不到工作，而是因为我看很多人工作一辈子到老，也就是点退休金，整个人生过得浑浑噩噩的，按部就班，一眼可以看到头。我觉得这样的生活不是我想要的，但是我也不知道自己想要的生活应该是个什么样，或者说，我想过得和别人不太一样。"

说着孙佳宁自嘲地笑笑："可能是我想得有点多，思绪有些乱，这不这两天看您的课程，心里蠢蠢欲动的，好像看到了一些希望，想跟您学学。"

林泉站起来，抓起外套说："走，先去喂脑袋，学不学的都是小事。说好啊，你们不能结账，咱不能坏了规矩。"

杨朔也笑着起身，拉了一把孙佳宁："跟我哥你不用客气，咱俩就当陪他吃了。"

后海河边是非常繁华的一条酒吧餐饮街，虽然没有高楼林立，但是那些仿古的旧式建筑中，有很多大大小小的茶馆、酒吧。夜幕之中，五彩绚丽的霓虹灯闪烁着迷离的光芒，勾勒出一幅幅华丽的、变幻莫测的图画。

湘韶情就在静心茶园的西边200米左右，也是清一色的青砖灰瓦两层建筑，大红灯笼高挂，新店开张自然是红红火火。和店外装修风格很接近，大厅里也是仿明清的复古风格，服务员则都年轻靓丽，浅蓝色的旗袍给人挺新颖的感觉。林泉他们到的时候，已经没有包间，只好在大厅找了个安静点的角落坐下。两位女士都拒绝了点餐，孙佳宁是礼貌，杨朔则是因为林泉会吃，用她的话来说，她这个哥哥只有吃这一个本事。林泉确实很喜欢吃，做菜也很不错。

征得女士同意之后，林泉点了湘式臭鳜鱼、辣椒炒肉、东安仔鸡、永州血鸭四个荤菜，再加两个青菜和一个豆腐汤。没想到三个人口味很接近，都是无辣不欢。他们又随便要了点啤酒饮料，这时候餐厅已然满员，门口开始排位。

"这买卖可是真不错，刚开几天啊生意就这么好。"杨朔四顾一圈嘟囔着。

林泉说："这个位置应该是北京房租最高的地方了。老板既然敢来这里开店，想必做好了所有的准备。再说了，湘菜不是什么新鲜事物，谁都吃过。菜做得要是不到位，几天就没人来了，他也就不敢开这么大的店，房租和人工开支这两项就不是闹着玩的。"

孙佳宁说："实体难做啊！我以前也想过开个餐厅什么的，还有美甲店、花店，斟酌再三还是没敢动手，手里没有多少钱，万一选择错了，可就回到解放前了。"

林泉笑笑说："选择没有对与错，今天看着是错的事情，没准1年后你再看就是无比正确。小时候我妈老跟我说别人家孩子如何如何好，我如何如何不好，后来长大了，我妈看中的那个别人家的孩子因为开车撞人，还逃逸了，给判了6年。那之后我妈只要跟我说这一类的话，我就跟她说人家孩子判6年，封嘴很管用。"

杨朔呵呵笑着说："我应该给你录下来，回头给舅妈送过去，我看她怎么修理你。"

"别扯了，都什么岁数了她还修理我，要说修理也该是我修理你吧？你都欠我几顿饭了？"林泉撇着嘴，他很喜欢这个妹妹，性格好，开心果似的。

菜陆续上桌，味道果然很正，尤其是臭鳜鱼上桌的时候，臭得扑鼻，但是鱼肉鲜嫩爽滑，酱汁浓郁，杨朔筷子飞舞，一条鱼她自己就干掉了大半。孙佳宁顾及形象，加之心里有事，也就浅尝罢了。

吃得差不多了，孙佳宁放下筷子，对林泉说："大哥，这两天我一直看你的课程呢，有很多疑问在心里，想问问您，但是总结不出来系统的提问，今天也没有外人，所以我想让您解解惑。"

林泉喝着啤酒，晃荡着杯子说："嗯嗯，你说。"

"您在课程中讲了一些您的状态，我感觉跟我的理想很相似，或者说那也是我的期望状态。我毕业之后，没有参加过工作，我觉得朝九晚五不是我想要的生活状态，本来也不知道自己需要的是什么，后来在您的课程中看到了一句话，'部分可见的未来'。我觉得这就是我想要的，对未来全部掌握这是不可能的，但是通过一定的努力，部分掌握未来，这让我想想都感觉热血沸腾。"孙佳宁说着，不知道是屋里太热还是情绪渲染到了，两颊微红，看着林泉的眼睛闪烁着不确定的光彩。

林泉点点头说："能理解，有了希望才能产生动力嘛。你说组织不出来问题，是不是觉得有些会伤害自尊呢？或者怕被否定、被拒绝呢？"

孙佳宁说："您说得对，这些情绪确实存在，但是这些应该是每个人都会有的吧？"

"呵呵，你想说的是，有这些情绪是正常的，这是每个人都会产生的情绪，我也有，并不新鲜。对吧？"

孙佳宁一时不知怎么接话，不由得看了看杨朔。杨朔也吃得差不多了，喝着饮料对林泉说："哥，你说话别老怼人好不？有什么话就直说嘛。"

"直说什么呢？直说你的想法和你的本质不匹配吗？你有了要超越绝大部分

人的希望，但是又想要和绝大部分人一样无知吗？"

孙佳宁呆了呆，心里好像有一些答案，但是影影绰绰的无法确定。杨朔却直指本质说："你的意思是说眼高手低？"

"难道不是吗？这个世界上任何被需求的东西，都需要等价交换。那个谁不是说过吗？欲戴王冠，必承其重，对不？俗话也说得好，'五马换六羊，生意做得强'嘛。"

杨朔扑哧一下笑了出来："编，编，你就编，哪有这个俗话？你当我不知道'五马换六羊'是啥？根本就不是你说的那些。宁宁你要注意，我哥他经常一本正经地胡说八道。"

孙佳宁没有笑，本身她也不知道"五马换六羊"的典故，她只知道林泉表达的意思是什么。这世界上，任何被需求的东西，都是有价值的。

她斟酌着措辞，说道："大哥，我有种隐约的感觉，投资是可以做一辈子的事情，所以我一直在找渠道学习投资，之前上当也是这个原因。你看，把投资作为职业，是一个正确选项吗？"

林泉想了想，说："你的问题其实是两部分。首先，说你上当被骗的问题。这个问题，是因为你的需求是错误的。你必须从这个角度去考虑，一个人连续被骗，这说明他此时的欲求，只有骗子才能满足。就拿上次咱们聊的事情来说吧，你相信他们每天能抓涨停，所以你交钱想要跟他们一起暴富。不要否认，你一定算过账，每天一个涨停1年你赚多少，1个月是多少，对吧？这个账我可以给你算一下。每天收益账户的1%，那么1年约250个工作日，账户的资金就是12倍。收益就是这么夸张。哪怕你只有10万元，1年就是120万元，第二年呢？千万。第三年呢？上亿。你何德何能，可以承载这样的收益呢？其次，你说把投资当作职业，那么第一个问题就会显露出来，你的职业规划和预期目标呢？就是按照第一个问题去规划吗？这显然很离谱。所以，你需要重新衡量一下自己的欲求与自身条件是否成正比。"

第九章
没钱就留下刷碗

孙佳宁脑子里面乱哄哄的，似乎在林泉的话语里听到了很多自己不懂的知识点，但是又抓不住重点。

杨朔这时候发问了："那这个每天 1%，你能做到吗？"

"要看情况，做期货没问题，股票我做不到。高稳定性的结果只能出现在低波动的市场中。1% 连续 250 个交易日，这个稳定性要求太高了。"

杨朔讥笑说："你都做不到，那还跟我们举例说明，有意思吗？"

林泉拿这个妹妹也是没辙："这是操作方式的举例而已。股票里这种超短操作可以说是'T+0'，每天稳定收益 1%，在现在的交易制度下很难做到。但是每周收益 10% 还是有人可以做到的。这个现在跟你们还说不通。"

孙佳宁说："大哥，我想请你帮我设计一下，我现在是一团乱麻，本以为听听您的课程，能够理顺思路，学会投资，结果现在更乱了。这两天我一直学您的短线抓涨停，看课程的时候热血沸腾的，满心想着开盘能实践一下，结果今天开盘了，我却有些不敢下手，按照课程选出来的几个股票，稍一犹豫就涨停了。于是我就放弃了用集合竞价选的几只股票，打算用台阶式涨停的方式在盘中选股，可是今天市场全线上涨，选出来的都已经上涨 3 个点还要多，我又怕买入之后达不到预期，今天涨多了明天回撤怎么办？现在我想，是不是就按照您说的，每天去赚一个百分比固定数值，您看可以吗？这算不算欲求呢？"

林泉苦笑说："咱们先不说抓涨停或者'T+0'这些技法问题，咱们先看规律。你把这个事情想得简单了，钱难赚药难吃这就是世间的规则。你可能看着有些人做投资稳稳地赚钱，还是赚大钱。但是你忽略了他之前的经历，就好比我，现在看着是稳定收益，赚钱不少，但是之前我亏钱的时候，你没看见。你不能用别人的现状作为你的需求啊。我现在可以游刃有余地操作股票、期货，那是我之前很长一段时间的积累，认知升华之后走出了自己的路。你需要的是积累，从而去走自己的路。很多事情，不是别人给你讲一下，你就能真正认识到的。比如我现在，对于下一代而言，最想留给她的就是投资的理念和认知，这是可以保障我的孩子终身受用的技能。但是，我跟我闺女说，你觉得管用吗？就算她是18岁、20岁，认知没有达到的时候，她也是不会认可别人的。"

孙佳宁直视着林泉："大哥，我是认识到了投资的重要性的，我觉得这个技能完全可以保障我后面的人生中，不受经济问题的困扰。您如果能够给我提示一下这条路上应该注意的方向性问题，应该对我会有巨大的帮助。"

话说到这里，林泉也有些无奈。投资这个事情，就是人生的一个翻版，二八现象在投资中体现得比人生中还要明显。大多数人永远是失败者，只有少数人才能登顶。林泉不能确定这个姑娘是不是可以走出来，加之她又是杨朔的同学加闺密，如果这个时候给她指引投资的路径，那么将来她一旦被割了韭菜，自己就会落埋怨。这是林泉不愿意找的麻烦。

杨朔还是比较了解哥哥的，看他有些瞻前顾后，直接就问了："哥，你是不是有什么顾虑？"

林泉苦笑一下，索性也就说了："是，投资这个行当，应该只有一成的人可以赚钱，也就是绝大多数人终其一生是散户，只有10%的人才能进阶成为投资者。我现在可以确定自己这条路已经走出来，但是我不能确定你们也能走出来，如果最终的结果是头破血流，我应该会内疚……"

可不是吗？这样的例子，实在是太多了。

孙佳宁展颜一笑："大哥，您说投资这个行业只有一成的人才能赚钱，那别的行业呢？不都是一样吗？我们身边的人，活到老都不明白的人，比比皆是吧？我对您的论调一直很欣赏、很赞同，这说明我们的三观有很多相似之处，我特别认可您课程中的那句话，这个世界就是金字塔般的存在，绝大部分人是底层基石，基石并不知道自己的真实状态，因为它看不到真实的世界。听了您说的这些，我就想啊，自己到底是什么呢？肯定不是最高处的那些，也不应该是最底层的基石，因为基石认识不到自己的位置嘛。我认识到了自己的位置并且想改变。大哥，我认准了这条路，您给我指点一下，我可以少走很多弯路的。"

林泉看看杨朔，这家伙正在看手机。自己也并不想把她扯进来，于是对孙佳宁说："你有这个愿望，我也愿意帮你的，这没问题。但是这条路能走成什么样，就是你个人的命运了。要说指点，谈不上，还是建议吧，我建议你先看看'灯塔之光'小程序里面的课程。我给你排个序，先看'主力资金跟随'系列，之后看'理财改变生活'系列，这两个系列最便宜，100元都不到，但是讲的内容很关键，能够为你构筑防火墙，也就是说，学通了，你在以后的投资道路上，不至于走偏。这样说吧，那些便宜的课程，抓紧都看了，这些才是你投资的重要纲领。"

孙佳宁疑惑："便宜的课程更重要？"

林泉说："是的，因为这些精要的内容没有市场。我跟你说过吧，投资路上大部分人是失败者，因为他们的眼光不能看在正确的道路上，他们只注重技法，不注重逻辑。也就是说，他们最关注的是什么时候开仓买入，之后明天能赚多少，而忽略了整体、宏观。有了技法没有逻辑，那一定是个亏货；有了逻辑没有技法，则不见得会亏，技法一定要建立在逻辑之上。这个东西不是一时半会儿你能体会的，你只要按照我说的，先去看这几个系列课程，你的底层逻辑就能顺利搭建起来，有了逻辑之后，再去看抓涨停和各种指标课程。那个时候，你就会发现，投资其实给你打开了另一个世界。"

孙佳宁迅速在手机上记录下这些内容。林泉看在眼里，心里觉得这个姑娘倒是挺好学的，不由得暗自有些赞赏。起身离席，林泉直接去吧台结了账，然后去了下卫生间。再回来时，看到两个姑娘正喜笑颜开地说着什么。

林泉看看表说："吃饱了吧？散伙吧。今天这顿饭算是宁宁请的。"说着他诡异地笑笑说："你买课程的费用，有一半落在我手里的，正好结饭钱了。"

杨朔瞪着眼说："我们的钱你也收？好意思吗你？"

林泉呵呵一笑："别说你，就是我妈想学也得让她花钱买，白来的知识绝对学不会。"

孙佳宁赶忙接着说："对，对，这些课程对我来说已经是醍醐灌顶了。现在想起当初买卖股票，真有点冒冷汗，那会儿太无知了。"说着她站了起来："不早了，今天得您的指导，我感觉信心满满的，回去我就去整理您说的课程，尽快建立底层逻辑。"

林泉起身说："是的，底层逻辑很关键。你不是住得挺近吗？没事就过来呗，店里的人都是投资圈的，没事多聊聊，说不定哪扇门就能打开呢。再说，每周都

第九章 没钱就留下刷碗

·039·

会有几节培训课,你也可以听听。"

孙佳宁笑笑说:"这个培训不收费吧?"

林泉说:"可以不收费,没钱留下刷碗扫地也成。"

第十章
雪夜对酌

天黑之后就开始稀稀疏疏地飘落雪片,随后雪就彻底大了起来,纷纷扬扬撕棉扯絮。很快,目之所及一片苍白。林泉跑回店里时基本没人了,玲姐正在门口铺纸壳,防止进来的人踩脏地面。

吃饭的时候光给孙佳宁解释问题了,都没怎么喝酒,林泉直接走进吧台,里面收拾得井井有条,台布、酒杯、摇壶各归其位。王俊雄这个小伙子对工作还是比较认真的,林泉很满意。

把绿柠檬切片,从架子上拿了个直杯,两块冰打底,直接倒入四分之一狗头金,兑上两倍汤力水,杯边卡上两片柠檬,简简单单的一杯金汤力。这是他最喜欢喝的酒,淡淡的杜松子香配上柠檬酸,清澈甘冽。这种风味很清爽,适合女人饮用,一般汤力水是金酒的三四倍,林泉自己则喜欢更烈一点的。

醇厚微甜入口,他轻轻地闭上眼,感觉香醇的液体倏然滑过舌尖,润润地过喉,滑滑地入嗓,暖暖地浮动在腹间。音响里回荡着老鹰乐队20世纪70年代的经典。

在漆黑荒凉的高速公路上,凉风吹散了我的头发
空气中飘来仙人掌的温暖的气味
抬头极目远方,看见微微闪烁的灯光
我的头脑变得沉重,我的视线越发模糊
必须停下来了,寻找过夜的地方
她就站在门廊

> 布道的钟声在我耳边回响
>
> 我心中暗念，"还不知道这里是地狱还是天堂"
>
> 这时她点起一根蜡烛，给我前面引路
>
> 走廊深处一阵阵歌声回荡
>
> 我想我听见他们在唱……
>
> 欢迎来到加州旅馆
>
> 多么可爱的地方，多么可爱的脸庞
>
> 加州旅馆如此多的客房
>
> 一年四季无论何时何候，你都可以在这找到地方……

这首歌百听不厌，虽然英文不好，但是林泉早就背下来了歌词。闭上眼好像看到一条蜿蜒远去不见尽头的高速公路，两边全是笼罩在夜色中的荒漠砾石，黑暗中那些看不见但是确实存在的巨大仙人掌正俯视着，远处，很远处，看不见的远处，一定会存在微微闪烁的灯光，这些景象连同音乐声像一个巨大的气泡包裹过来，将他禁锢其中。

深深呼吸，让空气充斥每一个肺泡，直到感觉再吸入一丝空气自己就会爆炸，才徐徐吐气，大脑立竿见影地产生醉氧的眩晕，眼前的景物有些飘忽，耳边的歌声也变得缥缈起来。重要的是，烟瘾带来的尼古丁需求也直接退去了，身体的每个细胞都仿佛被足量的氧气刺激得活跃起来，这是他戒烟的第三天。

以前他也戒过几次烟，但都无疾而终，这次不一样，女儿不肯亲他，说他抽烟臭。3岁的孩子能懂什么，他知道这是孩子妈教的，离婚之后，孩子一直跟着妈妈。那就戒烟呗，这次肯定能戒掉，这不是发狠心赌咒，林泉发自内心地认为抽烟其实一点用都没有，除了破坏健康招人讨厌，没有什么其他作用。这是认知，认知的力量是最强大的。所以，他知道，尽管才坚持3天，自己的戒烟可以说已经成功了。

"林泉，收拾差不多了，要没别的事我就先回家了啊。"玲姐擦完地，寻思着店里有没收拾的角落了，走到吧台抱起自己的外套。作为店里年纪最大的雇员，玲姐一直勤勤恳恳地工作，也是店里唯一可以直呼林泉名字的人。

"嗯嗯，您回吧。这儿待会儿还有人来，估计我今晚也不走了。"

"对了，还有个事跟你说一下，这些日子我家老头儿收回了一些欠款，凑凑有个10万元，也没啥用处，你看我给放账户里行不？会不会打乱你的计划？"

玲姐小心地问着。

"哦,没事,只是我跟您说过啊,千万不能把有用处的钱放股票里,要留够日常的嚼裹儿,还有孩子要用的钱。总之,钱只要进了账户,就得用年计算了。"

"我知道的,这钱没有用处的,明天我就直接银行转账了啊。对了,你啥时有空,我家老头儿一直说想和你喝点儿呢。"

"那都是小事,看哪天大哥有空我请他喝酒。不早了,您快回吧,外面雪大注意点。"林泉催促着,刚听歌有些感觉,得,现在全没了。

黄业约了晚上过来喝酒,应该快来了。他一口干掉杯中酒,上楼去看程序化回测。二楼最靠里边有一个小包间,被他改造成了一个小卧室,说是改造,其实也就是支了一张床,放上两台电脑,单独接了一根光纤,主要在这里做期货程序化测试。林泉并不认为未来的投资主流就一定会是程序化,但是不懂程序化是不行的,知彼知己,百战不殆。

这么投入地工作也是不得已,反正他也没啥可去的地方。

玲姐走了,看看表9点半,林泉摸出手机。微信界面上,置顶的名字叫作"蓝兰",头像是夜空中的一弯下弦月,边角处有几丝柳枝,夜空中如缕缕发丝飞舞着,虽不见风过,亦有拂面感。林泉迟疑着,想和她说点什么,终究还是放下了手机,坐在吧台里继续喝酒,他早已经习惯了一个人喝酒。

差两分钟10点,黄业推门而入,在门口的纸壳上面"咣咣"跺着脚说:"还是你鬼,这么早就关门,我看对面酒吧全没人,点灯熬蜡的快倒闭了吧?你这是先喝上了?"

"不喝干坐着等你啊?没开车吧?"林泉手里麻利地又兑出来两杯金汤力。

黄业和林泉是战友,只是林泉是从社会应召入伍,黄业则是大学生参军。后来两人同年复员,林泉开酒吧做小老板,黄业工作一两年后继续去财经大学深造。两人分开几年,再见面时,黄业已经是经济学硕士,龙泉证券投资管理部高管。再后来一路高升,现在已经坐稳了龙泉集团副总裁的位置。林泉接触证券投资,也是因为他的原因。

"没开车,今天过来就是跟你喝点儿。"黄业脱掉外套坐上吧凳,拿起一杯送到鼻子下面,深深地吸气,一脸陶醉地说,"这杜松子的味道,没的说了。"

"今天开门红吧,大盘高开高走,还放了量,看着挺喜庆啊!"林泉又深深吸了一口气,用大脑醉氧的感觉缓解烟瘾。

"唉,今天把仓位加起来了,有点忐忑,盘面隐忧很大啊。从股灾之后,整个市场就没有缓过来，监管也是捉襟见肘，市场资金都奔漂亮 50 这些去了，茅台、格力啥的不断推向新高，看着眼晕啊。"黄业忧心忡忡。

"呵呵，今天大阳线，整个市场情绪都被调动起来了，估计后面能挺个几天吧。这么多资金进场了，不赚点钱他们会走吗？今天算是收个光头阳吧，明天要是再高开，就直接站住 58 均线了，现在就已经有几个指标上多头了。但是要说牛市就来了，还有点早吧？"林泉慢悠悠地啜着杯中酒说。

黄业点头说："股灾 5178 直接下来的时间才两年半啊，今天收盘上证 3349 点，这个位置上方还有将近四成套牢盘，这可不好消化哦。"

林泉不禁看了他一眼，说："奇怪，你怎么也看筹码了？你不是不相信指标吗？你不是坚决的价值投资派吗？"

黄业摆摆手说："你不是常说指标只是工具吗？我也用下工具不可以吗？只要能给我带来整体的参考，我管它是指标还是工具，实用主义者以成败论英雄。"

林泉哈哈一笑。黄业是典型的价值投资，也是基本面的拥护者，但是他并不排斥其他投资方式。

黄业电话振动起来，他看看手机，回了个微信说："投资部还是要加仓了，目前整体决策都是看多了，估计今年会有个行情，我现在就担心股灾到现在跌得时间不够啊。今天上班第一天，开会就开了 4 个小时，一堆调研报告等着我，头痛啊！"

林泉说："您都是副总裁了，这些活儿就别抢着干了，不知道有多少人都盯着龙泉证券总经理这个位置呢，结果你占着茅坑，这不是断人进步之路吗？"

黄业笑笑说："你知道啥啊，我这集团副总，是大舅生拉上去的，体现能力还得靠证券这边，现在集团要从金融转向实体，我得保住基本盘啊。"

林泉嗤之以鼻，轻描淡写地说："懒得费那些脑细胞。虽然我没上过班，但是投资决策可不比你差。我现在就等指标通知，目前已经七成仓位，我没你那么多的基本面去研究，我只知道技术，大盘和持仓共振了，就进去，3 个以上的指标反映高位见顶，我就出来半仓，简简单单。这个市场和人生一样，永远分析不完，任何情况都可能出现，出现之后也会有合理的解释，哪怕这个合理的解释，在之前是多么地不合理。"

"照你这么说放任自流就完了呗，那还奋斗个啥，直接躺倒挨捶不就结了？"黄业很不喜欢他这个论调，人生就是要不停地奋斗，不停地探寻，这样的生活才有动力。

第十一章
会有不死的人吗

林泉摇摇头说:"你这是偷换概念,我的意思是没有必要吹毛求疵,总有看不到的地方,没必要让自己全明白,这样太累,用简单的方法重复做就好了。就比如你们,好几个人研究了那么久,和我一个人琢磨,没有太大差别啊!"

"我呸!你是一个人账户,我们是整体基金,能比吗?我们要分散投资,要资金管理……"黄业说到这儿声音小了下来,林老师正讥笑地看着他。

林泉的股票账户可谓一个奇葩。作为一个个人投资者,他的账户平常也持有七八十个股票或者ETF基金,比大多数私募公募及机构持有的种类都多,他也笑称自己的账户可以作为一个ETF存在了。林泉这种操盘方式是从股灾之后开始的,是他自己配置的战法,还为这个战法起了个名字,叫分仓战法。有一次黄业居然在林泉的小程序上看见这个战法出售,两节视频课,售价500多元,黄业说要拿过来看看,这家伙居然让他原价购买,想起来就让人牙疼。

黄业喝口酒道:"就这么干喝啊,没点吃的吗?"

"要求还挺高,吃啥?楼上冰箱里有点鸭脖子,还有酒鬼花生,下午买的两份羊杂汤也给拿下来,这天气整点热乎的才是。"林泉经常住在店里,冰箱里总有些下酒的小吃。

一番收拾,两人坐在靠窗的位置,插上一个电磁炉热着羊汤,喝着金酒,倒也舒适。

黄业吃个花生:"你就这么住店里,也不回家?不想再找一个了?"

"找啥找?没啥意思,现在自己一个人挺好,每天都能去看看孩子。你不知道,小姑娘乖得很,那叫一个好看啊。你看漂亮不?"林泉说着打开手机,眉开眼笑地给黄业看。

视频中的小女孩扎着两个羊角辫，小圆脸，睫毛特别长，五官、脸型一看就随了她爸，跑跑跳跳的步伐很轻，是个文静的孩子。穿着大红色的羽绒服，小脸嫩白，还有点婴儿肥，粉妆玉砌的。

黄业叹息一声，说道："这么漂亮的女儿，要是我得时时刻刻抱着不离手。父母离婚，对于孩子来说影响是必然的，孩子妈也不是个好脾气的主，你也是这样的，唉，都是拧种。"

林泉傻呵呵地笑着看手机，满眼都是女儿，全然没把他的话听进去。自己的家事，自己都无能为力，更别说旁人了，多说无益。孩子出生之前，他俩就已经离婚。只是刚离婚就发现有了孩子，孩子妈也是大龄了，于是两个人又紧急复婚，只是为了孩子能够顺利地来到这个世界。小姑娘从生下来就一直跟着妈妈，林泉每天都跑过去和她玩会儿，但是从来没有留下过夜。他和孩子妈结婚两次，离婚两次。

雪越下越大。两人喝得并不快，黄业点上一支烟，深深吸了一口，醇香的烟草味道弥漫开来，又逐渐淡去。林泉吸了吸鼻子，望向窗外的夜色。

黄业皱着眉头，心事重重地说："今天开了一天的会。还真是有点羡慕你了，独来独往，不用看别人脸色。说实话，以前我好几次都不想干了，压力太大。"

"你别以为没事就是好，我为什么又开个茶馆？人不能没事干，五脊六兽的日子更难过。"林泉当初也以为钱够花了就可以不做什么，整天游山玩水了，结果无所事事的日子属实无聊透顶。过了没多久他就受不了了，这才有后来开的茶馆。刚开始茶馆是亏钱的，他就想了个主意，把二楼的一个大包间改成会议室，组织读书会教人炒股，一来二去的不但茶馆生意盘活了，以前做的股票课程也开始热销。

"不一样啊。你用自己的钱投资，是自由投资者，操作时间周期自己掌握。我不成啊，整体投资的效益就是唯一标准。你说应该看准价值周期操作，人家一句不符合公司发展战略就给你否了。什么发展战略？不就是要求快速收益吗？那还整什么资管，直接弄成散户炒短线不就成了。"几杯酒下肚，黄业怨气也有点压不住了。

林泉完全能理解他的状态，同样都是投资，不考虑资金的情况下，独立投资人的优势巨大。就比如试错这个技巧，无论是股票还是期货，都是最基础的需求。买入一只股票，如果一段时间之后其走势违背了当初买入的逻辑，那么立刻离场应该是最佳方案。但是，像黄业这样的资管者就不好如此操作，每一个试错之后的止损离场，在他的工作范围内都算是一次投资失败。如果连续失败，那么就可能被理解为投资能力的问题了。

晃动杯子，琥珀色的酒液在杯中激荡着。林泉说："我觉得你可以想想，你做这个工作是为了什么。赚钱？或者是别的什么动机。能得到什么呢？得到的和失去的相对比，是该继续呢，还是该止损呢？"

黄业叹口气说："比不得你啊，现在孩子也不小了，我这种在体制内半辈子的人，一旦离开，还真不知道能干什么，半辈子和资源都用在这里了。再说了，就算真想走，大舅也不同意啊，这么些年他一直扶持着我。唉……也只能发发牢骚，该干还是得干。再说了，不干了干啥去啊？跟你一样开个茶馆，或者是讲讲课带些学生？"

林泉不乐意了："茶馆怎么了？讲课带学生又怎么了？这辈子我都没有像现在这么明白过，事业这个东西，在我面前从来没有这么清晰地展现过。刚复员那会儿，未来就是个混沌。总想着要有很多钱，过和别人不一样的日子。后来有了些钱，就想着做个富贵闲人。最后才知道，事业的成功，其实就是对于未来的把控力，也可以说是对风险的承受力。你我其实差不多，对生活的要求并没有多高。咱们只要对未来，有可以做到的规划就成了啊。就好比我每天都会在学员群和朋友圈晒交易截图，但是别人并不知道，当天交易是赔是赚对我来说是毫无影响的，我想我这辈子都不会从股票、期货账户里面拿钱用，这些钱的作用，只是让我的生活更加具有安全感。将来我死了，就直接给我闺女好了。至于现在的生活费，茶馆的收益足够养活两个我，更别说讲课卖课啥的钱了。对我而言，已经完全可以把未来事业的精力，放在其他方面了。比如健康，没事跑跑步，多参加一些有益身心健康的活动啥的，不好吗？"

黄业嗤之以鼻地说："你也说了，刚毕业的时候你看未来就是混沌的，后来不断地改变。你怎么就可以断定以后你不会改变呢？人随着阅历的丰富，眼光、心智不断受到强化，也许某一天你又突破哪一个临界点，认为只有不断奋斗的人生才是正果。到时候你又该觉得，今天的斩钉截铁也是很无知的表现。"

林泉一口干掉杯中酒，一边调配新酒一边说："应该是没可能了。很多时候，人心里会有一种强烈的判断，是那种不会有任何犹豫任何忐忑的决断。就好比现在，我知道我已经戒烟成功。虽然今天才第三天，但是从认知的高度来看，自己已经认定抽烟无用，只能带来负面伤害。我以前也戒过，但是总会给自己找些理由，或者想着依靠一些药物什么的外力。这次不会的。刚才你也说了，自由投资人的优势，就是完全可以践行自己的投资策略，就是这样的啊，我现在股票账户的目标，是下一个牛市，是 5 年乃至更长时间的以后。资本市场会不会消失？证券交易所会不会关门大吉？如果真到了那个时候，那一定是战乱发生了，手里的现金也就变成纸了吧？投资与否结果都是一样的。但是只要不到那个时候，固定化投资的结果就是这么准确。说白了，就算是完全不会投资的人，买上证 50 ETF 放着就好了，只要有时间容量，就没有亏钱的可能。"

黄业呵呵一笑说："这世界会有绝对不亏的投资吗？"

林泉说："一切皆有可能。你说，会有不死的人吗？"

黄业白了林泉一眼："嚯，你这一竿子杵得够远。"

林泉低头笑笑："人是一定会死的，但是如果你给这个命题一个时间框呢？比如，100 年。100 年之内有的人不会死，这没错啊，好多百岁老人啊。"

黄业笑而不语。

第十二章
自己开个营业部

  林泉也不管他，自顾自说下去："时间概念是一个非常重要的考量因素。你我都见过太多的散户了，散户之所以被称为散户，最主要的就是对于时间概念的忽视。他们都想着买入就暴涨，一旦被套住就开始暴躁，其实把时间放长一点，眼光看远一点呢？钱放在银行里吃利息能有多少？年化5个点顶破天了吧？5年滚动也就不到30个点。就按照现在的估值，买入证券ETF，或者就买证券股，你看看5年给你个什么光景。拉长时间，降低预期，你就发现投资赚钱实在是太容易了。"

  黄业无奈地说："你是喝多了还是进入讲课状态了？你忘了当初谁教你做股票了吧？这些我能不知道吗？抬杠的时候能不能有个稿子，不要东一榔头西一棒槌的，成不？"

  林泉哈哈大笑，举起酒杯说："说实话，经常自己一个人喝酒，都快忘了放浪形骸是什么味道。今天喝个痛快，走一个……"

  两人连喝几杯，都有些醉了。

  黄业吃口羊杂压压酒，有些不解地说："老林，你这几年变了不少啊。原先意气风发呼朋唤友的，现在变得这么乖，连烟都给戒了，也太丧心病狂了吧？"

  林泉自己端酒一饮而尽，说："其实前几年还开酒吧的时候我就已经烦了。每天看似高朋满座，都人模人样的，其实都是一肚子冒烟儿的下水。满口的仁义道德，一肚子男盗女娼。要么就是兜里50块钱，嘴里叫嚣着几百亿元的买卖。美其名曰大家都是朋友，资源共享，说白了就是跟在屁股后面蹭饭的。交朋友，不说肝胆相照，也得臭味相投，是吧？"

林泉举杯又和黄业碰了碰，一饮而尽，说："你说，咱俩这算是朋友吧？距离上次见面也得有3个月了吧？再说个近的，三哥如何？都快半年没见面了。这就是君子之交淡如水，不用天天一起混，有事自然鼎力相助。"

林泉醉了，脸通红，黄业也已经有些蒙眬。

林泉说："你看我现在，想喝酒我就自己喝，刚开始确实有点不适应，现在我适应得很。你当我怎么走通交易这条路的？就是靠在孤独中自省。那会儿每天自己对着电脑喝酒，一只股票我每一个周期的K线图都要验证，对着指标画线截图，呵呵。喝多了，睡一半做梦想起来指标反着用成不成？立马就起床开电脑继续对照。一连6年盯盘分析做课程磨砺自己，腰都坐废了。丰盛骨科医院知道不？我都快成VIP了，你看我头发。"林泉捋了捋头发，黄业眯眼一看，挨着头皮的发根处一片雪白。

林泉情绪有些起伏了，继续说着："我知道我走的路是对的，因为没有谁成功是不需要付出的，相比今天我得到的一切，之前的付出就是代价。就是这些代价，让我能够看清人生的后半段是什么。"

黄业眉头紧皱，倒上两杯酒往前推了一杯，说："林泉，你慢点喝。前几年我也不是很顺利，我跟你不同，你是自己干，自己是老板也是员工。但我确实不知道你这一段日子的辛苦，可能是我忽略了。但是我觉得没有什么啊，你没有失去什么啊！交易这条路，能走通的人凤毛麟角，你不但走通了，居然还弄出来一个交易体系，我自愧不如。不对，应该说我差远了，没想到你能走到这一步。现在看来，应该让业务部跟你合作点什么，要不有点浪费资源啊！"

林泉哈哈大笑，说："咱俩客气什么，你啥时候想做市场业务说一声，我全力支持。其实现在我也有合作的，智联证券的很多业务都在我这边开展，长期有客户经理在店里。"

黄业一愣："智联？你是说你现在和智联证券有合作？"

林泉笑笑："也谈不上合作，他们有很多外来客户不是很方便转化成自己的，我帮他们转化一下而已。提前说明，没有转化你们龙泉的客户，都是他们自己带来的客户我才管。"

黄业若有所思地点点头说："哦，对了，我记得蓝兰是前不久去的智联吧？"

林泉晃动酒杯苦笑着说："要不要这么敏感啊？"

"哈哈。"黄业大笑说，"我就知道你和她不清不楚的。怎么？现在勾搭上了？你知道吗？我觉得有一句话很有道理，人到中年，食色两个基本欲望中，只要有一个还算强烈，就还不算衰老，我看你是贪吃好色，年轻得很嘛……"

蓝兰是林泉的初中同学。林泉从小就不是什么好孩子，在调皮捣蛋搞怪犯坏的道路上高歌猛进。到了初中，更是开始抽烟喝酒夜不归宿。父母离异得早，他跟父亲过，刚开始林泉夜里不回家父亲还到处找他，后来就顺其自然了，反正他的生存能力比小强也不差。也许就是为了有人能和自己说说话，林泉从来没有旷课过，无论刮风下雨，他都会到学校上课，就是脾气暴躁，总是欺负同学。不过老师发现一个规律，这小子比较爱面子，从来不欺负女同学，有别班的孩子招惹本班女生，还能仗义相助，于是就安排学习最好的蓝兰和他坐同桌。这一坐就是3年。其间也曾打乱过座位，但是只要换了其他人坐同桌，林泉总是能把人欺负得受不了，找老师告状。当时是我国《义务教育法》贯彻实施的关键时期，学校根本就没有开除学生的权力。没办法，便又让蓝兰做他同桌。

十四五岁，情窦初开。林泉在男女之间的事情上很有点窝囊废，明明喜欢却不敢说。初中3年，谁都知道蓝兰不能撩，招惹了她就是踩了林泉的尾巴。也曾有不开眼的男生给蓝兰递过纸条，蓝兰的处理方式也很简单，放在林泉看得见的地方就好了。别看林泉情感方面很"低能"，收拾其他男同学可是很高能，甚至爆燃。初二的时候，有个初三的男生放学截住蓝兰表白，第二天被他知道了。这个男生人高马大的，虽然是中学生，但个子都一米八了。林泉估计自己打不过，就在楼道二层窗口埋伏，在男生进楼道的瞬间从窗户推下去一个花盆。连花带盆将近30斤重啊，就这么直直地砸在了男生面前，这小子当场尿了。事情一下大条了，这都算得上故意杀人了啊。先是这男生家里一下来了一堆人堵校长办公室，后来警察也来了。蓝兰吓得够呛，但是林泉一口咬定是无意的，不知道花盆怎么就掉下去了。那时没有监控，只要他不松嘴，谁也没辙。警察把他带到派出所，好一通盘问林泉也没松口。学校也不愿意出个犯罪分子，于是这事情就不了了之。

但是林泉不认为完事了，他摸到了人性的弱点，于是天天都在二楼楼道窗口发呆，吓得学校在上学下学时专门安排老师站岗。那个男生的目光只要和林泉对上，就好像鸡崽凝视黄鼠狼，一米八的大个子也无法保护脆弱的小心脏。男生的父母得知了林泉的家庭情况，再结合他事发之后的表现，觉得也没辙。想放心，好像只能弄死林泉，要不然，谁知道这小子会不会弄死自己的儿子？一来二去，没过一礼拜那男生就转学了。

毕业后，蓝兰上了高中、大学。林泉走上了社会，后来去当兵。茫茫人海中，各自挣扎。再见面时，佳人已为人妇，林泉也已娶妻。

　　林泉眯着眼，窗外影影绰绰的灯火变得虚幻迷离。回忆中的画面依然清晰，他记得那个下午，又或者是上午，教室里只有蓝兰和他两个人，他在窗口假装发呆，实则偷看自己的同桌。蓝兰穿着鹅黄色的裙子，运动鞋，白短袜，坐在课桌上戴着耳机听歌，还低声地哼着。一束阳光穿过树叶的空当照在她脸上，可以清楚地看到那忽闪的长睫毛。窗外有爬山虎垂下来，楼道、操场……整个学校格外安静……

　　"喂，嘿！多了？"黄业边说边倒酒，刚倒出来几滴酒瓶就空了，去吧台又拿了一瓶金酒，给两人都倒上半杯，再兑上汤力水，还加了点柠檬汁。林泉看着他胡乱调制并不说话，金酒怎么搭都好喝，还很便宜。

　　黄业身体略微后仰靠在沙发上说："蓝兰其实业务能力很强的，就是她那个爷们儿，结婚前喊着女人什么也不用做，男人养是应该的。最后自己都养不活，还得靠着蓝兰养家。"

　　"不想说这些事，再说他们已经离婚了。"林泉低头晃动着杯子，声音冷得就像外面的天气，"还有，我不认为业务能力很强是对一个女人的夸奖。"

　　黄业耸下肩说："离婚了？我还真不知道，她离职之后，我们也有快一年没见了。我听说她想自己开个营业部，这个你知道吧？"

第十三章
我想吃鱼了

"嗯?"林泉愕然。这个他真的不知道。在他眼里,蓝兰就是一个温和贤淑甚至软弱的女人。自己张罗营业部可是个挺大的工程,这是她能够搞定的吗?最近他们联系挺频繁,但是完全没有听她提起过。

和蓝兰再次相遇,是在黄业的升职宴上。那天不少投资圈的朋友出席,林泉坐在主位邻座。蓝兰迟到了,进门时满面笑颜的,一秒都不到两人视线相遇,28年弹指一挥间,林泉气血翻涌,当时都耳鸣了。蓝兰也是心神激荡。两人没想到能在如此环境下重逢。

黄业作为主人,自然要照顾场面,亲自为大家介绍。蓝兰当时是龙泉证券市场部的总监,算是黄业的同事。林泉是自由投资人,能出现在这个饭局,完全因为是黄业的朋友。有人提议迟到罚三杯,蓝兰推辞,林泉想都没想直接站出来,说声我替她喝,倒了六杯五粮液,折到一个碗里一口闷了。众人都傻了,黄业也傻了,看林泉喝完酒坐下,低着头谁也不看,也不知道该怎么办好了。还是蓝兰跟大家解释,说是初中同学,多年不见如何如何,黄业赶快就坡下驴,场面才重新热闹起来。只不过大家都是积年老贼,谁的眼里还没有几把枪啊,看透不说透而已。

整整一顿饭,林泉基本低着头没说话,有人敬酒就一饮而尽,筷子完全没动。蓝兰倒是很快调整了过来,大大方方地换个位置坐在林泉旁边,席间还帮他推了几次敬酒。

那天林泉喝多了,吐了个翻江倒海,在餐厅的走廊上边走边吐,后面跟着两个保洁阿姨,边打扫边惊叹。足足有几十人观望,据说所有人都在膜拜他,怎么就能吐这么多？必定是牛人，也只有牛有四个胃。

黄业又倒上两杯酒，与林泉碰碰杯一口喝干了，长吁一口气地说："痛快！痛快！这金汤力的味道清爽干脆，一点不拖泥带水，比啤酒好喝得多。"

"哈哈，那是你没喝过什么鸡尾酒，等有空多给你调几样。"林泉嬉笑着说，不待黄业回答接着问道，"开营业部需要什么条件吗？"

黄业苦笑说："我说你呀，能不能多为自己想想？算了，我也不劝你，你自己看着办吧。这么说吧，要是在我们这边个人想开营业部，团队构架比较重要，少说也要十来个人。一个营业部总经理，负责整体经营；个人业务部需要四个人，一个是负责人；机构业务部也是如此，四个人，一个负责人。注意，这些人要有从业资格。还得一个人负责合规，再来一个前台，目前风控是总公司负责。人员齐备之后需要选址，这个位置附近不能有本公司的其他营业部，之后需提交安置方案和筹建方案，以及未来几年的规划，等等。这些条件都具备了，材料交给公司总部审核。审核通过了，就可以开设营业部。这是龙泉证券的制度，估计智联那边会宽松一点，小券商比较注重业务。"

林泉默默地盘算着，他对自己具备的条件非常清楚，自己作为独立投资人，对证券公司来说只是一个客户，但是从投资教学这个角度来说，还拥有不少客户资源，这就是证券公司的上游，是稀缺资源啊。为什么她没有和自己商量一下呢？酒劲上涌，他突然有些烦躁。

俩人喝到半夜，舌头都大了，直接去权金城泡了个澡，开了个包间做个按摩睡了。醒来已经是上午9点，黄业匆匆忙忙上班去了，林泉则慢慢悠悠地回到茶馆。

两台电脑的程序化回测都已经完成，分别是铁矿石的5分钟和3分钟两个周期。把数据存档之后，林泉又把15分钟和10分钟两个周期挂上，开始回测。量化交易的前景很宽广，门槛也不低，他一直不愿意做那些没技术含量的事情，越是简单的事情跟风得越多，有限的市场很快就会做臭了。目前，国内支持程序化交易的软件没有几家，他用的是新华财经的交易软件，这个软件目前还算稳定。其实，程序化交易的关键点，首先在于交易策略的应用。林泉的股票一直是手工操作，因为股票是单向操作，只能做多，不能做空，除非融券。而大宗商品期货就好些，多空都可以操作，这样就给了程序化正反开仓的机会。林泉对策略的应用很直白，多头趋势就开多，开仓手数通过回测获得。浮盈或者浮亏达到历史标准，就加仓或者离场。多头趋势不在了，无条件离场。就是这样直白简单的策略，每个周期都要回测，铁矿 3 分钟周期回测 5 年的数据，需要 12 小时左右，5 分钟回测也得 8 小时到 10 小时才能完成。

林泉看看两台电脑上的回测时间，大概需要 4 小时完成，算算时间正好吃完午饭。于是转身下楼，吧台里面还有一个笔记本，正好可以看看股票。

木纹吧台高一米五，人坐在里面外面根本看不到。林泉打开股票软件，果然，上证指数分时图上，白线一路攀升。这说明大盘股集体拉升，带动股指上涨，同时黄线虽然上涨得不如白线那么猛，也是稳步上升的，开盘的位置虽然在均线之下，但是开盘之后立刻攀升，虚拟量比 3 倍多，用 RSI 来看，多头空间，正在上攻。CR 指标就在今天进入了多头趋势。

林泉皱着眉，摆动类指标 KDJ 和 CCI，也都显示高位钝化。这无非两种结论。一种结论是高位钝化显示价格上涨到了一定高度，部分主力具备了出货空间，毕竟主力图的就是低买高卖。但是，这种情况一般出现在震荡市，箱体震荡中使用摆动类指标效果不错。另一种结论就是上涨气势如虹，一路高歌猛进。这种情况下，摆动类指标基本是无效的，只有在回撤穿线的时候，才有可能出现一两天的调整。

林泉切掉均线，主图指标换成布林线，K 线图刚刚碰到布林线上轨，这时候上轨的位置是 3384.76，鼠标移动到昨天，2018 年 1 月 2 日，这时候布林线上轨的数值是 3385.28。这说明在目前这一时刻，布林线的上轨还是在向下的状态，但是已经基本持平。再看中轨，1 月 2 日是 3292，今天已经是 3294，开始向上行进了，而下轨就不用查数值了，肉眼可见已经向上拐头了。再结合 2017 年 1 月 23 日大阴线开始的下跌，布林带正好在今天形成一个不强烈的喇叭收口。这说明后期的趋势很有可能转多头。

"上轨……上轨……"林泉盯着电脑，嘴里嘟囔着。这大盘局面其实也简单，目前来看已经达成他的初步要求，三个以上的趋势指标向多，MACD 虽然没有双线上零轴，但是红柱的发散状态已经出来了。再次把主图指标切换回均线，这时候指数已经上了 3370，而 58 日均线在 3352 位置，短期均线也全部多头排列发散开了。指标使用起来其实很简单，最终的目的就是通过指标的表现，来判断未来一段时间的价格走势，指标本身就是价格的一种表现而已。

"算是多头突破了！"林泉打开账户，资金使用率为 65%，零成本获利保留的股票 42 只，零成本的 ETF 11 只。这些零成本只是相对的，有不少的持仓市值比持仓盈利大一些，严格来说不算零成本，但是效果也差不多。还有两个资金占比在 10% 左右的，分别是黄金 ETF 和三一重工，这两只他已经持有超过 1 个月了。三一重工成本价是 8.99 元，现在每股赚不到 5 角，而黄金 ETF 成本价是 2.68 元，现在已经涨到了 2.73 元，小有获利。

看着账户，林泉揉揉眼睛，常年盯盘，他的视力下降得厉害。今天有些心不在焉，他拿起手机，给蓝兰发了一条微信。

"哈喽，我想吃鱼了，你招待一下呗，你们楼下鱼火锅就成。"

这条信息林泉是动了心思的，他没有选择一般性地问候，或者征求对方是否有时间，而是直接要求人家请吃饭，地点还定在智联证券总部楼下。这让人很难拒绝。

果然，不到 1 分钟，那个弯月头像有消息进来："开会中，12 点到，你先把座位订了。"

嘿！林泉嘴角不自觉地上翘。从电话簿翻出餐厅订餐号码，打过去说订个包间，餐厅的人问几位，林泉直接说六个人。这家餐厅很火爆，要说两个人，很可能不给订包间的。

第十四章
我能帮你吗

一切搞定，林泉又回到电脑前，大盘既然算是发动了，那么资金就要跟上，他的投资策略就是如此。

千金药业这只股票他盯了两个多月了，对里面的资金动向已经一清二楚。去年12月29日最后一个交易日收了一个中阳线，1月2日开盘之后全天振幅比较小，在0.7%之内震荡，收盘时候价格回落到开盘价附近，当天换手才0.52%。也难怪，当天上证指数也是有所分化的，大盘股助攻，小盘股挂车尾。千金药业市值40亿元不到的样子，说是小盘股也算恰当。但是，今天的走势就有点耐人寻味了，集合竞价停在14.03元，开盘之后用一个脉冲向上冲击了1角，随后就开始回落，之后再上冲，再回落，第二次回落直接绿盘了，价格落到了13.92元，之后就开始窄幅震荡，14元的股票居然出来了织布机的分时图。

结合之前的走势跟踪，林泉判定，主力在刻意控盘打压。之前的一个多月，林泉早已发现这只股票里面的主力资金很稳健，控盘程度没的说。尤其昨天和今天，在大盘气势如虹上涨的状态下，连续两天缩量窄幅震荡，这是一种非常高明的洗盘方式。

所谓洗盘，就是清洗浮动筹码；所谓浮筹，就是那些意志不坚定的持股散户。大盘上涨我不涨，散户就该着急了，这么多股票"呼呼"地上涨，结果自己持有的原地不动，散户受不了，大部分就会卖出手中筹码，收回资金去追自认为强势的股票。主力就在这个比较低的价位回收一部分，以后拉起来的时候，自己就成了强势股，也会有别的股票里的散户追过来，高价买入，等于帮着主力做了一个高抛低吸。

林泉非常清楚自己要做什么，就是要跟住这些主力，那么这个时间就是一个很好的介入时机。11点整，这时候的价格是14元，林泉挂13.96元位置买入1万股，挂在13.92元位置买入1万股，今天建仓两万股就可以了，资金占比差不多4%。

完成挂单，林泉又上了楼，两台电脑的回测都没有完成，铁矿石15分钟周期回测还需要3小时，10分钟周期需要不到两小时，下午回来再说了。林泉对这两台电脑的压榨是无以复加的，两个月都不带关机1小时的，一直疯狂回测，他需要在海量的数据中找到一个平衡点，一个让他什么都不干就能赚钱的平衡点。

林泉刻意早到了15分钟，刚停好车，就发现渔家火锅已经有人在排位了。北京人冬天就喜好围着热乎乎的锅子喝上一口。在服务员的带领下，林泉来到了自己订的包间。坐下直接点菜，蓝兰喜欢吃清淡一些的，自己喜欢吃辣的，于是点了鸳鸯锅，要了一条斑鱼，黄喉、百叶、肥牛、青菜都来了一些。下完单子直接叫服务员结账，弄得服务员有点晕，林泉也懒得解释，给蓝兰发了条信息，告诉她包间门牌，然后直接去吧台结了账。说是让蓝兰安排，但是两个人吃饭让女人结账，这个林泉做不到。

蓝兰一如既往地准时，踩着点笑盈盈地出现在包间。裹着一圈浅蓝色的长款羽绒服，里面穿的是黑色西装，标准职场女性装扮，只是这工服似乎档次很高，衬托得蓝兰身材凹凸有致。林泉不禁啧啧："这身材，这脸蛋，说你40岁谁能相信啊。"

蓝兰把外衣挂在门口衣架上，笑笑说："如果不是你每次都提醒，我根本记不起来自己40多岁了。"

林泉哈哈大笑，很绅士地拉开椅子让蓝兰坐下，之后坐在她身边的位子上，拿过单子递给她："我点了一些，你看看还有什么需要吗？"

"你点就好了，我随着你。"蓝兰一直如此，对吃喝非常不在意。

林泉示意服务员上菜，笑着说："我开车来的，不能喝酒，你喝点什么不？"

蓝兰拿起桌上的茶壶倒茶说："两点接着开会，就喝点菊花茶好了，你也喝点。"说着拿起林泉的杯子，倒了半杯热茶烫烫，之后倒上大半杯菊花茶。这个过程中她的表情十分专注，嘴角还漾着微笑。

林泉看得有点感慨，不由一声长叹："唉！我感觉上一次咱俩离得这么近，好像是前世的事情。"

蓝兰笑说："还前世，别胡扯了。你是想说上个世纪吧？"

可不是吗？30年前啊，弹指一挥即过，虽然同样是漫天云霞，但人已非少年。整个中学时代，林泉的记忆中似乎只有蓝兰的身影。年少懵懂的岁月中，他并不知道爱与喜欢的区别，也多亏了那一段岁月，才能在心底留下这一方净土。

俗话说女大十八变，现在的蓝兰比起以前林泉印象中的那个清瘦的女同学，可谓天壤之别。以前清秀的脸上多了几分成熟的味道，瘦瘦的身材鼓胀了起来，一身工装也凹凸有致，林泉凭直觉断定这工服是改过的。

火锅上桌，斑鱼分成六个长碟摆了上来，各种火锅辅料也流水般地上桌。林泉订的是六个人的包间，一个大圆桌基本摆满了。

林泉夹起一片薄如蝉翼的鱼片，就用筷子夹着在锅里涮，说："斑鱼不是石斑鱼，是一种淡水鱼。这玩意儿是食肉鱼，凶得很，啥都吃，连自己下的小鱼苗都吃。你看，就这么涮个三四秒就可以吃了。"

蓝兰也像他一样用筷子夹着鱼片，一边在清汤里面涮着一边说："我对吃什么无所谓，好也是一顿赖也是一顿，吃饱就好，没太高的要求，不像你似的。"

斑鱼片得刚刚好，入口鲜嫩美味，其他的食材也很到位，黄喉脆爽，肥牛嫩滑，林泉吃得很带劲。蓝兰则主要吃些青菜，女人嘛，都对自己身材有着严格的标准。俩人边聊边吃，倒也十分融洽。

"你真把烟戒了？厉害啊，我就没听说过谁好端端地能彻底戒烟。"蓝兰惊讶地说，"你现在可是改邪归正了啊，又戒烟又自考的，你说你要是早些年这么上进多好，自考过了几门了？"

林泉数着手指说："刑法学，刑事诉讼法学，民法学，法理学，经济法概论，还有国际经济法概论，反正专业课里面学分高的我都拿下了。政治课里中国近现代史纲要也过了，现在正在读《马克思主义基本原理概论》。"

蓝兰想想说："要说学分，英语应该更高吧？"

林泉泄气地说："别提了，英语、俄语、日语分都高，可我是真进不去啊。"

"进不去也要学的，想要学历，这一关就得过去。"蓝兰给他夹一筷子鱼肉说。

林泉呵呵一笑："我要学历干啥？找工作上班吗？我学这个只是为了丰富一下头脑，人在世间走，法律就是规则，我主要是为了学习一下规则。顺便让你们看看，混个本科什么的也不是难事。"

蓝兰停顿一下，放下筷子看着他缓缓地说："林泉，你有很多别人比不上的优点，但是一直以来你都是个自负的人，眼高于顶，特立独行，我并不是说你这样不好，谦和的人才能更好地面对生活，感受生活。"

林泉摆摆手说："行啦行啦，你又开始对我说教，这就是靠认知才能改变的，不是你说两句就能成的。对了，昨天我和黄业喝酒还说到你了呢，听说你想自己搞营业部？"林泉装作漫不经心地问。

"是，目前已经上报了，等待审批呢。"蓝兰说。

林泉放下筷子，喝了一口茶水说："你觉得能通过吗？对了，你选址在哪里？"

蓝兰看着林泉，微笑着说："正新大厦。"

林泉脸上一热，正新大厦就是他们重逢的地方，就是黄业升职宴摆酒的地方，也就是他吐得跟喷泉一样的地方。

讪讪笑着，林泉确实有点不好意思。虽说喝多了不是啥新鲜事，但是据黄业后来说，那天他酒后诉衷肠，还有很多话让蓝兰听见了。只是他喝得太多，断片了，大部分想不起来了。

"正新距离龙泉很近啊，不会有什么不好的影响吧？"

蓝兰收回目光，把玩着杯子说："能有什么影响？各做各的业务，再说又不是对门。"

"我能帮你什么？"林泉试探着问。

蓝兰展颜一笑，房间似乎都明亮了几分。她盯着林泉的眼睛说："你今天来，就是想问这个事？"

林泉有点不好意思，低头笑笑说："是啊，昨天知道这个信儿，我就一直想这个事儿。现在券商也不是那么好做，你自己能撑起来吗？"

"那有什么能不能的，尽力罢了。你不是常说，谁也没有前后眼，做就是了。"蓝兰轻轻地说。目光在桌子上游离，有点心不在焉的样子。

林泉想了想说："你也知道我一直做投资课程，现在的学生比较多，也有不少做股票的朋友，如果你需要客户，我可以给你找一些。你打算弄营业部，总不会一点资源都没有吧？如果有准客户群体，我可以给你做一些培训促进类的活动。存量资金如果有需要，我也可以给你想点办法。机构业务我接触得少，黄业他们接触得多，我可以给你问问去。另外，我和很多期货公司关系比较好，你可以想想看看，是不是有什么自营的基金可以和他们合作一下。我跟你不一样，你是从业者，很多事情不能做，很多话也不能说，我没事啊，自由投资人，没啥监管部门掣肘，余地大很多的。"

他自顾自说着，想开一个营业部需要照顾到方方面面，客户、存量资金、基金和机构业务、人员管理都是要考虑的事情。其实林泉对这些并不是很熟悉，只是常年和券商打交道，对于证券从业所需了解得比较多而已，但是要说对证券业务的真正了解，他是无法和蓝兰相比的。

"知道啦，现在硬件软件都还算齐备，我手边的几个人也还算争气，不用麻烦你的。如果后期业务有困难，肯定会找你支援。"蓝兰细声细气地说。

"你做这个决定之前，有没有考虑要找我呢？"林泉问道。

第十五章
神秘的力量

"没有。"蓝兰干脆地说。

"没有？为什么呢？"

"几十年了，一直都是你照顾我，我都不知道什么时候才能回报你。"蓝兰说这话的时候，依然是微笑的，只是眼神有些飘忽。

"看你说的，其实我应该感谢你，让我还能觉得自己有点用。"

"别这样妄自菲薄，你已经很强了，就是有点偏科。"

"啥意思？听着不像好话啊。"

"唉，就是说你强的地方很强，可是弱点也挺多。就比如你在投资领域的才华，我们都觉得很惊艳，你自己能做好不说，还能总结出来这么些课程。说真的，你要去券商工作，那就是无敌的存在。"

林泉不动声色地说："夸完了？下面该说可是了吧？"

"聪明。可是在生活里你就是个'白痴'，知道不？也不对。生活中你也有很多地方挺强的，应该说你在感情方面是个'白痴'。你这样的人，怎么说呢？活该一辈子单身。"说完，蓝兰转过脸不再看他。

"我这算是无妄之灾吧？好心好意关心你一下，得！我这一顿挨得有点冤啊。"林泉苦笑。

两人一时无语。

蓝兰突然起身，走到门口，从羽绒服口袋里掏出一个小盒子递给他。"前些日子去瑞丽出差，一个客户是做翡翠生意的，我从他那里淘了一个小物件给彤彤。小姑娘戴竹节好看，寓意也好。"

这是一个近 4 厘米长的翡翠竹节，是通体浅绿、晶莹剔透的冰种翡翠，透过竹节可看到后面人影。一看就价值不菲。

"这很贵吧？给小孩子戴上弄丢弄坏多心疼啊！"林泉摩挲着竹节说。

"你怎么突然变得抠抠搜搜的了，翠和玉这一类东西，是可以护主挡灾的，要是丢了坏了，你应该高兴，它是为孩子挡了什么劫难的。"蓝兰白了他一眼。

一瞬间林泉有些恍惚，好像还是在 30 年前的中学教室，后面的日子只是大梦一场，自己还是那个 14 岁的中学生，眼前的人，也还是当年。

"呵呵。"他自嘲地笑笑，时过境迁了。

"那个……事业不是那么好做的，你心中有数就好。有什么事情随时跟我说，女人做事情挺不容易的，更何况还是长得好看的女人。"

蓝兰笑着说："我就当你是真心赞美了啊。"

两人相视一笑。林泉非常珍惜他们这一份感情，这些年来，两人始终保持联系，对蓝兰的情感，林泉无数次反思过、权衡过。他清楚地知道，距离的作用是非常强大的，一旦跨越距离在一起，现在这种亲近也许就消失了。

就如同现在，蓝兰心中所想亦在眼中，但是他退避了。毕竟已不年轻，人过中年，对婚姻之事都已经知道开头之后的走势了。他不愿意蓝兰依靠在别人肩头，但也不愿意那些青春飞扬的记忆消磨在柴米油盐中。

北京的冬夜很冷，风呼呼地从袖子灌进去。晚上去和孩子玩了会儿，回来已夜里 10 点半了，门都锁了。整条街上的酒吧都还开着，林泉寻思着是不是也该延长一下营业时间。虽然不指着这个店赚钱，但是热闹点总是好的。

茶馆里面一共有五个雇员，严格来说都不能算是雇员，就像是个搭伙过日子的团队。

湖南妹子李墨腰细腿长盘子亮，眉眼间风情万种，是店里的颜值担当，之前一直是招行的业务人员，是主要负责对公账户的客户经理。

刘晨曾经是一个私募机构操盘手，由于做人比较圆滑，在业务方面也非常出色。就是命不是很好，一次做了个老鼠仓，时隔 1 年公司出了一些经济票据问题，把他这个老鼠仓给牵连出来了，于是，注销从业资格，罚款失业。小伙子弹一手好吉他，唱歌贼难听。他跟林泉时间最长，店里的大事小事基本都是他在操持。

章晨风是程序员，不定时来店里帮些忙，其实他的主要任务是帮着林泉写程序化代码。他以前是中诚期货的客户经理，因此认识林泉，相处下来彼此觉得人不错，一来二去就成了朋友，后来开始倒腾古玩古书，也经常来林泉这里帮忙。

玲姐年纪最大，很早以前是林泉家附近的一个家政小时工，经常去给林泉收拾屋子，人踏实肯干。林泉开始做酒吧后，玲姐就经常去酒吧打扫卫生，时间长了，她就成了林泉的第一个长期员工。

王俊雄负责吧台和财务，这主要是因为吧台的时间多些。小伙儿大高个，足有一米八五，酷爱先天易数，一有时间就看些晦涩难懂的风水周易类的书，据他说玄学确实存在，信者有，信则灵。

茶馆的收益主要来自会员费。会员基本都来自投资圈，店里的每个人都可以销售会员以及林泉的股票课程，分成还是很可观的。大家每人还有一个股票账户，由林泉统一打理。比如玲姐，她跟林泉时间最长了，手脚勤快得很，不光店里，连家里都给他收拾得干干净净，玲姐的账户里面有60多万元，平均年化收益基本没有低于25%过，正是这个稳定的收益坚定地支撑着玲姐跟随老板的脚步。

林泉一上楼就扑进了程序化回测中。今天耽误了几个小时，铁矿石还没有回测完成。他先没有着急把回测挂上，这个公式现在小周期回测都已经完成，剩下的大周期时长分别是30分钟和1小时，回测顶多用两小时就能完成，也就是1点多电脑就没事做了。他看看表，11点了，索性等两个周期测试完成再睡吧。

歪在床上打开手机，微信上有十几个未回复，两个好友申请。林泉的微信基本用来沟通工作，以前做课程的时候留过这个号码，所以经常有学习投资的人加他。当然也有一些想浑水摸鱼的，最常见的就是各路券商的客户经理，还有各种炒股软件的销售。严格来说，炒股软件就是蒙事的。这东西只有散户新手才会相信，其实大部分炒股软件，只能起到一个信息归拢的作用，对高手来说没用，对新手来说不会用。至于那些能够提示买卖点的软件，林泉更是嗤之以鼻，这种玩意儿其实就是一个公式，他以前也写过好几个，资管群里一直使用的小狐狸均线就有这个作用。这个均线系统能够用颜色区分多空状态，底部有箭头以及买入提示，叠加多周期使用，而且直接把代码贴在通达信股票软件上就可以使用，可以说是操作股票的利器了。其实无论是股票还是期货，本质都是相当简单的，只要不朝三暮四，能够自我控制，使用什么指标参考都能赚到钱。

两个好友申请他看都没看就通过了，反正就算是骗子也无法对他造成损害。

林泉对于网络世界，基本就是一个不信的态度。个人资料还不是随便填，他好友列表里就有个"紫薇大帝"，这几天在朋友圈连续发消息做断桥铝。还有各种英文名字的。对于这些个人资料，林泉懒得看，他们也只能在林泉的朋友圈转转，看看以前的公开课程，或是近期操盘的截图，想加群是不可能的。林泉对加群的要求始终是固定的，要么是现实中认识的人，要么是购买了课程的人，其他人一概无视。定投群和资管群是他一直悉心经营的两个群体，里面所有人都是和他有过现实接触的，学员群里面很热闹，每天都会有人提问股票或者期货的问题，也会有些闲聊。这不，一整天没看，显示有320条未读信息。

　　大概其看看，基本都是提问股票的，有问股票还能涨多少的，也有问股票能不能买了的，还有说被套了要不要割肉的，更有那些听了什么消息，问下一步如何操作的。针对这类信息，林泉一般就是从技术面分析一下这只股票的现状，大致展望一下未来，至于买卖建议，他从来不会给出。股票是固定的，但是人心不是，这有过太多例证。同一只股票，对应的眼光有长线短线之分，也有抓反弹或者做顺势的区别，战法的应用不同，整体逻辑就会大打折扣。资管群里面比较熟悉的人，基本是应用分仓技法操作，这样买卖股票的安全边际很高，分仓技法能够很好地应对市场波动。但是总有些人喜欢我行我素，看中一只股票就全仓杀入，赚就赚个痛快，亏就……爱谁谁吧。

　　信息一条条地看下来，下午收盘的时候他也曾经看了一眼账户，小有斩获，就在群里发了个小红包，也算是气运分红。这不是林泉迷信，最初是刘晨建议的，多年实践下来，气运这个东西确实存在。有人认为就是运气，但是他认为气运是建立在运气之上的，也可以说是运气的集合体。大量的运气，或者说长久的运气才能被称为气运，这是一种神秘的力量。

第十五章　神秘的力量

第十六章
这就想动手了

只要账户有所收益,就发个红包,这已经是他的习惯了。每天下午3点左右,学员群就会有人摩拳擦掌地等着,也会有人在那个时间把自己的问题摆出来。这不,刚领光了红包,"彩派"就蹦出来问通和股份这只股票能不能买。当时林泉正在和张群几人谈话,没有看见,但是群里还有400多人呢,于是围绕这只股票展开了一轮讨论。

闲鹤游鸿:"这只股票CCI已经从-200多回头到了-100附近,按照老师的抓反弹理论,完全可以吃一口肉了。"

lisa看海:"这肉能吃?好像下跌通道中吧,别吃坏了,不好消化。"

闲鹤游鸿:"我吃抓反弹的肉,你说的是趋势,咱俩说的不是一个事。"

账户长红:"@lisa看海 姐姐,你别管他,他就爱吃消化过的肉。"

aka金融女魔头:"消化过的肉?什么意思?"

闲鹤游鸿:"你别找碴儿啊,我这说正经的呢。"

答案:"我觉得通和股份不能买入,没有中长线的预期,即使买入赚了钱也是蒙的,早晚被结算。"

李香兰:"@aka金融女魔头 消化过的肉就是屁屁呗,这都没见过吗?"

aka金融女魔头:"……见过,经常见。"

账户长红:"@闲鹤游鸿 这可不是我说的,我只是想想就带出来画面了。"

彩派:"各位老板,我是想问问老师这只股票可不可以买进一些,咱不闹了成不?"

李香兰:"我认为股票的事情可以先放一放,吃啥这是个大事,消化过的肉是个什么味道，大家需要采访一下。"

lisa 看海："还味道……你当是韭菜合子哪。"

账户长红："嘿，消化过的韭菜合子，这想象力，没谁了。"

观察者："各位老板，注意言语素质。大家都是文雅的投资人，注意保持风度。"

aka 金融女魔头："群主发话喽，大伙儿打住吧。"

夏初："@彩派 我觉得你这只股票不能买，不是说不能抓反弹，现在这市场正热，上证指数都进入多头了，这时候满屏都是强势向上的股票，这个时间抓反弹本身就不合适，应该去看看前两天老师发的自选股，找强势的介入。"

闲鹤游鸿："我是说这只股票适合在尾盘做一个超短线，3点收盘之前买入，第二天高开或者上午走高卖出，赚两个点就成，不占用资金，盘中持仓时间很短的，这应该算是资金利用率的问题了吧。"

彩派："对对，我就是这么想的，怪我没表达清楚。"

林泉没事的时候就爱看群里的聊天，根据大伙儿的聊天内容和自己掌握的一些细节，能逐渐推断出一个人的一些情况。他认为一个人的性格、生活环境、职业、成长背景、心理状态等元素都是可以组合的，一般情况下，只要掌握两三个元素，就可以通过言谈举止精确地分析出来其他元素。林泉时间很多，没事就喜欢观察别人、分析别人、窥探别人的生活，以此来验证自己看人的眼光，乐此不疲。

资管群是2014年建立的，这期间有些人离开，也有些人加入，很多人长时间相处都成了朋友。"彩派"叫王长有，太原人，闺女刚上中学，父女俩和林泉一起出游过两次，还爬了五台山。他本身做股票很少，热衷的是期货。"闲鹤游鸿"是河北乐亭人，搞养殖的，每年春节都会邮寄几只土鸡给林泉。他账户资金量不大，一般都是做短线交易，比较偏向"T+0"操作。"aka金融女魔头"是东北姑娘，健身狂魔，和林泉一起滑过雪。"账户长红"也是很早就加入资管群的了。群里的人林泉基本都很熟悉，从关了酒吧开始，他就刻意地疏远了身边的人，每天只是闷头研究股票，研究期货，做视频课程，一个人喝酒，周而复始。那段时间里，他的社交基本就是这几个微信群，每天在群里聊聊天，也就算是有个说话的地方了。

随意滑动着手机，他百无聊赖地看看视频，又打了两把王者荣耀，两把全输了。手机屏幕上最后一幕是他的百里守约躺在水晶边上，蹦跳着甩动辫子的安琪拉带着一队小兵打碎了他的水晶。切出了游戏，微信聊天中，这一盘的对手得意扬扬："百里守约不是这么玩的，你出一身加血装，打不出伤害来有啥用，只要我火球定住你，你就没戏了。开始出攻速鞋，之后出暗影战斧，破军，这时再用远狙两下就带走脆皮了，之后再出……"

林泉可以想象对面的小妞眉飞色舞的模样。

"哦"了一声，表示自己知道了，林泉切换到另一个微信上。那个戴着翠绿领花的女孩头像还是没有动静，刚才他发了一个吐舌头的笑脸过去，看看时间已经半个多小时了，没有回复，白等了。林泉伸个懒腰，活动活动脖子，有点小失落。这是蓝兰。林泉就好像一个影子似的跟着她，她跑远，林泉就追过去，她靠近，林泉又跑开，就这样始终不同步，说暧昧也不暧昧，说纯洁也不纯洁。

突然另一个头像发来了消息，是个黑暗化的鲁班头像，昵称是"霸霸"。

"作为中老年人你的操作也算不错的了，至少比我爸强多了。"这个家伙就是刚刚打赢他两局的那位，资管群里王长有的女儿，"明天有空再来找你喽。"

"好的好的，早点休息。"林泉说。

其实林泉根本就没和她正经打，稍用点心估计就能给她的安琪拉来个三杀五杀的。为什么爱用百里守约？他就喜欢自己打得到别人，别人打不到自己的感觉。对于这种没有彩头的游戏，林泉一向是示敌以弱，输了又能怎么样？来日方长，就当挖坑了，等以后见面赌点什么的时候，再痛快揍孩子一顿，这多过瘾。

时间又过去了挺久，她还是没有回复。

其实他有时候也对自己说，干吗这么轴，不就是个女人吗？跟个"傻子"似的老张望着，又不是十几岁二十出头的毛头小子了。可是事到临头，他依然故我。可能张望已经成了习惯，又或是，他张望的只是那一段早已经消逝的时光。

12点半，他去冰箱拿了两瓶嘉士伯，1小时的回测已经快完了，30分钟的回测还需要不到1小时，也就是他得将近两点才能睡。他又看了看手机，那个戴领花的头像还是没有反应。蓝兰其实不戴领花，她细长的脖子很好看，像天鹅那样线条柔美，所以她很少穿有领子的衣服。他俩认识的那天林泉13岁，是初中开学前开家长会那天。林泉坐在教室门口，蓝兰是转学过来的，也坐在教室门口。她背靠着楼道窗台，低着头，楼道很安静，上午的阳光从她身后的窗子照进来，给她白色的衬衫涂上一层暖暖的色调。窗外，风吹得盛夏的树叶婆娑轻响，林泉眯着眼，喝一口啤酒，沉醉在这曾经的青春年少中。

"大哥，睡了没？"微信上一个铅笔画的背影跳了出来，名字是"宁"，这丫头最近天天和林泉聊到很晚。

"还没睡啊，这都几点了？"林泉靠在椅子上回复。

"还不是您的课程闹得我，躺下满眼都是K线图。"后面跟着两个流泪的表情。

"呵呵，看到哪里了？被什么困扰了？"林泉一边问，一边打开了小程序，看到今天小程序收款6000多元，其中3500元是孙佳宁付款的。她那个铅笔画的背影多次出现，买了"关键操盘指标RSI技法""短线利器CCI指标""最佳均线系统技法"，还有"捕捉涨停板"上中下三部和几个零散小课。

不得不说，这姑娘学习劲头确实足，也肯下本钱，林泉很喜欢这样的学生，从另一个角度说，这也是对他知识的认可。别看林泉从来就不是好学生，但是自从做了课程，对好学生的待遇那可绝对够好。更别说人家长得这么好看，嘴还很甜。

"我刚看完CCI指标课程，我觉得这个太厉害了。刚才我按照您课程里说的那样去拉图了，按照课程里说的买入点拉出来简直太准了，但是我记得您说过不可以简单地全仓买卖，现在您觉得我该怎么开始试试水？"

"你已经全部掌握了吗？这就想动手了？"

第十七章
得慢慢消化的知识

"嗯，有点跃跃欲试。我以前没有这方面的知识，没想到指标这么神奇啊。"

"呵呵，按照我的经验，你这个状态离倒霉不远了。"

"大哥，你什么意思？怎么叫离倒霉不远了？"

林泉正在回复，孙佳宁的语音通话已经拨了过来。

"喂，大哥，没有影响你休息吧？"

"没有，这刚几点，天还没亮呢。"林泉打开一瓶啤酒，挪动着屁股找了一个舒服的姿势。

"嘿，您真是高人，我比不了。咱不逗了，您说我离倒霉不远了，啥意思？"

"就是说你现在的状态是不对的呗，这都不明白？"

"那您给我指出来哪里不对成不成？这说半句留半句的，成心不让人睡觉是不？"

"呵呵，成，我给你讲讲。你说，你学这个CCI指标，觉得很难吗？"

"嗯……严格来说，不难，主要还是大哥你讲的角度很准，原理解释得很到位，有很多课只讲结果不讲原理，所以让人稀里糊涂的。"

林泉喝了口啤酒，对着手机说："这不是重点。我的意思是，这个指标并不是什么高科技，也有很多人研究过，就比如我讲的这三节课，也有不少人看过，那么只要看过这三节课是不是买股票就无往不利了？"

"嗯……您是说我把事情想得简单了？"

"对，你把事情想得简单了。对于我们来说，CCI只是一个工具，均线也一样，所有指标都是工具。在合适的环境下合适地使用合适的工具，这是一句话，你把这句话分解开来理解一下。"

"分解开？在合适的环境下合适地使用合适的工具吗？分解开就是，在合适的环境，合适地使用，合适的工具，对吗？"

"呵呵，这么说吧，你学会了 CCI 指标，只是掌握了一个工具，比如 CCI 是一把螺丝刀，你会用螺丝刀了，值得这么兴奋吗？"

"大哥，咱们能不用问句沟通吗？你直接说我的问题好不好？"

"合适的环境还有合适的工具组合在一起，才能成就一次成功的交易。这里面，合适的工具并不是稀缺资源，没有 CCI 还有 KDJ，还有 CR，还有林林总总的指标可以使用，合适的环境就要更加重视一些了。适合 CCI 指标使用的环境比较多，天线追突破，地线抓反弹，这都是很容易做到的。但是你怎么知道现在适合追突破还是抓反弹呢？这就需要其他的指标配合，CCI 是一个摆动类指标，和 KDJ 差不多，这类指标适合提示买点，但是并不适合提供股票目前所处的阶段。再有，合适地使用，这更是一个要点，你不会以为做股票就是选股、买入、卖出那么简单吧？"

"嗯嗯，有点感觉了，您给我说说合适的环境好不？"

"合适的环境主要指的是你要买入的目标，现在是一个什么样的状态。比如，你今天要买一只股票，你就应该先看清它现在是处于下降趋势还是上升趋势，除了连续暴跌之后的抓反弹，绝大部分的买入操作应该在多头区域进行，你明白不？"

"你说的合适的环境就是在多头区域呗？多头区域就是 58 日均线以上呗。"

"不是这样的，价格在 58 日均线以上，只是一个简单的多空判断。2015 年 5178 点那会儿，几乎所有的股票都在 58 日均线之上，结果如何？一只股票当前所处的位置，其实最重要的就是它从哪里来的，可能去向哪里。我们看指标也是这样看的，比如 CCI，它的指标线一直就在 0 到 100 震荡，这个过程已经有几个月了，那不用说，K 线上一定已经是一波挺大的上涨行情了，这个时间，如果出现背离，也就是说，价格出现了新的高点，但是下面对应这个高点的 CCI 没有出现高点，这就是背离，背离的次数越多，那么马上就要进入调整下跌的可能性就会越大。明白不？"

"明白明白，小的明白……请问林老师，背离次数越多，下跌的可能性就越大，这不就说明背离之后不一定会下跌吗？"

"问得好，你这个问题，就是那帮认为指标无用论的家伙最常用的，这些无知的家伙就用这个技术点来说明指标无用。"林泉边说边喝,啥也不吃,都下去两瓶啤酒了。

"呀嘿,您说得有道理,我确实无知,但是我不喷,我只是请您给我这个无知解惑。"

"哈哈哈……你听好了,这个市场上,无论是指标、形态、财务报表、基本面、宏观经济还是国际形势,都只是你判断未来走势的工具,那些人说指标无用,那什么有用?财务报表吗?财务作假怎么算呢?所以说,喷指标的那些人,是他们不会用指标而已。无论是指标还是消息,抑或是政策,都只是工具,都只是我们判断未来走向的工具。顶背离次数越多,说明后期调整下跌概率越大;底背离越多,越能说明下跌动能衰竭。这是我们对环境的判断,比如2015年的股灾,我之所以没被伤到,就是因为顶背离给我的提示。你打开软件看看5178点的上证指数K线图,你看看MACD,看看CR,这些趋势指标都给出了非常明确的顶背离,你再看看CCI,看看RSI,看看KDJ,这几个哪个是只有一次背离的?但是当时市场又是什么样的呢?漫天的专家学者都在展望一万点,呵呵,结果如何?"

"哦哦……"孙佳宁沉默了一下,试探着说,"您的意思是指标作用很大,出现顶背离就基本是见顶了吗?"

"呃……可能是我表达不清,这么理解吧,2015年5178点附近是一个非常高位了,是A股历史上第二高位,这是当时所处的环境。在这种高位指标上出现的看空信号,一定要重视起来,逢高减仓就是最佳选择,这个时间,所有指标出现的看空信号,都应该被当作市场转空的征兆。"

"大哥,您看2015年5178点之前,CCI就已经出现了背离,但是之后指数还是一直上行,如果再出现顶背离就离场,那会不会错失很大一段行情呢?"

"针对你这个问题,有几种解决方式。首先你要知道,K线也可以算作指标,毕竟K线形态也能够提示很多走势动向。K线的首要功能是价格的记录,但是,价格可是实时变化的,所以K线也是随时变化的,是最快速的指标。因此,可以将K线看空的形态,作为减仓或者离场的信号。你知道高位长上影线代表什么吧?"

"高位长上影代表价格上行压力大,随后下跌可能性较大。"

林泉说:"差不多,但是你更要看这根上影线的长短和量能,要结合分时图来看这根上影线,是上攻一下就回来,还是冲上高位缓步下跌,这两者看似差别不大，但是内涵有所不同。总之，你要分析的是主力的意图，个股可以分析主力，大盘也是一样的，指标应用在大盘上，更加准确的。"

"那高位出现长上影就要卖出吗？"孙佳宁问。

"高位长上影，只是一个见顶信号，这个信号的表现形式是多样化的，比如前一天大涨，第二天大跌，把这两根K线合起来看，这不就是一个高位长上影吗？你学的是指标，要学会结合起来看。比如出现了高位长上影线，这个时候RSI指标两根线都在80以上，你应该分批次确定。首先，指标线都在80以上，这说明目前正在很强势的区间，那么这个长上影线势必会导致RSI指标线的快线低头，无论是上涨无力还是什么情况，需要调整了，这就是结论。其次，高位上影线加RSI高位拐头，就是看空1+1了，同时RSI与之前高点相比有背离，这又加上了一个看空因素。CR指标是不是也给出了见顶信号？是不是也有背离？摆动类指标呢？你要结合起来看，始终要记住，指标只是一个股票运行的表现，根本上来讲就是涨多了要跌，跌多了要涨。"

孙佳宁还是不明白："我知道高位长上影是一个看空信号，但是我该怎么操作呢？是看见高位长上影就卖出吗？"

"这只是一个见顶信号而已，你必须给自己找一个固定的离场方式，先不说如何卖出，就说何时卖出吧。我一般在高位的操作，是由多种条件组成的。首先怎么定义是高位。任何一个股票上涨25%就可以定义为阶段高位，上涨了四分之一，需要回调很正常，K线出现长上影表现，RSI快线从80以上下穿80位置，CCI从100以上下穿100位置，KDJ的J值从100以上下穿100位置，CR指标线高位拐头，或者CR三根均线都在相对很高的位置，每一个指标都有高位的预判，要认真学。这些现象出现得越多，下跌的可能性越大。还有，你最好学学布林线，对于新手来说很有用，比如高位见顶的判断，布林线就很直观。如果价格一直在布林线上轨之上，某天K线的收盘价收在上轨之下，那么很可能价格会调整至中轨附近。如果某一根K线收在了上轨之下，但是价格还是小阳上涨，只是始终无法回到上轨之上，那么这个持续的时间越长，下跌的概率越大，这是布林线精要之一。你想啊，K线收在了上轨之下，一直小阳线横盘，那么中轨也会逐渐向上朝K线靠拢的，这就成了一个很容易固定的系盘形态，咱们做投资技术派的，能够看到固定的形态，结合位置还怕不知道怎么操作吗？"

"……这些我得记下来，这是得慢慢消化的知识。"

第十八章
成功的代价

"不用着急,这些只是高位特征,你要想卖得精准,一定要看短周期,刚才说的全是日线图,你可以看看 1 小时目前是个什么状态。正常情况下,高位要是出现了这么多的见顶信号,那么小时周期应该已经走空了,MACD 双线下零轴,CR 指标线下破三条均线,DMI 的 PDI 和 MDI 交叉换位,空头占优,RSI 双线 50 以下等,这些说明 1 小时周期已经开始进入空头,那么你看,日线需要调整,小时已经走空,该干什么还用我说吗?"

"明白了明白了,哎,我发现看视频还是要结合你的讲解才更直观啊,林老师威武啊。"宁宁并不吝啬口头表扬。

"我的课程用的也是最直白的语言,如果看不懂我的课,那应该是文盲了。你要注意,课程中讲的指标使用方式才是关键,这都是我的用法,和别人不太一样,同样是一把螺丝刀,别人只拿来拧螺丝,而咱们却能有多重用法。就好比我刚跟你说的布林线用法,一些不被人注意的表象,对咱们来说就是直接收益的信号……"林泉也是个不禁夸的,赞美一下就飘起来了。

"但是我还是有点晕,如果日线出现了多种见顶信号,小时周期也已经走空了,那我是不是就直接空仓了?"

"股票不是买空卖空那么玩,是需要仓位管理的,整体仓位和对应的股票,如何买入卖出,这都应该有相对应的战法。这样,先退了语音,我给你找个战法课去。"

"好嘞。"话音刚落,语音就终止了,这丫头真是干脆利落。

林泉打字:"你稍等。"同时电脑上快速登录百度网盘,找到自己保存的课程，把"分仓操作战法"这个系列点了共享，然后发到微信上，粘贴给了孙佳宁："这个战法是前段时间出的，就两节短课程，里面讲的就是分仓操作的基本原理和技术点，很适合你现在的情况。这个课程不用给钱，算是你之前买的课程的赠品了。"

"好嘞，谢谢大哥，我先去看了，拜拜。"

"明天再看吧，这都几点了。"林泉追了一句。

孙佳宁没有回答，只留下了一个露着满嘴大牙狂笑不止的表情。

微信也没人说话了，林泉喝着啤酒，一分一秒地等待着回测结束。他的夜晚经常这样漫长，万籁俱寂的时候，他能够听到电脑机箱的嗡嗡声，能听到大厅里冰箱压缩机声音的戛然而止。林泉并不感到孤独，或者说他认为孤独并不痛苦。70亿人类，绝大部分是群居的，抱团取暖，在规则的安排下机械地活着。他并不排斥规则，相反，他认为规则是非常重要的生活元素。有了规则，大部分人才得以安然过活。而他，喜欢在不违反规则的前提下更自由地生活，用与众不同来证明自己人间清醒，证明自己不会泯然众生。

孤独是一个优秀的人才会拥有的奢侈品，优秀的人不会寄希望于他人，不会寄希望于外物。要知道，一切喧嚣热闹都是暂时的表象，人，赤条条来，赤条条走，一切痛楚都是在考量你的忍耐程度。当你一个人静夜饮酒，当你在节日想不出一个可以陪伴的朋友，或是满腹委屈无处倾诉，再或者你只能在紧急联系人一栏填上自己的老母亲……又何妨呢？这其实是老天堵死了你所有的岔路，只给你留下成功的走向。

这世上的一切，即使发生在你身边，也大都与你无关。你只是一个看客，不要入戏太深。

林泉深一口浅一口地喝着，此时他已经不在乎回测的效率，夜晚或者阳光，对他来说都是需要一分一秒度过的时间，无喜无悲的人，不在乎时钟的转速的。

2018年的股市似乎是烈火烹油。从1月2日的跳空高开放量上涨开始，上证指数就好像打了鸡血一样从3308开始来了个九连阳，到1月12日守在了3417点位置，市场看起来一片欣欣向荣，各路财经大V纷纷看好后市，牛市已经来了，这可不是预想了，而是摆在面前的现实。

林泉基本天天在店里，白天看看股票，晚上做做期货夜盘，全天的间隙时间，不停地回测。这几天，铁矿石的三种操作思路回测都已经结束了，林泉针对这三种操作的回测也接近尾声，他发现能够在做趋势上跟铁矿石比肩的，只有橡胶。为求数据的统一性，这两种商品全是从2013年10月开始回测，整体数据上，铁矿石收益大过了橡胶。这个数据是2013年10月至2018年1月的，但是如果把橡胶的回测数据提前两年，也就是从2011年至2016年，那么橡胶的收益就是当之无愧的明星了。

林泉知道，这是行情导致的。2009年1月，橡胶在11360位置再次起涨，到了2011年2月，价格已经冲上了42895的高点，好几倍啊……两年的时间，这算得上波澜壮阔的大行情了。可是在随后的日子里，橡胶开始快速下行，到2015年年底，价格已经跌到9305的位置，这又是一大波行情，所以，体现在回测中，橡胶收益完美地碾轧其他商品。但是，这只是掐头去尾地选择亮点看待，没有一种商品会永远在大行情中。对于程序化而言，有没有行情并不关键，关键是能够稳定地盈利赚钱。林泉回测的操作策略只有五种，重要的只有三种，任何一个商品，林泉都会对其主力连续合约进行大回测，只有三种操作策略全能盈利，并且其间回撤不大于单手保证金的商品，才会进行数据优化测试。

这是一个慢工，为了这个测试，他让章晨风攒了两台高配电脑，24小时不间断地回测着。目前已经开始实盘运行PTA和菜粕、甲醇这三种商品，账户权益是50万元。甲醇和菜粕使用的策略是固定开仓、止盈止损固定数据，这种策略非常适合应用在震荡市，开仓点位和盈损数据的组合非常关键。比如菜粕就追求的是高胜率，实盘的5年回测中，菜粕主连的胜率达到89%，这个结果是林泉反复权衡过的，这个胜率高，但是收益并不高，每次开仓两手，5年收益6万元左右。看似不多，实际上很不少了，两手菜粕的使用资金不到4000元，5年收益10多倍了。当然这是建立在账户权益50万元的基础上，林泉对账户资金使用的控制很严，预期最大资金使用不超过20%。以前数次爆仓，都是吃的这个亏，没有资金管理的期货交易，注定是个死。

菜粕的收益算是低的，主要原因来自他的止盈止损差距，开仓之后，止盈15跳，止损32跳，止损是止盈的翻倍还要多。从历史数据上来看，以林泉设置的开仓策略，这个止盈止损是非常稳定的，因为他回测并不是只回测一个5年，5年可以使用之后就会每一年都测一遍，要求差别不大，之后再按照季度测试。这就是固定开仓策略的侧重点，稳定性最关键。

当然了，也不是胜率高就一定好。甲醇和菜粕采用的是同样的策略，但是胜率截然不同，甲醇的胜率才62%，可就在这个胜率之下，5年的收益有11万多元，并且甲醇的保证金现在和菜粕差不多，使用率超高。同样的操作策略公式，胜率差异这么大，原因还是在止盈止损上。甲醇的止损55跳，止盈79跳，也就是说，甲醇每一次开仓之后，单手盈利790元就会止盈，单手亏损550元就会止损，在这个基础上，甲醇的收益非常喜人。

但是这些都不是收益的重点，PTA搭载的浮盈加仓模型才是林泉最看重的。浮盈加仓，这是期货走向暴富的唯一途径，无论什么操作方式，想要在交易中爆发式地增长财富，浮盈加仓是不二法门。目前这个模型已经开始应用了，它和甲醇、菜粕模型的开仓位置基本一致，不同的是开仓之后只有止损是固定下来的，止盈位则不断变化，是跟着趋势走的，如果有大趋势，不仅开仓时候的单子能够"吃肉"，在浮盈累加到一定程度时，会自动加仓，以求趋势收益最大化。

林泉盯着显示器，嘴里不自觉地念叨着，手里的笔不停地记录着。眼前初测报告上的每一个数据，都是重要的参考数据，用笔记录，是为了能够更深刻地记住。他更是用了不同颜色的笔，单线本上面每一行数据的颜色都是不同的，就这样林泉还是觉得看着费劲。自从开始做证券投资，这么多年一直盯着电脑，眼睛和腰就是他付出的最大的代价。现在他视力下降得厉害，稍远一点电脑上的字迹就看不清了，要成功，总有代价啊。

第十九章
苏轼也玩星座

"咚咚咚",敲门声响起。肯定是孙佳宁,这姑娘现在基本以茶馆为单位了,每天上午来晚上走,化身为十万个为什么。第一次见面的时候,林泉认为这姑娘是一个比较清淡的性子,就好像《红楼梦》里的薛宝钗,不争不抢,蔫有准儿的那种。谁知道接触下来,这丫头是个自来熟,几天工夫跟店里每个人都混得很熟。不过她倒是特别懂事那种,很少有空手来的时候,这不,林泉摆在面前的茶杯就是她送的礼物。

没人给她开门,也没人回应她的敲门,门就已经无声地打开,一个脑袋探了进来。看到林泉坐在椅子上,孙佳宁笑着溜了进来,手里拎着两个纸袋,还没打开,林泉就闻到了包子味。

"都快11点了,您还没有出窝呢?"

"猪肉霉干菜的?"他盯着袋子问。

"大哥,你这鼻子厉害啊,都赶上警犬了。猜猜还有什么?"她搓着手,外面应该是很冷,她鼻子尖冻得红红的。

"这还用猜?肯定还有炒肝、鲜虾菜心呗,庆丰的三板斧。"林泉推开椅子起身,"走,去课堂吃去。"

林泉放回测电脑的小屋里只有一张床,两人在这里不是很方便,大厅吃东西味道容易扩散,影响环境,所以店里吃饭一般都会去讲课的房间,长会议桌正好作为餐台用上了。

一进门就看见章晨风正对着笔记本敲字,林泉也没有招呼他,和孙佳宁坐下开吃。不出所料,这小子合上笔记本,"嘿嘿"笑着凑过来:"吃啥呢这是?"

林泉没好气地说："早饭你也蹭吗？"

"你的早饭比我的午饭好。"这家伙拈起一个包子咬一口，看看包子馅儿，赞叹道，"宁宁姐买的包子，比我买的好吃多了。"

"真的啊？"孙佳宁边吃边说，"那你是不是该付双倍钱？"

"提钱多伤感情，得空我请您海鲜大咖。"章晨风两口一个包子，效率没的说。

"公式啥时候能写好？"林泉吸溜着炒肝问。章晨风不是林泉的雇员，他最早是中诚期货的客户经理，林泉在他那里有开户，两人相处时间比较长，这小伙子实在而且踏实，林泉比较看重他。后来他离开了期货公司，两人并没有因此断了联系，反而接触更加频繁。章晨风是"码农"出身，所以林泉的电脑、手机啥的都是他给张罗的，程序化的公式也是他给编码整合，没事他就来店里帮个忙。当然，他的股票账户也是林泉帮忙操持了。

"今天估计没戏了，下午要去大望路看货，这就准备出发了。"章晨风含混不清地说。

"哦，完事回得来吗？"

"不回来了，还约了几个朋友吃晚饭，公式我晚上回去给你写，直接发你QQ好了。"

"成。"林泉转脸对孙佳宁说："你少吃点，下午收盘我带你去德川家吃日料。"

"哈哈，我不吃了，你都吃了吧。"她立马放下手里咬了一口的包子，笑得人见人爱。

章晨风不禁叹口气："这包子立马不香了。"

林泉也放下手里的包子，他很少吃主食，基本每天只吃一顿，这是他开酒吧时养成的习惯。那段时间每天下午四五点才起床，到了酒吧就开始呼朋唤友地喝，喝到后半夜再前呼后拥地奔簋街继续喝，喝不动了找个KTV继续喝⋯⋯早上八点前能回家睡觉，算是早的。所以，他从来不吃早饭和午饭，晚上一顿必须吃好，大鱼大肉、荤素兼备、酒水管够才成。时间长了，也就成了习惯，白天吃不吃他都不饿。

"你多吃点，我也吃不下什么，这炒肝就够我吃的了。"林泉继续沿着碗边吸溜着炒肝，这才是老北京正确的吃法。

"放心，剩不下。"章晨风吃饭风卷残云，宛如饿汉进了大饭店后厨一般。

孙佳宁不禁赞叹:"您这饭吃得真乃猛士兮。你是狮子座吧?"

章晨风抬头看看她,嘴里嚼着包子嘟囔说:"是啊,我7月25日的。"

孙佳宁一脸的肯定:"嗯嗯,看来传说是真的。据说狮子座特别能吃,为了保存体力,他们的胃也特别能装,而且可以快速进食。"她一边打量着章晨风的肚子,一边继续说:"可是据说狮子男对吃的品质要求也很高啊,而且热衷肉食类的,要说吃牛排应该是高手,可您这狮子,大包子一下子造两斤多,有点一切从简的意思啊。"

"呵呵……"林泉不禁笑出了声,谁知道小妮子转脸就奔着他来了。

"大哥,您是几月几日出生的?"

"忘了。"林泉垂着眼皮,把空碗放在桌上。

"那你是什么星座这个没忘吧?"孙佳宁继续追问。

"我猎户座的。"

"您这是聊天吗?还猎户座流星雨呢。腰里挂个死耗子就是猎户了?"孙佳宁一脸不愿意。

"老大2月初的生日。"章晨风一旁接话。

"那就是水瓶座了。"孙佳宁扭头盯着林泉的脸使劲看,林泉冷冷地跟她对视了几秒,移开了目光。

"没错,就是水瓶座了。水瓶理性得吓人。大哥你搞对象是不是会很现实地考虑两个人的将来?如果你感觉没有未来,或者未来不是很明朗,你就会离开,对不对?两个人在一起的时候,你觉得自己的存在会影响对方的前途发展,或者你觉得对方跟你在一起会有不好,你就会自动离开,而且不给啥理由,是不是?这都是水瓶座的特点。"孙佳宁两眼盯着林泉问。

林泉心里一动,似乎就是这样啊,这明明说的就是自己嘛。

孙佳宁拿出手机,翻看着说:"水瓶属于风象星座,受守护星的影响,精通天文,学问丰富,有预知未来的能力,非常聪慧且极富理性。水瓶座的个性是以像风一般的流动性为基调,重视知识,喜欢思索,是个能忠于自己信念、理想的知识分子……"

林泉苦笑着说:"你看你说的是我吗?"

孙佳宁振振有词地解释着:"对于星座的描述,需要拆开了看。你看啊,首先说水瓶受守护星的影响,精通天文,学问丰富,有预知未来的能力,这不就是说你吗?有预知未来的能力,你不是一直说投资就是在预测未来吗?你有投资的能力，也就同时拥有了预测未来的实力。学问丰富，我认识的人中，没有几个比你懂得多的了。还有精通天文，你都知道猎户座了，这天文知识也是挺丰富的了。"

章晨风插嘴说："你这一说我也觉得是啊，这就是给林哥做了个侧写啊。呵呵，你们聊着，我先走了。"说完他端着包子直接闪人。

孙佳宁对着手机念道："水瓶座是一个平时看上去很柔弱、很忧郁，实际上本质比较偏激，甚至有自残或伤害他人倾向的星座。水瓶座的思维模式是比较偏激的，而且水瓶男常常会感觉到没有安全感，容易向自己的女友索取安全感。如果得不到，那么水瓶男就会想要通过控制，来达成自己的安全感，会将自己的女友看得很严……"

说着说着孙佳宁自己都有些怀疑了，前面还挺像林泉的，后来就跑偏了。

林泉有点无奈地说："我不太相信星座这些的，包括属相，这些都是可以人为改变的，能够人为改变能算是天意吗？有些事，知其然，还要知其所以然。"

孙佳宁并不认同这个论点："星座是古巴比伦和古希腊流传下来的文明，人家是靠太阳运行的轨迹规律总结出来的，和古代中国流传下来的一些内容很相似。像二十四节气什么的，至今依然沿用的啊，清明时节雨纷纷，你看哪年清明都会下点雨吧？"

林泉呵呵一笑，说："这能是一个事吗？刚说了，不仅要知其然，还要知其所以然。古时候那些巴比伦人露天席地过日子，过的是采集生活。晚上睡不着看天上的星星，通过星星和太阳的变化总结天气情况，主要目的是方便采集，而不是为了看部落里面谁和谁更相配。说白了，你要说十二星座和二十四节气有相似之处，这没问题。但是要说这有麻衣神相的功能，我觉得够呛吧？"

孙佳宁说："我看你只对古代中国的流传认真，你不知道星座也在古代中国流传好久了？你不知道韩愈、苏轼都引用过星座对人作判断？"

"苏轼玩星座？"猝不及防啊，林泉一直认为星座这玩意儿是现代传播过来的，中国古代星宿也不是啥双子、巨蟹、处女啊，应该是奎木狼、亢金龙这些吧？

第二十章
林老师很年轻啊

孙佳宁小手快速在手机上点着，嘴里说道："大哥，你可真是无知啊。你看这里写着：'我生之辰，月宿南斗。牛奋其角，箕张其口。牛不见服箱，斗不挹酒浆。箕独有神灵，无时停簸扬。'这是韩愈说的，他的意思是自己出生的那天星象不好，所以受苦受难。而苏轼看了之后，同样心生感慨，于是也写了这个……"

可能是话说多了，她咳了一下，清清嗓子继续念："'退之诗云："我生之辰，月宿南斗。"乃知退之磨蝎为身宫，而仆乃以磨蝎为命，平生多得谤誉，殆是同病也！'这是啥意思？就是说我和他同病相怜，就因为我们都是摩羯，生下来就注定倒霉受罪，明白不？明白不？苏轼是摩羯座！"她放下手机，居高临下地看着林泉，就像一个扫盲班的教员。

林泉突然发现这个杠抬得有点冤啊，感觉她可能在胡说，又无从辩驳。为啥要在自己不熟悉的领域与人争论呢？知错就改，善莫大焉。他一脸茫然地看看孙佳宁，好像大脑刚刚宕机之后重启了："那水瓶对水瓶会如何？"

孙佳宁一愣，本来心里准备了长篇大论来和他辩论，他居然投降了？颇有重拳打在棉花上的不适感。水瓶对水瓶？还有一个水瓶女吗？

她边想边措辞："不太好，都是风象星座，水瓶女挺别扭的，不善于表达感情，对于喜欢谁特别隐晦，只会无声无息地关心你。星座书上说，水瓶女就是那种永远出现在你前后左右，但是你不知道她是不是真的喜欢你的那种。"

"哦，那就是不太适合喽？"林泉点点头，脸上也没有失望的样子。

"哎呀，星座什么的，都是小女生玩得多，这个东西我觉得有些心理暗示的成分。比如，书上说水瓶适合巨蟹，没准儿俩人在一起正看得顺眼的时候，想到这个说法，就水到渠成了。但是在真正的社会阅历面前，星座啥的连参考价值都没有。"孙佳宁赶紧解释一番，她心想林老大一直婚姻不幸，据说两口子分居好多年了，这要是春心萌动，让自己一番话给浇灭了，那可就造孽了。

"其实都知道了又能怎么样？两个人就算彼此喜欢，也不见得就要在一起。无论是星座还是属相八字，总之都是一些安慰罢了。"林泉说着站起身，指着桌子上的剩包子、碗碟说，"乖乖打扫战场吧，下去给你看看股票去。"

"唉，买饭送饭还要洗碗收拾……孩子好苦啊……"

今天太阳还好，暖洋洋的，顺着窗户照进店里。林泉和孙佳宁刚要下楼，王俊雄上来了。

"林哥，下面来了一桌，点了壶乌龙之后，说是找你，还说是蓝姐公司的客人。"

林泉"哦"了一声下楼，刚走两步又对王俊雄说："甭管是谁，来了坐下就是客人，别的业务是我的事，你甭操心，但是点餐茶水是你的业务，该收钱收钱，不用管我的事，谁都一样。就是我妈来了，只要是坐下点茶，你照样计费。"

王俊雄板着脸说："我就是这样啊。再说了，一般都不用我说话，人家就自动结账了，前天蓝姐来的时候，就是她结的账。"

"嗯，我只是告诉你一声，开店是开店，投资教学是投资教学，这是两个事儿。"林泉跟着王俊雄下了楼。窗口位置坐着三个人正在谈笑，面冲自己的小伙子叫尹木，在证券行业很多年了，当初还给林泉开过股票账户呢，现在是智联证券的中坚力量，蓝兰的助手。小伙子眉清目秀的，说话也很温和。

见到林泉下楼，尹木首先站起来，客气地招呼一声："林老师，您好！"

林泉笑笑回应："咱们客气啥。刚才在上面看盘，不知道你来了，怠慢了，不好意思。"

尹木一一给林泉介绍，另外两人一个是乐天餐饮集团的老总方民，另一个是什么物流公司的老总王旭东。

林泉分析了一下，从这两位的态度上看，至少应该是已经知道自己了。看尹木的态度，应该还不是智联的客户，可能是准客户，估计自己已经是人家在智联开户的附加条件了。

"开盘时间我比较忙，你们几位稍坐哈，我就在旁边，有事就叫我好了。"林泉跟几人客气几句，就和孙佳宁去旁边的一个圆茶几边坐下。王俊雄送过来一壶菊花茶，孙佳宁也打开自己的电脑，俩人嘀嘀咕咕的，看起来开始工作了。

尹木没想到林泉打个招呼就不管了，有点尴尬，只能打哈哈说："林老师在股票开盘时间是很忙的，方总、王总，喝茶，喝茶。"

方民40来岁，个子不高，戴一副黑框眼镜，显得很儒雅。他喝一口茶，品了品，笑着对王旭东说："这乌龙喝着很一般嘛，是不是，王总？"

王旭东也喝口茶："茶好坏我还真喝不出来，倒是我的股票账户目前不咋样啊。尹经理，我也想去你们智联证券开户，但是我这有俩股票套着呢，是不是割肉呢？"

尹木心说是他冷落你又不是我，这夹枪带棒的。嘴里也只能苦笑说："王总，我们是证券行业，不能给您买卖建议的，要不待会儿收盘了问问林老师？"

王旭东转头看看林泉，笑着说："林老师很年轻啊。"

方民也笑着接话说："帅小伙儿一个，你们蓝总似乎很推崇这位林老师啊，靠谱吗？我觉得投资交易这一行，阅历那绝对是第一要素，嘴上没毛，办事牢不牢？"

话说到这里，尹木也就没啥余地了，不过他也不是刚走上社会的"小白"，既然自己不掌握局面，那就把局面推给掌握的人呗。

"我和林老师认识好几年了，他在圈内很有些声望的，不光是蓝总，还有其他一些券商老总也很推崇他的。"

说着，悄悄给蓝兰发了条微信。这两位都是大户，尤其是方民，证券账户的资产千万级别的，如果转户到智联证券，从哪方面讲都会有好处。

王旭东四下张望一番说："还别说，我基本没有白天来过后海，一般情况下是夜里过来喝酒。"

尹木笑着接话说："我跟您正相反。白天来过好几次，河边走走倒也挺舒服，晚上没来过，听说这边酒吧街晚上热闹得很啊。"

方民呵呵笑着说："这不正好，让你王哥晚上带你来耍啊。"

尹木叹口气说："晚上我哪有时间玩啊，下班就得抓紧回家伺候孩子，比不了您两位大老板，我这小蚂蚁，一堆零碎生活琐事，不够劳神的。对了，看朋友圈，方总刚从欧洲旅行回来啊，您在阿尔卑斯山的照片可真帅……"

蓝兰来的时候，三人谈兴正酣，不能不说尹木是个控场的高手。蓝兰没有理会林泉，直接来到三人这边寒暄坐下，也要了一杯菊花茶。蓝兰问尹木："你们在聊什么？这么热火朝天的。"

尹木说："正在聊去冰岛看极光的时候，语言不通租不到车，结果方总骑了半天马……"

蓝兰笑笑，拿起茶壶给方民续茶："你不知道吧？方总是运动员出身，在国内极限运动圈也是赫赫有名的。"

王旭东也笑着说："方总的生活状态不是我能比的。你看方总的轨迹，阿拉斯加，北欧，墨西哥，攀岩，潜水，滑翔伞。你再看我，簋街，后海，三里屯，涮肉，烧烤，小龙虾。"

几人都笑，方民更是连连摆手："可不是，要说喝酒我跟您可不是一个量级的，甘拜下风。"

正说笑间，林泉走了过来，端着笔记本，从旁边桌子扯过来一把椅子，坐在蓝兰身边，对大家点头笑笑说："蓝总，上回你问我的那个事，前几天黄业也跟我说了下，正好我这边也有一些需求，所以就打算做一个股票账号来参考。您先看一下这个账号。"

第二十一章
请你吃螃蟹

林泉说着把电脑转过去，一个账户显示在蓝兰面前，只见密密麻麻的全是持仓股票，软件的显示界面已经超出了显示器的范围。蓝兰的旁边就是方民，他也歪头看着。

林泉继续说："这个账号是2016年3月开始操作的，入场时上证指数在2700点左右，一直就是短线轮动操作。入场时这个账户的权益是400万元，经过这一段时间的滚动，现在持有52只个股，8个宽基指数基金，12个窄基指数基金，中间还中了两个新股，到今天收盘，权益是788万元多一点，收益还算凑合吧。当然了，这个账户主要还是兼顾风险的，2015年的股灾下来太快，要说熊市，到今天时间差得还远，所以目前的总体策略还是以稳健为主的。"

王旭东听了几句就直接起身，站到蓝兰后面，眯着眼看显示器。蓝兰想说点什么，刚要开口，林泉先开口说："这几天我准备再做一个账户，入场资金初步定在600万元到800万元吧，操作也还是按照这个思路进行。呃！我先给您解释一下思路。2015年的股灾，就是上证指数在5178点的时候，根本就没有给各方主力资金留下出货的时间，就直线砸下来了。当时的原因是去杠杆去泡沫化，但是这个去泡沫化操作失当了，后面的下跌其实就是金融风险，这个我就不多解释，蓝总你比我明白得多。"

林泉歇口气，除了尹木在对面看着他，其余几人都盯着显示器在看。

"我和许多从业的朋友聊过，从各个角度来看，2015年都不能算作一个完全的牛市，虽然它后面引发了完全的熊市。但是不管牛市是否完全，熊市确实出现了，在熊市之后，照例应该是一个漫长的震荡市，也就是整理期。我的策略就是在这个整理期内，不停地低位买入优质股票，价格上涨一定比例之后，做成零成本，也就是把本金提出来去买别的标的，而利润留在这只股票里面，如此往复地滚动操作，一直到最后的牛市出现。"

他说到这里停下，尹木立刻拿起一个空杯，倒上茶水推到他面前，林泉笑笑表示感谢。

气氛有些沉闷，谁都不知道该开口说点什么。林泉怡然自得地小口品茶，全然不顾自己留下的冷场。

还是蓝兰先开口打破平静："你新账户就开在我们这边呗，也让我们学一学林老师的操盘术。"

林泉笑着说："本来都开在龙泉证券了，听说你要扩张业务，这必须支持啊。你看什么时候有时间，来个人再给我开个户就好了，这个账户本来就是给我这边的人看的，你那边有什么关系不错的客户，咱们也不是不能商量。"

方民干咳一声，说："那个，林老弟，我看你这个账户很新颖啊，简直就是一个单独的宽基指数啊。这个操作期间的回撤大不大？"

林泉说："你可以看看收益曲线，回撤比较小，毕竟这个账户对于风险防范比较专注。"

王旭东问："在你看来，下一轮牛市什么时候能够到来？"

林泉淡淡地说："我哪知道下一轮牛市什么时候到来？这不是我该考虑的事情。如果说我个人的希望，牛市来得越晚越好，来得越晚，我的准备时间就会越长，零成本的股票就会越多，在牛市高峰期的收入就会越大。"

方民指着显示器问："你说的零成本，就是这些获利比例为零，持仓价格是负数的吧？"

林泉说："是。比如说 10 万元买入一只股票，获利 20%，那这个时间的市值就是 12 万元，这时候你卖出 10 万元的股票，账户里面留下价值两万元的股票，软件会显示你的持仓成本是负数，本质上就是因为你的持仓盈利已经大于你的持仓市值，也就是说，你的持仓全是利润。"

王旭东说："那这些你已经做了零成本的股票，如果业绩暴雷或者有其他变故，是不是也要卖出呢？"

林泉说："不会动，只要做了零成本，就不会再动，除非明确说要退市，否则就算是 ST 了也会让它继续趴着。"

方民接口说："快注册制了，监管不再给兜底了，估计以后肯定少不了退市的股票啊。"

林泉笑笑说:"可不是吗?这真挺考验选股的。"

方民说:"林老弟,如果你选的股票真的退市了,我是说如果啊,那怎么办?"

林泉喝口水,慢条斯理地说:"第一,我还没有遇上过在我持有时退市的股票。第二,我账户买卖股票有比较严格的资金管理,您不会以为我也是散户那样全仓买入一只吧?第三,即使退市,又如何?手里已经零成本的股票,即使全没了,也不过是损失了这只股票的利润而已,与本金无关啊。"

"要是很长时间下来,遇上的退市股票应该不会少吧?"方民问。

林泉说:"要是很长时间下来,退市的肯定会有,但是退市整理期总能卖出去吧?就算一分钱卖出去了,那也是赚了啊,毕竟这是零成本的利润沉淀。再说了,很长时间下来,是不是也会有股票翻倍呢?您认为是翻倍的多一些,还是退市的多一些呢?"

王旭东笑着说:"有道理,这个思路很厉害啊。但是我有个疑问,如果看好一只股票的未来,那为什么不坚定地持有呢?"

林泉笑笑,有点无奈,但还是接着说:"单独一只个股,可能遇上的事情太多了。我个人认为,重仓单独个股,这不叫投资,这是在赌,赌它的后期走势会迎合你的预期。或许有些人真的很牛,每一次都能押对了宝,但是我不会这样。所谓君子不立危墙之下,在不能确认墙是否有危险的情况下,我始终会把自己放在进退两相宜的位置上。"

方民笑呵呵地说:"老弟有所不知,我还真有几个朋友,都是重仓某个股票,他们是做长期的价值投资,收益非常可观的哦。"

林泉眉毛一挑,呵呵笑着说:"那可真难得,方总有这样好的资源,可得跟上啊。"

方民一窒,脸色有些不自然。蓝兰笑吟吟地接过话来:"别人的始终只是参考,方总还是可以看看我们身边的资源啊。林泉在投资圈里是很厉害的,他这个茶馆,其实就是个投资俱乐部,来来往往的都是圈内人,你们以后经常来,一定会有大收获的。"

方民笑着说:"是啊是啊,今天就已经大开眼界了,林老弟这个账号,已经超出了我买卖股票的认知。"

林泉也笑笑对蓝兰说:"那就定了,明后天你抓紧叫个人过来给我开户,黄业他们那边都等着看操作呢。"

尹木笑嘻嘻地接话："开户还用蓝总找人啊，我不就在这里吗？不能找别人了，必须我来做林哥的客户经理。"

"哈哈，尹木老朋友了，我今天没带身份证，明后天吧，劳你给我开户，我请你吃饭。"

说着林泉起身，抱歉地对几人说："我今天约了人吃饭，就不多陪几位了。方总、王总，您两位随意，我先告辞了。"

林泉走后，方民举着茶杯玩味："蓝总和这位林老弟很熟悉啊？"

蓝兰还是一如既往地微笑着："我记得方总应该比我小一岁吧？林泉是我的中学同学，比我大10天呢。"

"啊？"桌上三人都是一脸诧异，尹木端着茶杯说："看着不像吧？当初我给他开户都是5年前了，看着跟现在一样。"

王旭东也啧啧称奇："我说蓝总啊，你们俩是哪个学校的啊？我真得去看看风水。你说你俩，看着也就30岁左右，你再看我和方总，比你俩还小呢，这都感觉快去敬老院了。"

方民叹口气："唉！唐突了，叫了人家半天老弟，真失礼。蓝总，拜托替我道一声歉。还有啊，林老师刚才说的这个账户，是不是我们在智联证券开户就可以跟着看看学学？"说完，他手里摆弄着茶杯，微笑着等蓝兰回答。

"这我说了可不算。作为证券从业者，我只能在业务范围内给您做投顾推荐。林老师是个很出色的投资人，您要是想跟他多沟通交流呢，我就给你们搭个桥，别的我也帮不上太多。"蓝兰说话很得体，尹木不禁暗自佩服。细细想来，自己其实也能这样底气十足，跟林老师认识这么久了，当然也能算作自己的底牌。

方民会心一笑，杯中茶水一饮而尽："我相信蓝总的眼光。尹经理，你看明天有空，能不能安排人去我办公室一下，给我也开个户。蓝总，资金我尽快转过来，林老师这个店位置不错，您看是不是有时间请两位吃个饭？"

王旭东不满地说："方总你这是撇下我啊，吃吃喝喝的怎么少得了我？开户不就是要身份证录个小视频吗？现在我就可以开，多大点事啊。"

尹木笑着说："好啊好啊，开户流程很简单……"

突然手机一阵振动，蓝兰拿起来一看："五点，五道口伊藤居酒屋，请你吃螃蟹。"

快速回复一个"收到"的表情，她不动声色地把手机扣在桌上。

第二十二章
小妮子心思挺重

林泉对日料并不是很感冒。他觉得这一套吃法太麻烦，尤其是蓝兰爱吃的那种"本膳流"，全部菜品一起上桌，要按先付、前菜、清汤、刺身、烧烤、炸物、主食、甜点这样一套大致的顺序吃。对于林泉这样嘴急的人来说，哪有可能按照规定的次序走，他的次序就是清酒、刺身、松茸汤，啤酒、刺身、松茸汤，往复循环，直到喝多了或者撑得走不动为止。

蓝兰和尹木坐在对面，孙佳宁在他身边，这小妮子从3点收盘就开始喊饿，上了桌倒也文雅了。尹木是个好酒量，一直陪着林泉喝，桌上气氛很好。蓝兰好像很喜欢孙佳宁，在听说她也有证券从业资格证之后，更是极力邀请她去智联证券工作，这小妮子倒也配合，一个劲地询问公司的情况，弄得林泉都以为她真的想要工作呢。尹木更是感觉压力巨大，新营业部等于是他配合蓝兰支撑起来的，现在有五个客户经理的团队是他带着的，蓝兰本来把林泉这边的业务全交给了他，孙佳宁要是去了，谁知道林泉还会不会把新户给他的团队？

"蓝兰姐，我老听你们说有效户，你们那边有效户是什么标准啊？"孙佳宁一脸天真地问。

蓝兰微笑回答："各个公司有效户的标准不同，主要是为了激励客户经理的工作效率。像咱们这里，开户之后，账户20个交易日平均资金3万元以上，并且交易3万元的股票就算有效户了。"

"那我要去了，一个月需要多少有效户啊？"

蓝兰说："今年目前的标准是一个月6个有效户，就算完成考核了。"

孙佳宁转头看着林泉问："大哥，一个月6个有效户，你觉得有难度吗？"

林泉摆弄着餐具，心不在焉地说："跟我有啥关系呢？"

孙佳宁愕然："当然跟你有关系了！我哪儿去找这么多有效户啊，还不得指着大哥你给我划拉啊。"

蓝兰点点头，肯定地说："说得不错，这对他来说，不是个事儿。刚才那两位，要不是林泉，估计也不会这么痛快答应在我们这里开户。尹木，你还不谢谢林老师？"

尹木赶忙端起酒杯说："林老师，多亏了您气场强大，要不我都不知道该怎么跟他们说，现在我们能拿得出手的资源不多，对大客户的吸引程度不够啊。我先敬您。"说着一饮而尽。

林泉举杯一碰，笑着说："尹木，咱们是老朋友，别弄得跟了蓝总就见外了似的。你也别在意下午怠慢你，那两位一看就是没怎么重视咱们，所以我才没理他们，其实就算后面蓝总不来，收盘了我也会过去，效果大致也是一样的。"

蓝兰笑着对尹木说："以后你多跟林老师沟通，应对客户他是高手，你得好好学。"

尹木笑着说："那是那是。其实我现在也没有完全明白，您下午是怎么个用意，您和孙小姐去看盘了，我这一直很忐忑，所以才给蓝总发信息说了一下。"

孙佳宁笑着说："哪就看盘啊？大哥过去也就看了5分钟，然后就上网站看小说去了，倒是我盯了一下午，还当小秘书不停给他汇报。"

"没事，就是晾他们一会儿，他们心里准备好了一堆问题测试我，即使我都能回答出来，又能如何？还不如放他们一下，收盘直接过去把账户亮出来，这其实才是他们最关心的事情。他们这些人，算是财富拥有者，能拥有一定财富，都是曾经沧海了，什么没见过？只要你能给他想要的，态度是次要的。就是你那句话，资源很关键，你有什么资源吸引他，才是最直接的，其他的客户维护手段，都是次要的。"林泉对下午这两位，并不是很上心。

蓝兰苦笑着说："券商日子并不好过啊。股灾之后，整个投资圈大环境就很低迷，现在总部对各个分公司的要求也越来越高，不光是整体客户资源，对于资产的规模也开始要求。今天这位方总，在别的券商的账户资产在千万元以上，大客户啊，对于我这个新营业部能有很大支持的。"

孙佳宁笑嘻嘻地接话说："蓝姐，像我这样稚嫩的客户经理是不是也能给您一定的支持啊？"

"那是必须啊。"蓝兰放下杯子，笑着对孙佳宁说，其实眼睛瞟着林泉，"新营业部业务开展本身就比较困难，券商又不同于其他行业，不是有能力就能做的，还要有从业资格证，宁宁你条件这么好，正好来帮帮我啊。"

孙佳宁也不谦虚："哈哈哈，谢谢蓝姐，别的不说，我先把我的账户开到智联证券去，你别嫌弃，30来万元的小账户而已。"

尹木奇怪地问："你的账户？是你个人的吗？"

"是啊，我个人的啊。哎哟！"孙佳宁突然一拍脑袋，"我都忘了，从业者不能有自己的账户。"

这时，一个穿着和服的服务员打开门，后面是另外两个穿着和服的女服务员，抬着一个大托盘，上面放着一个热气蒸腾的不锈钢大蒸锅。林泉呵呵笑着搓动双手，食指大动的样子。打开锅盖，全身鲜红的帝王蟹在烟雾缭绕间出锅，他操起特制加大的蟹八件开始拆蟹。蟹八件主要用于吃河蟹，所以精致得很，帝王蟹个头大，所以拆解它也得用大家伙。雪白的蟹肉码在冰上，旁边有调好的山葵泥和海鲜酱油。

"好了，你们三位，"林泉边干边说，"来尝尝林某人亲自动手拆解的帝王蟹。这不是阳澄湖的大闸蟹，也不是渤海湾的梭子蟹，虽然我认为后者味道很不错，但是吃海鲜，日本确实有独到之处。"

"说得好像是你亲手烹制的似的。"孙佳宁夹起一块蟹腿肉，刚想蘸酱油被蓝兰制止了。

"第一口要素食，不加任何调料，这样才鲜。"

孙佳宁听话地把蟹肉直接放进嘴里，瞬间感觉自然原始的海味弥漫在口腔里，带着丝丝甜味，好吃得她直哼哼。

"日本是个岛国，物产贫瘠也不适合放牧，在大航海时代之前只能靠渔业提供营养，那时代只有在贵族的宴会上才会出现别的肉，老百姓一年四季靠海吃海，老吃一个味谁也受不了啊，所以他们就把所有的烹调手段都浓缩在海鲜上了。你们发现没有，日料店里其实餐品很单一的。"林泉炫耀着他对日本餐饮的理解。

蓝兰是个温和性子，就算听出他胡说也不会揭穿。尹木算是他的合作伙伴，营销还得靠他呢。孙佳宁是个对吃不怎么敏感的人，更不熟悉什么日料海鲜。这样一来，也就没有人驳斥他。

大家吃得酒足饭饱，孙佳宁更是吃得直不起腰来，一直嘟囔着营养过剩，得去健身房常驻了。尹木本想悄悄去把账结了，在前台却被告知已经结完了。回到包间里，他对林泉说："林老师，您这就不对了，怎么能让您结账？本来就应该答谢您一直照顾，更别说今天您刚帮了我大忙，这顿应该我请。"

蓝兰一边对着镜子补妆一边说:"要说请也得是我请,对吧?林老师。"

孙佳宁眼神茫然地看看几人:"大哥我是不是也应该客气一下?"

林泉戏谑地看着她说:"你可以试试啊。"

"算了吧,挺老贵的。万一你就坡下驴,我得后悔到下礼拜。"孙佳宁笑嘻嘻地说。

蓝兰站起身活动一下脖颈:"确实吃得有点多,跟你出来就是毁身材啊。"

孙佳宁也站起身随口说:"可不是吗?他这个一天一顿,真有点陪不起啊。对了,蓝兰姐你什么星座啊?"

"水瓶座。"蓝兰奇怪地看着她,"星座跟吃饭有啥关系呢?"

"没,我就是问问,您和林老师都是水瓶座。"她说着走向门口,突然回头看着林泉说:"星座还是很管用的,大哥你也应该研究一下,或许对投资有用哦。"

林泉看着她冷笑连连,小妮子心思挺重啊。

第二十三章
历史总会重复

　　2018年1月24日，星期三，太阳白晃晃当空照耀着，阳光洒在大地上却没有一丝暖意，冷飕飕的风吹个不停，路边树上几只早起的鸟，跳来跳去叽叽喳喳地叫着，给这萧瑟的冬天增添了几许生气。

　　富丽大厦8层818房间是龙泉证券副总办公室，外面的寒冷丝毫没有影响室内的温暖如春，落地窗角落里的几盆翠竹青翠欲滴。黄业正坐在办公桌后翻看着一份文件。

　　敲门声响起的同时门也打开了，龙泉证券研究所总经理王子腾手里拿着一叠资料进来，说道："黄总啊，这里有几份市场行情汇总，我认为你应该看看。"

　　黄业放下手里的文件，苦笑着说："我也有好几份调研报告想给你看看呢。"

　　王子腾把手中的文件放在黄业面前，径自坐在旁边的大沙发上说："还是先看我的吧。大盘最近连续上涨，去年最后一个交易日上证指数收在了3307点，昨天收盘在3559点，上证50马上涨幅就突破10%了，这个涨幅有点过，还有创业板、中小板，基本不跟涨，这1月快过去了，就在原地震，这种二八分化的行情我认为很难维持，光靠着白马股是带不起来牛市的，你看看现在的盘面，基本就是靠着银行和地产推动指数上升。"

　　黄业看着王子腾拿来的文件，上面详细地记录着1月证券市场的各种数据。笼统看来，截至1月23日，1月主要股票指数除中小板、创业板外整体上涨。基金市场方面，受益于股市上涨，QDII型和指数型基金表现相对较好，上涨幅度接近3%。货币型和债券型基金表现相对居后，但是也没有出现下跌。

　　黄业一条条往下看去，股票型基金1月收益率整体上涨，排名前三的均是地产概念，招商沪深 300 地产以 16.75% 的收益率目前排名第一，鹏华中证 800 地产以 16.28% 位居第二。

股票市场二八分化，股票型阳光私募基金业绩也有明显回升，以 2017 年 12 月初至 2018 年 1 月初有净值更新为标准，1 月截至目前纳入统计的 9000 多只阳光私募产品，样本数量略小于 12 月的 9757 只，平均收益率升至 2.01%，相比 12 月的 0.78% 明显上扬。单看这些统计数据，市场呈现一片欣欣向荣的局面。

作为公司的老大，黄业时刻提醒自己保持清醒，面对整个市场，无论你是什么投资部总经理还是小散户，都如同沧海一粟般渺小，一旦行差踏错，后果同样不可承受。他一行行地看着这些数据，从中剖析着每个数据改变的隐藏意义。王子腾作为龙泉证券研究所总经理，无疑是行业中的佼佼者，他给出的行情汇总报告，一定是带有自身判断的，现在需要黄业再针对这些数据作出一个判断，如果两人判断相同，那么结论的可信程度则会大大提高。

王子腾是他的同事，也是他的好友，为人相当谨慎，在龙泉证券研究所做了 10 多年，从研究助理到研究员，到副总再到总经理，从没有出过大的纰漏，连续 3 年在《财富周刊》最佳分析师评选中榜上有名，对于他的意见，整个公司没有谁会忽视。

一项项数据在眼前闪过，如果是一般人，这样看过来恐怕什么都看不出，但是对于证券投资领域专业人士，这些数据意义则不同。每一项数据对比前期或者更前期发生了什么变化？会产生什么样的影响？又或是代表了经济领域里的什么特质？某项数据的细微变化可能会引起市场的一连串反应，投资市场做的就是预期，左右预期的则是当下的变化。

看着看着，大致也了然于胸了，这时候一条统计数据落入眼帘。

券商集合理财产品新成立数量，创 2012 年 10 月以来单月新低。截至 1 月 23 日仅新成立 15 只产品，2 月之前预成立的还有 3 只，即使 18 只产品全部成立，环比下降也达到了 68.97%，同比下降达到 70.49%。此外，在成立规模上同样遇冷，新成立的全部 18 只资管产品规模仅为 16.18 亿元，环比下降 80.34%。

黄业眯着眼，脑海中飞速寻找着哪一个相似的数据场景，同时眼睛依然紧紧地盯着那一行行数据。

又看了一会儿，他放下文件，打开电脑，直接选择自己的数据记录加密文件夹，找到券商集合理财数据文件夹，打开之后点击 2015 年，一行一行地看下去……从新成立产品情况来看，Wind 数据显示，当年第一季度，集合理财产品增速放缓，截至 2015 年 3 月 31 日，共有 197 只券商集合理财产品发行设立，比 2014 年第四季度减少 68.23%，比 2014 年同期减少 51.95%。

黄业长吁了一口气，看看王子腾，一个眼神交汇，结果不言而喻了。两人同时苦笑起来，这几天市场热度空前，这时候泼冷水转向保守操作，少不了费口水。

"有一组数据不知道你注意没？"王子腾说着起身走到办公桌前，拿起数据文件，指着其中一段给黄业看。

……截至 1 月 23 日共有 51 家信托公司参与集合信托产品发行，共发行 600 余款集合信托产品。与上月相同时点相比，发行数量环比大降 21.73%。

相比发行数量的下跌，发行规模跌得更加惨淡，本月集合信托产品的发行规模目前为 1297.44 亿元，与上月相同时点相比，环比骤降 42.9%，发行规模在连续 4 个月上行后呈现断崖式下跌。

1 月成立的集合信托产品平均预期收益率为 7.27%，较上月上升 0.15 个百分点，为 2018 年开了个好头。由于现在市场上"缺钱"的现状还没有改变，从目前看资金成本上行的趋势仍将延续……

黄业扭脸看向窗外，淡淡地说："市场钱紧啊！"

王子腾说："是啊，一旦向上无力，必然会转头向下，按照这个状态，怕是可能会有个深蹲啊。"

黄业哼一声说："深蹲是好的，可别踩塌了就成，现在美股也是高位，到处都是风险啊。"

王子腾坐回到沙发上，拿起茶几上的中华烟，在鼻端嗅了嗅，深吸一口气闭上眼，缓缓吐气，陶醉一会儿说："你这老中华，真没的说，蜂蜜味道超醇厚。"说着，依依不舍地放下。

黄业呵呵笑着说："最近是怎么了？这么多老烟枪缴械了，林泉也戒烟了，说是他闺女嫌他臭。"

"嘿，你不说还忘了，好久没跟他喝酒了，你给约一下，一块儿喝点，顺便看看他对这行情怎么看。"王子腾一直是个谨慎的人，朋友的朋友不逾越，这是他的基本规则。

黄业整理着桌上的文件说："你自己约呗，又不是联系不上他。"

王子腾站起身伸个懒腰："还是你安排吧，这礼拜我晚上都没啥事。另外，既然看着有风险，还是抓紧规避一下吧，我这边出报告，你作裁定。"

黄业若有所思，沉吟一下说："公司自有资金好说，提前转出来部分去债基里面避险就好，但是资产管理的资金不好动啊，毕竟那些都是客户的钱，这个沟通对接得几天，得抓紧安排投资部做事。"

"嗯，这就是你的事儿了，我就是个研究员，你才是裁定者。先回，有事叫我。"

王子腾走了，黄业仰坐在老板椅中沉思一会儿，看看表已经将近11点半，他打开电脑开始看盘。

上证指数上午走出了一个"V"字形，3553高开于昨天收盘的3546点，开盘之后的1小时里，指数一直在3547到3557之间震荡，10点半之后开始下沉，11点多达到了"V"字形的最低点3528，之后开始反转向上，截至11点半收盘，指数已经翻红收在了3551位置。

黄业敲击鼠标右键，切换到1分钟K线图，整体看过去，在"V"字形反转之后，成交量一度是今天的最低，也就是说，虽然反转了，但是量能跟不上。如果大盘在底部大跌之后缩量上涨，说明市场上的人气比较低迷，没有回暖，绝大多数资金保持观望的状态，这个时候套牢盘居多，获利盘很少，出现缩量快涨的局面，对整体市场来说是一个积极的信号。

但是，目前是在高位啊。至2018年1月24日，这月一共17个交易日过去了，出了16根阳线，其中不乏光头光脚的中阳，跳空缺口也没有回补，在这么一个高位出现的缩量上涨，虽然只是分时图周期，但是预兆很不好。再看盘面上几乎就是白马股领路，其他板块萎靡不振。打开虚拟成交量，他突然发现，从虚拟量能来看，今天还是放量了的，目前量比为1.3倍，看着似乎不高，但量比是指股市开市后平均每分钟的成交量，与过去5个交易日平均每分钟成交量之比。现在看着1.3倍量不高，那是因为前5天一直在放量。黄业快速用平均值软件测算了一下，今天的量能是本月第二大的量能。

上一个成交量大幅放大，是在1月17日，那天的K线和今天很相似，之前一天都是一根光头光脚的中阳线，开盘价格都是高开的，17日之后，K线开始加速上涨，直至今日。

历史看似要重复的时候，就是侥幸者幸运终结之日。黄业拿起手机打开微信，在工作群发布通知："明天上午9点，10层小会议室，投资部全体开会，请勿迟到。"

第二十四章
夜宴彩和坊　上

傍晚时分，天色逐渐黑了下来，孙佳宁正在窗口茶座里抱着笔记本看视频，王俊雄在吧台里面不知道捣鼓什么呢。靠窗角那桌有一个男客，李墨正在给他摆茶，这个人来几次了，每次都找李墨给他做茶艺，醉翁之意，是人就知道。

玲姐正在擦楼梯扶手，她那种勤快是刻在骨子里的，都已经形成条件反射了。刘晨在二楼，编写一个公式。至于林泉，程序化刚挂上，这一波回测至少12小时才能完事，他突然无所事事了。

林泉拿起手机翻看几下，抓起外套，走过去问孙佳宁："嘿，跟我出去一趟怎么样？"

孙佳宁全身不动，唯独眼珠上翻地瞟他一眼："'嘿'是谁？"

"是跟我去大吃大喝的那位。"

"……好吧，我就是'嘿'，您稍等，我把电脑放吧台。"

林泉把老红旗开到茶园门口后熄火下车，坐到副驾上，冲刚走过来的孙佳宁做了个手势，指了指方向盘。她也欣然坐上驾驶位，客串一把司机。

"导航到彩和坊酒家。"林泉用语音打开车载导航。

"彩和坊？我好像听说过，很大很气派是吧？"

林泉撇撇嘴说："今天随便你造，黄总请客。"

"看你说的，好像我是个民工。"孙佳宁噘着嘴，一副受了侮辱的样子，"可以打包不？"

林泉："……"

冬天夜晚总是到来得很早，5点半不到天就黑下来了。彩和坊酒楼已经是灯火通明，人声鼎沸。林泉和孙佳宁停好车，走进熙熙攘攘的大厅。服务员带他们上到二楼包间，黄业、王子腾和龙泉证券市场部总监许志华已经先到了，见到林泉二人进来，起身相迎。

大家一番寒暄客气后，纷纷落座。林泉和许志华是点头之交，认识而已，彼此间分外客气。倒是王子腾和林泉喝过几次酒，相互不生分。

桌上就一个女人，于是大家都让孙佳宁点菜，她推辞不过，随意让服务员推荐两个，就把菜单交给了黄业。

彩和坊酒楼是鲁菜馆，菜烧得绝对地道，内外装修比较奢华讲究，主打的就是商务宴请和高端聚会。

黄业接过孙佳宁递来的菜谱，很随意地翻看一下就开始点菜："来这个……九转大肠，老醋蜇头，油爆双脆，葱烧海参，你这个鲤鱼是黄河鲤鱼对吧？要糖醋黄河鲤鱼，嗯，奶汤蒲菜……天冷，给热五个露露五个椰汁，酒水我们自带了，暂且这样，后面再加什么再说了。"

服务员微笑着点好菜，摆放餐具之后离开。

黄业叼上一支烟，客气地问孙佳宁："可以抽烟吗？"

孙佳宁耸耸肩说："您随意。"

林泉接过话说："你怎么不问问我？"

王子腾也笑嘻嘻地说："还有我，我也不抽烟。北京公共场所控烟，这可是法律规定。"

黄业点上烟，深吸一口徐徐吐出，说："别折腾我了，不知道从什么时候开始，这一桌子只有我一个人抽烟了，不会过些日子你们把酒也戒了吧？"

许志华接话说："戒烟确实是个大事情，在我身边也有戒烟的，基本都是被医生吓唬着戒的，能主动靠毅力就把烟戒了，真不是一般人。"

黄业呵呵笑着说："可不是吗？咱们王总和林老师，必然不是一般人。对了，林泉，你没来这家吃过吧？这里的鲁菜，我觉得应该能算上北京鲁菜的制高点了，那糖醋黄河鲤鱼，真的是当天打捞后运过来的活鱼，这个我可是验证过的。"

林泉说："你验证的是有活鱼运到店里吧？你也验证过是不是从壶口瀑布捞上来的？"

王子腾从身后的手袋中拿出两瓶茅台，一边开封一边说："酒还没有上桌，这就开始抬杠吗？这两瓶15年陈，不够就招呼啤酒了。"

林泉拿过一瓶茅台，翻来覆去地看着："这就是98年出的那批15年陈？"

王子腾说："嗯，都说茅台最早出的年份酒，其实最早的年份酒不是茅台出的，是一个打擦边球的酒厂，叫作贵州茅台酿酒厂，比真的茅台酒厂多了一个'酿'字，就是这个酒厂首先推出了茅台10年陈，正版的茅台不干了，两边打官司就折腾好几年。后来，茅台酒厂索性一下子推出了30年、50年、80年的年份酒，这个15年是最后才出的。"

许志华笑着说："要说1998年的到现在也20年了，再加上15年陈，这超30年了吧？"

王子腾说："哪有这么算的？白酒只要是玻璃瓶或者瓷瓶，基本就不会因为光照、温度的影响而发生较大的变化，所以白酒在装瓶后，就不再计算年份了。其实其他的酒也一样啊，白兰地、威士忌、朗姆酒等烈酒，如果储存在橡木桶中，酒的变化会很大，但如果存放在玻璃瓶中，酒的变化也就没什么吧？是不是老林？"

林泉倒出一杯酒，对着光晃动，一边观察一边说："我哪知道？别看我酒多，啥也不懂。别看我开茶馆，对茶我也是个'白丁'。"

孙佳宁笑盈盈地接话："别看林老师做股票，做得可真是不'白丁'。"

黄业说："你还不知道吧？林老师做期货也特别不'白丁'。"

王子腾说："不'白丁'是个新出来的修辞啊？林老师喝酒也不'白丁'。"

说话间，菜品陆续上桌了，如黄业所言，彩和坊的鲁菜果然不凡，一上桌就能看出，菜品晶莹油亮，色香味浓，令人食指大动。

大家满上酒水，黄业端起酒杯说："大家工作都忙，今天能凑一起喝一顿，是个高兴事，这个首杯大家干了，孙小姐随意。来，走着。"

大家一起举杯，除了孙佳宁是饮料，四个男人都是白酒。

放下酒杯，黄业对林泉说："你可能不熟悉，许总我们是多年的老同事了，工作之外也有很多交集。今天知道你来，他特意推掉了别的应酬过来的，你俩得多喝点哈。"

林泉伸手拿起酒瓶，起身给许志华满上："多谢许总看重，我跟您喝一个。"

许志华也赶忙起身，端起酒杯说："林老师您要是这么客气，我都不好意思和您说话了，以后熟悉了您就知道我性格了，这杯，我敬您。"说完一饮而尽。

林泉也仰头干掉杯中酒，孙佳宁在旁边给他夹了些菜，黄业看到了，转脸和王子腾对了一下眼色，诡异地笑了一下。王子腾想要说些什么，被黄业眼色制止了，再抬头时，林泉在对面吃着东西，毫无表情地盯着两人。黄业不禁苦笑一下，悄悄对王子腾说："这家伙比警犬还敏锐呢，可别惹他。"

许志华没有看到这一出，奇怪地问："老黄你俩嘀咕啥呢？"

黄业呵呵笑着说："没啥，这不是今天决定大幅减仓，我俩还想问问林泉怎么看后面呢。"

许志华说："这可是我的弱项，我们这些人只会做业务，真正做交易还得是你们这些大家。"

王子腾冲林泉举杯示意，两人虚碰一杯，各自干掉。放下杯子，王子腾说："我上午和黄总聊了一会儿，目前A股的走势太含混了，归根结底就是可以作用于证券市场的资金匮乏了，所以，目前还是尽量降低仓位为好。"

林泉摆弄着手机说："嗯，今天上证的走势很纠结，开盘的时候权重上涨而题材下跌，之后都在震荡向下，中午快收盘的时候直接翻红，收盘时候题材居然又到了权重之上，这么拧巴的走势不多见。"

黄业说："是啊，目前看不光是证券市场，包括信托都有些软，老林你怎么看？"

林泉歪着脑袋看着他说："你不知道我怎么看吗？我一如既往啊。没你们那么多讲究，技术位破了就离场，我才不怕什么熊来了。"

第二十五章
夜宴彩和坊　下

王子腾说："是啊，都知道你的路径和我们是不同的，所以，特别想听听你的看法，也算是为我们的决策加码助力一下。"

林泉打开手机交易界面扒拉着说："看你说的，真正的高手路径，还是你们研究的方向，我只是取巧而已。今天看着比昨天更加清晰了，今天大盘上涨动能已经衰竭了，这个在昨天其实就有迹象，但是没有今天这么明显。趋势指标CR已经到了332，这个没有任何回头的征兆，可是今天的上影线出来了，虽然很短，但是这意味着明天只要不是高收光头阳在今天的最高点之上，那么CR指标线一定会出现高位尖锐拐头，332点，这都是以年为单位才会出现的高点，上一次出现还是股灾那会儿呢。"

黄业说："那你是说会出现股灾那时候的断崖式下跌？"

林泉抬头看看他，叹口气说："你这个思路不去检察院反贪真是屈才了，我说什么了你就联想到崩盘？我说CR指标在300以上很少见，上一次是股灾的时候才到的，这只能说明最近上涨得太猛了，指标在高位需要回踩修复。另外，另一个重要指标RSI也太高了，RSI指标14日和9日指标线都在80以上，这种双线都在80以上，也是以年为单位才会出现的，很不巧的是，上次出现，也是股灾。"

王子腾说："那么这个指标现象，是不是也可以理解为这是股灾之后第一次如此强劲地上涨，所以把这两个指标带动得直接上到了一个很高的位置？"

"这个理解可以存在，但是你得想想这个现象之后可能出现的。单独从指标去理解，上涨到了一定的高位，就一定会出现调整，这对应的是价格，3200多点开始上涨，到今天已经300多点了，这个过程中出现了大量的获利盘，一旦有风吹草动，这些获利盘都会套现离场的，这个抛压谁来承接？没人承接得住，价格自然就会回落，价格回落的时候指标自然也同步回落，这就是调整，价格调整的同时指标也在修复。这两个动作是同步的，相互依托的。"

黄业若有所思地说："其实指标的动作和市场深层的行为也是可以对等的，我和子腾今天查看了不少数据，这一波上涨其实并不是很健康的。目前看都是地产银行在向上，小盘股基本都没有跟涨，原本想着能有一个风格转换成轮动格局，结果丝毫没有这方面的迹象。"

王子腾说："资金不是死物，资金的背后都是强大的智囊团，有周密的计划，他们是不可能涉险的，我看目前这个阶段，就应该是有风险的阶段。"

黄业接话说："要说风险，现在言之过早，涨涨跌跌，这都是需要。仓位管理很关键。"

孙佳宁听了这好半天，终于绷不住插嘴问："我听你们说这么半天，是说股票不能持仓了吗？我现在可是满仓状态，听你们说得挺吓人的。"

黄业呵呵笑着说："那你就应该问林老师啊，他这不正给你分析呢吗？"

林泉说："瞎紧张啥？我们说的是指标带来的一些参考，这是针对大盘的判断，其实根据指标对个股和大盘作出的判断中，在准确率上大盘是高于个股的，就比如个股要想做一个KDJ的顶背离，不是很困难的，但是大盘要想做一个顶背离，就需要整个社会层面和国际层面的力量，可不是某一个主力可以做到的。你看现在，CCI指标在1月2日就到了295这个高位，之后一直处在背离状态，其实这变相地验证了刚才老黄说的，这个市场的资金有限，上涨的一直是地产、银行等白马股，你看到了今天，这么多个短期新高频频出现，但是CCI指标就是起不来，而今天明显是最近的高点，可是CCI点位168，并且比昨天低一点。这是CCI，同样KDJ指标也背离了。综合这些指标，带来的最主要的信息就是后面很可能涨不动了，既然涨不动，那么面临的就只剩横盘或者下跌了，这样的市场，参与的必要就不大了。"

孙佳宁听得一愣一愣的，这几个指标最近她全看过了，但是听林泉说完，还是感觉一头雾水，自己该不是学了个假指标吧？

许志华说："我可能和孙小姐的感受相近，完全听不懂你们说的，只是感觉行情似乎要有危险，这个时候不应该持股，对吗？"

王子腾说："目前说的，只是认为当前涨幅太大并且上涨过程不健康，后期可能有隐患，并不能确定就会如何。"

孙佳宁撇撇嘴说："我发现你们做证券的都这样，有话不直说，总是躲躲藏藏的，要下跌就直说呗，是怕自己说得不准，惹别人笑话吗？"

黄业、王子腾相视一笑，林泉板着脸说："你懂什么？我们刚才讲的，本质上讲就是在预测未来，有谁预测未来的时候会说得一锤定音呢？调整是大概率的事，未雨绸缪则是成熟的投资者必要的功课。"

孙佳宁冷冷一笑，刚要说话，林泉压低声音对她说："敢抬杠待会儿不管你账户调整。"

孙佳宁一窒，想想桌上这么多人，也确实不应该抬杠，于是立刻换上一脸的甜笑说："林老师您可别上火，来，我给您满上，多吃菜，这半天光说话了，都没怎么吃东西。"

黄业也连忙招呼大家说："吃菜啊，别都看着。"

吃了一通菜，喝了几轮酒水，黄业放下筷子说："我在老林店里见过孙小姐，只是那天来去匆匆没说话，怎么，您也做股票吗？"

孙佳宁还没说话，林泉就开口说："忘了给你介绍，她是杨朔的同学，现在跟我学股票呢。杨朔你还记得吧？我小姑的闺女，特别能折腾的那个，这俩人差不多，都挺闹的，各位别见怪。"

王子腾笑着说："人家哪像你说的那样，这半天都没怎么听见人家说话，如此文雅被你说成闹，你对闹是不是有什么误解？"

大家哈哈一笑，举杯齐饮。

林泉对王子腾说："以前一直想和子腾多聊聊经济层面的知识，这是我的弱项。可惜咱俩一见面就喝，总是没有机会能平心静气地谈谈。您知道我那个茶馆吧？有工夫您也去坐坐，咱俩喝点茶，也给我们普及点经济常识可好？"

王子腾哈哈笑着说："看你说的，我早就听说你那个茶馆了，黄总就是没带我去过，听说你那里比营业部的业务都多，人才济济啊。"

许志华说："我知道林老师的茶馆，也是没去过，要说咱们几个人，可是我对业务的需求最大啊。"

林泉说："哪里哪里，这不是没事做吗？以前团队里的几个人一起做证券培训，后来业务转型了大家也一直没散，弄个茶馆，大家也有个根据地，后来就想着弄个会员制，可是身边的朋友圈除了酒鬼就是做投资的，弄着弄着就弄成个投资沙龙了，现在有几个做券商的朋友也在那里办了会员，许总也可以去凑个热闹啊。子腾，以后你也得多去给我撑撑场子，我那边玩技巧的比较多，大部分停留在技法层面，就算有理论也多数是些成败输赢之类的肤浅逻辑，对于社会、经济运行、国际关系这些深层次理论，说实话我都不是很明白，就别提他们了。"

黄业说："这个只能靠子腾，绝对经济领域实力派，其实你们俩可以强强联手，理论联系实际。"

王子腾高兴地说："好啊，说真的，我一直想练练演讲，这是我的一大弱点啊。说好了啊，老林，你可得给我机会上台。"

林泉举杯大笑："看你说的，不用给你机会上台，把台都给你也无妨，走一个……"

第二十六章
宁宁的算计

两瓶茅台干掉之后又续了不少啤酒，出门的时候都晃晃悠悠的。黄业出门前叫了公司保安来接，他们三人上了一车。林泉歪歪斜斜地上了老红旗，孙佳宁给他勒上了安全带，开车送他回去。午夜的北京已经从喧嚣中安静下来，路旁灯火依旧辉煌，五彩的夜灯闪烁，星星完全看不到了，前挡风玻璃上逐渐有点点的水滴凝成，又下雪了。

林泉坐在副驾上，打开手机，喝得太多，眼花了，看不清屏幕上的字，于是前后左右地调整距离，搞了半天也看不清，就放弃了，迷茫地望着窗外，也不知想些什么。

"我先送你回茶馆，你早点睡。车先借我开一晚吧？这么晚，打车费劲还不安全，成不？"

"嗯嗯，开吧，归你了。"林泉双眼迷离。

"哎，我说，今天这几位按说都是证券从业的高层了吧？我怎么看他们还不如你厉害呢？"夜晚的街上灯火通明且没有什么车，孙佳宁放慢车速，趁着林泉酒醉，从他嘴里套话。

"不是一回事儿，他们主要做宏观分析加产业调研啥的，比咱们复杂得多了。"

"那个许总，一直在讨好你，你说什么他都顺着说，是不是有事求你啊？"

林泉愣了愣神，晃晃脑袋说："谁知道呢？要是我该管的事，黄业会直接跟我说，没跟我说就是不用操心。再说了，能有啥事求我的？无非也就是拉点资产开点户而已。"

"多结识点人好，没准儿哪天谁就能帮上谁，你说是吧？"孙佳宁说。

林泉呵呵一笑，说："谁能帮上谁？有这思想就是错误。我这辈子最大的追求就是自由自在，万事不求人，你看我求过谁办事？别去妄想不受自己控制的欲求。自身才是王道，自己不硬的话，靠山山倒，靠水水干。你看我，想怎么样就怎么样，这就是我想要过的生活，可以没多少钱，但是不需要看任何人脸色……"

孙佳宁赶紧说："得得得，得嘞，我没说您要求谁，可能是我表达有问题，我错了，大哥，您高抬贵手哈……我看黄总和王总跟你关系很好啊，他们对你就很随意的，透着很熟悉的感觉，不像那个许总。"

"我跟老黄是战友，也是很多年的朋友，战友你懂吗？就是那种强烈的使命感，同生共死，你能理解不？呵呵，我们当兵的时候不同于现在，现在退伍留个微信、QQ什么的，随时都可以联系，我们那会儿连个电话都很少，很多战友离开军营就是再会无期了，当初我们几个最铁的战友，现在也只有老黄和我能随时联系了。"

孙佳宁一时也不知道说什么，默默地开车，林泉脑袋靠在副驾车窗上，断断续续地吹着口哨，从司机的角度看过去，窗外的街灯流水似的划过他漆黑的眼眸，感觉就像曾经岁月。孙佳宁突然想起来他的网名，"流金岁月"，那是什么样的岁月呢？

"对了，股票离场一半吧，别随着大盘调整去，你看……"说着，他已经有些口齿不清，看着就是要睡了。

孙佳宁想叫他别睡，想了想算了，抓紧开车。

把林泉送回茶馆，看着他一溜歪斜地上楼回房，她才匆忙下楼，锁门、开车回家。

她住的地方其实距离茶馆并不远，北二环外的一栋10层机关公寓楼。房东是一个退休阿姨，也住在这栋楼，她对房客的主要要求是安静加干净，这两条对于孙佳宁来说轻而易举，她一直都是一个生活习惯很严谨的人。

回到家里，被开门声吸引的招财跑到门口迎接她，高冷的态度让人一时分不清谁才是主人。招财是一只血统不怎么纯正的美短，刚刚做完绝育手术，好像还没有完全适应小太监的身份转换。

换水、倒猫粮、铲猫砂一通忙活，草草地清理一下自身，孙佳宁浑身放松地倒在床上，伸手关掉床头的壁灯。她在黑暗中整理着一天的所见。眼睛什么都看不见，耳边也没什么声音，只有脑海中的照片一帧帧地闪过。

原本以为那些不会为了生活费用去奔波的人，应该是一种轻松自如的生活状态，现在看来并不是。这几天通过林泉见识了不少人，尤其是证券从业这个圈子的。蓝兰、王子腾、许志华，他们这些人在这个行业中也算是中上层了，至少已经摸爬滚打 10 多年，就算自己当初考完证券从业资格证就去上班，现在肯定也不可能达到他们的位置，也许只能是证券公司的一个小职员，或者是业务员，看到这几位也得赔着笑脸称呼一声"老总"，然后每天东奔西跑，赔笑脸、说好话去拉业务。呵呵，也不知道要拉多少业务才能坐上他们这个位置。即使坐上这个位置又如何？上面还有更大的领导，自己还要去拉更大的业务，收入也只是能保证自己过得比别人好一些而已，这就是自己想要的吗？

肯定不是。孙佳宁一直就是一个有梦想、有追求，并且时刻提醒自己向梦想靠近的人，随波逐流不是她的个性。年龄也不小了，要想找一份踏实的工作朝九晚五，回家相夫教子，日复一日，她又何必等到今天？

林泉那句话说得非常好："这个世界 95% 的人是活到老糊涂到老，完全是没有自主能力的社会构成零件。"

她非常认可这句话，自己可能摆脱不了作为社会构成的零件这个命运，但是最少也要让自己成为有一定自主能力的零件吧？

蓝兰是零件，王子腾和许志华也一样，黄业算是个比较重要的零件吧，他们都是没有自主能力的社会构成零件。可能他们也知道自己是，但是挣扎不开命运，或许他们已经依赖上了作为零件的福利，至少目前他们的收入强于绝大部分普通零件。

至于自己，现在应该连个普通的零件都不算，普通的零件应该也有一定的收益吧？就自己手里这点钱，还得指望这些本金赚取投资收益呢。

林泉呢？应该是一个很个别的零件吧。他本可以成为一个有完全自主能力的零件了，可控的稳定投资就是巨大的财富，如果自己可以像他一样，无论是股票还是期货都手到擒来该多好，稳定的收益会让未来的一切走向梦想和追求啊。

但是他好像除了在投资领域是高手，其他地方，唉，傻孩子一个。

活到现在，她需要知道自己后半辈子是什么样的，这个问题她思考很久很久了。任何像样的生活状态，都需要物质的支撑，谁都想富足安宁，随心所愿地过好自己的一生，但是这中间所需要的对称财力，是一个关键要素。

其实，只要知道自己拥有什么样的财力，就基本可以判断自己能够拥有什么样的生活了。谁也不能对纷繁的未来作出完整、准确的判断，但是部分未来还是可以判断的。孙佳宁清楚，自己看不到未来会遭遇的天灾人祸，也看不到可能出现的爱恨情仇，但是似乎现在可以粗略地看到自己未来的财富。

她开始计算手里的资金。目前她的股票账户里面有 38 万元资产，听林泉的安排分散在两个股票和两个 ETM 中，这些占了总资产的八成左右，还有 6 万多元的准备金。她打开手机上的复利计算器，要是按照年化收益 15% 复利计算，3 年就是 57 万多元，5 年就是 76 万多元，10 年就是 153 万多元，15 年就是 309 万元……

如果年化收益为 20%，3 年就是 65 万元，5 年就是 94 万元，10 年就是 235 万元，15 年就是 585 万元……这个复利收益，其实并不难，只要心够硬，不指望账户支撑生活花销，按林泉说的，哪怕是指数基金定投，都可以达成平均年化 15% 这个预期，毕竟 15% 这个预期，是指数基金的全程计算，在实际操作中，只要指数走低，低于 60 日均线就离场观望，那么目前所有的宽基指数基金，平均下来没有哪个会低于 20% 的平均年化收益。

如此，上班工作是为什么呢？就为了安安稳稳混到退休，有一个说得过去的养老金？按照目前自己的账户本金，只要不出浑招，20 年之后的财富足以支撑自己相对自由的生活了，而这 20 年，正是自己大好的青春岁月。

坚决不能动账户里面的资金，这是自己的未来，要是不想一辈子庸庸碌碌泯然众生，就必须走出自己的路。

那目前的日子就只能靠微商群赚生活费了，唉，卡里还有些零花钱，明天再给账户添两万元，凑到 40 万元，这可是目前全部家当了。当初大学毕业，爸爸分几次一共给了 40 万元，到今天还是 40 万元。唉！烦闷。

想起来老爹，她心里微微一动，和父母好几年没有见面了，自从毕业那年不欢而散之后，一直到今天都没有联系。她知道父母在关注她，但是她不愿意接受。从小跟着奶奶长大的宁宁，对于父母并没有多少感情，记忆中的他们每天都在吵架，或者准备吵架……

她狠狠地翻个身，身边的招财突然受到惊吓，闪电般地弹射下床，喵呜几声宣泄不满。

第二十七章
抵抗孤独，我有秘方

2018年1月29日，星期一，早盘上证指数稍微高开两个点，分时图开始缩量上涨，一度达到股灾之后的新高3587点位置，随后开始回踩，分时价格线踩在均价线，破均价线。踩在昨日收盘价位，破收盘价。一上午多头基本就没有什么像样的抵抗。下午开盘之后指数稍有提升，也仅仅半小时后，空头力量汹涌而出，主力资金在银行、证券等板块减仓，指数继续下跌，尾盘收在3523点。

当晚《证券时报》表示，如今部分大盘蓝筹股价已处于相对历史高位，而经历长期调整后的优质成长股，未来或将更具吸引力。当前，市场的核心依然是业绩，在价值投资越发彰显的市场环境下，从蓝筹、防御性和提前布局的角度来看，其交易价值都比较突出。

1月30日，星期二，上证指数早盘低开，两次上攻昨日收盘价3523无果，随后震荡回落，全天弱势，尾盘收在3488点，日K线跌破10日均线……

1月31日，星期三，上证指数低开低走，指数在20日均线位置似乎有所支撑，并且由于前两天下跌缩量，市场情绪转暖，散户逐渐入场……

2月1日，星期四，上证指数放量跌破20日均线……

连续7个交易日的调整走势，虽然也出现了两根阳线，甚至两个都是涨幅不小的光头阳，但是依然没能改变回调趋势，上证指数在2月6日大阴下跌3.35%，跌破了60日均线，并且当天放出了近期最高量……

一大早阳光明媚，林泉晨跑了5公里，这都是被孙佳宁带的。这个姑娘生活习惯极好，每天早起，隔天晨跑，朋友圈基本都是运动记录，偶尔有些花花草草的记录，也都布满阳光雨露，很温情。

来到店里，他没想到人到得这么齐，看看表 10 点多了，几个人都坐在大厅电视下面的沙发上，竟然在看盘呢。

看见林泉进来，玲姐笑着问：“你还没吃早饭吧？宁宁给你带了早点，你等我给你微波炉打一下啊。”

李墨回头喊：“老板快来，我跟刘晨打赌今天上证一定会收阳，正需要你的技术支持呢。”

王俊雄低头擦着眼镜说：“啥支持也不能改变大盘啊，墨姐估计你凉了啊。”

李墨立着眼睛发飙说：“少这么丧气好不好？你没看见高开了这么多吗？昨天大阴线踩 60 线，今天高开说明有均线支撑，已经回调了这么多，现在投资价值也凸显了，前期离场的资金肯定都会回流了，你看分时图，现在正向上攻击，估计今天不光是阳线，还得是个大阳线。”

孙佳宁笑着接话说：“你不是也清仓了吗？为啥还这么激动地盼涨？”

王俊雄说：“这你就不知道了吧，就因为清仓了，所以墨姐没的玩了，这不开始赌大盘了吗？”

李墨鄙夷地说：“谁清仓了？只是降低了仓位你懂不懂，这叫轻仓，轻重的轻。”

刘晨对王俊雄说：“别惹墨姐成不？待会儿她上火了，输了不结账，你给兜底吗？”

王俊雄哈哈一笑：“你俩玩吧，谁赢了记着分红啊。我干活去了。”说着起身奔吧台去了。

李墨嘟囔一句：“假勤快。”也起身去收拾茶具了。

林泉坐在窗口的位置，大厅人不多的时候，他就喜欢这个位置，视野好，阳光晒在身上，暖暖的感觉。早点依旧是包子炒肝，还是庆丰包子铺的。这些天总是吃人家早点，林泉有些不好意思，寻思着从什么地方把人情补上。

正想着，李墨突然坐在他面前，一脸严肃地说：“老板，商量个事儿啊。”

林泉嚼着包子，"嗯"了一声，示意她继续说。

"是这样，我妈从来没有出国过，跟我念叨好几次了，正巧我朋友给我介绍了一条游轮欧洲航线，7 天 6 个国家，所以想跟你商量一下，下礼拜叫我闺密替我几天成不？你见过她的，个子不高，很漂亮那个，她也会茶艺，手艺比我还好，肯定不会耽误店里生意。拜托拜托，老板行行好⋯⋯"说着她双手合十就在桌子上拜开了。

第二十七章　抵抗孤独，我有秘方

林泉无所谓地说:"成吧,你都交代明白了,我懒得管更懒得废话,丑话说前面,有问题,都算你的哈。"

李墨嘎嘎笑着跳起来说:"没问题,啥问题都没有,老板,你等着我给你带礼物回来,保证你喜欢。"

林泉闷头吃早点,没理她。

刘晨和孙佳宁继续在电视前面盯盘,上证分时图上白线已经下破了黄线,并且有过一次向上反复,但是根本没能再上碰黄线,虽然这时候大盘的上涨幅度还在1%左右,但是很有点走弱的样子。刘晨一边看一边跟章晨风叨叨着看跌的理由,孙佳宁在边上听着有点吃力,就起身凑到林泉这边。

"林老板,你怎么开始回家了?我一直以为你无家可归呢。"

林泉一口吃掉最后半拉包子,含混地说:"要不是电脑都在这儿,我早就回家了,我不是无家,而是家太多。"

孙佳宁撇撇嘴说:"天道不公啊,我们这样的漂泊者想有个落脚的地方都难,你却有广厦好几间,有就有吧,还空着不住,人比人得死,货比货得扔啊。"

"呵呵,你是总看贼吃肉,不看贼挨揍啊,你当我这小家底儿哪里来的?我的成长之路,比别人要崎岖得多啊。你这青春年少的,每天想着岁月蹉跎、青春无我,我在你这个岁数的时候,还在为了吃饱肚子而挥汗如雨。再过10年20年,你到我这个岁数,你就知道那些身外之物多么鸡肋喽。姑娘啊,人比人得活着,货比货得留着。"

孙佳宁"咯咯"地笑着:"就好像你是老人家似的,林老师,只要自己不觉得老,你就永远不会老,知道不?"

林泉翻着眼睛看向身旁窗外投射进来的阳光:"老了也没啥,挺好的,开个小茶馆,可以晒太阳,就在这样的窗前,没人来的时候就发呆,还有过路的美女看。哎,你发现没有,后海边上的美女真的很多,都说成都春熙路美女多,我看不然……"

这个话题让林泉比较颓唐。他确实觉得自己有些老,倒不是生理上的,而是心里的感觉。就好像刚才,他自己坐在这窗前,吃着包子,看着后海的围栏,脑子里想的却是30年前。那时候后海还没有围栏,就是一条普通的北京胡同,有些破败,但是很安静。河边总有老人在垂钓,小孩捞泥鳅,连临街的小卖铺都很少。后海南沿有一个类似酒吧的去处,叫作禅猫,这是林泉印象中后海的第一家酒吧。30多年,转瞬就过去了。从小就在后海游泳的他,如今去河边用馒头喂个鸭子都被保安制止了,说是要保持水质清洁。

十几岁的时候,林泉时不时会跑到后海边,夏天游泳,冬天滑冰,那时候也带蓝兰来过,严格地说,是和蓝兰一块儿来过。在很多事情上,林泉一直就是个拧巴人,比如他喜欢蓝兰,是人就知道,但是这么多年,他始终没有让这喜欢出过口。即使蓝兰有所表示,他也是退开,再退开。

"你很喜欢露营吧?"孙佳宁弄了壶绿茶,顺带着还把林泉吃完的餐盒垃圾扔了。"我看你后备箱里都是帐篷睡袋,还有炉子啥的。"

"嗯,我比较喜欢野外。前一阵子我看抖音,里面很多野外生存的短视频,就给几件固定工具,野外生存 100 天,最后的获胜者还能给个 100 万美元。嘿!我特别想去,可惜中国没有。"林泉一脸的向往与遗憾。

孙佳宁给他倒了杯茶推过来,靠在沙发上问:"你是很精通野外生存吗?后备箱里的东西有些我都不认得,手扣里面还有个弹弓,还有皮筋枪,呵呵,你还说你老了?我看你就是个死小孩儿。"

"小孩儿就小孩儿吧,还死的……你这个表达方式啊……要说你上过大学,我确实感觉有点梦幻。不过从你身上,我是真能看出现在社会治安好。"

"什么意思?我怎么觉得你嘴里没什么好话呢?"孙佳宁一脸狐疑。

"也不是啥不好的话,要搁 20 年前,这么说话估计得给你打成小伙子……"林泉喝着茶水,窗外的阳光铺在他身上,显出一种黄灿灿的金属质感。

"就知道你胡说。"孙佳宁不以为然,"我也看过野外生存的视频,那里面有狗熊,很危险的吧?你也不缺钱,干啥去啊?"

"嗐,不是钱不钱的事,我就是这么一说,你看那些坚持不下去退赛了的人,除了极个别的是体检通不过,被强行退赛,其他很多人最后都说耐不住寂寞,忍不住孤独才最终退赛。就我对自己的了解,论野外生存能力我肯定比不过他们,但是抵抗孤独,我是有秘方的,这一点,他们谁都不行。"

第二十七章 抵抗孤独,我有秘方

第二十八章
臆想者

孙佳宁好奇地问："你有什么秘方？说说看。"

林泉神秘地眯眯眼："我有一个广袤无边的内心世界，这是别人都不具备的。"

这句话看似玩笑，却是真实的。林泉从小就能够长时间地沉浸在自己的世界中，沉浸在自己杜撰的那些波澜壮阔的场景中，没有谁能够和他一起享受这虚拟世界，那里只有可以随意改变的世界，还有自己无穷大的威力。他有过机器猫的口袋，有过森林大帝作为宠物，尼尔斯骑过的鹅他随意就能召唤来一群。当然也会做很多有意义的事情，比如帮花仙子小蓓种了一大片平原的七色花，让流浪的咪咪找到了亲爹，为了维护和平打死了威震天300多次，踩断了格格巫10根肋骨……

成年之后，他依然会时不时地原地发呆，在内心塑造自己的世界。这该不会是自闭吧？

"……那年我10岁，我爸我妈刚离婚，法院判我归我爸抚养。那个年代不像现在，一个男人带一个男孩儿，你说这家得多糟。那会儿哪有玩具啊？每天就是去铁道边捡烟盒叠三角，几个孩子拍着玩儿。晚上我家也没有电视看，早早钻被窝睡不着，我就在被窝里面打仗玩。真的，你别笑，我从一进被窝就侧躺着不动了，蒙着头，用几个玻璃球当作敌人，枕巾卷成一条，当作敌我阵营的分界线，玻璃球进攻，另外一方就是手指，五个手指做防守，两边开始打仗。刚开始是冷兵器战争，玻璃球一方主要靠的是扔砖头，防守一方是用大盾牌抵挡，盾牌就是从本子上撕下来一张叠成方块……后来觉得这样布阵太粗糙，不上档次，就跑去铁道边捡石头，砸碎了，挑大小形状差不多的，再去人家工地的沙子堆捡石头子儿。晚上蒙头继续，沙子堆里面的石头子儿都是圆的，铁道边上捡的碎石头都是有棱有角的，这下两拨人马就区分开了。于是，天天晚上不断地排兵布阵，白天就壮大兵马。后来玻璃球作为元帅，每个元帅统领自己的大军，为了布阵白天想方设法看一些军事题材的书报，无论什么战争，也无论看得懂看不懂，白天只要看了，晚上被窝里必将上演。后来有一天，我爸不知道怎么晚上想起来看看我，可能是想学别的家长给孩子披披被子，刚一进我房间就给吓一跳，发现被子支棱得老高，里面还乒乒乓乓的，一把就给我被子掀了。他后来说，掀开被子的一瞬间，发现了一个建筑工地，以两摞书为分界，一边是密密麻麻的几排小石头子儿，另一边是摆放有序的道砟方阵，一个枕头作为丘陵地带，几支铅笔做滚木在丘陵顶端，还有拒马在平原地带。你知道拒马是什么不？就是用火柴和木棍捆扎起来，可以抵御敌方骑兵进攻冲击的战争设施……"

孙佳宁捂着嘴"咯咯"地笑着，阳光下花枝乱颤。林泉也笑着，整个人好像都回到了10岁。

"这一顿打，好几天我都趴着睡，连腿带屁股到后背都是肿的，我的大军也让我爹给团灭了，所有的手下，只剩了一个玻璃球，还是在街上找了好久捡回来的，我的元帅……后来，我爸把我的床放他屋里，在他能看到的地方。晚上不能打仗了，但我还是睡不着啊，我就脑子里面打仗，我发现这可更过瘾了，不用玻璃球当元帅了，我可以在脑海中任命语文老师做敌军小队长，体育老师做我军先锋，让我们班长作为敌军进攻第一个被打死，当然不能被体育老师打死，得让我这个主角来一个远距离跳跃空对地攻击打扁了他……你都想不到，所有我认识的人，哪怕是上学路上小卖店的一个老头，都在我的庞大军队体系中任职，再后来……"林泉说着，脸上的笑容变得若有所思。

孙佳宁看着他，脸上的笑容也逐渐温和，微笑着看着他。

"后来长大了，翅膀硬了，离家出走了，哪里都可以睡觉了，也没人管你打仗不打仗了，可是这时候觉得也没意思了。那时候我晚上哪里都睡过，火车站、医院、防空洞、学校楼顶，哪里我都能睡，还是喜欢在脑子里排兵布阵，但是我更喜欢用眼睛看着同时带入大脑。记得小学毕业那天，学校毕业典礼，我坐在下面，把台上的校长、老师、辅导员统统编入了敌军阵营，台下的同学也是如此，看谁不顺眼，看谁有敌意，就让谁进入敌军阵营，到最后我发现，除了自己，都是敌军……"

孙佳宁静静地听着，嘴角带着笑，可是心里却有点沉重。她一向不喜欢窥探他人的过往，因为经历带来的情绪感染一般都是负面的。人总是会感知和自己类似的负面，如同一只猫受了伤，另一只猫总会和它一起舔舐伤口，虽然它并没有被伤到，但也会想起曾经有过的伤口。

"上中学之后，才知道这其实就是做白日梦。可是细想一下，白日梦又怎么了？也没有妨碍谁啊，自己还很痛快，那就继续吧。你知道吗？初中的时候，我一直以为自己不是普通人，身体里应该有些没有被发掘出来的超能力。没准儿哪一天，也许就在课堂上，突然会走进来几个军装笔挺的酷男，理都不理讲台上的老师，大皮鞋整齐划一地走到我的面前，领头的一个军人肩章上将星熠熠，几人整齐划一地敬礼之后，将军用沙哑的嗓音说，林泉同志，现在不是上数学课的时候了，国家需要你，全人类需要你，这个世界的和平，也只有你能够维系了。说完他们会给我换上一身笔挺的军装，还有一副大宽边的墨镜，簇拥着我走出教室，我还会在讲台站住，回头看看同学们那迷茫并且敬畏的目光，再看看数学老师呆若木鸡的样子，不屑一顾地转身大步走出教室。操场上迎接我的车队一长溜，身后的教学楼里，所有的窗前都是惊讶赞叹的目光，我仰望天空，一声叹息。两个卫兵打开车门，笔直站着敬礼，我转身上车，一连串的'嘭嘭嘭'声中，所有军人上车，车队缓缓开出校园，这里只留下神一般的传说……当然了，这已经是经过很多次润色的情节了，上课没事的时候我就自己不断构思细节，一点一点地场景化，但是始终不能延伸出学校，也就是说，车队驶出学校之后，场景将会重新开始。"

阳光缓慢地不可逆地推移着，林泉讲述这些的时候，和讲授股票技能一样地娓娓道来，几乎看不出情绪有什么负面波动，微笑，自嘲地笑，欣慰地笑。但是孙佳宁看得出，在今天看来，那一段日子并不好过。

"大哥，我觉得你并不是想着怎么样去行侠仗义，或者挽救人类，你在意的似乎是教学楼里惊讶赞叹的目光，对吧？"

林泉还是笑着："那又如何呢？在意什么，不在意什么，都是过去式，很多事不必搞明白。郑板桥说的什么？男的就要糊涂，不能像女人似的那么事儿多，麻烦。"

"人家说的是难得糊涂，寓意是小事装糊涂，大事不糊涂。"

"嗯，你说是就是吧。这话说的，怎么就扯到我黑暗的童年去了？"林泉看看表说，"子腾说上午过来，这都快中午了，是准备赶饭点儿吗？"

"王总来？怎么个意思呢？是不是大盘调整到位了？可以进场了吗？"孙佳宁一下来了精神。

林泉白了她一眼，说："调整是需要一个过程的，你就听招呼好了。我上去弄一下程序化，你给我留着这桌儿，就这儿晒太阳舒服，一会儿他来了叫我一声。"

第二十九章
这个领域咱们专业

林泉上楼去了,孙佳宁百无聊赖的。

店里只有一桌客人,跟李墨认识,几个人凑在电视前面那一桌分析上证指数呢。孙佳宁不想过去凑热闹,就从吧台把笔记本抱出来,坐在窗前看盘。

打开交易软件,她差点儿以为看错了,明明开盘时候指数在 3412 点,11 点 5 分就跌到了 3318 点,振幅 3.5%,K 线图上一根大阴线,下到了 60 均线之下一大半。她回头看看,李墨正在那里给朋友分析着,叽叽喳喳的,看样子还是认为下午能翻红。

不过,下午要是能收回到开盘价,今天就是一个深 V 反转啊,要是能再跌一点,手里的资金就能抄个底了。孙佳宁在自选股里面淘啊淘啊,要抄谁的底呢?在这次减仓之前,手里的股票是千金药业和三一重工,这都是林泉安排的,千金药业是 1 月 17 日入场的,13.75 元的成本价,后来林泉让 15.15 元卖出去一部分,当时账面浮盈是 22%。三一重工也是同一天买进的,9.65 元的成本价,在 9.80 元卖出去半仓,当时账面浮赢是 3.5%。黄金 ETF 成本是 2.766 元,在 2.750 元减仓一半,账面浮亏是 1.4%。原本还有一个煤炭 ETF,清仓离场了,现在这三个基本都是 5 万元持仓,占总体 40% 左右仓位。现在她是真正体会到了资金管理的重要性了。以前,她的账户基本永远是满仓状态,看盘也就是盼着上涨,没有其他内容了,如果大盘下跌,那也就只能每天念咒盼着止跌了。现在在大盘即将下跌的时候,就跑出来一部分资金,整个心情都不一样了,甚至盼着能一下子跌多点,这样反弹能够更加强力一些,抄底的利润就能多吃一些。

抄底是必须的,但是肯定要听老师的话,虽然现在账户里面除了千金药业,剩下的两个都是绿的，但是她对林泉的信心那是达到了95%。要说还有一点缺憾，就是为啥明知道要下跌，不全部清仓离场呢？应该是他也不能绝对预测吧。

她戴上耳机，打开"主力资金跟随"这个系列，这是林老师特意嘱咐她多看几遍的。唯有多听多看多想，才能尽快熟练掌握，这也是林老师说的。

王子腾进门时，正好林泉从楼梯下来，两人照了个对脸。

"呦嗬，这都几点了，我说你们的上午都是1点以后了啊？"林泉责怪。

"嘿，别提了，开会开到12点，我赶紧打车过来，车上吃了个煎饼。给弄点水喝，这一上午光说话了。"王子腾跟着林泉来到窗口，孙佳宁早已经起身，微笑着招呼一声，然后把桌上的茶壶茶杯端走，去吧台换茶。

"你就吃个煎饼？要不我给你订个餐吧，旁边有家羊汤不错，来一碗热乎乎的，怎么样？"

"不了不了，我都饱了，咱俩客气个什么。"王子腾回头看看电视，说，"你这还有个大屏，看盘不错啊。"

林泉说："对咱们没用，我都没看过，这个是给客人看的，你也知道，这常来常往的都是做证券的，咱们是靠着会员费过日子的。王总啥时候给我带点客人来啊？"

王子腾哈哈一笑，说："成啊，今天来我就想和你说呢，我想练练演讲，这一直都是我的弱项，一上台，人一多我就说不出来话了。上次喝酒时候跟你提了一句嘛，你看如何？"

林泉笑着说："上次就说过嘛，求之不得啊。你想讲什么内容啊？提前说一下，我让他们给你放公众号上，这样来的人应该比较多。"

王子腾想了一下："人也别太多，万一讲得不好，丢人的范围也小一点。讲什么都成吧，这冷不丁一说，我有点举棋不定了。"

正说着，孙佳宁托着一个玻璃壶、几只茶盏和两份茶点小吃过来，王子腾赶忙起身帮着摆放，一番客气之后，孙佳宁一屁股坐下不走了。

两人倒也不在乎，继续研究讲啥。林泉的意思是讲一些解读财报的技巧，或者讲讲证券领域关键的宏观指标。王子腾则更倾向于讲一些操盘技术，孙佳宁也觉得讲技术更吸引人。三人并不能统一。

林泉说："我一直都以技术为主，其实这里的人，基本都是来跟我学技术的，形态学和指标流，这基本被我灌输透了，针对技术，后期还有各种战法课程跟着，你要是讲技术，得看会不会冲突啊。"

孙佳宁奇怪地说："都是技术，怎么会冲突呢？你有你的技术，王总有王总的技术，各说各的，都是以涨跌为基准的预判，应该不会有太大分歧吧？"

林泉苦笑着说："你说得对，都是预测，各有各的办法，采百家之长才是正道。但是你不能让别人也和你一样的想法，他们抽出时间来听课，其实本意就是来听自己想听的，你说得再对也没用，只要不是他们想听的，他们就觉得没用。"

孙佳宁更奇怪了："那你讲的不是也一样吗？你不是也说过，只要是真理，往往只有极少数人才能接受。我看你之前讲逻辑的时候，就算枯燥听的人也挺多啊。"

林泉哭笑不得："那是我讲啊，我给他们讲了很多年了，权威已经形成了，他们听到和自己认知不同的问题，首先会认为是不是自己知识浅薄，所以没能理解。换子腾讲，如果是和他们已经形成的技术逻辑冲突，他们很可能会直接指出来，你还得跟他们抬杠，这就凭空多费口舌了。"

王子腾接话说："林老师说得对，刚开始我先讲一些宏观层面的，混个脸熟，之后再慢慢地加戏吧。"

"对，你只要讲个两三次，就可以加上技术操作了。对了，你准备讲啥技术操作？"

王子腾说："网格化交易怎么样？"

林泉想了想："可以吧，网格化我还真没有讲过，但是有一部分内容在'T+0'里面体现过，正好，你可以加深一下，之后把你讲的做成课程，销售一家一半，如何？"

王子腾笑笑说："做课程没问题，销售费用就算了，这已经给你添麻烦了。"

林泉说："你就甭管了，这些都是小事。第一次讲课，你要么讲讲宏观逻辑，或者讲讲基金啥的吧，内容你自己写，这礼拜的课程都已经在公众号上发出去了，下周五下午有一节，你来讲如何？"

王子腾说："那我还是讲讲基金吧，这个我可熟悉，不会掉链子。下周没问题，其实平常时间也挺多的，我这个角色，公司对我主要是要求结果，平常时间很自由的。"

"你别怕掉链子，你可能演讲并不专业，投资你还不专业？讲不下去就不讲了，直接变座谈会，让他们提问就好了，我也会在，这个领域咱们专业。"

王子腾微笑着说："那必须的。"

正说着，孙佳宁插话："两位老师，我提一个问题成不？你们看看现在大盘，这是要怎么的？"说着她递过来手机。林泉一看，分时图上白线下跌到了3308，但是黄线却还在3374位置。把手机递给王子腾，林泉打开电脑，上证指数分时图上，白线横盘如锯齿状在3008到3016位置窄幅震荡，对应下方量能，每一次下震量能都稍有放大，再看日线图，CR指标在107位置，其下方就差两个点就要下穿所有均线了。

林泉说："宁宁，你看，现在日线 CR 指标，只差一步就可以说是空头，因为只差一点就会破掉所有均线了，现在还有 20 分钟收盘，除非这 20 分钟指数大幅收回失地，否则 CR 指标应该是注定了。你再看 MACD，它的 DIF 和 DEA 空头流畅下行，还没有破零轴，虽然 DIF 数值已经到 5，绿柱还在渐长阶段。这种行情下，摆动类指标不用看，都是空，可能有些还会提示要超跌反弹了。你再看 RSI，这个位置非常重要，两条线从 80 以上转头向下，下穿 80 的时候咱们说过，还记得吧？就是咱们吃饭那天，王总和老黄也说觉得指数见顶了嘛。那天之后的第二天，也就是 1 月 25 日，你看，高位十字星，RSI 指标开始向下，最高点指数是 3548。你看后两天，还在高位震荡，甚至有向上突破的迹象，到了 1 月 29 日，高点是 3587。你看看指标线，两条线一个是 67，另一个是 66，已经从 80 线下来不少了。这个时候如果不减仓，可能会被套住一部分了。你再注意看 2 月 2 日这天，很奇怪哈，9 日线 46，14 日线 52，两条线夹住了 50 位置，这个位置一般的散户会怎么理解？你说说。"

第三十章
能不能抄底

孙佳宁看着林泉点出的十字光标，想了想说："2月2日这一天收的是个阳线，也正是这一天RSI的两条线都开始挑头向上，而且之前一天RSI的14日线正好踩在50线上，如果是我自己看盘，在2月2日我应该会相信这是一个很好的进场位，毕竟之前下跌得挺猛。"

林泉说："你说得不错，这个位置真是挺刁的。RSI的50位置，支撑与压力都是很关键的研判点位，2月2日这一天，14日线是踩着50起来了，但是9日线呢，它在收盘的时候才到了46啊，这还是反弹起来的结果呢，作为散户，无论被套了，还是想抄底，在这里都会看到14日线踩50弹起来有支撑，这就是入场信号，于是就冲进去了。这是因为你们看指标，是从自己希望的角度出发的，这期间一个大空的信号，你们都不注意，或者说是有选择地放弃注意了。你有没有看到9日线在14日线之下？这不就是典型的空头排列吗？要是从K线图上来看，5日线在10日线之下，这不就是空头信号吗？"

孙佳宁看着屏幕不说话。林泉继续说："我们讲的RSI 50或者80位置，都是一个相对模糊的范围，并不是精准的50或者80，你可以把它看作一个筹码密集区，或者说成交密集区也可以。在2月2日这一天，可以说踩50有支撑，毕竟这一天和后一天两根阳线，要是刀口舔血技术到位，完全可以一进一出做个超短。但是它也可以说是下破50反弹无力，因为确实是从50下方向上突破没有成功，你看2月5日收盘时，两条线都在50之上了，但是9日线还是在14日线之下，这还是空头。随后就是昨天，昨天指标就已经很明确地上攻无力，今天破位下跌。宁宁，如果没有我在，你会怎么操作？"

孙佳宁一愣，随即一脸可怜地说："要是没有林老师，高位我也不会减仓，跌到现在我也是满仓卧倒，没准儿还会去想办法找点钱补仓。"

林泉乐了："我是让你学明白怎么看指标，不是让你拍马屁。如果有一天你需要自己独立看指标，必须先把一个指标可以表述出来的所有语言都写出来，一个一个地对照，你可以把你学过的指标当成一个模板，用这些条件去对照你的标的是什么状况。比如刚才，MACD 和 CR 两个指标都没有明确出来空头，或者说都距离空头一步之遥，其实这个时候你可以看看短周期，如果短周期已经进了多头，那么反弹可能性很大。如果短周期超跌了，你最好别去抓反弹，记住，双周期全有多头，这才是股票进场的时候，有一个空头，都别想着侥幸。还是这两个指标，MACD 和 CR 虽然都没有完全进入空头，但是按照惯性，再来一个阴线，应该就会进入空头了。你看现在 2 点 58 分了，还有 2 分钟收盘，现在上证指数 3309，今天就算不收光脚阴线，也差不多，所以，这种情况下明天低开的概率也会大。"

王子腾在一旁拿着手机"嗯"了一声，说："这两天又是受了美股影响，前一段大蓝筹涨得猛，这回首当其冲挨了棒子，你看工商银行跌了 5.8%，建行跌了 5.9%。今天上证的分化太严重了，蓝筹股都在砸盘。"

林泉端起茶盏喝一口，低声问："李墨和刘晨赌多少？"

孙佳宁伸出一个手指，轻轻地说："1000 元。"

林泉乐了，转头看去，刘晨跷着腿坐在吧凳上，偷偷看着李墨无所谓的样子，伸手看了看表，一脸的志得意满。

"呵呵，得让他请饭，这些日子他净蹭我了。"林泉小声说。

孙佳宁轻声说："等会儿再说，他钱还没有拿到手呢。"

王子腾呵呵笑着看着这两人，颇有些羡慕。

连着几天夜里给宁宁微信补课，足足补到后半夜，这天一直到上午，林泉才爬起来。最近这一段时间，他们两人微信沟通极为频繁，只要不在一起，过不了一会儿就得说几句。

简单洗漱一下，感觉有点饿，想起今天孙佳宁不过来，心里寻思着弄点什么吃。人真是很容易养成习惯，这么多年他都是一天一顿饭，如今已经被人惯得必须吃早点了。

冰箱里找找，随便泡了碗面，边吃边把程序化回测存档，再挂上新的回测数据。今天周五，算算日子也有一个礼拜的数据了，这两天得找时间作个对比，看看有没有可以挂上实盘的模型策略。要说他身边最辛苦的莫过于这两台电脑，目前大概已经运行两个月了，上一次只关机休息过 15 分钟，就这么一直运行到现在，也差不多该给两台机器放个假了。

今天要带老妈去购物，快过年了，得补充一些年货。他一边扒拉着泡面，一边计算着购物路线。吃饱了，回测挂好，林泉锁上门，端着泡面碗下楼。玲姐正站在大厅里，拿着墩布杵地上，王俊雄直挺挺地坐在沙发上，俩人都盯着电视，神态专注，王俊雄更是半张着嘴，就差哈喇子拉线儿了。

看见他下来，玲姐赶忙一指电视，说："林泉，你快看，这算是崩盘了吧？"

大盘 2 月 8 日下跌 1.43%，收盘在 3262.05。2 月 9 日一早开盘就开在 3172 点位置，直接低开 90 个点，令人咋舌。林泉也是啧啧称奇，坐在王俊雄身边，仔细观察着盘口。

上证指数从 3587 跌下来，在 60 线之上时，还是一副比较标准的调整洗盘样子，但是 2 月 7 日指数从高点 3425 直接跌落到 3304 收长阴线，随后就一直跌到了今天的位置，这个下跌角度也是仅次于股灾了。在这种暴力下跌时，任何技术指标显示的都是严重超卖，可以说是失真的。打开手机，林泉快速浏览着盘口数据，10 点 5 分，这时候涨停股票 20 家，跌停股票 135 家，而且是大盘蓝筹领跌，成交量持续放大，隔夜美股也是大跌，看来大 A 是躲不开这个跟跌的魔咒了。

王俊雄直挺挺地转头看着林泉，还是半张着嘴，上半身就像打了夹板似的。林泉上下打量了他一下，疑惑地问："什么情况，挺这么直是还要长个儿吗？"

"落枕了，脖子不能动。这跌得差不多了吧？能抄个底不？"虽然脖子不能动，但是丝毫不能妨碍他财迷的追求。

"哈哈，你怎么知道是底？再给你来个股灾怎么办？"

"这大盘下跌了这么多，距离均线足够远了，怎么也得靠拢一下吧？"王俊雄还是那么直挺挺地看着他说。

"你说够远就够远了吗？"林泉嗤之以鼻。

"可不是够远了吗？上证指数从 2638 用了 1 年多才涨到 3587，总共也没涨 1000 点，这几天就干出去快 500 点。得！不是快，是已经干出去 500 点了，3078 了……"王俊雄昂首挺胸地转过身子，看着林泉说，"我觉得可以抄底了，这就是机会呀。"

"哎，我说，你别这个姿势看着我。得，你自己看吧，我躲开你成不？"林泉起身到窗口位置，半躺在沙发上伸个懒腰。打开手机看上证指数图形，看着确实是可以抄底了，但是要等到看见底才行啊，这个见底，必须在指数上给出来。

手机一阵振动，打开一看，王子腾发来一条微信："12点左右到。"

今天周五，约好了子腾下午讲课，林泉回复："我回趟家，你直接讲就成。"看了看资管群里的发言，大部分是对今天的下跌感到震惊，也有几个信誓旦旦要抄底的。

彩派："就是这个时间，6.18挂单买入三一重工，已经成交。这个成交速度让我心生警兆啊。"

皮皮鲁："@彩派 为啥买它？"

彩派："不为啥啊，一直做这个家伙，熟悉了。"

陈燕燕："还有没有别的可以抄底的啊？在线求助。"

天津张起灵："抄毛线底啊，被套了，没钱了。这到底是为啥啊？又是老美捣乱，我就服了，大A就不能刚一下吗？"

李佳欣："@流金岁月 老师给看看利群股份怎么样？能不能抄底一下子？"

林泉对着手机发语音说："各位，抄底有抄底的逻辑，我想你们现在只有一个印证，那就是跌得太多了。现在这个位置，有可能是底，也有可能不是底，要想确切分辨，你得看见它开始回暖吧？这正跌得如火如荼的，你就脑补了是底，有些武断吧？只有市场出现了有效止跌，才能看出来是不是底。并且上证指数这个跌法，大部分技术层面的借鉴已经失效，必须见到有新的增量资金入场，才能宣告下跌短期结束。正告各位，即使短期底部出现，目前也算技术上的下跌趋势了，抄底留点心眼，小心成了套马的汉子。单个股票现在没有什么看的必要，今天这个下跌算是泥沙俱下，很多不错的股票跟着下来了，并且今天是周末，后面两天很有可能出台什么样的消息去稳定市场，下周再买也来得及，在这个市场里，机会有的是，就怕你没钱了。"

放下手机，林泉对着玻璃胡噜胡噜自己的卷毛脑袋，看王俊雄别扭地伸着脖子，说道："你先歇会儿吧，待会儿刘晨来了，你去中医院做个按摩吧，本来就个儿高，这么支棱着怪吓人的，再板着个脸跟终结者似的。"说着他一边对着镜子整整衣领，一边和玲姐招呼了一声，起身去开车了，家里的事情总是最重要的。

老红旗黑亮黑亮的，一看就是刚洗干净，孙佳宁这姑娘做事很讲究，每次都把车里车外给收拾得很干净。

在林泉看来，小女孩长得好看，从小受到的宠爱自然就多，脾气刁蛮或者性格暴躁实属常见，但是这个规律在孙佳宁这里，好像并没有成立。

但是要说她脾气好，也不见得，这家伙聊天的时候说翻脸就翻脸。最近这一段时间，天天晚上都和这小妮子聊到很晚，渐渐地都有些依赖了，脑子鬼使神差地总是想着她。这个丫头身上有些神秘之处，从没有听她谈起过自己的家人和过往，只听杨朔说过她是江西人，其他一无所知。

"也是一个有故事的人啊。"点火挂挡，林泉开着老红旗上了二环。

第三十一章
宿命

这个世界很奇妙。据说在量子力学的世界中，任何两个粒子之间都会存在某种可以超越时空的连接，当一个粒子发生变化的时候，哪怕相隔再远，另一个粒子都会受到影响，从而发生变化，也许，意识真的可以影响物质的存在状态。

就在林泉想着她渐渐入神的时候，孙佳宁正在看手机上他的照片。最近在茶馆里，她拍了不少照片，有很多是偷偷拍的，因为林泉对着镜头会很拘谨，表情和身体都会很僵硬，所以他也没啥照片。

其实他长得挺耐看的，身材也不错，一米八的个子，一百五六十斤的样子，软软的鬈发，眉眼间根本不像是40多岁的人，小圆脸，笑起来很豪气，待人也很真诚。特别是他身上总带有一种看穿世事的沧桑感，似乎自己是游离于世界之外的，睿智而又孤独地看着红尘中人，在他身边久了，就能体会到那种淡淡的疏离感，还有他自恃看透一切的骄傲。

"就知道喝酒，啥也不是！"翻看照片中林泉跟李墨举杯相碰的那张，她恶狠狠地嘟囔一句。

屏幕滑动间，一张老照片映入眼帘。看得出，这是用手机对着照片翻拍的，暗淡发黄的背景是一栋破败的老房子，一个满脸褶皱的老太太，坐在房前的竹椅上，腿上坐着一个穿花袄的小女孩。这是她两岁的时候，还不记事，据说是乡里普查计划生育，每个村所有的小孩和父母都要拍照留档，当时孙佳宁的爸爸妈妈都在县城，于是只好让奶奶抱着她拍了一张。事后，老人送了一篮子鸡蛋，换回来了这一张照片。

孙佳宁的家在江西的一个小城里，今天再回忆起来，基本已经忘了什么样了。倒是距离小城 10 多公里的出落村，一直都在她的记忆之中。

在这个小村最边缘的地带，那个三间老房子，被栅栏围起来的小院落里，枝繁叶茂的大榕树下，养着鸡，种着菜，要下雨的时候，老人抱着小女孩坐在屋檐下，哼唱着"同志哥，请喝一杯茶呀，请喝一杯茶，井冈山的茶叶甜又香啊，甜又香啊……"

小女孩是孙佳宁，老人是她的奶奶。

出落村没有什么名声，但是这里的甜柚却是全国闻名。这里家家都有自己的果园，少的也有十几棵树，唯独奶奶家，一棵果树都没有。儿子表示要接她去县城住楼房，她拒绝了，说是过惯了村里的生活，后来孙佳宁才知道，老房后面有一个坟茔，里面住的人是她的爷爷，是奶奶的另一半生命。

孙佳宁的爸爸妈妈都是当地一时的风云人物。妈妈曾是部队文工团的台柱子，转业之后在县城税务局做了个小科长。爸爸是家中独子，有他的时候奶奶都四十多岁了，老来得子不免娇惯，从小他就野惯了，稍大一些更是管束不了。爷爷去世之后，他就彻底放飞自我，走向社会了。虽然没怎么读过书，但是靠着为人仗义和八面玲珑，带着一帮兄弟从打零工开始创业，年纪轻轻也挣下了不薄的身家。孙佳宁记得看见过两人的结婚照，那可真是男帅女靓，意气风发。

但是从她记事起，感觉爹妈不是在吵架，就是在酝酿吵架。爸爸总是在指责妈妈招蜂引蝶，水性杨花。老妈则是义正辞严地抨击老爹是个流氓、混混、人渣、无赖……吵得兴起就开始砸东西，反正家里房子够大，俩人热火朝天地摔酒瓶子砸化妆台，锣鼓喧天的，好戏不断。开始的时候奶奶总是劝慰他们，让他们为了孩子别总是吵闹了，宁宁虽然还小，但是她会把这些事情全记在心里的。

其实宁宁并不像其他小孩那样软弱，也可能是见的次数太多了，爹妈打架也影响不了她什么了，家里往往是大屋里面打得热火朝天，小屋里面孙佳宁自己玩得安安静静。

直到有一天，在语言斗争中不占上风的母亲，突然把一个玻璃大花瓶隔着 4 米远扔在老爹头上，"哗啦啦"碎一地的同时，老爹腿一软就歪地上了，估计他也没想到，一辈子刀光剑影的没怎么样，在家里居然让媳妇给"花"了。

这一幕被孙佳宁看了个正着，母亲脸上的暴怒和眼中的戾气吓坏了她，小女孩转身就跑，趁着妈妈看着满脸是血的老公发愣，居然一口气跑了 10 多公里，跑到出落村找奶奶去了。

那年，她刚 4 岁，4 岁独自跋涉 10 多公里，这对于其他孩子来说，简直不可想象。

　　那天奶奶去供销社门口集市换鸡蛋了，家里的鸡蛋攒得多了，老人总会拿出一部分去集市上换一些日用品。等她提着篮子回到家，看到宁宁正坐在大榕树下的小竹桌旁啃红薯干，小孩子还没换牙，咬不动，她居然知道用铡草的铡刀把红薯干切成小块。

　　奶奶是个旧式的老女人，原本对这个世界也没有什么索求了，只要能守着老伴的坟茔，静静地活完剩下的岁月就好了。但是看见小孙女这么乖巧，再想起自己那个不争气的儿子，不着调的儿媳，老人也只能长叹一声，挣扎着多活几天。

　　老爹脑袋伤得倒不严重，缝了5针，但是摔倒的时候屁股被碎花瓶扎了，两个大口子缝了15针，距离正中仅仅两厘米，差一点就被扎了个十环。

　　妈妈来村里接她的时候，被老人拒绝了，别看税务局科长在家里家外都颐指气使的，在老人面前却像一个乖乖女，如果不是亲眼所见，谁会相信眼前这个哭得梨花带雨一般的美人，几天前差点儿刃亲夫。

　　从那天起，孙佳宁就住在了出落村，这里没有幼儿园，她每天陪着奶奶，也力所能及地帮着干一些活，反正一老一小，也干不动什么体力活。奶奶喂鸡，宁宁就跟着喂鸡，奶奶没事让她做，她就自己玩，只是一定会在奶奶看得见的地方，或者说，她看得见奶奶的地方。

　　父母倒是不吝啬钱财，开始每周都会来，送钱送物，后来可能家里战事吃紧，逐渐每月来一次，两人也不会一起来了。他们应该也觉得把孩子丢给老人，这样也免去了很多麻烦，反正也给生活费了。

　　老人是农业户口，家里虽然没有果树，但是养了一些鸡，小院外面也有几块边角地，种了不少菜，经常拿菜、蛋去供销社门口的集市上换一些必需品或者卖点钱，能养活自己和小孙女，于是就把儿子儿媳给的生活费都存在一张存折上，密码告诉宁宁了，虽然小女孩还不到5岁，但是奶奶对她的信任，远超自己那个不省心的儿子。

　　时间一天天流逝，宁宁安静地长大，上小学了。她每天背着沉重的书包，公交加步行10多公里往返于县城和出落村，尽管辛苦，她也不曾回过那个距离学校两条街的家。因为在村口公交站，有个始终等着接她的奶奶。

　　老人更加老了，经常一动不动地坐在老伴的坟茔前，脸上皱纹交错，长着一块块黑褐色的老年斑，像一个锈迹斑驳的时间面具，掩盖住曾经秀美的容颜。大榕树沙沙地舞动着树叶，老人的生命就像风中的蜡烛那样，明灭不定地闪烁着，

第三十一章　宿命

·129·

没有人知道它什么时候会熄灭。

那是一个雨天，三年级的孙佳宁从公交车上下来时，并没有看到那个撑着伞等她的人。当她浑身湿透地跑回老屋时，奶奶就躺在床上，一动不动地躺着。

医生说老人去得很安详，完全没有痛苦。宁宁一直默默地站在床前，她朦胧地知道，这个结果对于奶奶来说，似乎就是最好的，也是奶奶最想要的。

奶奶和爷爷葬在了一起，就在屋后。本来不允许土葬了，但是宁宁的爸爸是谁啊？虽说搞不定家里的穆桂英，对于外面这些村大爷还是手到擒来的。作为老人的独子，花了不少钱给老人操办一个旧式的葬礼，顺便搞定了所有不和谐的声音，于是老人入土为安，完成了生前的愿望。但是孙佳宁知道，老人其实还有一个愿望，就是能够看着自己的小孙女长大、嫁人，幸福地笑……

如今的宁宁已经长大了，想起奶奶来，也只剩下淡淡的怀念，仅此而已，一切都飘散在时间中流逝了。

坐在窗前，她望着窗外灰蒙蒙的天空，心里无喜无忧的，生活本就如此。长大的宁宁明白，自己也终将老去，到那时，也许可以回到出落村，在大榕树下，坐在小竹椅上，看日升月落，等生命终结。这一切都是宿命，谁也逃不开的宿命。

第三十二章
稳定的交易者

林泉伺候完老娘购物吃饭,再回到茶馆的时候,已经是下午两点半了,进门刚要上楼,听到有人叫:"林老师,这边。"

他扭头一看,左手靠窗的座位上有三个男人正在喝茶,其中一人认识,是国林期货的总经理张群,另外两人面生得很。

"哎呀,张总,我这几天正想着找你坐坐呢,你倒先来了。"林泉赶快迎过去,座位上的三人也都起身。张群一一给介绍,圆脸大眼睛的是国林期货的客户,叫焦爱民,另一个高个子叫陈金海,是神域期货的负责人。

张群是一个非常和气的人,做事很讲究,林泉对他很尊重。他对林泉也很欣赏,经常带一些业内的朋友来茶馆捧场。

几人寒暄着,林泉吩咐再上一壶乌龙茶,这是张群喜欢的口味。坐下之后,张群说:"我们是去神域找陈总,离你这里不远,于是就不请自来了,没想到你不在,你要再不回来,我就给你打电话了。"

林泉笑呵呵地说:"您有事电话交代一下就成,跟我没必要客气的。"

张群说:"看你说的,今天主要是为了焦老板过来,老焦是我们国林的老客户,我的老朋友了,一直比较热衷交易,但是总是不得其门而入,所以想让林老师给把把脉。"

焦爱民圆圆的脸上满是笑容地说:"林老师我是久仰了,期货交易高手,程序化高手,张总跟我说过您很多次,一直无缘见面,今天是我厚着脸皮让张总带我过来讨教一下。"

林泉连连摆手说:"张总那是给我脸上贴金呢,您别当真。交易这个行当,不存在什么高手的,都是按照自己设定的规则走,越平庸越贴近真实越能有收益。"

张群说:"焦老板是做服装生意的,买卖铺得很大,杰出的企业家。平时喜欢做做交易,但是一直处于亏损状态,持续性地亏损,呵呵。"

听到这里,林泉笑笑问:"焦大哥,您平时不做交易的时候,喜不喜欢打牌什么的?"

"谈不上喜欢,消磨时间而已,打打小麻将,斗地主、炸金花什么的也都玩玩。说实话,玩牌也是输多赢少。我这命,别提了!"焦老板是个豪爽人。

林泉心下了然,这位其实是赌性比较大。按理说期货交易能够满足一般的赌瘾,毕竟交易合理合法,并且面向国家级市场,相对公正得多。如果一边做期货,一边还玩别的赌钱,说明这哥们儿赌性比较大,这种状况不适合做交易。

在林泉的认知中,交易要想赚钱,最佳渠道就是一种稳定的方式重复使用,无论是超短线的高频交易,还是可以暴富的浮盈加仓趋势交易,都有相同的可以循环使用的套路。

"您做期货多久了?"

"十来年吧,如果按年算,每年都亏个百十万元。"焦爱民苦笑着说。

"没错,这个我知道,焦老板算是交易结果非常稳定的操盘者。"张群笑着接话。

林泉也笑了:"您这个稳定,可真是叫人心碎。"

"林老师,你看看是不是针对焦老板的情况给对症下药治治,都是自家朋友,说实话,这么多年,这么稳定的亏损我都看不下去了。"张群笑着摇摇头。

林泉斟酌一下,说:"焦大哥,您对交易结果有什么要求吗?或者说,你想在交易上面收益多少?"

焦爱民苦着脸,眉心拧成一个川字了,说:"不怕您笑话,现在我都没指望能赚钱,只要不亏钱我就阿弥陀佛了。哪怕每天赚500元,我都高兴得不行。"

"是这样的,每一个交易者都不一样,但是都有形迹可循。我认为针对交易结果的要求,是区分交易者的一个尺度。我看您是比较热衷交易的,说白了,就是手碎,一天不交易就难受。对于这种情况,您应该从超短交易入手,先练习控制自己。"

张群问:"超短交易他成吗?我也算看人挺多的了,还真没有见过几个靠超短交易发家的。"

林泉笑笑说："焦大哥不是说赚 500 元就可以吗？那就从超短交易开始练手，张总别拿那些滥交易者和我们比，我说的超短交易，其实就是高频交易。您知道我的高频战法吧？我建议焦大哥先从这里入手。高频交易看着可能就是频繁交易，但是它的底层逻辑是以自我控制为切入点的，任何新手交易者都应该从这个位置切入。焦大哥，我可以给你设置一个最简易的交易模式，您不用管其他的，只要按照我说的去做，每天都交易，如何？"

"没问题啊。"焦爱民脖子一梗，说，"我就需要您给我画个框框，我就在您规定的范围内做，保证按照您的要求走。"

林泉说："我先跟您说一下高频战法。这个战法十多节课程，在我的小程序里面售价 1 万元，按理说我从来不给任何人打折，我亲妹妹来看课程，也得自己买去。但是张总的面子必须给，今天我先给您划定高频的一个小框框，您照着做，如果您真的能按照我的要求去做，可以保证您亏不了钱，并且，这说明您能够适应高频这个战法，如果我给您的简单要求您都做不到，这套战法您也别买，它不适合您。"

焦爱民一笑，说："老师，您不用客气，求学求学，求字当先，这个道理我懂。这个课程在哪里？我现在就去买。"

林泉摇摇头说："您别着急，我不指着卖课程，但是高频战法里面分十多个交易方式，一个一个地给您讲我做不到，所以，您觉得适合您就去买，如果连我给您的最简单的要求都做不到，您还是别浪费钱了。"

焦爱民小鸡啄米似的点头应承："没问题，没问题，您怎么说我再怎么做。"

"首先你要知道，高频操作的精要，一是简单的事情重复做，二是每天固定化收益。比如您有一个 10 万元的账户，那么就每天固定收益 1000 元即可，这就等于 1% 的收益。这个作为一个简易的底层逻辑。"

林泉说着去吧台拿出笔记本，点开期货交易软件，新建一个空白交易界面："你也像我这样新建一个交易界面，笔记本屏小，所以整个界面分成三部分就可以。第一个部分是报价系统，这里可以靠鼠标点击选择商品。第二个部分设置 1 小时周期 K 线图。第三个部分是分时图。"

焦爱民立刻从身后的电脑包里拿出笔记本，按照林泉说的开始设置。

"操作起来的时候，需要长周期和短周期配合操作。由于你做的是日内，那么你就把 60 分钟作为你的长周期，而分时图作为你的入场标准。首先，必须双周期共振，也就是双周期都出现了做多信号，你才可以开多仓，双周期都出现了开空信号,你才可以开空仓,明白?"

焦爱民忙不迭地从电脑包里面找出个记事本准备记录。林泉笑着说:"大哥您不必这么局促,记录用处不大,最好还是用手机录下来,这样可以直观地回去看。"

焦爱民一听,恍然大悟,掏出手机对着林泉就开了录像。几人顿时哭笑不得,林泉说:"录我有啥用?您录电脑屏幕。"

焦爱民也笑了:"从来没有人教过这些,我这一时都有些上头了……"

林泉点点头说:"继续录。60分钟可以设置主图指标为布林线,附图指标用KDJ和MACD这两个指标吧。首先说布林线,1小时K线的收盘价在中轨之下并且中轨是向下行进的,属于空头行情,K线的收盘价在中轨之上,并且中轨是向上行进的,属于多头行情。记住,如果中轨拉平,你就看左上角的MID数值,鼠标点在之前一根K线上,如果数值是1000,那么鼠标点在后一根K线的时候,数值大于1000就是向上的,属于多头,数值效益1000就是向下的,属于空头。空头优势不开多仓,多头优势不开空仓,这就是分界线,明白不?"

"嗯嗯嗯,大于1000是多头,小于1000是空头,空头占优势不开多仓,多头占优势不开空仓。"焦爱民重复了一遍。

"1000只是举例,实际盘中你要用鼠标去找到那个数值,说白了,布林线也是均线的一种,它的数值就是一个价格,上中下三个轨道,都有自己的价格,这是一个平均值。你只要多看就能了解。咱们再说附图指标。先说KDJ,这玩意儿叫作随机指标,是一个摆动类指标,它是有值域的。但是现在你不用去考虑这个问题,你只要看它的排列方式,是多头排列还是空头排列就好了,这个你懂不懂?"

焦爱民懵懵懂懂地支吾着:"哦,唔,大概知道点,要不您还是给我说说吧?"

第三十三章
这就是高频战法

这时候一直没有说话的陈金海突然说:"林老师,我能不能也把您说的录下来?"

林泉笑笑说:"可以啊,这都是小意思。"

看陈金海准备好手机,林泉接着说:"多头排列或者空头排列,这是技术派最基础的知识。单指 KDJ 来说,J 值是最快的,D 值是最慢的,K 值居中,从上至下来看 J 值最高,其次是 K 值,D 值在最下面,这种情况叫作多头排列,说明盘中多头力量暂时占据优势,不适合开空仓。反过来看,J 值在最下面,D 值在最上面,K 值居中,这就说明空方力量占优,这时候不适合开多仓。再说 MACD,这个指标很普遍,是趋势指标,它很好识别,所以我让你用它,其实我自己一般都用 CR 的。趋势指标只要看位置,MACD 最关键的是零轴。两条线都在零轴之上,说明现在属于多头趋势;两条线都在零轴之下,说明现在是空头趋势。这个指标中还有一个追加验证。你看这两条线,白线叫 DIF,黄线叫 DEA。如果两线在零轴之上并且白线在黄线之上,属于多头占优势;如果两线在零轴之下,并且白线在黄线之下,属于空头占优势。这是小时图,我只给你设置两个附图指标,我自己一般用七八个附图指标,研判得比较全面,但是你刚开始肯定看不过来,一个主图两个附图,够你用的。"

焦爱民已经顾不上说什么了,满脑子的问号都不知道该从何问起了。

林泉看看他,接着又说:"小时图的各种信号,代表的意思太多,你先不用管那么多,只要记着,多头状态不开空仓,空头状态不开多仓,这是关键。也就是说,1 小时周期,代表的是你多或空的选择,而不是开仓的点位,明白不?"

林泉说着,语气逐渐强烈了起来,这是他的一个习惯,说到自己专业的事情,明显情绪开始投入。

"明白,明白,有点糊涂也没事,反正我全录下来了,回去慢慢看。"焦爱民举着手机不停点头。

"嗯,现在我们说开仓位置。我不是让你设置了三个界面吗?分时图就是你开仓的指令图。你看,分时图上面这两条线,白线其实就是实时价格,而黄线就是今天所有成交价格的平均线,盘中,这两条线都会时时变动,但是白线变化快,而黄线则慢了许多。你可以理解为白线在黄线之上,就是今天成交买多的人都是盈利状态,这就是多头状态,多头状态不开空仓。而白线在黄线之下,就是今天做空买入的都是盈利的,这时候属于空头状态,空头状态不开多仓。这是主图的简单理解。分时图下面,也可以设置指标的,建议你设置一个KD指标吧,不同于上面的KDJ,在分时图上用KD就可以,因为分时图周期运行太快,而KDJ的J值太过活跃对你来说容易被误导,作为新手,一定要有新手的觉悟才是。"

林泉说到这里,对着焦爱民笑笑说:"说您是新手别在意啊,这只是说您是指标操盘新手,是技术派的新手,实际对市场您比我门儿清得多。"

焦爱民摆摆手说:"老师,您不用客气,我就是新手,10多年晕头转向就这么糊涂过来了。我对自己很了解,说白了,连新手都不如。"

张群笑着说:"你也不必妄自菲薄,能在事业上做得顺风顺水,肯定不是糊涂人,每年亏个100多万元,这也不是糊涂人能做到的。我觉得你就差一个点拨,这得看林老师了。"

林泉也不谦虚,继续说:"分时图下面的KD表现是开仓位,你看,咱们随便截取一个时间段,在这里,这是上午9点半整,此时分时图中白线在黄线之上,价格处于多头区域,下面这幅图上,KD的状态也是K值在D值之上,多头状态,但是这时候不要开仓,因为你不知道会不会是最高点,万一你开仓之后直接回撤怎么办?要等调整。你要知道,手工高频操作不是在找暴涨暴跌的交易机会,而是在找最安全的交易机会,所以,你这个时候要等它调整一下。你看,图中上攻之后开始横盘调整,因为价格一直处于高位,大家的成交价都比较高,所以价格平均线也逐渐上行。你看下面,KD指标逐渐下行了,这是因为价格开始横盘调整。你可以理解为,在一波上涨之后,很多低位买入的做多的人获利了,于是有一部分人获利后了结离场,这部分人卖出的同时,还有一部分人觉得价格还能上涨，于是这部分人开始买入做多。这个时候获利了结的合约，就卖给了继续看多的人，于是价格维持在原地震荡。可是指标会逐渐修复的，当 KD 指标回落到低位，但是价格还是一直震荡，并没有下穿黄线，这个时候说明市场还是多头市场，我们认定它是一个上涨的中继，也就是调整一下还可能会继续上涨。在 KD 下到低位碰到了 20 这个位置，此时价格还在多头区间震荡，你可以理解为这个小级别的调整已经差不多了，当 KD 两条线开始拐头向上，从 20 位置走向 30、40、50 的时候，如果 1 小时没有不开多仓的指示，你就可以开多仓。"

一口气说了这么多，林泉歇了歇，拿起茶杯喝了一口茶，继续说："现在我们看看做什么商品。高频操作其实是分为两种的。其中一种是电脑高频操作，这个门槛比较高，是用算法和技术手段完成的，我记得有人在交易所数据中心旁边租工作室，拉最快的光纤，配置最强大的电脑，为的就是指令速度能快零点几毫秒。这个是技术层面的事情，不是我们可以介入的。今天我跟你说的，其实是人工操作的高频技法，并不需要什么强大的手速心算，说白了，就是个 70 岁的老太太，慢悠悠的也没问题。"

说着林泉指着电脑屏幕说："首先你要做几个定义。第一个，商品的价格变动我们用跳来定义，价格的一次变动就叫作一跳。比如玉米，你看到盘口有两个价格，上面的 1208，这个是卖出价，也就是说，你现在用这个价格立刻就可以买入做多，在交易中这种行为叫作对手价买入。而下面这个价格是 1207，这个价格是买入价，你看这个价格后面有 1000 多手，这说明在这个价位有 1000 多手在排队，等待成交，在没有成交之前可以撤单。一跳是什么呢？就是你如果是 1207 也进去排队做多了，之后买入成功，成交之后你立刻挂单在 1208 价位卖出，之后卖出成功，就属于你做了一跳的高频操作，并且成功了，明白不？"

焦爱民一脸茫然地说："好像是明白了一些，但是现在感觉没头绪啊。"

陈金海也举着手机问："您说的一跳我明白一些，就是价格的最小单位变动，但是这高频操作没有资金管理吗？"

林泉笑笑说："建立在高频操作特性上的止盈止损就是管理，高频操作的战法有十多种，我都用程序化做过回测，成功率高的能在 90% 左右，还是很不错的。我们说资金管理的本质是什么呢？无非就是规避风险，稳定交易曲线，最大限度地让自己处于不败之地呗。那么高频战法的底层目的，是每天收益账户的 1%，如果结合目的，规避风险的最佳方式就不是资金管理了，而是止盈止损。像玉米这样的商品，交投并不是很活跃，价格很低，目前 1300 元保证金一手，完全可以全仓买入，10万元买入70手还有富余的。高频买入时不要用对手价，因为你赚的就是一跳两跳的，对手价直接就让出去一跳了。挂单排队买入就好，按照图中，你挂单70手在1207买多排队，等你前面的都交易完成了，也就该轮到你成交了。成交之后，或者是部分成交之后，你立刻用鼠标在交易界面，把成交的手数挂单在1208位置卖出。记着，先挂止盈，因为你买入70手，很可能是分批次成交的，那么成交了就立刻挂，可以分批挂上止盈。全部挂上止盈之后，你要开始挂止损，按照玉米的特性，一两跳止盈，三跳止损足够了。用鼠标点住分时图上你的成本线，下拉到1204的位置，这就是划线止损。如果价格突然开始走空，当价格下跌触碰到了1204位置，系统会自动以对手价平掉你的这70手玉米。当然，止损的触发是很少遇上的，只要你按照战法进行。再回到这70手单子上，止盈止损都挂好了，你可以看到1208位置，前面可能还有不少排队等成交的单子，玉米的交易不活跃，可能要等一会儿，之后你的电脑就会陆陆续续地报警，你就看到这70手也陆陆续续成交离场了。玉米一跳10元，70手，你就赚了700元，农产品的手续费便宜，70手总手续费也没几个钱，基本可以忽略，那么你今天的任务就大部分完成了。如果你成交得很快，玉米还是维持在你的开仓标准之中，就可以再次开仓40手，照葫芦画瓢再排队买入做一跳，成功之后赚400元，加上之前的，一共1100元，今天任务完成，关机走人。这就是高频战法。"

一阵沉默。张群问："老焦，你听明白了吗？"

第三十四章
面授机宜

焦爱民苦笑说:"似懂非懂,好在给录下来了,多看几遍应该没啥问题,老师讲得很细致的。"

陈金海说:"您的这个一跳,也就是价格的一次变动,有没有商品局限性?只能做玉米吗?"

林泉说:"不是的,玉米活跃性很低,止盈成交慢,但是同时止损也不容易。别的商品就不见得如此了,比如镍,这个家伙是所有商品里面价格基数最大的,所以它活跃得厉害,十几跳往往瞬间就给你完成了。同样做一次高频,你看,镍不像玉米,它的价格是10个数字为一跳,也就是你们常说的10元一跳。你看现在的做多买入价格是98410,卖出价格是98420,再高一跳就是98430,数字基数大,它的涨跌停之间的容量就大,活动空间也大。我操作的时候,一般都是15跳止盈,20多跳止损。现在一手镍1万元出头,10万元买9手,15跳止盈,30跳止损,手续费也不贵,就算一手10元,加起来也不到100元。经常几秒钟就能完成一天任务。"

张群说:"可不可以这样理解,你这个高频战法可以操作所有商品,只是要核算交易成本,看看收益减去交易成本是否完成每日任务,对吧?"

林泉对焦爱民说:"你继续录,这些交易细节对你很关键。"

他喝一口茶继续说:"张总说得很对,高频操作的特点就是很快,很多商品的一次操作都是用秒计算的,并且在每天账户收益1%这个前提下,我们都是尽量一次交易就完成任务。其实,这中间唯一的成本就是手续费了,就按现在的商品特征,很多都可以做,比如有色金属里面的铝、锌、铅、锡、镍、黄金、白银，这几个家伙都可以做。比如铝，它一跳是 25 元，目前保证金 5000 多元，从交易资金使用效率来说，很划算的。还是说 10 万元，就算买 18 手，一跳止盈的情况下，账户收益是 450 元，两跳收益是 900 元，手续费不足 30 元。关键是铝的价格基数比较大，两跳很容易达成，不像玉米那样慢吞吞的。做高频要稍微核算一下资金使用率，比如我常做铁矿石，你看它现在价格是 545 元，目前交易所保证金 11%，就算是 12% 吧，一手是 100 吨，545 乘以 100 乘以 12% 等于 6540 元一手，目前手续费是 1‰，也就是 545 乘以一手的吨数 100 再乘以 1‰等于 5.45 元。这就是你交易时该进行核算的东西。10 万元能开 14 手，一跳收益 700 元，两跳收益 1400 元，无论一跳或者两跳，手续费都是这点钱，就算双边收取也就 11 元而已，和你每天 1% 的账户收益相比不算事。但是你要注意，铁矿石的价格基数比铝可就差多了，更别说和镍相比了。它的基数小，也就是说，涨跌停之间的跳数要小很多，这个问题你可以参考股票，100 元的股票涨停，中间可以有 1000 跳，因为最小单位是 1 分钱一跳。但是 10 元的股票涨停，中间最多有 100 跳，同样是最小单位 1 分钱一跳的。这么一对比，你就知道各种商品操作高频的时候，还是有些差距的。"

陈金海笑着说："林老师这么一说我大致明白了，这个操作思路很新颖。说来惭愧，我们看着是期货公司的负责人，主要精力都在行政方面了，交易还真是我们的短板。我可不可以把这个视频给我们公司的客户学学？"

林泉说："没问题，这个东西学起来不难，如果是稍稍知道一些指标使用的人来学，几分钟就能拿下。今天讲这么多，主要是焦大哥是零基础，所以稍稍细化讲解了一下。但是陈总您要知道，交易这里面，技法是一个方面，自我约束才是更大的重点，今天我讲到的这些内容，焦大哥你最好回去多看看，记在心里，刚才我说过，只要按照我说的做了，不会亏钱。重点就是……"林泉说到这里，直视着焦爱民的眼睛，一字一顿地说："按我说的做！"

焦爱民拿着手机还在录，神色无比郑重地说："我知道了，我一定按照您的要求做！"

张群接话说："老焦，你再想想还有什么问题，赶快一气问了，别到时候回家又不知道该怎么做了。"

焦爱民想了想，"嘿嘿"笑笑说："我还真不知道该问点什么。林老师刚说的这些知识点已经把我脑子占满了。"

陈金海继续对着电脑录制，说："林老师，在您看来，用高频操作什么商品比较合适呢？"

林泉说："绝大部分商品可以操作啊，高频的主要精髓就是准和快，比如说吧，我扔一块石头，在我没有离手之前，你并不知道我要扔向哪里，但是石头离手的那一刹那，你就大致知道扔出去的方向了。下一个瞬间，你可能就能判断出这块石头落地的位置了，这是因为石头的惯性是不会改变的。如果把这个理论套在高频交易上，你可以理解为扔出去之后的这个距离，就是商品这一个小波段运行的距离，千万不要想着把这个距离全部收入囊中，你只要其中把握最大的那一小段就好，就要一跳或者两跳。在这个基础上，你可以去考虑一下我扔这块石头使用的力量大小，这个方面其实就是各种商品的盘中特性了。比如咱们刚说到的价格基数，假设铁矿石和橡胶都是一跳50元，可是铁矿石你想做两跳也许需要1分钟，而橡胶只要几秒钟，同时一手橡胶的保证金是铁矿石的3~4倍。玉米、淀粉、豆粕、菜粕，都是一跳收益10元，但是它们涨跌的速度怎么也无法和苹果相比，它们做两跳的时间也是远远高于苹果的，还有白糖、菜籽油等。棕榈和豆油也可以做高频，它们一跳20元收益，手续费也很合适。再有就是化工类的商品，PTA沥青、塑料PVC、甲醇这些，都可以做高频。总之，只要手续费合适，两跳就能完成1%的任务，那就可以做高频。"

陈金海问："林老师，这个高频战法的使用结果如何？我是指大多数人。"

林泉挠头笑笑说："陈总，世间的万事都是有成功率的，自然的法则是二八定律，王重阳武功天下第一，也只教出全真七子这几个伪高手。成功，本身就是一个辛苦的过程，单独针对高频操作，我认为技法占四成重要性，自律占六成重要性。"

林泉说着，叹了口气："唉，我给你讲一个实例吧。我客户群里面有一个重庆的医生朋友，他每天上班没啥事，就在办公室里做高频，我们沟通挺长时间，他技术学得很到位，但是有一个问题，他不愿意被每一天的任务限制。我记忆中有一段时间，他会向我汇报当天的收益状况，经常是20%以上收益，甚至有过30%多。你要知道，这可是保证金制度下的收益，很不得了的。那段时间，他经常在我的学员群里面晒交易截图，大部分是盈利的，其实刚开始他的资金量并不大，10万元左右循环操作，后来尝到甜头就开始追加资金了。刚才我们说过，高频操作每天收益账户的1%就可以，这是任务，也是规则。他对此不以为然。反正他时间多，随时可以交易，就这么做了有两个月吧，中间居然出现过追保的情况，就是说他账户的保证金不够了，需要追加资金。要知道他做的是高频啊，就算满仓入场你也有止盈止损的限制，出现追保的唯一可能，就是他已经不挂止损了。我非常清楚每个人能做出什么样的事，因为这些问题自己都遇到过，或者说我也同样做过。于是就劝他，我知道他这样走下去会出现最糟糕的结果，但是他已经听不进去了。因为在这几个月的交易中，他很多次尝到了不守规矩的甜头，就好比我说让他五跳止损，但是他的认知告诉他，不用挂止损，因为亏损六跳的时候很可能就会回头，到时候不但不用止损，没准儿还能盈利呢。我常说，投资中最可怕的就是用错误的方式取得成功，这样就会让你在错误的道路上越走越远。我们做投资，其实真正的对手就是自己，不自律的人很难在投资市场活下去。那么自律的本质你想过是什么吗？"

第三十五章
自律才是王道

说到这里，林泉停下来看着几人。陈金海眨眨眼说："自律的本质应该就是自我约束吧？"

张群说："自律应该是在没有别人监督的情况下，自发地遵守一定的规则。"

林泉说："张总说得对，尤其后半句，自发地遵守一定的规则。高频我给设定的规则是每天收益账户的1%，你们认为这个规则有用吗？还是可有可无？这个规则很关键，是我用无数的亏损总结出来的。高频应用的战法成功率很高，有些能达到90%以上成功率，但是不代表没有亏损。我个人操作的时候设置的止盈如果是两跳，那么止损就应该是五跳，止损的范围大于止盈的。一旦出现止损，那么后续的操作必然会略有失衡。失衡的是什么？是之前每天都成功，今天不但没有赚钱，反而赔一些，这个心理失衡。心理失衡后容易想到的一点就是我们常说的，哪里跌倒就在哪里爬起来。你要是橡胶做空止损了，那么你第一个念头就是现在比刚才看到的做空位置还要高，还要更有利于你。这时，对你吸引最大的，就是再找一个开仓位进去空一把，夺回之前的损失。开仓进去之后，很顺利，这时候一般人会想能不能一把就把损失夺回来，顺便再完成今天的任务，可是如果没有达成目的呢？开仓之后继续亏损怎么办呢？到了收盘如果还没有离场怎么办呢？"林泉看着焦爱民。

焦爱民笑笑说："林老师，您放心，我要求不高的，不会出现这位朋友的问题。您给我定下的规则，我一定会严格遵守。"

林泉也笑着说："焦大哥，我丝毫不怀疑您现在的决心，但是我真的不能保证您能做到。这并不是个人的问题，这是人性的问题。我现在就给您把规则定下来，能否做到，咱们拭目以待。"

张群呵呵笑着说："我来监督，老焦如果做不到，管不住自己，就罚他请吃饭如何？"

焦爱民立刻接上说："别说请吃饭了，啥都要请，必须请，持续请，换着花样请，林老师你这是给我指明今后的道路了，这可不是请吃啥喝啥能够感谢的。"

林泉笑着说："您先别高兴，指出一条道路不假，但是你要知道，这条路上坑可不少，您得按照规矩来，否则，结果是注定的。闲话少说，接着录上，我给您摆规则了。"

焦爱民和陈金海赶忙调整手机对着电脑屏幕，林泉缓缓说："第一就是刚才说的开仓，必须双周期验证之后开仓，开仓成功之后，立刻先挂止盈再挂止损，止盈挂实单，止损用划线挂单，本质上就是条件单。这是建立在技法之上的规则。第二，交易逻辑上的规则还有一些，说白了，这应该算是交易习惯。你要记住，开盘收盘的10分钟之内不交易，这一条规则的本质，是让你知道自己操作的方式。这么说吧，你做的是高频，高频特点是快、准，其实还有一个特点：稳定。稳定的获利才是关键，暴涨暴跌的盘面，是很难做到稳定的。所以，我们尽量回避容易产生不理性行情的时间。你要知道，大宗商品是全球化交易的，很容易受外盘影响，所以在开盘收盘的时候，很多资金会受到影响，或者说是提前预期外盘，这个时候产生的急涨急跌，是不理性的，你不要参与。高频一次交易的用时非常之短，快的用秒计算，这一天有的是交易机会，何必要去开盘收盘蹚浑水？你的目标只是今天的任务，而不是如何超额完成任务。就算刚才我们说过的玉米交易，每次只做一跳，做两次也就完成任务了吧？或者说做PVC，很便宜的化工商品，一跳25元，手续费很便宜的，满仓一跳就能完成任务。任务是你的目标，选择最合理的时间去交易，你选择了商品，就应该知道它大概会多长时间让你成交。比如你选择了镍，那么十跳很可能在几秒钟之内见了分晓，你选择了粳米，也许会让你一刻钟都不见动静。你在开仓之前，就应该对你要操作的商品有一个直观的认知了。"

林泉停了一下，喝一口水继续说："第三，还有一个关键点，止损了怎么办？这是个大问题，您千万别不当回事。一旦止损了，我建议立刻离开电脑，出门去抽根烟，或者去买瓶水，跟别人说两句话，总之就要把自己从交易中唤醒。如果你离开电脑，虽然不交易，但是心里一直想着这个止损单，那么你等于还是在交易中，这个单子对你后面还是会有影响的。离开20分钟，给朋友打个电话，聊点别的事情，自己放空了之后再回到电脑前，回来也不要再交易之前止损的品种了，可做的商品种类太多了。那句话怎么说的？天涯何处无芳草，何必单恋一枝花。玉米止损了可以做淀粉、豆粕、菜粕，可以做沥青、塑料、豆油、棕榈、甲醇，等等，随便一说就有20种以上适合高频的标的，干啥这么轴，非跟玉米较劲？"

陈金海问："林老师，选择交易商品是不是更关注手续费？还是有别的选择因素？"

林泉回答："做高频手续费是一个重要参数。每天1%是目的，其他都是围绕这个目的进行的，手续费如果很高，比如螺纹，现在主力合约买入收取的手续费就是8.5元，快覆盖了一跳的收益，要做三跳才能完成任务，这时候你就要考量一下，这个手续费为啥这么高？这是因为暴涨暴跌，交易所限制投机交易，所以上调了主力合约手续费。螺纹的主力合约是1、5、9月，现在5月合约是主力，下一个主力合约就是9月合约，你看看去，交易很活跃的，并且9月合约的手续费很合理，并没有上调，你就可以去做9月合约。但是要注意，不是每一个次主力合约都能做的，还有就是很多商品的主力合约是1个月一换，就是每个月都会成为主力合约，有色类的商品就是这样的。"

焦爱民可能是胳膊累了，换了只手举着手机，问张群："张总，我的手续费是个什么状态？"

张群呵呵笑着说："肯定是最低手续费，这还用说啊？"

林泉说得有点疲倦了，端起茶杯吹吹，说："真正交易起来会遇上的问题很多，现在一一说到也不现实，您加我个微信，有事就直接跟我说，要是交易中有不能理解的问题出现，您就直接截图给我，我给您看看，对啊、错啊都能快速指明就好了。"

张群对焦爱民说："你看，你看，柳暗花明了吧？只要持续付出，总会有所回报的，这次有高手指点了，你可得认真地学，不是每一个人都有这样的机会的，林老师是咱们老朋友，才给这样详细地讲解，你回去也多听几遍。"

焦爱民忙不迭地点头称是，加了林泉的微信，陈金海也加了好友，一通客套。

张群说："今天过来一是焦老板学交易这个事情，二是老陈想跟您聊聊程序化交易的事，这天也不早了，一块儿吃个饭吧？"

焦爱民立刻接过来说："林老师，张总早就跟我说过您也是好酒之人，今天咱们初次见面，我怎么也要跟您喝几杯，酒都准备好了，在外面车上。"

林泉歉然说："这个真不是兄弟矫情，我家环境比较特殊，下午得回家去看孩子，不信你问张总。今天这顿就算我欠各位的，下次我们随时安排，我请各位赔罪。"

看焦爱民和陈金海面面相觑，林泉赶忙又接着说："陈总，你要是急，咱们可以随时微信聊聊程序化，要是不急，明天之后随时可以面谈，我大部分时间在店里。焦大哥，你回家多听听录音，按照我说的做，先开始不要满仓，一手一手地开仓试着熟悉步骤，或者你就干脆弄个1万元的账户，每天1%也就是赚100元就好了。您要记住，赚钱根本不是目的，自我控制才是目的。"

焦爱民目光坚定地点头说："嗯嗯，我会按照林老师的要求做，一点都不会走样！"

林泉笑笑，心说你可真是小看了人性，按部就班说起来容易，做起来可就是另一回事喽，不是每个人都能做到的。这是一个认知问题，会者不难，难者不会。

第三十六章
往事如烟

春困秋乏夏打盹儿，睡不醒的冬三月，夜猫子无论什么季节，总是看不见日出。

林泉正睡得香，就被微信振起来，强睁睡眼拿起手机，那个下弦月的头像闪烁着，按开一看，就几个字："你在店里不？"

"在，怎么了？"

"我一会儿就到，有点小事说说。"蓝兰说得简洁。

"哦，成，等你。"

顶着熊猫眼起来洗漱，玲姐已经到了，正在擦地，刘晨坐在电视前面弄着一堆纸片，看着像是讲课用的名牌。

"李墨呢？这是又要迟到早退吗？"林泉端着茶盘走到窗边1号台，看看表说。

"说曹操，曹操到。"刘晨"嘿嘿"一笑。

"谁？谁说我呢吧？刘晨，你交代，谁说我坏话呢？"李墨一进门正好听见这一句，立刻开始捕风捉影，跟着她一块儿进来的还有一个俊俏的短发姑娘，大墨镜，穿一件咖啡色的长款风衣，黑色中跟小皮鞋，黑丝袜衬着纤细脚踝，即使风衣挡着也能看出身材不是一般地好。

"老板，这是赵欣，我闺密，我俩当初一块儿学的茶艺师，她可比我玩得好……"李墨拉着那姑娘过来介绍着，林泉也站起身打个招呼。

"不用叫老板，你叫他林老师就成，这里很多客人都是会员，都是跟林老师学股票的，你没事也可以学学，还有期货，店里来来往往的也有很多专业人士，

· 147 ·

什么期货公司的、证券公司的都有，你……"李墨的嘴加特林似的喷洒着汉字，林泉不禁想起了周星驰在《审死官》中的那个角色，口喷音符，伤人于无形。

赵欣站在那里捂着嘴笑，林泉也无奈地笑一下，李墨这个性子，怎么和茶艺师挂上钩的？

进入状态很快，在李墨的介绍下赵欣开始了工作，脱掉风衣之后露出里面一身职业装，米色小西装短裙，好身材引得刘晨瞟来瞟去的，王俊雄也笑呵呵地盯着看，林泉对他俩这表现很是不屑一顾，只见他挪动沙发换了一个比较直观的角度，这样看不用扭脖子，三个男人就这样挤眉弄眼地看，彼此间也不避讳了。

蓝兰一进门就被李墨发现了，手拉手一通热情的嘘寒问暖。林泉就坐在窗口看着，其实店里的每一个人都有鲜明的特点，李墨的招待能力无与伦比，不论是谁，她都能够最快地拉近关系，尤其是女人，茶馆的女性会员，绝大多数是她拉进来的。

他一直觉得蓝兰在自己面前，完全不像一个职场女性精英，一直以来都像是一个邻家女孩，需要自己照顾。这会儿蓝兰一身淡青色的职业装，散开后齐肩的鬓发用一根黄丝带看似随意地扎着，脸上没有浓妆重彩，只是简单地上了一点玫瑰色的口红，平添了几分神采，整个人显得典雅端庄。

笑着坐在林泉对面，她整个人还沉浸在李墨无微不至的关心中，林泉给她倒了一杯水说："男人和女人真是不同啊，你说要是两个男人一见面就手拉手，再来个拥抱，哎哟，不成，想想就感觉尿频。"

蓝兰"咯咯"笑个不停："你说你呀，什么事情一到你嘴里就变味儿了。"

林泉也笑了："嘿，想啥就说啥呗，我又不用哈着谁，咱万事不求人。"

"看把你牛的，哎，下个月营业部开张，你帮忙张罗点资产行吗？我这边没什么大户，底子太单薄了。"

林泉说："我算大户吗？把我的户转过去呗。"

蓝兰嗔怪地白了他一眼，说："你还用说？早就已经把你算上了。其实现有的资产也能说得过去，只是相对单一，集中在几个大户手里，不是很稳妥。"

林泉有些沉默，现在券商业务不好做，尤其是小券商。在目前财富管理这个大背景之下，付费投顾已经是券商的典型服务模式，但是头部券商优势明显，不光在营收、净利润与净资本这些基础数据上碾轧中小券商，更在投顾、客户回馈、高净值群体方面占尽优势，强者恒强，中小券商也就只能靠低费率来收拢散户，就比如眼前，智联证券给的佣金就可低到1‰，其实这个费率，只对中小散户具有很强的吸引力，对于高净值客户来说，还是更注重投顾之类的附加值。

"上次来的那两位如何了？"林泉随意一问。

"你说的是方总和王旭东吧？方总新开户了，转进来100万元，账上趴着呢，王旭东开户空着呢。待会儿他俩都来，昨天我在你公众号上给他俩报名了今天的课，你没看见吗？"蓝兰看着店里新进来的几个客人，似乎在等谁。

"哦，我都不看，这是刘晨的活儿。下午是王子腾讲，对他俩来说，没啥意义啊。"其实来的人想听什么，林泉心里都清楚，只是不能如他们所愿。

"方总说了两次要请吃饭，估计是想掂量一下你吧，呵呵，估计今天还得说，你信不？"蓝兰有些心不在焉，拿着琉璃茶盏不停地搓动着。

"管他呢，能不吃饭最好还是别吃，要是现在还能跟他说，把资金挪到你那里才能如何如何，一顿酒下来以后就只能是朋友对待了。不过也无妨，你朋友待他，他也不能客户待你啊，相互地，至少给你增加一些资产是没问题的，反正你也没惦记别的。"

"你这话说的，什么叫我也没惦记别的？你指什么？"蓝兰很严肃地看着他问。

"呵呵，语病，我的意思是你也就想着增加点资产，没有惦记让他买基金，或者是别的什么掏钱项目吧？"林泉赶忙解释。

蓝兰没理他，白了一眼继续低头把玩着茶盏，阳光下，晶莹闪烁的蓝色茶盏在纤细白嫩的小手里，不停地转动，似乎在表达一种态度。

两人就这么坐着，似乎一时没话可说了。门开处又进来两人，刘晨寒暄着迎上去，一副多年不见老友重逢的样子。李墨和赵欣在吧台拐角窃窃私语着什么，林泉估计多半是在八卦自己。

看看墙上的表，11点半了，林泉看一眼手机，上证指数收盘时候又回到了3125左右，上午跌幅4%，黄线明显在白线之上，这说明只是大盘权重在主跌，小盘股看似已经没有太大的下跌动能了，但是短周期还没有转多的迹象，今天周五，后面两天休息日，应该会有什么消息面的辅助，这一波下跌确实有点急了。

林泉清清嗓子："咳咳，你看这样如何？我建个群，在群里把我那个账户挂出来，买卖大家都看得见，只针对智联证券的客户，嗯……200万元以上资产吧。也就是说，这个群，只有在智联证券开户的客户，并且账户里有200万元资产，才可以加入，你觉得如何？"

蓝兰扭头看看窗外，一连串的人力三轮车掠过，乘客有老有少，骑车人满口的乡土气息，正在给客人讲解着老北京的各种典故。河边的一个女孩正满脸甜笑地举着剪刀手，她的男伴端着手机，半蹲下给她拍照。每个人都沉浸在自己的世界中，似乎自己能感知到的，才是整个世界。她深呼吸，显得有些落寞地说："突然觉得很没意思，一晃就老了。记得当初咱俩来这里的时候，河边还没有栏杆，哪有这么多人啊，连小铺都很少。最早那个租船的你记得不？你说请我划船，结果掏不出10元押金，到底还是我拿的押金，你那会儿总是花我钱，也就是我爸给力，总给我零花钱。"

林泉也看着窗外，眼中似乎有那个时空的景象倒映着，30年前的一幕幕好像就是昨天，清楚地在记忆中展现。他微笑着说："那有啥办法？我一直是离家出走的状态，再说我好像也花钱啊，东偷西抢地弄点钱也都用在你身上。你记得我那次鼻子右边被打裂了不？那就是为了给你买Walkman，去北航找一个小子要钱，结果被堵死胡同里挨了一顿狠的……"

第三十七章
再也回不来了

"我又没有叫你买,再说了,那次医院的钱还是我给你交的呢。"蓝兰转过头来,林泉好像能在她眼里看到自己的身影。

一时无语,过了几秒,蓝兰低声说:"我爸的一个老朋友有个儿子,比我大两岁,家里说是让我去见见,我一直没有拿定主意,你说我去不去?"

林泉一动不动,保持着微笑,想了想,说:"上学那会儿,谁要是接近你,我就讨厌得不成,忍不了,必须武力教训。那会儿喜欢一首歌,你记得不?郑智化的《年轻时代》,歌词我都记得,你听着啊……"

林泉看了看四周,清清嗓子低声哼唱着:"喜欢上人家就死缠着不放,那是十七八岁才做的事,衬衫的纽扣要故意松开几个,露一点胸膛才叫男子汉。总以为自己已经长大,抽烟的样子要故作潇洒,总以为地球就踩在脚下,年纪轻轻要浪迹天涯……所有欢笑泪水就是这样度过,那一段日子我永远记得。或许现在的我已经改变很多,至少我从没改变那个做梦的我……"

越唱声音越小,林泉做贼似的看了看四周,自嘲地说:"我这破锣嗓子,适合卖货,不适合唱歌。"

蓝兰安静地听他唱完,安静地听他说完,问道:"你回答我,我是去还是不去呢?"

林泉苦笑着说:"这个问题,我真的没法回答你。"

蓝兰看着他的眼睛:"我认为你可以回答,并且我认为你的回答很重要。"

林泉苦笑,神情中透露出一丝沧桑。

"这些年,我们一直这样不远不近的,你一直都是我梦里的……那种……希望吧，也就是说，其实你是我的希望或者……寄托吧。"他有些语无伦次。

"通过证券交易，我看到了世界本质，或者说学会了如何看本质。如果早几年，我肯定不会让别人拉着你，但是现在，我觉得……也许拥有了，才是真正的失去。"

林泉自顾自地说着："我想说这些年我改变得很大，尤其是最近几年，很多观念上的变化，可能自己都不知道，就比如交易当中，我不再想着什么都尽在掌握之中了，人生本来就会有很多不确定性，我只要知道未来远方的大方向确定就好了。就比如我常说的天气预报理论，眼前的天气是我们很容易掌握的，但是一周之后的天气呢？半个月后会不会降水？这个你能确定吗？从咱俩说起，比如短期的，我现在拉你上楼，你会抗拒吗？我亲你抱你，你会反抗吗？"

蓝兰目瞪口呆，她可真没想到林泉会这样直接说出来，不由得皱眉想要说话。

林泉做了一个噤声的手势，示意自己还没有说完，"这些你不会拒绝的，这点我心里有谱。可是，如果从长期来看呢，两年之后呢？你我本都是普通人，我们身上有普通人所有的毛病，虽然我们拥有一些财富，也只能说不会为了柴米油盐奔波。两个人在一起生活，在蜜月期过后大概率会是一地鸡毛，会吵架，会看到彼此不堪的一面，不论是不是能够白头到老，但是今天我们眼中的对方，应该是不在了吧？回到现在，回到刚才，如果现在我不对你说这些，别说两年之后，二十年之后你也还坐在我身边，我们依然可以面对面地喝茶、聊天、追忆过往，相互安慰，你有事情，我义不容辞……"

两个人都安静地坐着，一时无语。是啊，都是四十来岁的人了，谁都知道生活的本质是什么。荷尔蒙带来的激情褪去之后，那时才是真正的对方，谁又能保证对方可以完全接受呢？

林泉嗓音有些沙哑地说："以前的我，总想掌握一切，让身边所有的人和事都按照我的意愿去转，但是这些年的交易研究让我明白，过犹不及啊，不是所有的出路都在前面，也许停下、回头、左右转都是未来，如果一定要选择，那我愿意选择后半生一直有你做朋友的日子。"

蓝兰突然起身，拿着包低垂着头，快步向洗手间走去，李墨和她擦肩而过，笑着打招呼："兰姐你……"

蓝兰根本没有停步，李墨一脸惊讶地看着她冲进了卫生间，再转头看看林泉，眼睛里的八卦之魂如火山爆发一般星星点点，似乎想过来问问，但是看看林泉的脸色，还是别触霉头了，抱着手摇摇摆摆地奔吧台去了，看样子是和刘晨交流去了。

林泉默默地坐着，这个结果在预料之中，但是也有点意外。蓝兰一直非常注重仪态，平日里连大声说笑都很少见，今天这算是失态了。

正想着，王子腾推门而入，看见林泉伸手招呼。这时店里有四桌人，林泉认识其中几个人，但是没有心情招呼了。

王子腾刚要坐下，看见桌上的茶盏说："怎么，还有客人？"

"哦，蓝兰去卫生间了，正好咱们换壶茶喝。"说着他起身，端起茶壶走到吧台，让刘晨换一个茉莉花茶，正在这时，看见方民和王旭东联袂而入。

"方总、王总，有几天不见了啊，来来快坐。"林泉赶忙上前招呼。

"林老师不用客气，今天是蓝总要我们来听课的，她来了吗？"王旭东坐下问道。

"蓝总在卫生间呢，你们两位喝点什么？喝点茉莉花茶如何？我正好刚让他们泡了一壶。"

"成，茶不茶的并不关键，和林老师聊聊才是重点，是吧老王？"方民大笑着说。

蓝兰从卫生间出来，看起来补了下妆，习惯性的微笑依然挂在唇边。看到几人正在谈笑，王子腾也在这桌，她笑着走过来说："方总、王总，我可来了好一会儿了，你们这个算不算迟到呢？"

王旭东笑呵呵地说："必须算我们迟到，方总，咱们怎么自罚呢？"

方民接口说："就罚顿饭吧，今天下课之后，我请在座的各位吃饭，大家小酌一下如何？"

蓝兰一脸遗憾地答道："哎呀，我是不成了，刚接一个电话，家里有事我得回去。方总、王总，这位是龙泉证券的王子腾王总，我的老同事了，他可是真正的高手，你们要多聊聊啊。"

王子腾笑笑说："好久不见，怎么这一见面你就有事？今天我可是要在林老师这里登台的。"

蓝兰说："计划赶不上变化，我也不想啊。林老师，我就先走了啊。"

林泉起身说："嗯嗯，我送你。"

蓝兰笑笑，冲几人摆摆手，拎着小包向外走去，林泉跟在后面，紧走几步跟上。

第三十七章 再也回不来了

· 153 ·

出门之后，林泉回头看看，见没有人注意自己，讪讪笑着说："你去哪里？我开车送你吧。"

蓝兰低着头看看手机说："不用了，我叫了车，你去忙你的吧。"

林泉深吸一口气，徐徐吐出，心情很糟糕。其实这一天自己很期盼，而且期盼了好久，但是……毕竟不是少年时啊。

"你快回去吧，都不是小孩子了，这点事还想不明白吗？"蓝兰轻轻催促着，眼神有点飘忽，似乎一语双关。

一辆黑色帕萨特停在门口，蓝兰轻盈地走下台阶，拉开车门时回首一笑，声音脆脆地喊了一声："林泉，那我就走了啊。"

一瞬间，林泉感到心头一紧，好像什么东西被抽了出去，再也找不回来了。

第三十八章
团建

对中国人来讲，只有春节才能算得上是一年的结束和开始。作为中国人最看重的传统节日，春节来临之际，每个人似乎都有一些喜气。

春节意味着团圆。王俊雄是福建人，早早地就请假回家过年去了，李墨旅游还没回来，但是她安排的赵欣是个很有眼色的姑娘，和大家相处甚欢。

随着除夕将近，店里客人越来越少了。茶馆的生意一般都是随着股市波动的，市场环境不好的时候，客人自然就会少些，再加上春节临近，很多人都回家过年去了，这不，一到年底大北京都不堵车了。

林泉坐在1号桌闭目养神，耳边听着街上人来人往的声音，用心感受着红尘烟火气。

突然感觉到了什么，他睁开眼，孙佳宁笑盈盈的俏脸出现在面前。

"你什么时候来的？"林泉活动了一下肩颈，再舒服的姿势待久了也有些生涩感。

"有一会儿了，不是说要吃大餐吗？我都没吃早饭。"小妮子抱怨着。

"没问题，再忍一会儿。"林泉站起来伸了个懒腰，想了想问，"今天老黄和子腾说是要过来的啊。"

孙佳宁一撇嘴说："不知道，我又不是你秘书，你也没跟我报备啊。"

正说着，大门被推开，冷风和黄业爽朗的笑声同时涌进来。

"哈，大年三十还开门，现在也没客人来，关门放假喝酒得了。"

林泉笑着跟后面的王子腾打了个招呼，说："还用你说啊，我们本来中午就要聚餐，这不是等你俩来蹭饭吗？"

黄业哈哈大笑回头说:"子腾你看见没有,我就说今天的饭有着落吧。"

王子腾也笑着说:"你这是不速之客,人家是员工聚餐,这属于团建,我来是可以的,毕竟现在我也是林老师麾下的讲师,你算啥?"

黄业哈哈一笑,正巧看见玲姐从二楼下来,于是上去说:"我算是玲姐的外挂。姐,一会儿聚餐我就算你带的客人了啊。"

玲姐也笑着说:"没问题啊,大不了我少吃点,你放开了招呼。"

黄业瞬间无语,众人大笑,孙佳宁笑得双手扶腰说:"我也少吃点,给您省点出来。"

黄业一声叹息说:"老林,你这带他们吃啥去啊?每人一个肉夹馍吗?"

刘晨呵呵笑着说:"不错了,去年吃的鸡蛋灌饼,目前看待遇在上升中。"

林泉看了看表:"这都快11点了,收拾收拾出发吧,今天不用开车,就近山釜饭庄,咱们溜达过去。宁宁拿几个冰酒,你们女士也喝点,12点整开饭,可以带家属,都去准备吧。"

黄业疑惑地问:"准备什么?都去厕所蹲会儿吗?"

王子腾扶额苦笑:"我发现你们真是一路人,这都什么脑回路啊。"

林泉半个月前就为今天预订了一个大包房,年关将近,像样点的餐厅都被预订满了,山釜饭庄作为北京老字号,又处在二环内,自然是不能例外。

12点,几人安步当车,穿过后海,沿着西海北沿溜达着到了汇通祠,再往上走一小段就是山釜饭庄了。山釜饭庄20世纪80年代就有了,曾经是名震京城的"三刀一釜"中的一釜,能支撑至今,自有其原因。一是环境好,应该是北京二环内唯一在山水间的大饭庄。二是口味好,餐厅有一味特制的火锅小料,叫作"一味到底",不会像其他小料那样越吃越淡,而是越吃越香,吃到最后,美味依然如故,就是这个小料勾搭的林泉经常来涮肉。

一行人穿过一个步栈道小桥,沿着盘山小径拾级而上30来米,在迎宾服务员的带领下穿过一小片石林。一路上孙佳宁和赵欣感觉很新奇,这里曲径通幽、移步换景,直入山腹之中,怎么也没想到在北京能有这样环境的餐厅。

包间很大,玲姐的爱人老赵也来了,章晨风带了他的小女朋友雅琴,其他人都没带家属,一共10个人。菜品上桌,连涮带烤,满满一大桌,黄业带了两瓶10年的茅台,孙佳宁也从茶馆里带来了几瓶冰酒。

林泉举杯:"今天是除夕,马上又是新的一年,祝愿咱们平平安安地度过,今天算是找了个理由大家腐败一下，各位放开了吃喝，今年的一切都留在今年，明年我们不论是事业还是家庭，都要更上一层，干了！"

众人举杯一饮而尽，开始大快朵颐。山釜饭庄算得上北京最贵的几家饭店之一，也确实物有所值，不但环境优雅，食材更是数得上的好。

一旁服务员轻声细语地介绍："这是精选的可同世界最著名的日本和牛相媲美的雪龙牛肉，是今天空运过来的最新鲜的，我们的厨师用无烟无毒的木炭明火烤制，为了保留牛肉的原味，烤制过程中只加了少许椒盐，吃起来鲜嫩多汁，搭配生菜和蘸酱，既解了油腻又满口留香，是韩式料理中的顶级菜品……"

黄业和林泉碰了一杯，放下杯子说："春节大舅不来北京了，让我给你家老爷子准备点礼物呢，我都有两年没见他了，老头儿年纪大了，身体走下坡路了。"

林泉吃了一筷子涮牛肉，嘴里嘟囔着说："嗯嗯，回头给他打电话，我也给老爷子准备了点上好的沉香，你替我转交过去呗。"

黄业说："这两年也没啥成绩，估计少不了被数落，打电话的时候你替我诉诉苦。唉！这岁数大了，惹不起。"

林泉呵呵笑着说："我管你呢，这两年我也没干啥，弄不好也是肥猪拱门，送上去了。"

王子腾插话说："要不咱们换换？我要是能被老董事长骂一顿，得高兴俩礼拜。"

几人正说着，老赵咳嗽一声站起来说："林泉兄弟，我就不叫你什么老板了，这些年感谢你对我家的照顾，玲子本来就不会个啥，没怎么读过书，也就你能这么多年一直带着她，感谢的话多了我就不说了，都在酒里了。"说罢，举杯一饮而尽。

林泉呵呵笑着站起身，也干了一杯，说："赵大哥你说反了，一直都是玲姐照顾我，要不是她，我不定啥样呢。"

黄业说："这个是真话，你看他们这一伙人，好吃懒做的，要没有玲姐忙前忙后地收拾，那就成了破烂施粥棚了。"

孙佳宁抿了一小口冰酒，放下杯子说："黄总，您说的这一伙人都包括谁啊？"

黄业愕然："呃，那一伙人也就林泉和刘晨，还有李墨，别人都不包括……"

刘晨哈哈笑着说："得嘞，也就我好欺负了。过完年墨姐来上班，等着给你记本上吧。"

第三十八章 团建

· 157 ·

众人谈笑间，王子腾笑着问林泉："老林，今年收益如何？"

林泉说："要说今年还成，怎么也跑过巴菲特了。其实我的账户主要是个累积，基本每一次交易的收益都保留下来，等下一轮牛市了，就这么攒鸡毛凑掸子，总有个爆发的时刻。"

黄业夹了一片烤牛舌说："下一轮牛市，啧啧，你想得够远啊。要说股灾到现在也才两年半，就按照7年一轮，你也得等个几年吧？人家巴菲特那是多大资金体量？哎，子腾你尝尝这牛舌，绝对精品，这个要趁热吃，凉了口感会差很多。"

林泉一哂说："等几年怎么了？着急用钱吗？散户才一天到晚忙忙叨叨的，投资本就是件从容不迫的事情，在我看来，越是那些眼疾手快高潮迭起的操盘，死得越快。"

孙佳宁接口问道："林老师，那打板怎么说？这不就是拼眼疾手快吗？"

黄业呵呵笑着说："嘿，还是宁宁脑瓜快，要不谁也怼不住他。"

林泉不屑地说："就你这话在逻辑上就有错误。什么叫拼眼疾手快？跟谁拼呢？总要有个对手才能拼吧？再说打板，打板的逻辑不是快，而是条件规则，不论是集合竞价还是盘中，打板首先玩儿的是情绪，体现的是对市场脉络的精准把握，建立在这些基础上，打板也还是有成功概率的，还要加以技术控制，你以为一闭眼买入就可以打板了？"

"我知道啊，我也学过了"捕捉涨停板"系列了啊，只是操作起来还有些生涩。"孙佳宁一听到操盘技术，立刻就开始追问。

"这不是一句两句能说清楚的，换个时间我再给你讲讲，牛舌趁热吃。"林泉自己先夹了一筷子。

"顶级的食材往往只需要简单的烹饪"，这是《舌尖上的中国》里的名言，诚不欺我，确实如此。这顿饭贵有贵的道理，几个名菜上桌，大家吃得不亦乐乎。

王子腾跟林泉碰了一杯，说："老林，你看节后是不是继续讲讲基金呢？我觉得好像没什么人感兴趣啊。"

第三十九章
这人有点儿意思

林泉笑着说:"确实,但不是你讲得不好,是因为来我这里的基本都是做股票、期货的,他们本质上还是自己操作赚快钱的思路。你知道投资圈鄙视链吧?做期货的看不上做股票的,做股票的看不上买基金的,买基金的应该也只能看不起储蓄的了吧?"

黄业插嘴说:"你还少说了一个,做外汇的谁都看不起呢。"

王子腾叹了口气说:"我讲课主要是想练练演讲,但是站在台上,一看到这些人,我就能想到他们的追求和选择基本都是错的,赚快钱说白了就是让人上瘾的毒药,所谓欲速则不达,这真不是白说的。这些散户的行为,好像就是猴子捞月,或者说饮鸩止渴,随时可能被清算。还不如把资金交给专业的人去打理,现在公募基金的规模也大了起来,赚钱的还是挺多的。"

黄业哼了一声,放下筷子说:"基金这个东西的本质也是靠天吃饭,市场好的时候自然不用说,不好的时候一样完蛋。就单说基金经理,他们有没有奖惩制度?排名制度的因素会不会放大人性的弱点?还有,我们看到很多基金经理集中持仓,这会不会增加很多风险?比如之前的新能源充电桩,很多基金经理持仓超过了50%,想没想过该怎么退场?要说他没想,这个不可信,一定想过了,毕竟是专业人士,但是为什么最终还是赔了很多?这里面的深层次原因需要考虑。"

林泉说:"考虑啥?这还用考虑吗?新能源前景确实不错,还有一个方面是你不配就可能错过,你错过了你的客户会怎么想?你错过了你的客户就会走了啊。那时不是说有个基金经理开会的时候,就有客户直接站起来问他,为什么不配置智慧城市?这个基金经理没法回答。要换成你怎么说?你说我就不是玩智慧城市的基金，你找错地方了？你让他去找智慧城市去，你敢在会上这么说，信不信你本来管理规模 200 亿的，过不了几天就剩 50 亿了。"

王子腾苦笑着说："我知道很多人都对基金经理的水准持怀疑态度，很多时候基金操作起来必然要呈现散户化，尤其是在高低位置切换的时候，这没辙啊，你的客户主要就是散户。再说了，基本上股票基金也都是跟随着市场运行，赶上牛市那不用说，要是熊市也不用说，震荡市才能真正地体现出来技术啊。现在行业内也只有那些老牌的基金经理最经得起考验，他们从业研究了十几二十年，很多已经成了某一个领域的标志性人物。比如说你专做医药板块，首先就需要具备医药方面的学识，比如本人就是医药学科的博士，对这个行业很了解，还要对行业前景有比较强的预判。其次需要你对人性、政策制度、市场规律等都有很深的见解，从这个角度讲，想做一个出色的资产管理者真的没那么简单。有些人投资是走出来了，但是资产管理并不完全像投资那么简单。"

孙佳宁笑着说："你们三个人说的都是一个论调啊，为啥弄得跟争论似的。"

王子腾说："并不是争论，我只是说明大型的资产管理确实不容易，需要管理者具备很高的素养。"

黄业笑着说："所以说，在目前这个状态下，很多基金经理其实并不具备大型资管能力。"

林泉做了个停止的手势："咱们扯远了，说的是课程问题，那咱们还是从听课的这些人开始考量，这群人大多数都是听过我的课程才来的，我的课程基本就是股票和期货，这说明他们对这两个方向比较感兴趣。课程里讲的主要是技术，子腾你可以讲讲技术之外的东西啊，比如宏观经济，比如财务指标的选择，这些都是做股票需要参考的。就说我吧，虽然比较侧重技术，但是对于选择的股票，还是会看看公司的财务报表，看看公司运营前景，基础的分析是一定要有的。再有就是赛道、板块，这里可讲的知识很多，子腾你可以参考一下。"

黄业不屑地说："这有何难？你是有眼不识金镶玉，不知道子腾的专业吗？研究所老大啊，肚子里全是干货。子腾你就想这些人想听什么，讲给他们就是了。"

林泉说："嗯，这个思路是对的，什么财务报表啊、产业链分析啊，其实这些都是他们所欠缺的，这些人都比较注重技术，但是他们不知道技术只是其中的一部分，真正想走投资这条路，还是需要全面发展的。"

黄业说："老林你真的想改变这些散户吗？这可是个大工程。不对，这都不能用工程来衡量了，应该说是愚公移山吧？"

　　林泉笑而不语，他非常清楚改变一个人有多难，并且没有什么意义。为什么要改变别人呢？人的思维意识和观念不是一朝一夕形成的，是多年的知识、经历等共同累积而形成的。大部分人到了一定年龄后，思维认知就会固化，在这以后无论看了多少书，走了多少路，经历了多少事，都是在找自己以往固化的认同。就好像很多散户炒股，他们提出的问题其实自己都已经有了答案，之所以提出，就是因为想从别人嘴里听到自己想听的答案，如果你的答案与他相反，则会被他选择性屏蔽。这其实就是在强化自己的认知，说明很难再接受新的认知。而且在他们看来，自己认知之外的东西都是歪理邪说，就好比你告诉他不要追涨杀跌，他会反问你是做什么样的操作，账户赚钱了吗，本质上，你们并不在同一个世界里。

　　王子腾看林泉不说话，笑着接口说："林老师是知道散户是什么状态的。"

　　林泉沉吟着说："不知道这么说你们能否理解，我确实有改变他们的想法，虽然也知道这很难。投资市场里面有二八现象，只有20%的人可以做到不亏钱，只有10%的人可以赚钱，这个是规律，其实也暗合了人生规律，不做投资，你做医生，做一辈子有多少人可以做到名医？成功率都差不多，甚至还不如投资圈呢。茶馆里面教学，并不是针对某一个人，咱们面对的也是一个群体，这里面也有二八现象啊，我当然知道大部分人最终还是亏货，但是这其中万一有几个人明白了呢？对于他们而言，我就是改变他们命运的人，想想就觉得很有成就感。子腾你也要注意，不是每一个人都需要我们去改变的，我们根本就无法改变谁的认知，你我要做的就是表达清楚自己的观点，至于接不接受，那是他的事情，绝大部分人是无法唤醒的，我们也不知道谁是那个10%，尽人事听天命而已。"

　　黄业看着林泉，拿过酒瓶子给他满上，举杯说："没想到啊没想到。说实话，这么多年看的阴暗面确实有点多，不自觉地就把人往坏了想，这方面我不如你，干一个。"说罢一碰酒杯，仰头一饮而尽。

　　王子腾也随上一杯酒，感慨地说："确实啊，社会风气就是这样功利，大家都个人至上，利益至上，所以也都无利不起早，像林老师这样拥有这种情怀的人着实稀少了。"

　　林泉放下酒杯，呵呵笑着说："言重了，咱们这本来就是顺带的，讲课本来就能让咱们自身对交易理解得更深，这就算是一得。我们也都希望能有素质出众的朋友，那些真能体会到交易精髓的人，本身素质就没的说，把他们带出来，自然就是朋友了，这也会是一得。现在茶馆基本没什么散客，都是会员制了，这不是所得吗？还有课程销售收益呢。再说，咱们都是做交易的，按照目前的交易逻辑，一周看一次电脑，每天就无所事事了，做一点有意义的事情，这就是赠人玫瑰，手有余香啊。"

黄业感慨地说："以前咱俩在一起总是我带动你的思维，现在看反过来了，老林你对局面的掌握，有些炉火纯青了。"

孙佳宁在一旁一直聆听着，她没有想到林泉是这样一个人。在她原本的认知里，他只是一个对投资领域认识比较深刻的普通人，按照此消彼长的逻辑，他除了投资能力强一些，别的地方很可能一无是处。接触越久，她发现这个人越有意思，阅历丰富，思维缜密，最难得的是还有一颗赤子之心。就这么侧脸看去，还有点帅。哎呀，这是怎么了，他都多大岁数了，还离过婚，哼！

第四十章
忙碌的除夕夜

孙佳宁发现了自己的异样心思，赶忙低下头，筷子在调料碗里扒拉两下，可心底还是小鹿乱撞，脸上热辣辣的。

赵欣坐在她旁边，看她脸色通红，不禁有些奇怪地问："宁宁，你怎么了，不舒服吗？"

"没有没有，这屋里有点儿热。对了，墨姐应该回来了吧？"她有点心虚，刻意地转移话题。

"应该是今天回来，回来过春节正好能再休息几天呗。"赵欣撇撇嘴说。

"我也好久没见墨姐了，上次见好像还是夏天呢，我俩喝的红酒。"雅琴正拿着啤酒瓶子给自己满上，章晨风在边上皱着眉，牙疼似的咧嘴"嘶嘶"吸着凉气。

"还是雅琴豪气，不过你干吗不喝冰酒啊？这个多好喝。"孙佳宁端着杯子抿了一小口冰酒，甜滋滋的，根本就不像酒。

"那玩意儿都是你们这样的小姑娘喝的，矫揉造作，这甜不拉叽的哪是酒啊，没啥喝头，我凑合弄点啤酒对付一下好了。"雅琴一仰脖就下去半杯，旁边章晨风也不吸溜了，直接捂脸。

玲姐笑着说："我就喜欢雅琴这个直爽的性子，有啥说啥，从不耍心眼。"

章晨风叹息着说："唉，我当初也喜欢她这个性格，可现在，晚上睡觉我总觉得身边躺着李逵。"

几人笑作一团。雅琴龇着牙，指着林泉那边说："再废话我跟他们喝去了啊。"

"别啊,晚上还得回家呢,你真喝多了怎么见我妈?"章晨风低声嘟囔着。

赵欣低声对孙佳宁说:"宁宁,你看他俩,年纪不大,还真是挺和谐的啊。"

"哦。"孙佳宁说话有些心不在焉,注意力还是放在身边聊天的几个男人身上。

"……我觉得老林说得对,做人做事都要有逻辑的,与人为善绝对是大智慧。你想啊,你要做个善良的人,首先受益的其实就是你自己。就说开车吧,小路口没有红灯,行人过马路的时候,你停车礼让一下,对方哪怕只是微微一个点头致意,你是不是心里就会暖暖的?"王子腾正和老赵聊着人性善恶。

"那要是他不但不给你个笑脸,反而给你来个恶语相加呢?"老赵说。

王子腾一愣:"会有这样的人吗?这样的人也是万里挑一的存在吧?"

老赵哈哈一笑说:"怎么没有?我就遇上过。那会儿我在山东老家跑货运,村里路边有一个醉汉躺着睡过去了,也是这样的天气,要不是我开车打远光看到路边像是有个人,估计这家伙就得冻死了。我下车也叫不醒他,就用他口袋里的电话打给他家,之后原地守了他一个多小时,还把我的棉袄给他盖上,你猜怎么着?他家人来了不说感谢,先在他身上一通翻,说钱包不见了,问我见到没。见你个鬼啊,气得我差点心梗,后来警察也来了,说是第二天等这厮酒醒了再问。结果第二天这厮说钱包确实不见了,警察打电话问我,看没到过他的钱包,我差点上了树。从那以后,我再也不管闲事。"

黄业笑着给老赵满上说:"老哥别激动,消消气。大千世界,无奇不有,比如老人摔倒了,扶他的人需要冒风险,这个事情虽然令人齿冷,但是这就是真实的世界,我们需要适应。"

王子腾说:"我能理解赵大哥的愤怒,但这只是一件事情,真实的世界中更多的是温暖,是感谢,不能因为单一的个例,就去判定所有的人性都是薄凉的吧?"

老赵一口干掉杯中酒,放下杯子说:"我呢,粗人一个,只知道谁对我好,我就对谁掏心窝子,其他的也就别瞎扯了,能顾好自己的小家庭这都已经算万幸了,外面的人,陌生人,我对他们没有任何指望,也犯不着给他们什么帮助。"说这话的时候,老赵眼睛一直盯着手中把玩的酒杯,脸色有些不愉。

王子腾温和地说:"我说这些是有切身体会的,在给予别人帮助的时候,我的内心就会暖暖的,或者说善意地安慰一个人,让他从迷茫中走出来,我的心里就会感到热热的。其实,每一次给别人带来帮助,最先滋养到的就是我自己,那种开心快乐特别地真实,眼中的世界都更加清澈了。所以,做这些事情,我并不求回报,因为这种内在的滋养就是最大的回报了。"

老赵"呵呵"干笑两声说:"这天聊得,我半夜守着那醉鬼俩钟头我求他什么回报啊?我就是怕他冻死,回报就是怀疑我偷了他钱包?呵呵……"

这态度,王子腾一时不知道说什么好了。

玲姐在一旁皱着眉说:"你有点样啊,喝点酒就来劲儿是不是?跟谁都抬杠。子腾老师你别理他,这就是一个嘴不对心的人,去年还在老家县城见义勇为,打坏了人,被警察关了两天。五十多岁的人了,心里没点儿数。"

林泉乐了:"大哥你这什么情况?快讲讲,大伙欢乐一下。"

老赵也有点不好意思,干笑着说:"你别听老娘们胡咧咧,我那不是被关两天,是调查了两天。那什么,我去县城送货,卸车的时候看见一个姑娘被一个眼镜男拉扯着,当时姑娘喊放手放手,我就过去问一下,结果那眼镜男让我滚一边去,你想啊,上来就骂人我肯定火大,问那姑娘也说是不认识他,我就想着把他俩拉开,结果这厮对我挥拳。你想,那咱能惯着他?于是乎乒乒乓乓,这家伙眉骨让我给凿裂了,打完了那姑娘抱着眼镜男哭,敢情人俩是一家子。后来警察来了,调查呗,实话实说,这家子人还真不赖,自己看的病,完事也没要医药费,那姑娘紧着道歉,眼镜男也没说别的,还挺钦佩我这种拔刀相助的精神呢。"

玲姐冷笑一声说:"那你怎么不说你的手,肿得跟个包子似的,手指头也断了。"

老赵"嘿嘿"笑着说:"哪有,不过就是中指指骨断了一处,打上石膏都不碍开车的事。"

林泉哈哈大笑,孙佳宁也凑趣说:"赵大哥颇有燕赵侠客之风啊,下回谁要是欺负我,我就找您帮忙,明天我先给您买一副铁手套,装备置办上,咱不能杀敌一千自损六千。"

众人又是一通笑。

过年对中国人来说是件大事。林泉下午忙忙叨叨地准备了几样礼物,开车到了前丈母娘家。这是二环内常见的家属楼,建于20世纪70年代,没有电梯,没有门禁,楼下仅有的一点空地也被车停得满满当当,行人通过都费劲。林泉到了,是保姆开的门,前丈母娘正在里屋自己看电视,倒是彤彤欢天喜地地迎上来,"爸爸""爸爸"叫个不停。

问了声过年好，在前丈母娘冷淡的态度中放下年货，他直接钻进了孩子的房间。这是一个北京常见的两居室，老太太住在大屋，小卧室是完整的榻榻米，孩子和妈妈住。东西塞得满满登登的，连阳台带厨房，只要能放东西的地方就是满满的，让人感到几许压抑。

　　小孩子是感受不到这些的，彤彤小嘴"叭叭"地要爸爸一起玩。她刚学会了钻山洞，那是上次林泉买来的玩具，一个软钢丝和防撕布做成的5米左右的圆通道，可以当作山洞随意曲折摆放，孩子在里面钻来钻去，其实完全没有离开榻榻米的范围。林泉只要有时间就会在淘宝上找各种新鲜玩具，只要能让闺女笑一下，那就必须买。

　　看看表，已经下午4点半了，孩子玩得正疯，在假山洞里钻来钻去，每次一露头，林泉就挤眉弄眼地装怪兽互动一下，接着就是一阵"嘎嘎""嘎嘎"的清脆笑声。要说孩子为什么这么能治愈大人，应该就是那种无条件的信任吧，明亮清澈的眼睛里，大人都能清楚地看到自己的倒影，林泉欢快地和女儿玩闹在一起，软软的小身子在他怀里不停地扭动着。

　　天已经黑了，孩子妈就要回来了。林泉恭敬地辞别，在丈母娘冷漠的眼光中转身下楼，赶场似的直奔下一家。

　　停好车，天已经全黑了，街上所有的路灯都挂着喜庆的大红灯笼。林泉空着手走进南三环这片棚户区，一排一排的预制板房，虽然就在三环边，但是环境并不好，从北京南站向南去的高铁就从这片棚户区的边上经过，轰隆声时不时作响。

　　林泉妈妈在这里住了二十多年了。在他16岁的时候，妈妈和吉老师结婚，就搬到这里居住，也就是从那时候起，他开始独立生活。

　　寒冷的风中时不时飘过各种美食的香气，美中不足就是缺少了鞭炮的热闹烟火气。北京五环内禁放烟花爆竹，听不到鞭炮声，这让很多人觉得年味淡了许多。

　　一进门，热气、香气扑面而来，吉老师正坐在沙发上看电视，长桌上面几个盘子正热腾腾地冒着蒸汽，红烧鱼、清炖羊排、一个烧得软烂的大猪肘子，另一个大玻璃盆里装着满满登登的蔬菜沙拉。林泉还没来得及说话，厨房里先喊上了。

　　"是那小子到了吧？我这就煮饺子了啊。"

第四十一章
规避风险才是成熟

林泉赶忙喊道:"是,我到了,下锅吧。"说着转脸冲着吉老师喜笑颜开:"爹,过年好过年好。"说着还作了个揖。

房间里的温度巨高,吉老师穿个白色背心,露着两个膀子,挺着大肚腩靠在沙发上,眼睛一翻说:"过年有啥好的?这说话都过了八十个了。孩子怎么没带来?"

林泉搪塞说:"没,天太冷,孩子身体弱,没敢带出来。今儿个弄点啥好酒喝?我待会儿回去叫代驾。"

"茅台吧,我这刚打开一瓶,10年的。"吉老师慢腾腾地起身,拖着椅子到桌边,俩人面对面坐下。林泉脱了外衣,只穿一件衬衫还是觉得热,老两口每个冬天供暖的电费都得万把块,按照他们的说法,冬天要像夏天一样才好。

爷俩儿酒满上,一碰杯,林泉说:"走一个先。"说罢一饮而尽,酒香醇厚,确实很到位。

吉老师则一仰脖子,八钱杯中的酒还剩七钱九。老头喝了几十年的酒,每次都是这样高高举起,轻轻放下,至少林泉从没看过他喝酒超过二两。

厨房门打开,林泉妈妈托着两盘饺子急匆匆走到桌边,嘴里念叨着:"你不是说7点整到吗?我掐着点儿把鱼出锅了,结果你没来,老头也跟着等你,你说说你,都什么岁数了……"

林泉只当没听见,老太太包的饺子确实要比外面饺子馆的好吃多了,等四大盘饺子上桌,年夜饭算是齐了,一家三口坐下,林泉笑嘻嘻的,双手作揖说:"二老过年好,我再次郑重给你们拜年,你们看清了啊。"

妈妈笑骂着说:"你就不要脸吧,都什么岁数了还来这套,你爹都给你们准备好了。"说着拿出来三个红包,"你们两口子每人两千,孩子五千,你爹特意给你准备的全是连号的新票。"虽说已经离婚了,但是老人给红包还是按照三个人给。

林泉笑嘻嘻地接过红包。吉老师接着说:"那啥,小屋里有不少红酒,再给你弄几瓶白的,你都整回去吧。你不是戒烟了吗?烟就不给你了,这几天别人送来不少好茶叶,你拿回去吧。"

妈妈接口说:"还有几盒汤圆,你拿回去吃吧。孩子也快上幼儿园了,那些礼盒什么的你就别拆封了,到时候送给老师,现在的孩子都娇贵,老师多上点心,你就省事多了。"

吉老师叫吉文旭,是满族正黄旗人,本名爱新觉罗·启贵,国画大师,他画的山水长卷非常受欢迎。当初刚复员的时候,林泉没事干也没啥钱,经常泡在爹妈这边。有时候外面来人求画,老头儿不愿意给,林泉就私下和求画者联系,由他妈妈做内应,偷吉老师的画出来卖钱。老北京人讲究男主外,女主内。男人出外赚钱,回到家里所有钱交给女人保管,画作也是如此,吉老师每次画好了就交给林泉妈妈收藏好,时间长了就记不住了,这也就方便了林泉乾坤大挪移。

尤其这些年,吉老师的画风越来越飘逸,技法越来越精湛,前来求画之人络绎不绝,谁也不会空着手来,所以家里的小库房总是满着,烟酒、茶点大都便宜了林泉。

春节联欢晚会应该是这世界上收视率最高的节目了,在除夕夜,家家围坐在电视机前,聚餐聊天,这就是中国的节日,中国人最看重的日子,不管外面是风是雪,至少屋里温暖如春,有亲人陪伴。

后备箱装了满满的各种年货,林泉叫了代驾,没有回家,直接去了茶馆。回家也没事做,还不如去店里做个课程,看看回测。

天空飘着细碎的雪渣子,后海边的酒吧、店铺基本都关门了,偶有亮灯的,也是自家朋友或店员在聚会过年。春节这个日子,基本都是要回家的。

程序化最大的优势就是机械、刻板,只要有电就能工作,没有员工权利,不用上保险。这不,两台电脑都孜孜不倦地运行着,在既定公式的状态下,无数种交易数据产生的结果在不停地汇总整理着,而作为操作者,林泉只需要在各种交易结果中挑选出来那些均衡、长期有效的数据参数。

林泉信奉大道至简，这也和程序化长时间的回测给他带来的影响有关系。

条件交易尽量简化，这是他的程序选择第一逻辑。

第二就是要普世性。在大道至简的理论中，普适性是必然的，真正合适的交易逻辑，必然是市场中大部分商品都能适用的。当然了，一个行之有效的交易策略，必然需要长期的验证，林泉把握的时间段是5年，5年内，所有回测品种收益必须达到正期望值，如果能够使用单一的参数，不做任何优化，那么就说明这一套策略能够应付所有商品，总体能够取得不错的平均收益。

平均收益，这就是程序化的终极目标。

量化交易很难达到暴富，除非是站在法律的对立面。但是量化收益只要能够稳定平均收益，那么从经济角度来说，此生无忧。

当然，单单从这两点出发，还不能达到此生无忧的地步。第三还需要做到趋势交易。林泉的看法是，在趋势发生的必经之路上埋伏、建仓，然后全市场全品种去运行。

很多做程序化交易的人，都会忽略全市场全品种这个概念，他们总是操作回测效果非常好的品种，从而忽略了那些比较平淡的商品，而真正的程序设定者都很清楚，让盈利相加，而回撤是相互抵消的，这才是真正的程序化交易。

组合交易，东方不亮西方亮。每一个人开始做期货的时候，都会对这个市场有自己的见解，而交易方法就是对市场见解的体现。林泉始终在钻研这个市场的本质，他虽然自己不会写代码，但是不妨碍他把市场本质表达出来，让别人写成代码。有些人竭尽全力去寻找一个交易逻辑的代码，想办法去适应市场，这是根本逻辑上的错误。

程序化交易中心，策略并不是最关键的，尤其是技术派策略。在整个程序化交易里，林泉认为策略只能占20%，特别是建立在大道至简理念上的策略，最终的简化程度可能令人咋舌。此外，资金管理占30%，心态以及对市场本质的理解占50%。

除夕夜，必须有一半时间在工作，年年如此，林泉习惯了。

进度条显示回测还有两个小时才完成。大年夜，百无聊赖，林泉去冰箱里拿出几听啤酒，想了想，又穿上衣服跑门外车上拿了一只湖南酱板鸭，这也不知道是谁送的礼，不想想老人能吃这么辣的东西吗？回来之前他妈妈给他装了大量的年货，其中不乏各种熟食酒菜。

半躺在电竞椅上，林泉一边喝啤酒，一边刷手机。

看看表，已经 11 点了，林泉挨个给店里的人发红包，每人 666.66 元。第一个就发给了孙佳宁，小妮子这一段时间经常来店里帮忙，还买早点啥的带过来，不知不觉地已经融入这个小集体了。随后是玲姐、刘晨、李墨、章晨风和王俊雄，想了想，给赵欣也发了一个。

房间里只有两台主机运行的声音，很安静，安静得不像除夕夜。没有鞭炮的年，怎么都不像过年。林泉靠在椅子上，静静地在脑海中勾勒未来的计划。

所谓的未来计划，其实就是个人经济层面的规划而已。到目前为止，他也只是走通了这一项。春节前的股市算是狠狠地打击了一下多头，整个市场快速下沉进入下降通道，不光是日线级别，即使周线上来看，技术面也完全看空了，这种程度的下跌，会有反弹，但是短期内很难再次站上多头。这其实会出现一个寻底的过程，在这个过程出现之前，林泉并不打算在股市里面加注，只保留账户里那些已经做了获利保留的个股就好了，反正那些基本都是零成本了，只要不退市，等到下一轮牛市就是几倍的获利了。

一个合格的投资者，真正的自律，是允许自己空仓。懂得规避风险，才是成熟的投资者。

第四十二章
代客理财

但是，钱也不能歇着。在林泉看来，钱就是水，只有流动起来才是真正的生命源泉，放在那里不动就是一潭死水。程序化的回测已经很成熟了，春节后可以重新开始全面挂上，正好可以把股票里面的闲置资金使用上，让电脑不知疲倦地为自己工作赚钱，这才是他想看见的。

手机一直在无声地闪烁，提示有新消息。他不看也知道，都是一些没营养的拜年信息，大部分是群发的，什么值此新年来临之际，谁谁谁祝你啥啥啥的，一点儿新意都没有，或者说这就是另外一种敷衍。

突然，手机开始低沉地播放《把悲伤留给自己》，这是一个微信语音通话。林泉靠在椅子上正躺得舒服，真有点懒得去接，想想还是费劲地起身拿过电话。

是杨朔打来的语音通话。

"喂，你在干什么呢？"杨朔脆生生地问。

"刚从家吃完饭，回店里了，怎么的？小姑她们干什么呢？"林泉喝口酒说。

"她们看电视呢，怎么？要和她们说话不？"

林泉赶忙说："别别别，和她们说不到一块去，你想着待会儿替我问个好，就说我打过电话，你接了。"

"就知道使唤我，红包为什么没有我的？"这话说得没头没脑的，林泉脑子空了一下。

"啥意思？有谁的红包了？"

"哈哈哈，不好意思啊，我不是故意出卖你的。"电话那边突然换人了，孙佳宁开心地笑着说。

"咳，我这不是想着12点再给她发，谁想她这么急，上门勒索，我决定还是不给了。"林泉故意逗她们。

电话那边一通嬉笑，两个人不知道嘀咕了些什么，几秒钟后孙佳宁说："你妹决定了，不用你给红包了，但是你得帮她点忙。"

林泉严肃地说："我跟她什么关系？动不动就说帮忙，这合适吗？帮忙是要建立在关系不错的基础上，我和她关系不错吗？以我俩的关系，那必须得是吩咐啊，有啥事吩咐一声，立马就办。"

电话那边"咯咯""咯咯"笑成一团，杨朔接过电话说："这个态度比较不错，那我就直说了啊。我有点零花钱没啥用处，现在银行理财收益也越来越低，据说以后还不让有保本理财了，以前我没意识到，身边还有你这个投资大师呢，所以，这钱你给我做点啥赚钱的投资吧。"

林泉说："呵呵，你这上嘴唇一碰下嘴唇就想代客理财啊，哪有这么容易？你有多少钱？"

"不到20万，凑凑应该能有20万，怎么的？要多少钱才够？"

林泉说："我不是说你钱少，我是想知道你想赚多少钱？"

杨朔"嗯"了一声，想了想说："那当然是越多越好了，赚钱谁有够啊？"

林泉嗤之以鼻，叹口气说："那还是算了吧，冲你这个说法，就没法给你弄，你以为这是捡钱吗？还越多越好。"

电话那边又是一通嘀咕，很快杨朔笑着说："我也懒得费脑子了，你说怎么样就怎么样，反正就是这点钱，我就当我丢了成不？"

"哈哈……"林泉满意地笑笑说，"这个态度就对喽，欲速则不达，放弃需求，才能不为外物得失所侵扰，你得明白一些本质上的逻辑，才能过好日子做好事情。"

"你是当老师当习惯了吧，这怎么就扯到过好日子上去了？这和你帮我理财有啥关系？"电话那边杨朔问着。

"不是你想的那样，我的意思是你得知道欲速则不达，尤其是投资理财这一块儿，快就意味着风险，赚钱越快，风险就会越大，你只有把你的基础需要摆出来，别人才好给你做事啊。"

杨朔想了想说："我还真没什么很高的需求，这点钱放在银行我也不用，你看着弄就好了，当然，怎么也会比银行理财的收益高一点吧？"

林泉笑着说："你这个要求很不错，还有一点要问你，这个钱你能多久不用？"

杨朔说："这钱是这几年攒的，应该就没有用的地方，我吃住在家，也不买啥衣服，挣的钱都没有啥地方可用。说白了，这20万也就是你说的那个安全感，这个数字越大，带来的安全感越强，也就这些了。"

"嗯，那过完年我找人给你开一个证券账户，你把钱转进去，我给你买点基金啥的。"林泉觉得腰有点酸，起身在房间里来回溜达着。

"买基金？你不是投资大师吗？怎么还买基金呢？"

林泉听得没头没脑的："什么乱七八糟的，买基金怎么了？你对基金有什么看法吗？"

电话那边又是一阵窃窃私语，隐隐听到孙佳宁说："……你什么都不懂就别瞎要求……基金也能赚不少……"

"哎呀，这不是不懂吗？我以为你这样的投资大师，肯定给买一些厉害的股票、期货啥的，基金我自己也买过，赔钱货。"

林泉说："你买的算什么？这么说吧，你买的基金，就等于是你把钱给别人，让别人去炒股票了。要是行情好，赶上牛市，那就能赚点钱，要是撞上熊市，也都是亏货，而且你买的基金，本质上就是赚你的管理费的。现在年景不好，估计春节后会有一个反弹，我给你买点指数基金，这玩意儿是最安全的，顶多会浪费你些时间，但是不会跌没了，甭管跌成什么样，几年下来都是赚钱的。"

杨朔不停地应承着："嗯嗯嗯，你是老大你说了算，我就听安排了。我都需要做什么？"

林泉说："不用什么，上班后我找个业务员指导你开户，开户之后把钱从银行卡做银证转账，转到证券账户里，然后账户密码给我，你就不用管了。投资这个玩意儿，玩儿的是年化收益，也就是几年平均的收益，如果有一两年不赚钱，或者是反而赔点钱，你也别当回事儿，这玩意儿是起伏的，今年亏十五，明年进五十，最终以平均数为准。"

"没事儿，就随着你弄去了，我也就不为这个事儿浪费脑细胞了，反正浪费也是白瞎。"杨朔的心一直挺大。

林泉本想问问孙佳宁为啥不回家，话到嘴边又咽了回去。他不是一个爱管闲事的人，在他的逻辑中，不相干的事情知道得越少越好。

放下电话，他又给杨朔发了一个红包，过年嘛，他本来就想着要给她发红包的。这个妹妹平常还是挺贴心的，这一代人基本都是独生子女，没怎么体会过那种亲兄弟姐妹的氛围。不像上一代人，林泉妈妈是家里老大，有两个妹妹一个弟弟，几人的关系不是很和睦，林泉爸爸则是家里老三，有两个哥哥两个妹妹，杨朔妈妈就是最小的一个，家里也有些不和睦。细想起来，这些大家庭间的纷争，具有很强的普遍性。

家家有本难念的经。林泉站在窗前，看着对岸一连串的酒吧，灯火繁华中，又有多少老板为了房租、为了员工薪水、为了客源而寝食难安，万事都有两面性，有光明自然就有黑暗，若要人前显贵，必先人后受罪。

林泉非常喜欢《红楼梦》里智通寺的对联：身后有余忘缩手，眼前无路想回头。可不是如此吗？不知怎么的就拿起了手机，那个下弦月的头像，聊天记录里面，一连串都是自己的问询，她始终没有回复。手指轻轻点开她的头像，瞬间，那个温情的下弦月不见了，取而代之的是蓝兰的照片，职场精英打扮，藏蓝色美式小领西服，纯白立领衬衫，领口闪烁着国旗领花，庄重的微笑，眸子里两湾清水一样的光，整个人显得十分职业干练。

林泉苦笑，他不喜欢用自己的照片作为头像，如同他不喜欢自己被人评头论足。蓝兰也从来不会用自己的照片作为头像，即便是做业务，也犯不上靠脸啊。

想了一想，他在微信上打字："头像很好看，睿智干练，就是有点儿不像以前的你了。哈，祝新春及以后，平安喜乐。"

记得是谁说过，无论男女，只要智慧开了，都不会好色，能被一个人迷住而神魂颠倒，定是贪欲心太强。真正美好的东西，只会愉悦人心，不会迷惑本性。

午夜，街上隐隐传来电视中的新年倒计时声，5、4、3、2、1，不远处的钟声响起，一年结束了。一年开始了。

第四十三章
踏青

阳光充沛的下午，白云朵朵，空气中弥漫着春天的味道，难得的好天气，虽说还有些凉意，但是踏青野餐没问题了。

山脚下青砖灰瓦的四合院边上就是一条清溪，草地上摆起了白色的餐桌，铺上绿色的桌布，林泉、张群、焦爱民、刘晨等人围坐，悠闲地喝着下午茶。

溪水从山中来，环绕着度假村流过，不远处有一个一米多深的池子，里面缓缓地游动着不少大鱼，有鳟鱼、草鱼，也有鲤鱼，红的黄的很是活跃，引得孙佳宁和李墨不时地大呼小叫一番。王子腾正在调试鱼竿。

林泉要了一杯爱尔兰咖啡，张群和焦爱民俩人喝的红茶，刘晨正埋头消灭着面前的核桃布朗尼蛋糕。

"你这个胃口确实让人羡慕啊！"看他吃完蛋糕又开始对烤松饼下手，林泉不禁感叹。

张群笑笑说："能吃是福啊，咱们这个年纪也就能喝点儿茶了，是吧？老焦。"

焦爱民笑笑没有答话，眼睛怔怔地望着远山。

这个度假村非常幽静，坐落在怀柔山坳中，沿着溪水一眼望去，燕山山脉此起彼伏的峰峦尽收眼中。老板是张群的朋友，安排得很是周到。

"焦哥看起来兴致不高啊。"林泉笑着说。

"没有没有，只是很久没有进山了，看风景有点投入了。"焦爱民耸耸肩，"你说也是，以前在山里住几天，看啥都没意思，就想着回城里看看灯红酒绿，这长时间不来，冷不丁一看这风景，还真觉得心胸开阔不少。"

"是心情放松了不少。"张群纠正,"焦哥最近做单不是很顺利吧?"

"嗯,说来我都觉得不好意思,张总和林老师这么指点我,我还是摸不到门,可能是我太愚钝了。"焦爱民苦笑。

"看您说的,愚钝的人能挣这么多钱啊?您就是妥妥的成功人士,这只是进入了另一个领域,暂时不习惯而已。"林泉说。

焦爱民挠挠头说:"还暂时啊,这都做了10年了,哎,不思量自难忘啊。"

"停,停,打住!可别千里孤坟啊,咱们出来一是为了舒缓心情,再者就是给你把把脉,你可不能意气消沉。"张群边给他倒茶边宽慰。

林泉想了想说:"焦哥你前面做那些年,我觉得应该是白瞎了,因为你没有任何可以发展的方向。有人说投资分为三个流派,即技术分析派、价值投资派、热点消息派,你自己想一想,你以前算是什么流派呢?"

"我算混沌度日派。"

"呵呵,这么说倒也贴切,你不缺钱,这其实是你的一个弱点,在投资中的弱点。如果不是钱多,按你这个亏法,换个人早就受不了了。所谓穷则思变,只有对金钱有迫切追求的人,才会想办法去学习,去研究。"林泉淡淡地说。

"我也研究过,学习过,以前我还跟着去过新疆棉花产地调研,后来发现调研也是瞎掰,你觉得明年棉花应该会涨价,实际就跟你反着来,你有什么办法?"

张群说:"老焦你这算是门外汉了,调研是一项很系统的工作,可不是你想象的那样,去一趟就能看出个子丑寅卯来,每一种商品都有它的特征和逻辑的,像你这样两眼一抹黑地调研,还不如说是旅游呢。"

林泉笑笑接话说:"张总给讲讲,说实话我一直对商品的基本逻辑很感兴趣,只不过我是做技术的,什么商品都能做,结果弄得基本面成了我的短板。"

"呵呵,以前我也不太信技术的,这也就是和你接触多了,眼见为实才真正知道技术的厉害之处。要说基本面,商品大部分都是围绕着库存和供需,有些商品还和生产特质有一定的关联,你们听说过白糖一厌就是厌3年吗?"张群眉毛一挑,看着林泉问。

"还真不知道,焦哥知道不?"

焦爱民说:"我就更不知道了,我就知道炖排骨得放白糖。"

"呵呵,炖啥都应该放点白糖,拌西红柿也一样。"林泉笑笑说。

"应该是熊3年吧?"刘晨咽下嘴里的烤松饼,"以前我听一个哥们说过,甘蔗因为种植生长的特性，种一茬能收 3 年，所以一旦丰产也经常是丰产 3 年，也就是供大于求了，所以价格就会一直下行。"

"对对，大致就是这个意思，"张群意外地看看他，"白糖生产有三个要点：第一个，我国白糖的来源主要是北方的甜菜和南方的甘蔗；第二个，甘蔗产糖量往往占八成或九成，甜菜只占两成或一成；第三个，甘蔗主要是广西、云南两地在种，它们的产量合在一起，大概占到了全国甘蔗产量的八成。这么说就能知道影响白糖价格的主要因素了吧？"

"广西和云南的天气情况对白糖的价格有影响，是这样吧？"焦爱民突然插话。

"这是肯定的，但是你不能这样去推导，要一层层地推过去。首先，影响白糖价格的主要因素是广西和云南的甘蔗，现在要是那边的甘蔗全都给砍了，白糖价格就得上天。其次，是刚才刘晨说的，甘蔗这玩意儿生长规律特殊，头一年种植下去就能收获，而且种一次可以长 3 年，非常好存活。"

"那如果第一年就丰产了，供大于求，白糖价格就会下跌，后面几年农民选择种别的呢？"林泉思索着问。

"甘蔗这个东西，除了头一年种下去时得花点钱之外，后两年是不需要投入什么的，即便是糖价大跌，也很少有人愿意砍掉甘蔗，改种其他的农作物。你种啥不投入成本啊？而且种植甘蔗的时候，农民本来就预期着 3 年的收益，半截就给砍了种别的，这账不合算。所以，白糖历史上经常会出现一个规律，那就是糖的产量一旦上来，价格见顶回落，往往要下行 3 年。比如说 2011 年 8 月跌到 2014 年的 12 月，跌了 3 年多。你看 2017 年也见顶下行了吧？一直跌到现在，没完，不来个 3 年怎么见底呢？"

林泉拿着手机滑动着，目前看白糖主力合约的价格是 5520 元，从技术上看长周期趋势，是下跌中继，短周期是小反弹已经完成了，要继续承压了，无论是张群说的熊 3 年逻辑，还是技术面给出的结果，都是看空的。

"那是不是可以现在就开个空仓？"焦爱民也拿出手机看着，"你看它 2016 年年底的高点是 7314 元，现在已经跌到了 5500 多元，这么大幅的下跌，您说后面还能再跌个一年半？"

张群笑笑说："能跌多少我说了不算，要看你们自己怎么玩。林老师那句话说得好，期货的本质就是在预测未来，地球上这么多人都在预测未来呢，凭什么咱们就能比别人准？"

第四十三章 踏青

· 177 ·

林泉快速地在手机上切换着周期，还真别说，白糖短周期是调整模式，但是从月线上看是很直观的下跌趋势，年初就已经跌到过 5520 位置，之后几个月一直在这个价位整固，但是各项指标依旧是向空头蔓延，周线、日线的位置是多空均可，但是小时周期已经进空，眼下很可能就会有一波下跌行情。

"林老师，您说呢？"焦爱民问。

"嗯？说啥？"林泉一时出神，没注意他问了啥，"抱歉哈，脑子走神了。"

"您看白糖后面还有没有行情呢？"焦爱民再次询问。

"应该有，快速下跌到一定位置，调整洗盘之后再次下跌，这是常有的形态。"林泉漫不经心地说道。

"那还说啥，我建仓买点空呗。"焦老板一向雷厉风行，要不是周末，估计现在已经下单完成了。

张群苦笑："我就是说说白糖的特性，你这行动力还真是超强啊。"

"没什么，只要不重仓就好，"林泉伸手在刘晨面前的盘子里捏起一块儿蜜三刀，"这个行情趋势挺明显的，完全可以弄一下。"

焦爱民怔怔地看着手机，想了一会儿问："林老师，既然行情趋势明显，为什么不能重仓？既然有把握，那就应该把利润最大化啊？"

"你有把握吗？"林泉挑眉。

"有啊，你和张总都看空，这就是我最大的把握啊。"

张群扶额叹息："怪我多嘴啊……"

林泉说："我这只是一说而已，别人的把握是别人的，操作逻辑不一样啊。即使看空，你准备怎么操作？账户仓位多少？用什么计划操作？买哪个合约？止盈止损怎么设置？这些你有安排吗？"

"呵呵，既然决定做空了，下一步还是得跟您请教这些问题。"焦爱民一脸的真诚。

第四十四章
随机性奖励

林泉一窒,果然做生意的不存在忠厚老实,空手夺白刃、挖坑埋人的活儿都是信手拈来。

刘晨吭哧吭哧地笑,难得看见林泉吃瘪,一般都是他怼别人,毕竟身边的人一般都是求学者,投资水准都不及他,再加上林泉本身气场就足,在专业领域更是强势得很,跟他说话,一般都顺着他来。

"焦哥,说句实在话,您也是成功人士,应当知道有多大锅做多少饭,挣钱这个事情,绝对和认知是对等的,认知不够,钱即使到手了,也会以更快的速度流失掉。期货做单,每一单是赔还是赚,为什么赔,为什么赚,都要心里有数,这个不能靠别人,要从自己的认知体系里面找出来。"林泉语气缓慢地讲着。

"你说的这些,我是知道的,要是没有你们这个环境,我也不会有这个想法,这不是有这个条件吗?我就想看一看高手的操作,至于赚不赚钱的,并不在我考虑范围之内。这些年亏的钱,我根本就没想过捞回来,此消彼长,投资亏损,但是我做生意赚钱啊,谁又能肯定这不是气运来回转移的结果呢?所以说,我并不关心赚钱与否,说白了,期货对于我来说更像是个游戏,玩明白的重要性,远远大于赚钱。"

张群轻轻拍手:"焦老板说得好,这要是交往不深的,还真看不出来,也就是咱们经常一起混,才能听出这是肺腑之言。"

刘晨咽下嘴里的食物,含混不清地说:"我看焦哥是有交易的瘾,和李墨一样,总寄希望于随机性奖励。"

话音刚落,他身后就响起一个声音。

"背后说我坏话是吧?"李墨和孙佳宁手拉着手,笑吟吟地说着,坐在刘晨身边。

"那边池子里的鱼真大,子腾老师正在钓咱们晚上吃的,也不知道能不能上钩,你们不去钓鱼吗?"

刘晨翻着眼睛看着她说:"放心,他钓不钓得到鱼,都不会耽误你吃。我们正在探讨交易的奥秘。"

孙佳宁坐在林泉身边:"林老师趁我们不在给大老板开小灶是吧?"

焦爱民苦笑着说:"哎哟,林老师的小灶可真是连捶带打的,也就我这身板,但凡瘦一点都得骨折。"

众人一笑,张群笑呵呵地说:"老焦这是你命好,林老师对别人都爱搭不理的。"

林泉哈哈笑着说:"这是焦哥人格魅力大,天生亲和力超强,每次见面都想和他喝顿大酒。"

孙佳宁说:"得,焦哥你看,林老师这就已经开始给晚饭喝酒铺垫上了。"

焦爱民憨憨地笑笑说:"喝酒是小事,林老师给我解惑才是我的大事啊。"

"焦哥说得对,我刚听你们说随机性奖励,这是什么意思?"李墨问。

刘晨扯一张纸巾擦擦嘴,看着焦爱民说:"我对焦哥不是很了解,但是从交易这个角度出发,基本上所有的新手都会面临交易过量这个问题。无论股票还是期货,交易市场中有一种现象,我们称之为随机性奖励,就是这个奖励导致过量交易的。说白了就是你可能自己也不知道是什么原因就赚钱了,其实你可能什么准备都没有做,完全是凭感觉,但就是赚钱了。很多新手,总是把这种奖励当作自己能力的体现,认为这种奖励不是随机性的,而是必然的,于是就开始不断去追求,结果自然是一脑袋包。"

李墨歪着头,一脸不屑地说:"我看你这可不是说焦哥,是冲着我说的吧?"

刘晨哈哈一笑:"新手都有这个毛病,如果不能克服这个问题,基本就可以说注定是要被市场收割的。"

焦爱民看看林泉:"过量交易吗?我最近做的单子可真不多。"

林泉说:"这个过量交易,其实不是指你交易太多了,而是和你的交易体系对等的,就比如你,你说你最近做的单子不多,那么,你是不是严格按照高频技法做的呢?是不是每天只寻找一两次开仓机会,严格按照开仓指标的指令入场,按照收益账户1%这个计划执行的呢?"

焦爱民苦着脸说:"这个还真的感觉有点难度。就说前天吧,我开盘时想了,今天就一手一手开,严格按照战法去做,就按照您说的分时图带 KD,参考 5 分钟去做高频,可做着做着就跑偏了,就像你之前说的,总是觉得机会就在眼前,或者说预判指标走向,提前开仓了。其实很多次我都已经完成了当天任务,就是没事干又下了一单,于是不但原有利润损失了,本金也折损不少。"

刘晨笑着说:"焦哥这个还真不能完全算是交易过量。一般新手的交易过量指的是完全凭感觉,盈利了就认为是自己的本事,下次还能这么做。焦哥这个是建立在有战法的基础上,但是不能严格遵守。我觉得这就需要时间去磨,挨打的次数足够多了,就该反省到底是为什么了。"

"不见得,咱们说的挨打,是亏损了肉疼,这样才会反思。焦老板亏损了顶多是有点烦躁,他不疼啊,几万块钱的损失对他来说就是毛毛雨,这可咋弄?"张群插嘴。

林泉笑笑:"确实,焦哥你真的要考虑清楚,交易这个行当,需要的不是灵活机变,拼的是认知和执行力。这里面认知可以通过学习来提高,但是执行力则不然,必须对自己狠一点,管住手,克制自己的贪念,你和别人相比,就看谁更耐得住,谁能严格地执行计划。交易者,可以不看技术,不看天赋,就看自律。"

张群叹口气:"老焦你其实有不少好资源,但是你自己没有意识到,就说这两个交易要素的第一个,交易计划,你可能自己不会制订,但是你身边有人会啊,你可以让林老师帮你制订啊,但是最终的执行力,还是要看你自己。"

焦爱民若有所思地点点头,刘晨伸手拿起茶壶,给几人斟满,慢条斯理地说:"我也没怎么做过期货,以前一直是做股票,以前我也算是一个职业交易员,给好几个机构做过操盘手培训。在我看来,大部分交易员都是亏钱的,有一个数据,95% 以上的交易者都是亏损的,甚至更多,人性使然啊。海龟交易法则的创始人理查德·丹尼斯说过,我是全美交易冠军,但是把我的操盘方法放到报纸上,真能遵守的人也不会超过五个,所以说,执行力是跟着认知走的。"

林泉深以为然。金融市场是距离钱最近的地方,所有的人性也都会被放大,用追高去满足贪婪,用扛单去抵抗亏损的恐惧,这都是随处可见的行为,结局都是注定的。

见几人不语,李墨笑着问林泉:"这是说到了什么高深的问题啊,怎么气氛这么凝重?"

刘晨歪头想了想，对林泉说："对啊，怎么就扯到了海龟交易法了？刚不是说的白糖吗？"

焦爱民摇摇头，笑呵呵地说："是我贪心了，得陇又望蜀，这边高频战法还没有完全领会，又开始惦记趋势操作了。林老师教育得好，待会儿我自罚三杯。"

"那好啊，这可是你自己说的，待会儿主动点啊。"林泉看王子腾还没钓上来鱼，又说，"现在还早，我跟你说下白糖这个操作也没关系。首先，行业特征的结论是白糖一旦高位下行，那就是3年，这个结论是张总和刘晨说出来的，咱们不能把它完全照搬，我们可以相信张总不会蒙咱们，但是也要知道张总也会有看错的时候，我们相信白糖一熊就是3年，但是之前高点的7314位置，会不会都是收割新种的甘蔗呢？万一已经是第二年或者第三年呢？"

张群接话："这个确实不能确定，需要去实地调研，做数据统计。"

"嗯，这些咱们先不考虑，就假设一切调研结果都支持空头，在这个基础上，我们从技术派角度开始做空。首先看日线的前期形态，它从2016年11月的7314位置开始走空，到今年1月19日出现低点5502，随后布林线的走势很明确，上轨和中轨一路下行，下轨则往上靠拢，这个时候是止跌了，但是K线一路是平行的，你看3月1日，这一天的时候，布林线喇叭口完全收紧了，价格也站上了中轨，你记着，只要布林线的喇叭口完全收紧了，再打开时，也就是行情来了。"焦爱民拿着手机，对比着林泉手机上的K线图看看，李墨也拿着手机站在林泉身边。

"你看调整到了现在，价格还是在中轨附近，交易很是清淡，对比下面的指标，MACD双线零轴之下上行，自从金叉开始到现在，两条线上行回来了不少吧？但是K线呢？基本就是平移，这种情况说明只是指标在修复，上涨动力几乎没有。再看RSI，相对强弱指标给出来的就更明显了，从1月底白线就已经上了50位置，咱们数一下，1，2，……，13，14，上上下下白线穿透50位置14次，而黄线索性就上来过一次，第二天就下去了，这就说明价格一直在空头，止跌只是因为下跌幅度太大，有些获利盘了结离场导致的。这个指标叫作相对强弱指标，你就可以把它比作强弱的争夺，多空力量的对比，在50位置，这么多次上攻都不成，只能说明多头力量确实是弱。那么，就拿刚才说过的这三个指标来衡量，只要RSI白线站稳在黄线之下，MACD双线零轴之下出现死叉，K线收盘价收在了布林线的下轨之下，那么很可能就是新一波下跌的开始。大哥，你听明白了吗？"林泉看着焦爱民一脸茫然的样子，声调不自觉地提高了。

"明白明白，您这说的是当前强弱的判断。"

第四十五章
期货是什么

"嗯，你一直做高频，对趋势应该没有什么认知，其实做趋势才是期货交易的重头戏，因为做趋势才能贴合期货本身的特质。焦哥，你觉得期货是什么？"林泉笑问。

"啊？"焦爱民一愣，"期货是……期货呗，是螺纹铁矿，是玉米淀粉，咱们的期货就是大宗商品，当然还有股指期货，您为啥这么问？"

林泉看看站在身边的李墨，挑了挑下巴问："李大美女，你知道不？"

李墨想了想："您应该指的是期货相比于股票的不同之处吧？保证金制度吗？期货有杠杆，现在股票没有杠杆，是指这个吗？"

"刘晨，快来给他们扫扫盲吧。"

刘晨喝了口茶水，瞥了一眼李墨说："期货是指未来一个时期的商品价格，应该说套期保值才是它最根本的存在意义，投机只是附属衍生品，但是由于人性，目前本末倒置了，投机的氛围完全压制了套保。"

"果然，刘老板的专业知识就是扎实。"林泉竖起大拇指，"他说的第一句话最关键，期货是指未来一个时期的商品价格。焦哥你看，现在正在进行的主力合约是1805合约，已经进入4月，也就是说，这个月内主力就会移仓，你准备怎么买空？"

焦爱民思索一阵："主力移仓应该是移动到了9月合约吧，那您的意思，咱们提前买9月的合约做空？"

"你看，9月的合约目前价格是5402，这说明不光是你我在看空白糖，整个市场看法也比较一致。你再看下一个主力合约，1901合约，价格5260，距离当前的价格已经下跌出去了260跳,这个情况,你怎么看?或者说,远月合约已经跌下去了,你认为现在这个价格,白糖还会跌吗?"

焦爱民一脸的懵懂,旁边李墨也是脑子转不过来了,苦苦思索着。刘晨也对着手机翻看着,皱着眉头思考。

"林哥,我以前没怎么做过期货,可是我觉得综合你们刚才所说的,一熊熊3年这个逻辑,可以去看看之前的走势吗?太阳底下没有新鲜事,历史总是不停重复的。你看白糖的月线,2010年年底是从7300这个价格开始见顶回落的,价格一路跌到了2014年的4163这个低点,这个下跌的空间足足有3100多点,相比而言,你再看2016年11月的7314高点,跌到今天才5500多点,无论是下跌幅度,还是下跌时间,都远远不够啊。即使我们直接看到明年1月的合约比现在低不少,可是相比上一次的下跌空间而言,还是差得远啊。"刘晨不停地滑动着手机,几个周期对比分析着。

"嗯,专业的就是专业的。"林泉毫不吝啬地夸奖道,"焦哥你看,其实这就是差距,刘晨做期货比你们都晚,到今天也不过二三个月,可是他以前做过股票操盘手,练就的思维模式很关键,要知道技术派操作,就是面对图表去分析的。你应该去学学这个思维逻辑,比如他刚说的太阳底下没有新鲜事,历史总是不停重复的,这就是技术派的精髓。"

李墨坐回座位:"我也听说过,好像江恩理论里面也讲过,只是我学得不精,很多都给忘记了。"

"千万记住,技术分析非常有用。刚才说到哪里了?嗯,刘晨说下跌幅度和下跌时间都不够,这两点很重要,之前2010年的熊市,直接下来了3100多点,跌了三年半。而现在这一波,跌到现在连一年半都不到,目前跌幅也才1800点,就算咱们从明年1月的合约5260算也才跌了2000多点,历史佐证的空间还有,可以开空。"林泉笃定地说着。几人对着手机,都有些兴奋。

"那要开在哪个合约呢?"李墨看看孙佳宁,俩人又一起转脸盯着林泉问。

"要开仓,你得先做个资金管理啊,我就不管你们都有多少钱了,咱们就尽着穷人来说了。"林泉瞟了一眼专注看手机的孙佳宁,"用个整数来衡量,就说10万元吧。现在白糖一手保证金是4000多元,咱们往多了算,5000元一手,如果是我用这10万元,我只能把它分在3个远月合约里面,目前看,1901、1902、1903,这三个最远的合约价格很接近,分别是5260、5258、5252,这三个时间距离近,价格联动的可能性也很大,所以,去掉1902合约,分别买入1901和1903

这两个合约，每个合约买 3 手，基本就是使用不到 15000 元的保证金，两个合约 3 万元，大约占用总资金的 30%。这是在目前情况下买的最远的合约，基础逻辑就是一年之内，它下跌的概率相当之大。"

林泉拿着手机，皱着眉一边说一边滑动着，其他几人也都如他一样专心地听着、看着，这种角度的分析，对他们来说是非常难得的，就连张群也屏息静听着，脑子里默默地记着。

"从目前的指标形式来看，很有可能调整已经进入尾声，就算不是尾声，布林线这个形态也要出来一个方向了，综合我们之前聊的、看的，空下去的概率很大。远月合约有个特点，它对于眼下的价格波动相对不是很敏感，所以，我们最好还是在 1809 合约里面也空上 3 手，眼下 4 月了，主力随时可能移仓，咱们不用等，明天开市直接考虑建仓就可以，这样就可以防备眼下随时可能出现的下跌行情，而远月合约收获不会太多，3 组资金分布在 3 个合约中，眼下一共使用资金 45000 元，如果空头发力，价格还会下降，保证金使用应该在 40% 左右。注意，剩下的 60%，就在账户里面趴着，这些钱不许动。"

刘晨疑惑地问："这些资金不动吗？那整体使用资金不到一半？还要不要浮盈加仓了？"

林泉一哂："期货所有爆仓的，不外乎几个原因，逆势补仓、浮盈加仓、死扛不动。浮盈加仓是把"双刃剑"，暴富是它，归零也是它。说到现在，其实也没有进入真正的买卖阶段，这都是在开仓之前就要做好的工作。确定开仓对象，本质上要比开仓关键得多，我们现在只是确定了白糖在空头，并且认为这个空头会持续一年以上，你记住，目前只是我们认为，并不是真正确定。"

"嗯，这个我明白，没有到来的未来，没有什么是确定的。"刘晨点点头。

"也不全是，没有计划的未来，亏损是确定的。"林泉笑着斜眼看看焦爱民，"现在，该考虑的问题是开仓之后的盈损。咱们先说盈利，我们看空的依据第一个来自白糖特性，在上一次熊市，从 7300 点下跌到 3100 点，但是目前这一波下跌，已经有了 1800 点左右跌幅，如果从保守角度出发，从上一次的跌幅来推断，有可能还会有 1300 点跌幅，这个从月线上也可以给出佐证。现在，有两种趋势跟随方式可以用。第一种，预设盈利空间，说白了，就是预设一个自己想要的盈利范围，拿到了自己想要的，就可以离场。这个逻辑有点像高频操作，你有多大的趋势我不管，我就要我自己想要的。第二种，就是跟随趋势，这个只能依靠技术来进行，也就是说，我们在空头开始的时候开仓跟上，一路空就一路持有，一旦转多我们就离场,一直跟到这一波空完了。这两种操作逻辑比较符合现在这个时间段,我不会告诉你们我自己会怎么做,需要你们自己选,每个人都要对自己负责。刘晨不必说了,技术派出身,李墨愿意做,就跟着走,我也不必费劲。要说有点让人揪心的,焦哥那就是你了。"

焦爱民愣了一下:"这怎么说的?我绝对是服从命令听指挥,您划下道来,我就跟着走。"

"呵呵,大哥这话说着容易,做起来可真是难如登天,您可能不知道,跟我学股票、期货的这些年,无数人都说过这话,能做到的寥寥无几,人只会遵从自己的认知做事,再说了,你就算是选择技术跟随趋势,你也不会技术啊,所以呢,你就踏实选择第一种方法吧。"

"嘿嘿嘿,林老师,你怎么不说我呢?我是透明的吗?"孙佳宁噘着嘴,大眼睛扑闪扑闪的。

"你连账户都没有,别凑热闹。"

"张总您看,给我开个户呗,我看这里就我还没有上您的船了。"

张群苦笑一声:"开户是举手之劳,这是帮我开展业务,我高兴还来不及呢,但是得听林老师的啊,这不是我的船,真是有风险的,想上船您还是得听舵手的,是不是林老师?"

"你别闹,你现在不适合做期货,前面学了那么多股票的知识,现在你要是去做别的,那之前学的就白瞎了,等你把技术派的基本逻辑都掌握了再说其他,我又跑不了,这个市场最不缺的就是行情,只要有钱,随时能找到行情去做。"林泉板着脸说。

"喊。"孙佳宁嘟囔一声,脸上有些不高兴。

林泉没管她,继续说:"说回焦哥,你既然什么都不懂,那就按照最基础的逻辑操作,按照上一次熊3年的跌幅推,现在应该还有1300点的跌幅,折半计算,650点吧,也就是说,从下周开始找机会介入之后,你的盈利目标就是650点,或者1年半。这两个目标达到一个,离场,这个您做得到吧?"

焦爱民连连点头:"没问题,盈利650点或者1年半,这两个条件无论哪个达成,我都不再做了。那您刚说的下周找机会介入,这个怎么操作?"

第四十六章
试错

"介入就是建仓，现在整体比较看空，技术位看不出来有向上的需求，那么走势大概率就是横盘或者下跌，你需要有一个固定的参考，均线多头排列还是空头排列，这个你总知道吧？"

焦爱民呵呵一笑："看您说的，我好歹也做了十多年，多头排列还能不懂吗？"

林泉也笑了："哈哈。均线也是技术指标，你就看5、10、20这三根均线吧，分两个周期，日线和1小时。比如说1809这个合约，下周你一旦发现日线和1小时这两个周期中，5、10、20三根均线都空头排列了，那么你就开空3手，明年的两个合约也是这样，只要这两个周期3根均线空头排列了，你就开出来3手空，明白不？"

"嗯嗯，没问题，我随时都盯着，那开仓之后，就不用设止盈止损了吧？"

"止损永远会有，但是做趋势和高频是有差距的，你做高频一直都是固定止损数额，3跳、5跳就止损离场，趋势可不能这么用了，你别的也不会，我只告诉你一个止损的真理，只要你开仓的条件不成立了，那就无条件离场。你说说，你开仓的条件是什么？"

焦爱民皱着眉，转头看看李墨、刘晨，又看看张群，思索着说："开仓的条件是白糖一熊就是3年，嗯，按照前期跌幅衡量，还能有一年半时间下跌，嗯，还能有650点的下跌……"

"日线和1小时的两个周期都是空头排列，是这个吗？林老师。"李墨插嘴说。

"哎！对喽，焦哥，现在是设置止损，宏观逻辑就先不管它，再说了，不管宏观是不是会出现大的波动，技术面都会提前给你反馈的。比如说，等你听说南方的甘蔗全被砍了，这时候糖价早就上天了，那你还用等消息吗？这两个周期的均线空头排列，就是你开仓的理由，有一个变多头排列了，你的开仓理由就不成立了，这个时候就应该止损离场。"

李墨问："那如果开仓之后很快就多头排列了呢？"

"这个，要先从为什么确立这个开仓位置的逻辑开始说。两个周期都进入空头排列，这时候先看小时周期，肯定是跌下来了，不同的是，K线形态上是直接下跌过来的，还是缓慢阴跌的。无论怎么样跌过来，小时周期应该已经空了一段时间，有过一段跌幅了，价格下行带动日线级别也开始空头排列了，这时候最好的走势，就是小时周期下跌之后横盘一段时间，或者小反弹在横盘，这时候的横盘整理有两个作用，首先就是让盘中的持仓者充分认可当前的价格，你想，无论是开多或者开空，都表示开仓者认为当前这个价格有投资的价值，这是必然的。焦哥，就算是你做高频，你也是认为会有钱赚才开仓，没有赚钱的空间你肯定不动，对吧？"

"那是，做高频也得有盈利的空间。"

林泉喝口水继续说道："嗯，只有认可了当前的价格，之前高位的价格才能不再给盘中带来什么影响，如果所有持仓者都想着之前从很高的地方跌下来，那么这时候整个盘中充斥的氛围肯定就是抢反弹，都想着一下子跌了这么老些，抢个反弹是必然啊。所以说，整理过程的第一个作用就是让投资者认可当前价格。第二个作用就是要让所有指标修复，你像摆动类指标CCI、KD啥的，肯定都已经在地位出现钝化了，整理一段时间，指标也就逐渐恢复，这些说的是小时周期。任何走势，肯定是短周期带着长周期开始的，日线也被小时周期带着进入空头了，在日线开始空头排列，小时周期经过一段时间横盘整理，再次空头排列的时候，大概率就是再次下行发动的时机。所以，我们选择这个时机作为开仓位。这是开仓的逻辑，选择的是一个大概率向空的方向。但是做期货，没有什么是可以确定的，李墨问得好，如果开仓之后，走势突变，均线变多头怎么办？没什么好办法，止损离场呗。"

"那要是离场之后，两个周期又都空头排列了呢？"李墨追问。

"要是所有逻辑都没变，就继续建仓3手。如果再次变成多头排列，就继续止损，以此类推。先跟你说明，做趋势这个逻辑中，试错是必然会出现的，你可能刚买入就很顺畅地盈利了，但是试错的心理准备必须有。这个我是讲给焦哥的，他不好好学习，别的指标他都不用心研究，所以我只能给他用均线排列来设置战法，其实要是能够多指标综合利用，能够忽略掉绝大多数的盘口杂音。"

"嗯嗯，我回去就看课程，这回没说的，必须认真地学。那如果开仓之后，就直接盈利了，该怎么做止盈呢？"焦爱民问。

林泉心下一叹，他看出来焦老板的急切了，这种状态正常，也不正常。他的问题在于管不住自己，这是认知问题。认知的突破一般都是由内而外的，一般人对金钱的渴求会产生很强的突破动力，可是他又不缺钱。眼下焦老板对交易知识的迫切渴望，看起来也仅仅是来自兴趣，来自想要验证，但一旦坚持不下去，他就会把这个方式，归类于错误的方法之中。其实，投资市场绝大多数人是这样，对于外来的知识，首先就会给予验证，这本没有错，但是验证的方式却是来自自己头脑中的知识库，即来自现有的认知。说白了，这个知识如果符合自身认知，那么就是对的，如果不符合，那么就是错的。

其实每一个知识点，都是一个认知突破的契机，如果处在某一个认知的临界点，这时候恰巧得到了外界的新知识启迪，很可能会带来整个人的升华，但是如果这个知识点来得不是这么巧合，更大的可能是就此被尘封，哪怕它再正确，再真理，在认知突破之前，也只能是一串无用的字符。

"盈利之后面临两个问题，移动止损位，还有就是浮盈加仓。先说移动止损位，这是一个没有定数的行为，底层逻辑就是要锁定部分已经到手的利润，但是什么情况下锁定多少，就因人而异了，再说每一种商品的走势幅度也不尽相同，沪镍和螺纹都是1跳10元，但是每日振幅那就是天大的差距了。你可以使用百分比，也可以使用跳数来移动。焦哥，我就针对白糖给你设置一下，刚才我看了一下这段时间的走势，整体活跃度并不高，你开仓之后，先盯住止损，如果价格一直按照你的预想空下来了，那就是进入盈利状态，在你盈利达到30跳的时候，就把离场位设在你的成本线上，也就是说，这个时候，咱们就不接受亏损了，明白不？"

"嗯嗯嗯，明白，开仓盈利30跳的时候，就用划线止损把离场位挂在开仓价格上，这样顶多就是把之前盈利的30跳丢了，不会伤到本金。"

林泉一竖大拇指："嘿，焦哥厉害，一下就明白了底层逻辑，就是这样，利润我可以不要，本金不能损伤，可以挂在成本价多一跳的位置，把电费和手续费挣回来。我接着说，回撤了，那自然是到了成本线就离场，但是要是继续盈利呢？你看啊，现在盈利了30跳，你的离场位在成本价上，这中间就是回撤30跳可以离场，如果这时候，价格稍作整理继续下跌，或者说没有做整理，直接继续下跌，在原有的30跳基础上，又跌了20跳，那么这个时候，你把离场位下移10跳，明白不？"

李墨和焦爱民盯着手机，脑海里快速分析着，刘晨刚要说话，孙佳宁抢先开口了。

"我明白了，这个时候的离场位是盈利10跳的位置，距离现价有40跳的回撤空间，也就是说这时候可以接受40跳以内的价格反向波动。如果反弹向上不到40跳，那就会继续持仓，如果到了40跳，就会止盈离场，对不对？"

"聪明！"林泉叹息一声对焦老板说，"看来长相和脑子真是成正比啊。"

焦爱民呵呵一笑："你就是说我丑还反应慢呗。"

张群半天没说话了，这当口"嘿嘿"笑着说："老焦你想多了，他只想着怎么夸孙小姐，根本就没计划你。"

几人笑笑，林泉看着张群："张哥，咱都不是外人，你叫她宁宁就好了，不用这么客气，哎，宁宁，私下场合，你也叫张哥、焦哥就好。"

孙佳宁笑盈盈地起身，端起茶壶给几人续上，嘴里甜甜地招呼："张哥、焦哥，以后多关照我哈。"

林泉转头看看王子腾还在钓鱼，再看看天："咱们真等着他钓上来再吃饭吗？我都有点说饿了。"

张群说："也差不多到点儿了，我去安排晚饭，你们再聊会儿。"

焦爱民说："林老师你继续说，我要是不把这个学会了，哪有心思吃饭啊？"

第四十七章
成功没有侥幸

"呵呵,我继续说啊,刚才宁宁说得对,在你总共盈利50跳的时候,你的离场位已经在你盈利10跳的位置了,这个时候,你能容忍的价格波动区间,有40跳。如果这时候开始洗盘,那你就等着,电脑直接在盈利10跳位置划线做好离场位,就甭管它了。后面的走势,不管是经过一段时间洗盘之后继续下跌,或者说是不调整直接继续下跌,只要价格下跌20跳,你的离场位就向下移动10跳,这就叫作移动离场位,明白不?"

焦爱民皱着眉点点头:"明白了,这样随着价格下跌,盈利的空间也就越来越大,而且能够承受的回撤也越来越大,这才是做趋势啊。"

说着,他叹口气:"唉!像我以前,还真是'傻大胆'啊,完全凭感觉。"

林泉打趣说:"你不是'傻大胆',你是'钱大胆',就你这么个赔钱法,99%的人都得停下来仔细思考为啥,能不能精进一点,真金白银地赔,谁能不肉疼啊?"

焦爱民憨憨地笑了笑:"那就这么一直移动止损位到什么时候呢?到价格波动回来就离场吗?"

林泉喝口水说:"不,下面接着一个重头戏,浮盈加仓。我先跟你说清楚这个逻辑。无论是股票还是期货,投资市场里面的暴富,基本都是浮盈加仓带来的。你听说的那些神话般的操作,什么几万块钱变上亿啊,还有去年那个郑州的妇女做豆油,四万元半年不到变成三千万元,无一例外,都是靠浮盈加仓,这个,你可以去问张总。"

刘晨点头接话:"没错,这其实也不是什么新鲜事,每年都会有,不光期货,股票也一样，只不过期货因为保证金制度，有杠杆的存在，所以在浮盈加仓的加持之下资金爆发得更猛烈，更吸引眼球。"

林泉接着说："凡事不能光看好的一面，你更要知道它的另一面是什么样。咱们都知道期货是零和游戏，你赚的钱，那就是别人亏的，你想想一个人几万元变成几千万元，这中间有多少人亏得裤衩都没了？凭什么你就能成为最终的赢家？这个凭什么一定要经常问自己。成功的本质是相通的，焦哥肯定比我明白这个道理。"

"嗯，这个我知道，其实成功没有侥幸的，水到才会渠成，这个逻辑我心里有数。"

"那就好。浮盈加仓，其实本质就是字面上的意思，用浮盈赚来的钱，继续投入在趋势之中，其实这种行为有两个结果。第一是趋势继续，那么你浮盈加仓之后，账户会更加快速地膨胀，同时也会更加快速地积累出来浮盈，我以前用一个小账户做铁矿石，有一次做浮盈加仓，刚开始我只有10手铁矿，多头趋势很明显，但是刚开始是震荡上行，一天下来积累的利润顶多加1手，等到后来，趋势很猛的时候，盘中基本几分钟就能加1手，这不光是因为趋势快速向上，同时也因为你的持仓不断地把浮盈变成仓位，同样的涨幅会带来比之前更多的收益。可是如果这个时候趋势出现调整，而你把浮盈给加仓买入了，一旦价格回撤，你的所有盈利会非常快速地被打光。比如说，你手里有1手铁矿，上涨了10%，你又加了1手，那么这时候只要回撤一半，你就被打回原形了。这个能明白吧？"

"那如果我开仓的时候并不是开1手呢？如果有了浮盈，之后加仓1手，这时候不就不至于回撤一半就给打没了利润吧？"焦爱民盯着他问。

"是的，咱们回到刚才的白糖做空上面，我让你开仓的是3手，开仓之后，如果价格上涨，到了止损位不能侥幸，立刻止损。如果价格下跌，你就按照计划移动离场位，这个移动并不是无止境的，咱们初步设置在150跳这个位置进行浮盈加仓1手，加仓之后，<u>止盈止损位置立刻重新开始计算</u>。"

孙佳宁看看李墨，又看看焦老板，一脸疑惑地问道："那为什么是在150跳这个位置加仓呢？"

林泉笑笑说："他开仓是3手，150跳每一手盈利是1500元，3手就是4500元，再加上他做的方向是空，价格下跌的同时保证金也在降价，150跳基本就赚回来了1手的保证金，这个时候，就是用利润在加仓，和他原始的本金无关了。他账户在3个合约里面使用的初始资金应该是45%，其他的钱都是后备，放着就好。"

孙佳宁恍然："噢噢噢噢，还真想不到啊，这么说浮盈加仓也不复杂啊。"

刘晨说："这里面最复杂的是对走势的判断，浮盈加仓之后价格要是快速上涨，那不一下就给打离场了嘛。"

林泉点点头："是的，加仓的时候，是有了盈利的时刻，这个时候不光是你的账户盈利，整个市场做空的都有了一定的盈利，就会有些人获利保留，这些空头离场本身就会对合约价格造成一定冲击，另外价格经过一波快速下跌之后，场外的抄底盘也会进来抓个反弹，这都是空头力量的对立面。所以说，如果会技术分析，最好在这个时间去找出支撑位和压力位，再辅以指标和K线作出加仓决策，当然，这都是后话，焦哥你不会技术分析，那么你就在价格盈利150跳的时候，加仓1手，之后直接把离场位设置在加仓价格上涨30跳的位置，还是直接划线离场。后面的走势中，如果价格在这个区间震荡，并没有涨到你设置的离场位，你就不用管它，如果到了，那就自然离场了。这个时候，你原有的3手仓位，一共赚了120跳，加仓的1手，亏了30跳，总的算下来你还是盈利3300元。这时候虽然空仓了，但是没有完事啊，你要记住自己离场的价位，如果价格经过一段时间的震荡上涨之后，再次跌到你离场的价位，你可以买回来3手，还是设置30跳止损，随后价格如果继续下行，到了你上一次浮盈加仓的位置，那你就再买入1手，整体的离场位，还是设置在浮盈加仓价位亏损30跳的位置，这个逻辑，就是你原有的看空立场并没有变化，你不会分析技术也没有关系，只要日线和1小时两个周期的均线都空头排列了，那你就可以考虑保留仓位。如果回撤有了30跳，小时周期的多头排列大概率被改变了。"

"那如果是脉冲上涨呢，快速就直上30跳或者更多呢？"李墨问。

"所以让你划线设置离场位啊，价格只要到了划线位置，就会触发对手价离场，随后的上涨越多越好啊，上涨得越多，你后面做空的余地也就越大啊。"

孙佳宁问："那要是上涨的变成多头趋势了呢？"

林泉一哂："变成多头？怎么变，日线周期变成多头排列吗？那就没有开仓的基础了啊。双周期均线空头排列，有一个不符合咱们就不开仓啊。对了，焦哥你可以再加上一个条件，那就是日线周期的60均线。K线的收盘价在60均线之下，不开多；收盘价在60均线之上，不开空。这样就可以了，跟随趋势走就好。"

李墨若有所思地点头："这就是技术派的操作吗？果然很有道理，价格要是反向了，那么均线那边就根本给不出来开仓信号，有道理……"

焦爱民挠挠头说："林老师，您这个新加的60均线，不开多或者不开空，这是个什么路数？"

林泉深呼吸两下："期货交易，开仓的机会实在是太多了，所以，开仓信号并不关键，你忘了高频战法里面的设定了吗？分时图战法中，价格线在当日成交均价线之上，不开空仓，价格线在均价线之下，不开多仓。这个条件和我刚说的60均线异曲同工啊。如果按照刚才宁宁说的，价格上涨很多，直接变成多头行情了，那么这时候价格K线肯定是跑到60均线之上去了呗，那就说明我们最初的白糖熊3年这个逻辑不见了，也许是暂时不见了，我们可以等，但是60均线之上，我们不开空。"

焦爱民说："那价格要是都站上均线了，整个行情都变成多头了，我们不是可以反手做多吗？"

"你看你看又来了，"林泉无奈地扶额叹息，"最初的白糖一熊就熊3年这个逻辑去哪里了？咱为啥不能想想这么多年亏在哪里了呢？不就是因为想当然地判断涨跌才亏的吗？你做什么操作，就必须严格遵守战法逻辑，否则就注定是亏货啊。你要是做高频，那就要严格遵守开仓纪律，开仓之后立刻挂止盈止损，每天任务完成就关机玩去。要是做趋势，那就只能选择一个方向，严格按照技术位指令操作，你要做转折位，那就必须预设盈亏，赚到了就拜拜。每一个战法都是有完善的逻辑和操作计划的。我说过很多遍，这个市场不需要聪明人，灵活机变死得快，只有那些老老实实的交易者才能稳定下来，如果再有点运气，那就能够进阶到成功的投资者。"

焦爱民讪讪地笑："我也就是一说，今天您说的这个做趋势的战法，真是让我耳目一新，以前我就没有想过会是这么去跟随趋势，其实要是严格做到，想亏也不是很容易啊。"

林泉伸个懒腰："你呀，一山看着一山高，高频才是最练技术的，也是最简单、最快的。做趋势，赚大钱，试错的过程必不可少，这回可以用白糖练练手，您可得记住了，期货真正重要的，是对计划的执行力。"

太阳已经落到了山头，远远看去，山顶轮廓上仿佛披了一线金色霞衣，一片光亮闪闪。

坐得久了，焦爱民站起身来抻抻筋骨，看着西方灿烂的晚霞，不由得有些恍惚。

"其实有些时候，我都不知道自己在做什么，想到行情有可能转多，脑子里不自觉地，就存了转多就开几手多仓的想法，现在想来，可能这就是多数人的心魔吧。"

孙佳宁也站起身，轻轻抚弄一下头发说："我记得听谁说过，时间正在过滤不属于你的东西，人生终究不会圆满，求而不得未必是遗憾。"

林泉哈哈大笑："你这话是给焦老板说的吗？像是最终的安慰啊。"

焦爱民笑着摇摇头："没事，我觉得宁宁说得很有道理，至于自己是不是会被过滤，这都是小事，成长之路到了后期一定是求知求解，而不是物质财富。"

孙佳宁轻轻拍掌："焦哥威武，这话说得尽显大老板本色。"

林泉点头，感慨道："成功没有侥幸，每一个成功者都是披荆斩棘蹚过来的，现在想起来当初刚开始做投资的时候，呃，往事不堪回首啊。"

太阳隐没在山后，远山的青绿快速被黑暗吞没。张群在四合院的门洞里挥手招呼："开饭喽！"

第四十八章
打板的技巧

北京的春天总是在不经意间就来到身边，后海边的垂柳不知不觉地就抹上了一层嫩嫩的黄绿色，虽然天气还是有些冷，但是早已经没有了冬天那般的萧条。

一大早，林泉正在睡觉，手机开始振动。他本不想理会，谁知断掉了之后又开始振动，强睁睡眼地拿起来一看，是孙佳宁的电话。

"什么情况？"林泉的声音好似在梦中。

"开门啊，我在门口呢，都快砸门了你也听不见啊？"

"……哪个门口？"

"店门口啊，茶馆，昨天晚上不是说好了今天我一早过来吗？你不会是昨天后半夜跑回家了吧？"孙佳宁大声叫着。

林泉强撑着爬起来，套上衣裤下楼，打开大门，孙佳宁身上穿的是单薄的贴身跑步衣裤，一条天蓝色止汗带勒在额头上，小脸红扑扑的，不知道是冻的，还是跑的。

"姑奶奶你这是做甚？今天初一还是十五啊？这么早是上香还是怎么的？走错门了吧？你该去雍和宫、白云观赶个头香。"被吵了好梦，林泉大大的不乐意。

"昨天晚上我问你打板该注意什么，你不是说今天跟我说吗？你不是说今天来店里说吗？现在失忆了还是怎么的？"小妮子不乐意了，溜进吧台自己烧上一壶水，双手放在暖气上焐着。

"我……我这是晚上得陪你聊天，白天还得给你授课，学费你也没交，这么一大早跑来折腾我……"

"这不是昨天晚上说好的吗？让你睡觉，今天上午再来讲解一下。再说了，我还帮你干活了呢，看这吧台就是我昨天擦的，说学费啥的不显得你太小气了嘛。"她倒是振振有词。

这刚早上6点半，是上午吗？林泉无语，直接上楼去了。孙佳宁也确实冻得够呛，烧了壶开水，直接从吧台抽屉里翻出来一包豆奶粉，自顾自冲上喝着。

换衣服，刷牙洗脸，检查程序化回测程序，机械地完成这几件事后，林泉翻出来一件抓绒的冲锋衣内胆，然后下楼。

"先穿上，别着凉了，这大冷天儿的，你说你是不是脑抽了。"把衣服扔给她，林泉进了吧台，正好还有她剩下的半壶水，泡了一壶黄山毛峰，直接端到靠窗口常坐的位置。今天天气并不好，漫天的阴云，天气阴沉沉的，看树枝都是纹丝不动的，似乎空气都停止了流动。

"我这是对于知识和真理的渴望。"孙佳宁并不觉得扰人清梦是多么大的事儿，或者说是扰他清梦不是啥事。

"你有点走火入魔。投资是一门很深的学问，并不是只靠学习就能走出来的，需要实践，需要思考，还需要有点机缘，不可能一蹴而就。你现在的状态，明显就是着急了，我有一个经验，只要着急了，就要坏菜了。"洗漱过后，林泉也彻底回过神来。

孙佳宁噘着嘴说："我这不是在家没事做吗？你也不教给我别的技法，只能学学打板，你的短线抓涨停我看了好几遍了，脑子里面有很多想法要跟你验证一下。"

林泉无奈地说："验证问题的最佳途径是亲自去市场找答案，哎哟，要是都像你一样，我可毁了。说吧，你想问啥？"

"嗯，那你就给我详细讲讲打板的全过程好不啦？"

"拉倒吧你，还全给你讲一遍，想什么呢你。有啥问题你就问，再不说我上去睡觉了啊。"

孙佳宁赶忙说："好啦好啦，你给我讲讲盘口吧，课程中我也听过几遍你讲的，但是实盘时候总有些混沌，觉得看课程中的盘口和实际中的不一样清楚。"

林泉说："盘口只是一种主力资金的展示形态，说白了就是挂单的形态和交投的形态。比如压盘挂单，就是上面卖方五档里面的某一个价位，有一个天量大卖单，一般来讲这些大卖单是主力人为放上去的，目的就是压住股价的上涨，从大卖单出现的操作原理来讲，可以理解为主力不想让股价上涨过快，从而人为地控制股价的涨幅。也可以理解为主力挂这个单子是为了吓唬浮筹，那些不坚定的散户看到有这么大的卖单，有些就会交出手里的筹码。这种人为的压盘式挂单，要上涨的概率很大。"

孙佳宁点头说："这个你课程里讲过，但是我觉得从原理上来讲，托盘式挂单似乎更说明主力做多意图强烈吧？你想，主力如果把一个天量的大买单，挂在头一位置，那不是更说明他看好后市，有谁愿意卖出筹码，他全部接收吗？"孙佳宁打开小本本，对着本上的问题开始发问。

"你能考虑原理，这是好现象。但是你细想，巨量托盘单出现，传递给市场一个什么信号？是不是等于在告诉市场，你要敢卖，我就敢接着，这种情况下，盘中的散户浮筹会怎么看？别忘了，你研究的问题是打板，如果今天这个股票要涨停，他最希望的应该是在拉升之前，把盘中的散户浮筹都吓出去，然后拉升起来，在高位能够把手中的筹码卖出去一部分，从而回笼资金。而大部分散户的特点就是亏钱死扛，赚钱就跑，这样他等于在相对的高位去接回散户筹码了，所以，托盘式挂单并不适合用在打板这个范围内。"

孙佳宁在小本本上记了几笔，想了想又问："那就是说，如果抓涨停的时候，看见预选的股票盘口，是巨额的压盘单，那么就说明涨停的概率很大对吧，随后把单子撤掉就该开始拉升了吧？"

"兵无常势，水无常形，没有什么是一定的。你要知道，这个单子背后其实是一个操盘手，他也正对着显示器研究呢，所以说一切皆有可能，你得明白他要拉个涨停，会怎么做。也许就是挂一个压盘单，测试一下盘中浮筹，随后撤掉也好，自己对敲吃掉也好，拉升起来之后或者说封住涨停之后，他肯定会不断地观察盘中离场的筹码，如果这个时候盘中有大量的筹码涌出，那么他肯定会撤回封涨停的单子，让股价自由回落到一个抛压减少的位置，让盘中自由交易一段时间，总之就是抛盘太大，就打开涨停，在相对低位促进买卖双方换手，这样可以有效减少抛压，也会让那些没有经验的散户觉得这个股票很弱，封不住涨停，从而离场。"

孙佳宁皱着眉，一边记录一边说："你别着急啊，这一小段你给我解释一下，你说他把压盘单撤掉，或者自己对敲吃掉，这两种情况效果一样吗？我怎么觉得吃掉压盘单显得更强势呢？"

林泉说："撤单或者对敲吃掉，都取决于盘中的具体情况，并不能说谁就一定更强一些。你要知道，涨停的成交量体现出来的信息是有差别的。比如说，放天量涨停，体现的是多空双方分歧很大，很多筹码看涨，于是不计代价地买入，同时也有很多筹码看空，纷纷抛出，这种情况下才可能出现天量涨停。还有常见的无量涨停，这基本都是跟随利好出现的，市场一致看多，当天几乎没有什么成交量。操盘手的个人习惯，也会在盘口有些体现，有些人本能地就会给自己后期留下充足的后备资金，他必然考虑拉升之后，万一资金跟不上，可能会引发连锁反应，其实我就是这样的人，凡事都会考虑万一。还有一种操盘手作风凶狠凌厉，这种人信奉的是最好的防守就是进攻，在他们看来，只要拉升的时候足够强势，那么浮筹也会被坚定信心，成为锁仓盘。这是两种风格，说不上谁对谁错，总之是以成败论英雄吧。"

孙佳宁问："那封板之后又打开，这是不是代表不够强势？"

林泉说："封板之后，在你看来只是涨停了，买一位置有一大堆买单封板，但是内在的事情你并没有研究。比如涨停出货，这个票快速拉到涨停，然后用10万手单子封板了。这个时候，别人看来都是强势封板，有些资金难免会介入，在涨停价排队买入，这部分资金，别人发现不了，但是主力他知道啊，因为他在涨停位置封板的只有10万手，多出来的部分就都是其他人的。比如说，1小时以后，这部分资金积累到了1万手，这时封板已经达到了11万手，主力完全可以再准备出来10万手资金，用另一个账户在涨停价位置准备好，两个账户同时操作，一个加入10万手封板，一个撤掉10万手，这个速度非常快，你可能看到盘中还是11万手封板，但是这个时候，主力资金的10万手已经排到了后面，如果有抛盘，会先紧着那1万手其他资金成交。这时候主力要想出货，就可能直接卖出1万手，把那部分资金成交了，你可能看着是有一些抛盘涌出，但是主力依然强势封住涨停，10万手还在，但是那1万手，至少今天别想卖出了，这就是涨停出货的手法。一般这种情况出现，第二天都会低开一些，至少这1万手大概率会开盘就割肉跑出去，毕竟他头一天没有看见开板，但是自己成交了，明白人都会感觉掉坑里了，所以一旦有机会，多数会选择先跑为敬。"

"还有这样的？看来真是见识少。那如果是低位涨停开板呢？"

第四十八章　打板的技巧

第四十九章
通过现象看本质

"你应该仔细看看'跟随主力'这个系列，它能让你明白主力操作的流程和原理。低位的涨停就不出货了？咱们说单一主力的坐庄过程吧，说白了就是要在低位收集足够的筹码，然后推升股价，在高位把筹码卖出，就是这样一个简单的过程。在这整个过程中，除了最开始的吸筹期，主力不怎么卖出手中的筹码，其他时间随时可能卖出、买入，因为不管是拉升洗盘试盘还是怎么的，他盘中可用的手法也就是买入或者卖出，别的还有啥？至少在盘口你看不出来别的，在整个推升拉高的过程中，主力最常做的就是洗盘。洗盘说白了就是把股价推升到一个相对高位，在这个位置让散户充分换手，让原有赚了钱的散户离场，新进来的散户没有赚钱，自然会一定程度地锁仓，拉升一波洗盘一次，以此类推，直到价格到了自己想要的位置，这次假装洗盘，然后趁机出货，这是常见状态。在低位的涨停开板，你可以理解为小级别的洗盘，封涨停之后，不管有没有抛盘，都可以过一会儿直接把价格打下去几个点，然后震一会儿，吓唬一下不坚定的散户，等这部分不坚定的筹码离场之后，再封住涨停也不是啥难事，举手之劳而已……你是不是冷？"林泉说着，看孙佳宁缩着身子记录，起身去吧台拽过来一个小太阳打开。

"谢谢，还真有点冷，店里不营业没有人气，更觉得冷了。我接着问，如果开板之后，打下来几个点，结果没有人买卖，那会怎么样？"小妮子依旧奋笔记录着。

林泉皱着眉说："你这是怎么了，就跟涨停开板怼上了是吗？开板打下来几个点，没有人交易那就对了啊，主力拉升洗盘的目的，就是让盘中的散户充分认可当前的价格，那些不认可这个价格的，基本都走了啊。想一想，要是你认为这个价格已经足够高了，你会怎么做？一定是卖出啊，肯定不是买入吧。你要从本质上看待事情，主力一波完成的吸筹拉升出货，或者某一个阶段拉几个涨停，基础逻辑是一样的。像你说的，涨停打开着，下沉几个点，结果没人交易，那操盘者随便用几手买单就能把价格推回涨停。这个时候如果你是主力，你会怎么看？市场居然具有这么强烈的一致性？那上涨到某一个高位会不会有大量抛出？与其高位接盘，还不如打下去，打到低位，这时候价格低还能吸引场外资金介入，是不是？你要知道，封板之后再打开，主力资金的意图是什么，除了高位出点筹码回笼资金，就是为了看看抛压，抛压要是比较适中，那就再拉升一个台阶，接着测试。说白了，还是拉升洗盘一样的逻辑，要让盘中的散户逐渐认可当前的价格。"

"嗯嗯，等我记下来。"孙佳宁边听边记录，林泉不禁有些好笑。

"我得提醒你啊，'短线抓涨停'系列还有我刚才说的，主要指主力资金的控盘股，也就是说这是所有涨停的基本技术逻辑。技术逻辑你明白吧？这里面并没有太多的消息面介入。打板本质上玩的是市场情绪，你选出来的股票必须符合市场的核心脉络，也就是说你选择股票，应该是当前市场的主线、热点，明白不？"

"嗯嗯，要做热点板块，我记上。"

林泉微微一笑："打板的底层逻辑，就是寻找把握最大的那一份收益，它的优势在于不用看太长远的走势，只要目前足够强势就可以。期货做高频也同样不用看太长远的走势，并且多空都可以做，把握最大的那一份收益更好抓，打板还需要第二天才能出，高频简单，买入下一秒就可以离场，资金一天中可以无穷次使用。所以，你明白吧？"

孙佳宁呆呆地看着他说："那你教教我做期货吧。"

"……"林泉像是被杀但还没断气的鸡一样，抽了两下，脖子梗着说不出来话。怎么也没想到费了这么多话，摊上这么个学生。

"你知道什么叫作狗熊掰棒子吧？说的就是你这样的。吃着碗里的看着锅里的，心比天高命比纸薄，小姐的身子丫鬟的命，紧走一步赶上穷，慢走一步穷赶上……"林泉直接打开加特林模式开始全覆盖打击。

"停停停，我就是说说而已，你这可不算是教学了，你这是诅咒，我有权利自卫吧？"小妮子作势东瞧西看的，像是要抄家伙的样子。

林泉也不困了，起身伸了个懒腰，拉了拉筋骨，一看表也快8点了。

"你快回去换衣服吧，穿这么单薄，秀你的好身材吗？"孙佳宁的身材绝对没的说，纤细柔软，婀娜妩媚。

"哦，走回去太冷了，你把车给我开下呗。"她起身套上林泉的外衣，两条长腿颇有些勾魂夺命，林泉也不禁挪不开眼睛了。

"钥匙在吧台上，那什么，嘿，还别说，你这健身效果真是强大，杨朔也健身，身材和你比起来差远了。"他没话找话地扯着，眼睛依然舍不得离开，既然如此，那就光明正大地看吧。

孙佳宁套上外衣，绷着脸用狠厉的眼神斜着他，恶狠狠地说："看什么看？再看抠你眼珠子。"

得，所有美好都破灭了，林泉悻悻地起身。

林泉又回去躺下，睡了似乎没多久，就看到一辆铲车居然开进店里，一楼在轰隆声中一片狼藉，二楼的砖木缓缓垮塌，自己被一根梁木压住了腿，挣脱不开。正在危急关头，他醒过来了，原来是一场梦……

"咚咚咚……"门被砸得山响，林泉迷迷糊糊的，以为出了什么事，套上裤子就蹦过去开了门。

"都几点了还睡？哎，你知道吗？刘晨可能在泡妞，和一个大美女聊了半天了。"孙佳宁一下子挤进来，神神秘秘地说着。

林泉气得太阳穴直跳："他泡妞跟我有啥关系吗？你怎么又回来了？你是想累死我继承遗产吗？我困啊！"

孙佳宁双手捂住耳朵说："小声点小声点，赶快穿衣服，今天不是还要讲课吗？这都快1点了啊。我说林老师，你这光着膀子，是想给我展示一下身材吗？"

林泉不由分说把这妮子推出去，匆匆穿好衣服下楼。1号桌上，刘晨正眉飞色舞地和一个穿蓝色毛衣的姑娘聊天。桌上有两份小吃茶点，一个玻璃壶，两个琉璃盏。店里有个小共识，不收费的茶水都用玻璃壶，而收费的基本都用紫砂壶、泥壶。

看到林泉过来，刘晨笑着起身，对面的姑娘也站起来，林泉一看，还真认识，在讲课时候见过，好像是叫李洁。

李洁个子不高，天然白，白得在阳光下都有些发亮。身材匀称，一张好看的脸上有一双弯弯的大眼睛。半长发披肩，轻妆淡抹，身穿牛仔裤和一件挽起袖子的蓝色衬衫，脚上穿着一双运动鞋，当然，最吸引林泉目光的是她戴着一对淡绿色的四叶草耳钉，有一种看似不加修饰却高贵淡雅的气质。

"我记得您，您是……"林泉做思索状。

刘晨大笑说："这位是李洁，大美女你都记不住名字，林老师该自罚三杯。"

"对对，哎呀，你瞅我这脑子，上次记得您来听课，我着急去看行情，没能跟您多聊会儿，错过了啊。"林泉一脸的遗憾。

李洁笑着说："林老师要忙这么多事情，我一直不好意思打扰您，这不正好今天有课，我就赶快来叨扰了。"

林泉笑呵呵地说："我昨晚基本没睡，刚起来，这样，你先和刘晨聊聊，我去吃点东西收拾收拾，一会儿两点有堂课，到时候再聊好不？"

李洁矜持地笑笑说："您请便，我就是来听课的，只是来早了。"

第五十章
多周期战法

方民赶到茶馆的时候，已经快3点了，前一天他就和王旭东约好了，今天一起来听这节课，结果被大北京的交通给耽误了。

会议室里林泉正在讲着，看见方民偷偷从后面溜进来，笑着转身从投影幕布后面拽出来一个写字白板，用粗黑笔在上面写下"操盘逻辑"四个大字。

"刚才我们讲过了标配技法，现在说说多周期战法。还是先说一下逻辑，所谓众口难调，有些人喜欢做短线，有些人喜欢做波段，也有些人热衷做趋势，没有对与错，都可以，但是你要清楚，你是技术派，技术派针对盘面的分析，量价时空四大要素缺一不可，针对这些要素，我们如何在一个商品里面循环操作呢？今天咱们讲一下量价时空的'时'，也就是时间概念，或者说时间周期。咱们随便说个商品，就沥青吧。大家看啊，现在沥青的价格是2846。我们想要做波段，那就需要以日线为核心，要日线的一波上涨或者下跌对吧？我们今天只讲最基础的指标，大家看，现在日线的价格，在20日均线之上，60日均线之下，之前一天是阳线，完全站在了60均线之上，这说明今天下来，是国际消息层面的问题，作为一个合格的技术派投资者，我们不用管技术之外的事情，第一个操盘技法的设定，我们就设定为均线。"

说着，林泉回身在白板上写下20日均线、60日均线之上做多，之下做空。

"这两条均线，其实代表的意义并不相同。首先说60日均线，这个时候它的作用是区分多空，价格在60之上，说明行情偏多，价格在60之下，说明行情偏空。偏多的行情之下，收盘价在20日均线之上，可以开多，大家注意，这里讲的是可以开多，而不是必须开仓，20日均线在这里其实是一个开仓提示。反之也是一样，价格在60均线之下，说明行情偏空，这个时候，收盘价在20线之下，这说明行情继续走空，可以开空仓。我讲得还清楚吧？"

台下众人大部分在记录，有用手机记录的，也有拿出纸笔记录的，孙佳宁偷偷地冲林泉做了个瞪眼的表情。

"呃，我继续讲啊，这个操盘的逻辑很清楚了，60线代表趋势，20线代表开仓线，在有趋势的情况下收盘价站上了开仓线，可以做多。这里的做多，是可以，但不是一定，因为我们不只参考一个周期，这是技术派的一个要点，单一的周期，不可能构成一个立体的操作技法。这时候，我们应该看一下60分钟周期。"

林泉回身在白板上写下"60分钟周期"。

"刚才我们在日线周期，用的是双周期，现在我们把整体框架也用双周期。假设日线代表趋势，把60分钟作为开仓线，条件相同，在60分钟周期，我们依然设定价格在60周期均线和20周期均线之上，可以开多，大家注意，这里仍然是可以开多，而不是必须开仓。收盘价在60均线和20均线之下，可以开空。"

他回身把要点写在白板上，台下众人连忙记录，孙佳宁也不做鬼脸了，仔细地看着林泉写字。

"刚才说过，可以开多仓，这和要开仓是不同的。可以开多仓只是其中一个条件，所有条件都符合了，才是开多仓的时候。开空也是如此。现在，我们带入了两个周期，日线和60分钟，作为一个战法，其实双周期也可以用了，但是为了精确，我们可以再添上一个周期，15分钟我觉得是一个挺好的时间段，在这里我们依然沿用之前的策略，还是用均线，依然设定价格在60周期均线和20周期均线之上，可以开多，收盘价在60均线和20均线之下，可以开空……"林泉一边说，一边在白板上把条件注明。

孙佳宁眉头紧皱，暗自磨牙。这个人太坏了，这么长时间都没听他说过这个多周期操作，难怪自己怎么做都觉得这么迷茫。按照这个战法逻辑去操作，以前所有的难点都会迎刃而解。

林泉写完，转过身就看到一双充满恶意的大眼睛，不由得后背一凉，一时间忘了该说什么了。

"那个……都记录好了吧？这几个周期其实就已经可以用了，不见得要3周期，你可以选择日线带15分钟，也可以选择短周期做，用60分钟带15分钟，但是这样最好在分时图上面设置一个开仓信号，比如说，60分钟带15分钟，都出现了多头买入信号，分时图上只要价格线在成交均价线之上，就可以开多仓，这样三个条件，很符合直奔目的的三点成一线理论。呃，各位有啥不明白的可以提问，我比较喜欢问答的讲课氛围。"林泉看方民在王旭东耳边嘀咕着什么，笑着说道。

王旭东也笑着说："呵呵，林老师，方总说这次来得值，您这个战法确实是干货、硬货、值钱货，以前没听说过。感觉要是按照这个逻辑去做，肯定没问题，但是没听见您说离场的问题，还有就是止损位用不用也设置上呢？"

林泉说："这还没有说到呢。任何战法中，止损都是非常关键的要素，说白了，没有危机意识，注定是个亏货。止损的方式有很多，我认为最简单也最有效的，就是参照自己的开仓条件，只要你开多的条件已经不在了，就应该离场。"说着，他回身在白板上记录着。

"单独就刚才我讲的这个多周期战法而言，在这个战法之前，你应该先确定逻辑，是做长周期还是短周期，比如说，你做短周期，1小时和15分钟都出现了多头开仓信号，这时候分时图也满足了开仓要求，那么你就可以开多仓1手。"

说到这里，林泉转身解释道："我说的是商品期货，股票在这里也可以开多。开仓之后，你可以考虑一下自己的主要理由，1小时和15分钟的价格在60均线和20均线之上，这个是你的开仓理由，那么你就可以把止损线设置在这几根均线之下，或者说设置在距离价格最近的均线之下，比如说，这个时候，价格在15分钟已经冲高，但是在60分钟周期上刚刚收在了20均线之上，可是60分钟周期上20均线在60均线之上很多，那么你就把止损位设置在60分钟周期的20均线之下，总之，就是你开仓的理由既然不见了，就应该离场了。"

台下李洁举手，林泉停下，伸手示意请她讲。

"林老师，我有点混乱，60分钟周期的60均线是什么意思？"

林泉有些无奈地说："您可能是对技术不怎么了解，这里面所讲的周期是指日线、小时线、15分钟线这些时间概念，1小时线就是60分钟线。而均线，则是每个周期都会有的。日线周期中的60均线，就是60日均线。小时周期的均线，就是60小时均线。15分钟也如是，它的60均线，就是60个15分钟的成交均价线。您应该知道均线是什么意思吧？"

李洁坐在那里眉头紧皱，看着自己记录的文字一脸深度思索的表情。

林泉看看表说："这节课时间差不多了，这样，我再给各位用别的指标讲一下这个多周期战法，大家抓紧记录啊。你别东瞧西看，你，抓紧记录。"他突然严肃地冲着孙佳宁说。

小妮子有心回怼，想想这也算是课堂，只能磨着牙，用眼神杀死这个坏人。

"均线只是指标中最基础的一种，我们在战法中使用技术指标，无非就是判断一定时期的多空强弱，无论什么指标，我们都可以拿来用，哪怕是摆动类指标也一样，CCI 的零值上下，KD 的 50 上下，这都可以区分强弱，但是对于新手来说，并不清晰，因为新手有一个坏习惯，热衷战法，而忽略其中内涵。我可以负责任地说，如果你不懂得指标内涵，战法给你，你也无法驾驭。"说这话的时候，他一直注视着李洁，看得出来，她就是林泉口中的新手。

第五十一章
逻辑最关键

说完这些,林泉转身在白板上写下四个字母——MACD。

"MACD 是这个市场上最常用的指标,它所能带来的参考很全面,使用起来也不复杂,下面我用这个指标来给各位讲解一下多周期战法的使用。我们还是延续之前的多周期,日线周期、小时周期、15 分钟周期,暂且就还用这三个周期,这三个周期中,我们判断多空就用 MACD 的 DEA 线,也就是黄色线,这条线相对比较慢,也比较稳健。我们可以看 MACD 的零轴,这条线就是多空分界线,可以认为,DEA 线在零轴之上,说明市场处于多头状态,DEA 线在零轴之下,说明市场处于空头状态。股票和期货区分多空基本一样,只不过期货可以在空头状态开空仓,而股票只要在空头状态不开仓就好了。下面我讲得慢一点,大家可以记录一下。"

众人纷纷打开手机或者是准备好纸笔,专注地看着林泉。林泉很满意这种效果,毕竟自己的知识体系得到了大家的关注和认可。

"首先确定日线周期,只要 DEA 线运行在零轴上方,我们就认为这是多头市场,可以开多仓。反之,只要 DEA 线运行在零轴下方,那就认为它是空头市场好了,商品可以开空,股票停止持仓。这是第一个条件。"

众人纷纷记录,只有孙佳宁用不正常的眼神瞪着林泉。

"日线定好,我们再以同样的方式定小时和 15 分钟,都设置成 DEA 线在零轴以上,就可以开多仓,在零轴以下,可以开空仓。之后的一个条件,设在 5 分钟吧,5 分钟 MACD 的 DIF 线在 DEA 线之上,可以开多仓,同样如果 MACD 的 DIF 线在 DEA 线之下,我们就可以开空仓。这个操作技法等于是 4 个周期,全部符合开多仓的条件，才会开多，其中有一个不符合，那就观望。开仓之后，可以进行移动止损位离场，也可以做条件缺失离场，我个人建议还是移动止损位，这样可以把收益扩大，尤其是做商品，不光要看开仓成功率，更要看盈亏比。各位有问题可以提问，提问之后我们要下课了。"

话音刚落，方民就举手说："林老师，我有个疑问。你这个方式需要牵扯4个周期，比如说日线级别的DEA线上了零轴，这一定是短级别的行情已经提前进入了多头，1小时这个时候可能已经涨得很高了，所以才把日线的DEA带上零轴，就别说15分钟了，最短的周期都有可能已经冲高回落了吧？"

林泉放下笔，撇撇嘴说："你说得没错，日线DEA刚开始上零轴，很大概率短周期已经上涨挺多了，1小时也许已经进入加速上涨期了，15分钟也有可能已经冲高回落了，但是又如何？大家可能经常听说，在股市里面，不吃鱼头，不吃鱼尾，只吃鱼中段。为什么呢？你必须吃到这个空转多的鱼头吗？这是个技法，它背后的操作逻辑你是否考量过？我现在给大家讲一下，这个技术逻辑很简单，长周期进入多头，我们才能认为趋势真正转多头了，这时候，短周期即使调整也无妨，调整完了还会继续向多不？如果调整直接转空了，那么我们没有开多仓这不是正好吗？如果调整之后，15分钟和1小时的DEA线再次站上零轴，那我们是不是可以认为多头再次开始？这时候如果5分钟的MACD的DIF在DEA线之上，那不就是金叉吗？买入做多就好了啊。"

方民皱眉思索着，他后面的一个有些谢顶的中年男人举手，面前的名牌写着"丁一"。得到林泉回应之后，这人很有礼貌地站起来提问："林老师，如果调整之后15分钟和1小时的DEA线还在零轴之上，但是5分钟的两条线都已经上涨得很高了，这时候该怎么办？是继续开仓，还是等它回落？"

林泉笑着问："你不会是认为有一种方法可以保证绝不失败吧？"

丁一依旧站着回答："那不会，我只是想着尽量精确一些开仓。"

"你的精确应该就是想尽量保证开仓就进入盈利状态，这个并不难，高频战法很容易做到，但是你的欲求就要低，赚个一两跳就够了，这就没问题，比如说你做铁矿，开仓之后，每手赚100元你就知足了，那很容易就能达到。但是，如果你想波段操作，还是别这么想。还是以铁矿为例，按照战法，开仓之后赚3跳就离场，你的成功率可以达到85%，但是你要想赚10跳离场，成功率就会骤降，而且你要想赚得多，那么战法就要改变了。针对刚刚咱们说的这个战法，你的预期应该是，让自己的单子尽量站在趋势和安全的平衡点上，要知道，投资并不是只有技术，你毕竟是在预测未来，有时候也是需要一些运气的。"

丁一没有坐下，想想之后问："您的意思是这个战法开仓之后，是有可能开在一个高点上，开仓之后要承受价格回落的？"

林泉说："任何开仓，无论是股票还是期货，都应该立刻设定好止损线，这就说明承受价格回落是常态化的事情。刚才所假设的开仓条件，是DEA线上了零轴，这种情况也是需要区别对待的，刚刚站上零轴，这时候应该是短周期正在冲高，说白了就是短周期强势，把长周期带起来了，这个时间段你开多仓，有可能冲高回落，毕竟你开仓就是开在短周期的，5分钟、分时图都属于短周期。但是，如果回落之后经过一段时间调整，日线和小时线的DEA线还在零轴之上，这时候是不是能够说明日线级别也进入了多头强势？那么这时候，短周期调整结束会不会继续上攻？如果15分钟的DEA线再次冲上零轴，可不可以认为是长周期再次发力上攻的信号？那么这个时候进去，是不是比之前更稳健？各位，大家学指标，需要知道指标是怎么运行的，一个日线级别的上涨波段，是由无数的15分钟上涨波段组成的，今天给大家说的这个战法的逻辑，就是要等长周期进入强势之后，短周期也开始走强，整体强势向上可能延续的时候才入场做多，反之我们就看空，股票空仓，期货可以开空。就是这么个逻辑，很简单，但是这个简单的逻辑建立在战法之前，也是这个战法的基本保障。"

丁一想了想，似乎要说什么，又说不出口，会议室里的人都看着他，林泉也看着他。

"林老师，是我想得不周全，没有完全理解您的逻辑。"丁一也是个爽快人，想不通就先认错。

林泉笑着说："这不是逻辑的事情，你应该不太了解指标，所以你的脑海中没有指标运行的轨迹，我是对各种指标都已经看得清清楚楚的了，说句夸张的，只要K线图摆出来，我基本就能判断出下面指标什么走势，卖油翁怎么说的？无他，惟手熟尔。"

丁一也笑笑说："我不是很熟悉指标，但是您这个多周期，给我的启发太大了，以前很多想不通的事情一下子就贯通了，请问您这个战法有课程吗？我想买来慢慢看。"

林泉点点头说："你微信小程序搜索'灯塔之光'，里面有很多课程，都有详细介绍，你可以参考。其他各位老板还有没有问题？要下课了啊。"

王旭东看看方民，笑着问道："方总还有问题吗？"

方民说:"有事我就私下请教林老师,不在这里耽误大家的时间了。"

王旭东侧身看看其他人,嘴里自顾自说着:"看来没啥问题,林老师讲了俩小时,也该休息会儿了,咱们就散了吧。"

林泉笑呵呵地说:"战法给大家摆出来,怎么做各位要仔细斟酌。千万记住,一定要了解战法的内在逻辑,只有知道了逻辑才能驾驭战法,逻辑最关键,切记!"

第五十二章
他俩啥情况

连续几天气温回升,街上的人们都脱掉了厚重的冬装,有些爱美的女人已经长靴短裙,迫不及待地露出大腿,让人感觉夏天就在身边了。

感觉身子有点懒,加上睡得晚起得早,孙佳宁索性睡了个回笼觉。醒来已经中午了。在被窝里打开手机,公众号提示今天下午两点有林老师的投资教学。匆匆忙忙地起来,对着镜子收拾了一下自己,套上羽绒服就出门了,虽然时间还早,但是她想去把车收拾一下。

最近一段时间林泉基本没有回家,车也就成了她的座驾。不过她也不白开,洗车、打蜡、加油,弄得老红旗油光锃亮跟新车似的。

要说林泉这老红旗可是有年头了,按他自己的说法,除了去4S店做保养的时候享受免费洗车,其他时间就没有洗过,天气晴好的时候,如果时速超过80公里,能带出一路烟尘来。后备箱里全是各种露营烧烤设备,副驾手扣里面是弹弓、钢珠、跳刀等,驾驶位则是工兵铲、锤子、瑞士军刀啥的。孙佳宁有些无法理解,不知男人这个物种的思维和喜好是不是具有很强的动物性。就说这个家伙吧,没事刷抖音,最爱看的居然是打铁锻刀,能津津有味地看俩小时,一说起什么三枚堆叠大马士革眼睛就发亮,就好像他也有个锻造坊似的。车上这么多零碎,光各种刀就不下十把,什么跳刀、砍刀、蝴蝶刀、锯刀、露营刀,光见他买,也不见他用,合着就是买回来看看。

内外精洗,再加个全车漆面还原封蜡,整个收拾一遍之后,老红旗焕然一新。一看表已经是下午1点半了,匆匆忙忙地开车到了茶馆,门口停车时正好赶上王俊雄进门,看见孙佳宁从车上下来,他特意走两步到车头看看前牌照。

"我说这车看着眼熟呢，土咋都没了？"他笑嘻嘻地问。

孙佳宁没好气地说："你们这帮人，一个赛一个懒，上午我说开下车吧，一拉门把手就是满手土，你看洗干净不好吗？"确实，老红旗摇身一变，黑亮的车身，通透深邃的挡风玻璃，和从前相比，现在简直就是贵气逼人。看着自己的杰作，她心情很不错。

王俊雄绅士地为她拉开店门，随口说着："你惹事了自己不知道吧？这车上的土是林哥特意留的，最远的据说能追溯到3年前，好像是锦州的一场沙尘暴，他攒到了今天被你给卖了，唉，我都替他上火啊。"

"喊……"孙佳宁才不会接这白烂话。

一进门，李墨正和刘晨斗嘴，叽叽喳喳的，王子腾在一旁呵呵笑着。原来是李墨认为交易就应该全力以赴，像上班一样兢兢业业才好，而刘晨的意见则相反。

"做交易要求稳定收益是没错，但是不能拿着交易当班儿上，一大早打卡，时时刻刻做单，就想着怎么能把交易做得跟上班一样稳定，一个月3000、5000、1万、2万，甚至还给自己定下了KPI考核，那这个方向能对才怪。"刘晨倚靠在吧台，一脸不屑地说。

"你别以为你做过几天操盘就什么都懂，'T+0'怎么做的？打板算不算是每天上班？期货高频交易每天收益账户的1%是什么？你那大脑袋瓜子里面都是屁屁吗？"要说牙尖嘴利，李墨自甘第二那就没有第一了。

刘晨也不生气："你这都不能说是错了，而是错得离谱。你自己不觉得有问题，是因为你离市场太近了，不识庐山真面目，只缘身在此山中了。你上班儿不管是拿月薪，还是生产线按照效益计算工资，你去一天，那就给你一天的工资，做一件商品就要给你一件商品的工钱。这个是有保障的，他要不给你去告他，或者找人打断他第五条腿。但做交易会有保障吗？每做一单给你10元，每天看盘也给你100元吗？要是这样，那你就可以天天做，天天看盘，通过你的勤劳、按部就班的盯盘，盯个千把万出来，以后我们都跟你混，抱你大腿好吧？"

李墨一阵冷笑："上班就没有扣你钱的时候？上班就没有行差踏错的地方了吗？就没人罚你款了吗？"

刘晨点点头说："你要是这样强词夺理，我也没辙，其实我们不用抬杠，只要静心想一下，看看做交易盈利需要什么就可以。说白了，需要的就是两件事儿，发现机会和抓住机会，仅此而已。其实它并不神秘，从本质上讲你就把自己当作一个商人就成，通过贱买和贵卖来获取差价，就是这么简单。这个东西，千百年来一样的，什么是机会？贱取如珠玉，贵出如粪土，就是这么简单，买空卖空做差价怎么能和上班相提并论？"

李墨还想说什么，窗口那桌的客人正好举手叫人，她只好放下一句等会儿再说，悻悻地先去招呼客人了。刘晨看着她曲线玲珑的背影，一脸的志得意满。

"这啥呀？"他指着宁宁怀里的盒子问。

"没什么，破纸盒子。林老师呢？"

刘晨无奈地说："不想说就说'不告诉你'好了，还破纸盒子。林老师有腿儿，那能是我看得住的吗？"

正说着，蓝兰带着尹木推门而入。

"嘿，刘晨，宁宁，好久不见啊。子腾也在啊。"蓝兰不待别人开口，首先招呼着。

"蓝兰姐好啊，昨天我还问林老师您怎么老不来了呢。"孙佳宁笑吟吟地招呼着。

王子腾跟蓝兰更是老相识，打个招呼后，蓝兰给他介绍说："这位是尹木，智联证券新任总监，算是我的晚辈，尹木，子腾老师是龙泉证券研究所的'一把手'，高手中的高手。"

刘晨也凑过来，几个男人相互谈笑招呼着，孙佳宁礼貌地点头微笑，自从上次一起吃螃蟹之后，好久没见了，没想到尹木已经升任总监了。

待大家寒暄完毕，各自坐下，孙佳宁主动给几人倒茶，笑着说："蓝兰姐，要不要我叫林老师回来，您可是贵客。"

蓝兰眯着眼，轻轻笑着说："我已经叫他了，也差不多该回来了，今天他带彤彤去动物园，难得跟闺女玩一天，还是别催他了。"

刘晨看了看两人，插话说："蓝兰姐这段日子没过来，还真有几个客户提过开户的事情，都是很久之前的证券户，还有的手续费是千分之几的呢，比印花税都贵。"

蓝兰奇怪地问："那怎么不找子腾呢？王总一句话的事儿啊。"

王子腾呵呵一笑说："不在其位，不谋其政。我来林老师这里是练练讲课，再说了，开展业务什么的本来就不是我的工作范围。"

蓝兰冲着尹木笑笑说："你看，这就是你的疏忽了，以后要经常跟大家沟通，如果有朋友也可以带过来，这里投资氛围多浓厚啊，散户自己闭门造车是一大弊病，还是要有个优质的学习环境，才能进化成投资者。"

孙佳宁刚要说话，身后王俊雄在吧台里叫了一声："林哥。"

林泉匆匆进来，这边尹木很有眼色地起身问好。

"好久不见，林老师，前一阵子回了趟老家，一直没过来看您。"

"嘿，尹木，我还说要请你吃饭呢，这么久都忘了，坐，坐。"说着，他顺手拍了拍王子腾肩膀，坐在他身旁。

"蓝总还是这么风华绝代哈，前些日子黄业我俩喝酒，他还说你小时候绝对吃过人参果，要不怎么就不会老呢。"不管啥事，先奉上马屁准没错。

"那我要是吃了人参果，唐僧肉可就是被你吃了吧，咱俩站在一起，别人大概都会说你更年轻吧？"蓝兰说话轻轻柔柔，不带一丝烟火气。

尹木笑着接话："你们两位都差不多，谁也不能相信你们比我大十来岁呢。说实话我倒想看看你们七八十岁的时候，是不是还能这么面嫩。"

林泉咧着嘴哈哈大笑："对了，刘晨，尹木也是咱老朋友了，你看看在公众号上是不是能做一两期活动，在智联证券开户就能送点课程啥的，或者转户也成，具体有什么要求，你俩商量着来。"说着林泉询问地看着蓝兰，"蓝总你说呢？还有没有别的问题？"

蓝兰说："你这么着急干吗？忙忙叨叨的。"

林泉说："正要和子腾说呢，本来计划下面一节讲技术的，现在看来不成了，刚才我接到张总电话，说甘肃、陕西那边出了霜冻灾害，可能对苹果造成了挺严重的伤害，他们公司要过去调研，我准备跟着一起去，第一站应该是甘肃。"

王子腾一愣："啥时候出发？去多久？"

林泉说："我也正等通知呢，听他说国林期货那边正在安排，应该很快就有消息了，弄不好今晚就得走，估计得一礼拜吧。机会难得，我一直惦记着去做些农产品地头调研之类的，这次正好，听说张总他们总公司要去个专业团队，我正好学学。"

王子腾说："那没事，就算开始讲技术，刚开始一两节也就是讲讲技术分类什么的。你甭管了，有啥事刘晨就帮我搞定了。"

蓝兰说："那你就别跟这耗着啦，赶快去收拾东西，多带厚衣服，这几天降温，你去的地方肯定比北京更冷，带点暖宝宝，冷的时候贴脚上，地头调研不是什么美差，还有，记着带点现金，外省肯定没有北京这么便利。"

"走，上楼，我给你收拾装备去。"林泉还要说什么，孙佳宁直接起身，拉着他就走。

"别拉别拉,我自己走成不?"俩人在众人奇怪的目光中拉拉扯扯地走了,路过吧台,孙佳宁就当王俊雄是空气一般,直接进去抱出来一个鞋盒子。

"正好给你买了双轻便的运动鞋,待会儿就换上,买的时候我就想着给你弄双耐脏抗造的,这算是有先见之明了吧?"

俩人上了楼,1号桌的几位仍旧是目瞪口呆的,良久,刘晨干咳一声说:"呃,蓝总你看看咱们怎么弄,你们现在需要什么样的客户群体呢?是开户就成,还是有开户之后入金的需要?我好在公众号里面体现出来。"

"哦,"蓝兰一时有些失神,"这个你和尹木商量着弄就成。那个,他俩啥情况?"

尹木赶忙说:"现在我们这边需要一些活跃客户,账户资金在5万元以上就成,当然是越多越好啊……"

第五十三章
睡在我下铺的姑娘

楼上俩人一进屋,林泉先把两台电脑都关机了,孙佳宁一边从床头柜子里把他的衣服都抱出来,一边嫌弃地说:"你就这么邋遢着混吧,有家不回,住这么个小屋里,跟流浪汉有啥区别?这衣服都有潮味儿了。关电脑干啥?你不是不能看见电脑休息吗?"

"嗯,先让它休息几分钟,然后再给它挂上程序化,这次走还不知道几天呢,收拾完了我直接锁门了。"林泉从墙上的衣架上拿下一个帆布包,里面全是他的内衣裤、袜子啥的,他从里面直接拿了几套,装袋后放进登山包里,然后靠在门框上看孙佳宁给他叠衣服,一时间竟然有些恍惚。

"你这边收拾完了之后,我还得去收拾我的行李,是开车去还是坐火车?"孙佳宁把衣服、裤子配成套装袋子里,之后再统一装登山包里。

"应该是火车吧,一千多公里呢……你说啥?你收拾行李干啥?"林泉有点蒙。

"上次说过,期货调研你得带着我一起去,你忘了吗?"

"啥时候说的?你这是嘴里跑火车啊,我怎么不记得?"林泉笑嘻嘻地说,一万个愿意带她去,可是嘴上不能说啊。

"哎呀,你这记性真完蛋,老年人了,别废话了,抓紧收拾,还有什么要带的都装上,收拾完了在店里等我,我回家拿换洗衣服。"

"你当我是出去玩儿啊?调研不是啥好差事,田间地头跑来跑去的,都是野外环境,弄不好就得露宿,天当帐篷地当床的,吃喝都得纯天然。就你这小身板儿,别闹了你……"林泉嘟嘟囔囔的,说是拒绝,怎么听都像是"勾搭"。

· 217 ·

孙佳宁转过身,一脸严肃地看着林泉:"我没有闹,以前确实说过调研带我一起,你忘了不代表我也忘了。现在有这个机会,我又不要你掏差旅费,这么推托有意思吗?"

"你瞧……这怎么就扯上差旅费了?成吧,你愿意去那就去,丑话给你说前面,到了那边可真没空陪你玩,而且这次出门不是我说了算,跟着人家的调研团队,就得听人家的安排。"他嘴上义正词严,心里却是乐开了花。

孙佳宁顿时笑得眼睛弯成了月牙:"得嘞,您说啥就是啥,就当我是林老师的小秘书好了。"

"这边你甭管了,抓紧回去收拾你自己的东西,我和张总说一下,咱俩自己买火车票得了,不用麻烦别人。"林泉在屋里转来转去,寻思着还有什么需要带的。

"嗯,火车票我用手机买,这个简单,你把身份证给我。"

"干啥,想偷窥我的隐私吗?"林泉斜眼看她。

"哎哟喂,就你那点隐私,我早就知道得够够的了,抓紧,身份证交出来……"

她行动迅速,十分钟就买好了车票,当天晚上,他们就已经到达西安,登上了开往甘肃平凉的火车。

北京没有直达平凉的高铁,只能在西安换乘,换乘车是普通快车,他们临时买票,只买到了硬座。硬座车厢人满为患,孙佳宁坐在三人一排靠过道的位置,怀里抱着自己的运动背包,顶上行李架都已经被占满了,林泉的登山包也只能趴在座位下面。对面坐着的是两个一脸油腻的中年男人,嘴里有一句没一句地说着口音不详的方言,四只眼时不时地飘忽到孙佳宁的身上。靠窗口的另一个中年男子,则是手脚麻利地打开一个食品袋,从中取出一样样的熟食,摆满了面前的小桌,几听啤酒装在塑料袋里挂在窗口,这是要醉生梦死的节奏啊。

看看硬座车厢的环境,估计这一路不好挨。不过俩人好久没有坐过火车了,还有些小小的兴奋,就好像小时候学校组织春游,前一晚就睡不着了。

列车缓缓启动,孙佳宁拿出手机,开始搜索苹果种植的一些内容。对于这次的调研对象,她脑海中只有简单的几个品种名称,富士、黄香蕉、花牛等,对于这些品种的认知,也只能用好吃和不好吃来概括了。

看着搜索出来的结果,孙佳宁才知道,原来北京也是苹果的产地,渤海湾地区是中国苹果的主产地，其中又以山东产区为最优，果农的技术水平最高。

其次就是西北黄土高原产区，包括陕西渭北地区、山西晋南和晋中、河南三门峡地区和甘肃的陇东地区。这些地区纬度比较低，大部分属于黄土高原，光照充足，昼夜温差大，黄土层深厚，夏无酷暑、冬无酷寒，雨量适中，是苹果的优质产区。陕西洛川、白水和甘肃静宁等地区，已经成为我国外销苹果的重要基地。其中，甘肃静宁就是他们此行的目的地。

孙佳宁正看着信息，林泉晃晃悠悠地从前面车厢回来了，身后还跟着一个穿着厨师服的胖子。

"拿着包，咱们换个地儿。"他回头冲胖子笑了笑，"我妹，脑子不太好用，呵呵。"说完还跟胖子挤挤眼。

"哦哦，没事，那啥，你俩拿着行李跟我来。"冲孙佳宁微笑点点头，胖子越过林泉，在前边带路，孙佳宁只能抱着背包跟上，捅捅林泉，用眼神询问情况。

林泉晃了晃手里的票，低声说："弄了两张软卧，嘿嘿，待会儿再说。"

胖子把两人领到软卧车厢，在门口低声对林泉说："兄弟，这是车上最好的环境了，你照顾好妹妹，有事去餐车找我。"说着对孙佳宁笑了笑，眼神里尽是惋惜。

这还是孙佳宁第一次坐软卧，这里既没有硬座车厢的拥挤嘈杂，也没有硬卧那样脏乱，车厢内已经有了一个老太太带着一个六七岁的小女孩，林泉进去后，主动和老人打了个招呼，坐在无人的下铺上。

"你睡上面吧。"林泉大模大样地躺下了。

"刚才那个人是谁？怎么那样看我啊？"

"餐车的厨子，我也不认识，就是找他帮忙弄两个卧铺。"林泉揉揉眼睛。

"你睡上边，我恐高。"孙佳宁坐下，脱掉鞋子，从包里往外掏纸巾、矿泉水啥的。"不认识就帮你找卧铺？你以为你是马斯克？"

林泉嬉笑着说："呵呵，我跟他说我妹小时候发烧，脑炎后遗症，环境太乱容易犯病，所以……哎哟，哎哟别动手呀……"

腰间皮肉被孙佳宁拧得都快掉下来了，林泉龇牙咧嘴地抓住她的小手，死活不放了。

"你松开！"孙佳宁面沉如水。

"想得美，还松开，我想方设法给你找卧铺，你就这么恩将仇报。"林泉心有余悸。

"哼，你就编瞎话吧，这么说要能骗来卧铺，这车上就没人坐硬座了。"

"我给了他三盒软中华，嘿嘿，说你有病，只是为了让他能站个道德高点，根本的驱动力还是物质，三盒烟也就 200 元，他只是带我去补卧铺，差价钱也是我掏，何乐而不为？"

"那你还说我有病？你才有病！我跟你拼了我……"孙佳宁扭动着身子想抽出双手，怎奈力不从心，双手根本无法脱离掌握。林泉的两只手就像手套一样在她手上甩也甩不脱，气得孙佳宁索性一弯腿两脚蹬在他肚子上，不料林泉直接放开她双手改为禁锢脚丫，在她挣扎间还挠了挠她脚心……

两人打打闹闹，对面老太太笑吟吟地看着，似乎想起了自己年轻时的场景。

林泉具有快速和别人拉近关系的能力，进车厢没多一会儿，就用一个小喇叭的钥匙链套出了小女孩叫作吴兆月，俩人很快就成了好朋友，这会儿他不知道从哪里掏出来几个长气球，吹起来给小兆月捏成个兔子，俩人玩得不亦乐乎。

孙佳宁在一边看着，不由得唇边带笑。这林泉真是一个很率真的人，不同于一般人的是，他不是那种温室里长大不禁风雨的天真，而是历尽风霜颠沛而不改初衷的坦荡。千帆阅尽，归来仍是少年，说的应该就是他吧。

胖厨师也是个讲究人，给端了几个餐盒来，两荤两素还有米饭，一看就是单做的。俩人也确实有些饿了，林泉买了几听啤酒，俩人吃吃喝喝倒也惬意，都是很久没有坐过火车了，不自觉地展露出孩子心性来。

列车驶出挺远的了，大多数旅客入睡了，软卧车厢里更是很少有人走动，过道里静悄悄的，只有车轮撞击铁轨发出的有节奏的声音。擦掉窗上的雾气，依稀可见远处星星点点的灯光向后闪去。

林泉侧躺在上铺，没有拉上帘子，眼睛虚无地看着窗外，满心都是下铺睡着的姑娘。

第五十四章
丁群

以前天天见面，倒还没觉得什么，只是觉得孙佳宁长得挺好看，身材也挺好，现在觉得这姑娘哪是挺好看啊，实在是太好看了。俩人在一个房间里，林泉似乎嗅到了她身上那淡淡的薰衣草香气，这一刻，什么调研，什么投资，统统都在另一个世界，只有空气中若有似无的体香，才是他所有的心念。

悄悄探出头去，借着窗外的月光，只见其他三个床位的帘子都是紧闭的，根本无法看到里面在干什么，林泉倒也不关心临床的老太太和小女孩睡没睡，他只是想看看下铺的姑娘是不是也一样睡不着。按照常理，朝夕相处的男女吸引不可能是单方的，仔细想想也是，孙佳宁一向对别人不假辞色，也就跟自己可以说说闹闹，想着想着，林泉心底野草疯长。

"哈喽，睡着了没？"林泉发了一条微信过去，到底是没敢掀帘子，怕挨打还是次要的，主要是林老师人设是伟岸的，老脸不能丢。

"您这算是管丈母娘叫大嫂，没话瞎搭话是吧？"小妮子的回复飞快。

"我这点俏皮话都被你学去了，教会徒弟饿死师傅。"林泉发了个惋惜的表情。

"你怎么不睡觉？"孙佳宁问。

"还不是因为你？身上喷的什么香料，呛得我睡不着。"林老师胡搅蛮缠还是有一套的。

"香料？还花椒、大料呢。谁教你这么说话的？你语文老师是个厨子吗？"

"哈哈，我就是形容你香喷喷的。"

"信你才怪。早点休息吧，明天还有得跑呢。"

"嗯，带着你出门，心情好得简直要炸裂。"林泉敲好了字，斟酌前后，等了一分钟才确认发送。他唇边带笑，心怦怦直跳，眼睛烁烁放光。

"那你还说不带我呢。"下铺的漆黑空间中，孙佳宁也笑盈盈地对着手机。

"我不是一时失了智吗？以后只要出门就带着你，哈哈，有你在啥都是美好的。"不得不说，林泉此时说的都是真话，这些文字都不足以表达他此时的心情。

"好啦好啦，我知道啦。你早点睡，我查地图就算到了平凉还有一百多公里呢，后面还有好几天呢。"孙佳宁给他发了一个红脸不好意思的表情。

"嗯，那拉拉手就睡。"说完，林泉趴在床铺上，右臂垂下，手指轻轻地抓挠着帘子。

"净想美事，快睡觉。"随着微信亮起，林泉右手隔着帘子被轻轻拍了一下。

一时间，这个小小的空间中似乎有甜蜜素在流动，时光仿佛都忘记了流转，两个人怀着一样的心事，漾着同样的笑颜。飞驰的列车中有千百人，但是那一片温软月光，只单独照在他们的眼中和心上。

旅途飞快地过去了，当天上午就到达了平凉市。这是一个古城，历史悠久，在它境内已经发现的旧石器时代遗址就有12处，大量的化石遗迹证明60万年前这里就有人类活动。这里曾是丝绸之路经济带的重要节点，交通发达，是西北地区重要的交通枢纽。

"嗯，这你就不知道了，4000多年前，轩辕黄帝曾登上这里的崆峒山，向广成子请教治国之道。古书上的广成子可不是仙人，嗯，算是智者吧。你不知道崆峒山吗？"林泉背着大登山包，坐在车站出口的台阶上。

"知道啊，崆峒派的七伤拳最有名了。你再联系一下，要是不方便咱就别用人家接了。"孙佳宁手搭凉棚，仰望着火车站后面的山麓。

"我说了，但是张总执意要安排人接，我也不好说啥。"林泉拿起电话，再次拨出。

"吱——"一辆满是尘土的丰田普拉多停在他俩面前，车窗滑下，司机是一个瘦瘦的姑娘。

"是林老师吧？"女孩拿起手机冲他晃晃，上面显示着林泉打过去的电话。

"是我，辛苦辛苦，还要麻烦你来接我们。"林泉客气地招呼，拿起背包和孙佳宁上了车。

"林老师，我是丁群，是国林期货山东分公司的，张总安排我来接您。"这个丁群看着个子不高，眉眼很温和，就是皮肤有点黑，像是经常在外的业务人员。

"感谢感谢，这是孙佳宁，我的同伴。听说你们公司还有别的人来了？"林泉问。

"是的，这次调研分好几个地方，总公司和北京分公司、山东分公司都有出人，去静宁县的算上我有四个人，其他人已经过去了，现在加上您两位，咱们这一队人就齐了。对了，这是关于这次霜冻事件的一些资料，您要是需要，可以先看看。"丁群从副驾上拿起一个文件夹递过去。

林泉手机上也有一些资料，本来想着路上恶补一下产业知识，谁承想半路杀出来个孙佳宁，还让他打开了荷尔蒙分泌腺体，到现在他的脑浆子还跟蜂蜜似的，甜得"嗡嗡"响。

收摄心神，把丁群的资料先放在一边，林泉打开手机，上面的资料是临行前张总特意给他发过来的，都是一些很基础的信息。其实，期货本质上并不高深，它诞生的初衷就是规避大宗商品大涨大跌的风险，从而使商家能够从容应对价格波动给经营带来的风险。

价格的波动也就是暴富的根源啊。

林泉看着手机上的一篇内部报道。据报道，4月6—7日，静宁县遭遇了50年一遇的同期极端低温，最低气温降至 $-10℃$，处在花期的果树受损严重。在这则报道的全文下面，则标注了低温对于果树的伤害：在花芽萌动期，$-8℃$的温度持续6小时，花芽会被冻死；在花蕾现蕾分离期，$-7℃$的温度持续6小时，花蕾会被冻死；在花朵开放期，只要 $-3℃$ 的温度持续6小时，花朵就会被冻死；只要 $-1℃$ 的温度持续6小时，柱头就会被冻死。一般苹果蕾期可耐 -3.85~$-2.75℃$的短期低温，而花期仅能耐 -2.2~$-1.6℃$ 的短期低温。

林泉皱着眉，资料中并没有表述出这次极端低温给苹果产量带来的准确伤害，是减产还是绝收？减产是减多少呢？他又看了丁群给的资料，两份资料有些不同。张群给他的资料不光是甘肃的，还有山西、陕西、山东等地方的，而丁群的资料则是很详尽地围绕着平凉展开的。

静下心来想一想，林泉就逐渐清楚了，资料都是已经发生的事情，调研是要通过这些已经发生的事情，去预测将来大概率会发生的事情。想通这一点，其他的问题就好解决了。

孙佳宁一直静静地坐在他身边，可能是晚上也没怎么休息，没一会儿就昏昏睡去了。林泉轻轻地把她的头靠在自己肩上，反光镜中丁群瞟了他一眼，装作没看见，继续开车。

车沿着 312 国道行进了一个多小时，进入静宁县地界。这里地处黄土高原的丘陵沟壑区，海拔在 2000 米左右。按照资料上介绍，静宁县属暖温带半湿润半干旱气候，四季分明，气候温和，光照充足，年均气温 7.1℃，无霜期 159 天，年均日照时数 2238 小时。夏季降水较多，冬春季节降水较少，很适合苹果栽种。

公路边上就是一片一片的果园，粗略一看，也看不出来是不是有什么不妥。林泉正在东瞧西看，孙佳宁醒了。

"一不小心就睡着了。"孙佳宁活动着酸涩的脖子问，"快到了吗？"

丁群说："再有几分钟就到了，今天先住在县城里面，明天怎么安排要看领导喽。林老师，我们出差居住都是两人标间，您要是不嫌弃，可以和我同事住一间，孙小姐和我住一间，这样可行不？"

林泉想了想："如果可以，我们还是单独开两间房，这不是矫情，你们是公款出差，我们是来学习的，本就给你们添了不少麻烦，费用还是我们自理吧。"

丁群也是个爽朗的性子，呵呵一笑说："那行，我听您的，待会儿跟我去订房，交钱的事我就不管了。"

第五十五章
美食街

车停在一个叫作平凉六星宾馆的门口。通体的蓝色玻璃幕墙，环境不是很好，说是宾馆，看样子也就是个招待所。

孙佳宁和丁群去开了房间，两个大床房，在二楼对门。林泉进屋放下东西，刚要梳洗，丁群就来敲门了。

"林老师有时间吗？团队正在开碰头会，领导让我来请您过去。"

林泉本不想参加人家公司内部的会，寻思一下，后面可能还要在一起下乡调研，就痛快地答应："成，我自己去就好了，宁宁可能洗漱呢。"

国林期货来静宁县调研的团队一共有4个人，年轻帅小伙儿刘俊逸，地中海大叔黄水平，几人的领导刘琳，再加上丁群，两男两女的团队，合理搭配，干活不累。

一番寒暄之后，几人就在一间标间之内坐下，刘琳对林泉说："我们出差经费有限，不能提供太好的条件，林先生不要见怪。"她态度有些生冷，完全是一种居高临下的领导派头。

"哪里哪里，这已经很冒昧了。"林泉并没有往心里去，这个刘琳戴着眼镜，三十多岁的样子，脸上还有几个因内分泌失调冒出来的痘痘，和她没什么好生气的。

"嗯，那啥，刘俊逸你接着说。"刘琳推推眼镜。

帅小伙腼腆地冲林泉笑笑："我接着说啊。我下午整理了最近一段时间官方发布的有关灾情的报告，这其中雷同的很多。我注意到有一篇李店镇苹果低温冻害预防的文章，是李店镇党委和政府在4月6日发布的，文中引用了静宁县气象局的一个报告，报告很短，我给你们念一下，标题是静宁县农业气象情报：'受北方冷空气影响，4日下午我县出现大风扬沙天气，4日最大风速18.1米/秒。5日夜间出现雨夹雪，伴随大风天气过程，日最低气温出现在曹务，为-8.7℃。这次大风扬沙低温冻害对农业生产造成一定损失。明日凌晨将继续降温。'"

念完，刘俊逸把报告递给刘琳说："这份报告下面还附有乡镇降水量，在所有资料中，这份报告中出现的灾情时间是最早的，4日就有大风。"

刘琳低头翻看着资料，鼻子里面"嗯"了一声。

"资料只是体现天气曾经怎么样过，到底受灾到什么程度，还要到现场才能有直观认识。今天4月10日了，灾情已经过去好几天，应该也有初步的损失报告了。"黄水平慢条斯理地说，顺手捋了捋额头的几根头发，把头顶的地中海严严实实地圈起来。

"丁群，你是本地人，说说你的看法。"刘琳侧脸看过来。

"我家是庆阳市的，距离这边还有两百多公里呢。"丁群刚说一句，看到刘琳的眼神不善，连忙跟上说，"其实苹果受灾这个现象并不是今年才有的，以往也出现过，只不过是今年有了苹果期货而已。今天我们刚来，看看资料也就是做一个直观了解，明天下乡跟果农交流才是关键，他们都是见多识广的，经验就能告诉他们结果。"

黄水平点点头："确实，清明这段时间本就容易出现冻害，老果农久病成医，我们做调研，就得调研他们。"

几人都说了一下自己的意见，刘琳看着林泉问："林先生，您有什么看法？"

林泉斟酌了一下措辞说："刘总，还是先跟各位自我介绍一下，我是国林期货的客户，你们公司不是有一个投资者培训活动吗？我看上面有调研活动，就和北京分公司的业务人员申请参与了，从没有参加过调研，属于新手，非常想看看你们这些资深期货人是如何调研的。还有，出来之前就说过的，差旅费用由我自己负担，现在我只有眼睛和耳朵，主要就是学习你们怎么做。"

林泉话里的意思很明白，我是你们的客户，我出门自己花钱，别用领导口气跟我说话，我只看你们怎么玩。

安静了几秒，丁群干咳一声，打破僵局："那个……林老师要不跟我一组下乡吧？刘总您看看，是不是安排一下明天咱们都去哪个地片？"

刘琳面无表情地低头看了看资料："咱们四个人，明天去四个乡镇，初步定的有李店、城川、威戎这三个地方，刚才看资料雷大镇受灾好像比较严重，也去个人看看吧。四个地方，我去雷大镇，小刘去威戎镇，老黄年纪大，你去最近的城川镇吧，丁群去李店镇，公司就给租了一辆车，就辛苦小刘开吧。"

说完她直接起身，边出门边对众人说："要是没有意见，那明天就按照这个计划执行，明晚电话再安排后天的行程，各位没事就先去休息吧，都跑了一天了。"

这是直接无视林泉了，根本都不提你该如何，还是黄水平笑着对林泉说："林先生不好意思啊，大家都累了一天，相互理解一下。"

林泉点点头："那我就先回去，明天跟着丁群喽。"

回到自己房间，林泉摇摇脑袋，这个梁子结得有点莫名其妙的，有心联系张群问问，这是跟谁啊？

正想着，孙佳宁用毛巾包着湿漉漉的头发进来："林老师，我用下你的吹风机，那屋的吹风机一股臭塑料味。"

"嗯，你看看我这儿的能用不，不成一会儿下楼买一个吧。"林泉打开背包，收拾着常用物品。

"要买什么？我去买。"孙佳宁也没关上门，丁群笑嘻嘻地推门进来。

林泉笑着说："没什么，一些日用品。对了，这也不早了，一起吃个饭如何？"

"我就是来尽地主之谊的，离这边不远有一个美食街，您和孙小姐想不想去逛逛呢？顺便商量一下明天咱们的行程。"丁群注意到孙佳宁在卫生间，特意提高声音说着。

"好呀好呀，去美食街吃路边摊，林老师你不要提出异议，少数服从多数。"孙佳宁边吹头发边喊着。

"成，听你们的，我负责埋单，这个不要争。还有一个事，我听说你们这里就一辆车，看地图李店距离最远，再租一辆吧？咱们三个都能开车，方便。"

丁群痛快地答应下来，等孙佳宁收拾好，三人迤迤然地出门。

三人先打车去了附近的一个车行，挑挑选选一番，最后孙佳宁拍板，租了一辆红旗HS7，林泉本身对红旗就有情结，自然是无异议。手续办完，丁群开车直奔小吃街。

小吃街看着还挺有规模，两边都是西北建筑风格的大店，中间是各色小吃，煎炒烹炸间，香气四溢。夜幕降临时分，街上的人渐渐多了起来，几个小孩子踩着滚轴滑板,在街道上戏耍追逐。林泉很喜欢这种贴近生活的烟火气息,至于孙佳宁,揣着林老师的钱包,更是喜欢琳琅满目的各种小吃。

懒得溜达,林泉看一个卖黄焖羊肉的摊子没什么人,还挺干净,就坐了下来,要了瓶黄河啤酒,点了个黄焖羊肉,远远地看着另两人在一个铁板烧摊子前指手画脚,挑三拣四地不亦乐乎。

忙碌半天,林泉都喝完了一瓶啤酒,两人各自拎着几样美食回来了。

"这是专门给你下酒的,韭黄鸡丝、炸羊尾,这个是我们的,这个拔丝洋芋也是我们的,这个酿皮子还是我们的,这个……"孙佳宁一边吧啦吧啦地说着,一边把一堆小吃餐盒摆开,"这么多,连100元都没花到,便宜你了。"

林泉笑呵呵地对老板说:"老板,再来瓶啤酒,沙棘汁来两瓶。我们点了别家东西在您这里吃,您别见怪啊。"

这是个夫妻档,老板是个憨厚的西北汉子,直爽地笑笑说:"莫事,恁就是不点额家的也可以坐这吃,这条街就这样,也经常有人点额家的东西去别家吃。"

孙佳宁声音软软地说:"老板大叔,那还有啥好吃的,您给我介绍一下呗。"

看着她面前的一堆小吃,老板挠挠头说:"尕妹妹,你这还不够啊,要不来几个大饼?额静宁大饼天下闻名,以前就是军粮,好吃得紧。"

孙佳宁顿时无语,军粮还能好吃了?

林泉接口说:"别的不说,您这个黄焖羊肉是真地道,汤汁入味,再给我来一份,大饼也来一个我尝尝。"

"好嘞。"老板转身忙活上了。林泉喝口啤酒,对丁群说:"我看你们那个刘总挺不待见我的,不会给你带来不好的影响吧?"

丁群笑笑说:"人家是总公司的领导,哪有空时刻盯着我啊?再说了我们实际上归北京公司领导,林老师别多想。"

林泉笑笑说:"我是无所谓,你没事就好。明天调研怎么搞?你给说说,我这还是一头雾水呢。"

第五十六章
止损无处不在

丁群笑笑:"调研说复杂也复杂,需要了解的周边信息很多,但是说简单也简单,其实就是结合自身预判未来。我们自身是期货公司,那就是预判一下未来的价格走势,这个预判,需要有足够的论据支撑。这一点对于你和我是不同的。我需要有最终的文字结论,也就是调研报告,并且这份报告预测得是否准确,对我的工作是有一定影响的,如果我的每一份调研报告都能准确预测商品未来走势,那么我可就厉害了。"

林泉点点头:"明白,目的不同,我是为了交易,你是为了工作。事物的本质都是相通的,就好比你,连刚才你的几个同事都算上,其实没有谁种过苹果,但是通过各种数据以及历史消息的对比,是可以给未来苹果的走势做一个假设的。"

"是的,本质就是预判,操作起来跟中医有点像,望闻问切。说实话,做了这么多年的调研员,有时候都怀疑自己,反正我是从来没有做过交易。"丁群苦笑着说。

"你是在工作,不管是做业务还是调研,都和交易是有本质区别的。"

"是啊,工作……"丁群有些怅然,"不知不觉就干了十多年,工作完全没了激情,就是混日子了。"

林泉笑笑没有说啥,他能够理解这种日复一日的无奈,很难熬,但是绝大多数人都在熬,这是宿命,也是选择。想当初做这份工作的时候,你就应该先预测一下,自己的未来应该是个什么样子的,激情和安稳,本来就是两个极端。再说了,这应该也就是随口说说而已,要是真的不堪重负,谁都有能力重新开始。

"明天咱们还是把东西都装车带上，估计去了李店就不回来了。"丁群看着孙佳宁大快朵颐，羡慕得很，"年轻真好啊，我要是这么吃一顿，得减一礼拜。"

孙佳宁惊讶地问："你才多大啊，咱俩差不多吧？"

丁群叹口气说："哪啊，马上就四十了。"

"真的啊？一点都不像，我感觉你就跟我差不多啊。"孙佳宁一脸天真地惊叹。

丁群笑得都开花了，两个女人谈笑间打开了互相赞美模式，宛如多年好友重逢，亲密无间的样子令林泉咋舌不已。

林泉只要是出门，警惕性都比较高，喝了两瓶啤酒就没再继续，眼看着天黑了，就带着两人回去了。不料在宾馆门口，迎面碰上了刘琳三人。

林泉笑呵呵地招呼："哟，刘总这是一直忙到现在啊，辛苦辛苦，吃了没有？"

刘琳皮笑肉不笑地说："我们打工人，就是有一堆的工作嘛，比不上林先生，游山玩水就把钱赚了。"

林泉叹口气说："当初也是一通爆亏才有的今天啊，要是早认识刘总就好了，肯定能在交易中给我一些指引帮助啊。"

刘琳淡淡地说："您想多了，我们从业人员，不允许从事交易的。"说罢低头擦身而过。

黄水平冲林泉几人点头笑笑，和刘俊逸一起跟着出去了。孙佳宁奇怪地问："这什么情况？"

丁群站在一旁没有说话，这情况令她有点难堪，心下也觉得奇怪，不明白刘琳为什么要针对林泉。要知道，此时林泉的身份是客户，好端端的跟客户较劲，这是图什么呢？

同样的想法林泉也有，脑子转了转，分析来分析去，他觉得这个问题不在自己身上，既然不是自己的事，索性就随它去吧。

宾馆房间的隔音效果几近于无，林泉房间的窗外就是马路，大车小车呼啸而过的声音就在耳边，吵得他有些想骂街。这个集合点谁找的？图个什么呢？下了火车100多公里跑这里睡一晚，第二天再跑几十公里下乡，真是难以理解。

长夜漫漫，无心睡眠，他拿起手机，直接给对门房间发了一条微信。

"睡着了没？"

"睡着了。"孙佳宁的回复还加了一个睡着的表情。

"哈，就猜到你会这么说。"林泉预判了。

"就猜到你会猜到我这么说。"孙佳宁预判了林泉的预判。

"呵呵，要是不困咱俩喝点呗？"

"你就知道喝，刚才喝过这又来，你是出来调研酒厂来了？"孙佳宁对林老师的批评，从来都是毫不留情。

"你看你，这么急躁干什么？我这不是守着你这么近睡不着吗？"

"哎哟林老师，我可不可以理解为你在耍流氓？"

"得得得，我错了成了吧。"林泉发个欲哭无泪的表情。

"好啦，昨天火车上就没休息好，今天又折腾一天，明天还不知道要怎么样呢。"

林泉还没有回复，孙佳宁又发过来一条。

"其实我也睡不着，吃饭的时候，丁群说的那种感觉我也有。"

"有啥？"林泉索性直接拨了个语音通话过去。

"喂，怎么个情况？"林泉躺着，把手机放在胸口。

"没怎么啊，就是想着丁群说工作半辈子，感觉就是混日子，除了白白蹉跎很多年，其实什么都没有留下。"听声音感觉她的情绪不高。

"这是常态，是正常人的状态，绝大部分人是这样度过的，也这样想过，但是不会改变，明白？"林老师说教模式瞬间开启。

"你是正常人不？"孙佳宁反问。

林泉说："要是在这个前提下，那我不是正常人。刚才说的最后一个状态很关键，大多数人只会抱怨不会改变，而我会改变，所以我不是正常人。"

"你改变什么了？说给我听听。"孙佳宁来了兴趣。

"呵呵，就说丁群，她这个状态应该是对自己目前的工作不满意，不满意的原因无非就是觉得没有发展前景，或者是工作占用了自己大部分时间。你要知道，她只是抱怨一下，并没有真正想改变这一切。我也曾经对自己的朋友圈不满意，认为那一圈人都是消耗自己的，没有任何进步的余地，所以我就干脆撤出了这个圈子，那圈里所有的人这些年我都没有再接触过。人要是真的想改变自己，不会说，只会做。"

"你说的圈子里的人，都是什么人啊？为什么都是消耗自己的呢？"孙佳宁现在是乖乖女模式，说话声音软软甜甜的。

"哎，就是开过几年酒吧嘛，和一堆酒肉朋友天天胡混，还有街坊邻居，都是老北京，有些是小时候一块儿长起来的，也都没什么出息，家里出租个房子，自己干个值夜班之类的工作，兜里没几个钱儿，满嘴跑火车，怎么说呢？干啥啥不成，吃啥啥不剩，吹牛第一名。"

"哦，听你说过的，以前以为你是嫌贫爱富呢，后来才知道的。"

"嫌贫爱富？呵呵，怎么听着像是形容失足女青年的。你是不知道，这些人有的是时间，屁股巨沉，每天到点儿就约个小饭馆，一坐就到后半夜。兜里顶多500元，嘴里500亿，世界格局没他不知道的。抢酒灌酒，自己抢酒喝还要你也跟着喝，你要不喝他就生气。能不结账就不结账，要是他结了账，第二天堵门也得把你抓出来喝，让你回请。你说，跟这些人在一块儿，能干啥？不跟他们一块儿吧，他们还说你看不起穷朋友，人品有问题。唉，总之说起来都不舒心。"林泉说着说着，真的想弄几瓶啤酒清爽一下。

"好啦好啦，我就是随便问问，你别不痛快了。我就是觉得自己可能也会像丁群那样，等到年纪大了才想起来，自己半辈子白白浪费在某件事上了。"

林泉笑笑，想了想说："你还是年纪小，人活一辈子，无论怎么看都会有大部分的时间是浪费了的，就比如丁群，她觉得现在的工作拖累了她，她觉得这份工作干了10多年，是浪费了10多年的时间，这是因为没有用上帝视角去观察，你不做期货公司这份职业，就一定能做你向往的工作？你能确定你向往的工作，就是你向往的那个样子吗？有光就有暗，事物都是有两面性的。如果自己是一个普通人，安心做好自己才是唯一正确的选择。"

手机里传来孙佳宁的叹息声："如果你是丁群，你会怎么做呢？"

林泉温和地说："你不要胡思乱想，我不是她，我如果是她就不会去做这份工作。如果你只是想知道我认为丁群怎么做才对，那么只能说，如果是我，一定会离职。人这一辈子，及时止损是信条，工作不合适那就离职，圈子不合适那就告辞，不合适的人，不合适的感情，这一切都应该及时停止，切断可能造成的后续损耗。可能你会觉得我已经付出了这么多，就好像她说的，这份工作已经做了10多年，但是，坐错了车没什么，可是你要是因为买了票就舍不得离开，那距离真正的目的地只能越来越远。"

第五十七章
梁峁地果园

良久，扬声器里只有她轻微的呼吸声传来，林泉耐心地等待着。

"话说着容易，说离开就离开，说停止就停止，真的能舍得吗？"她幽幽地说，好像正在缅怀什么。

"小同学啊，你现在说的可就不是丁群工作的事了吧？呵呵，过往不恋，任何已经过去的事情，都尽量不要让它在心里再起波澜，过去的事情就如同到过的地方，可以记住，但是不要再为它伤情。"

"哦，我只是想着，今天咱俩在这么一个陌生的地方，隔着墙语音聊天，将来会不会这些记忆也被我们止损了呢？"

林泉说："刚才说的及时止损，是一个人生重点，下面还有一个人生重点，那就是不要为了还没有发生的事情去折腾自己，做好当下的自己，别没事找事，就像你现在这样，我有点生气了。"

孙佳宁弱弱地说："林老师息怒，本同学这厢给您赔礼道歉了。"

"赔礼道歉要有用，还要警察干什么？不成。"林泉对着手机发狠。

"那你想怎么样啊？"

"要不咱俩弄点茶，你给我敬茶赔罪吧？"

"哟，林老师自动降低要求，不喝酒了改喝茶，这明显就是要骗我出去，哈哈哈，我才不上当呢。"孙佳宁"咯咯咯咯"笑个不停。

被识破用心，林泉也"嘿嘿"笑着说："咱俩这么近，一想起你来就睡不着，要不咱俩出去走走吧？"

"哼！林泉你这个坏人，变着法儿骗我开门，信不信我告诉你妹妹去？"

· 233 ·

林泉"嘿嘿"地笑着,讪讪地说:"何必呢同志,你这是何必呢……"

"林老师听话,今天太晚了,明早还要开车,乖乖的,早点睡。"孙佳宁温言软语,娓娓道来,听得林老师心猿意马,神不守舍。

一晚的睡睡醒醒,辗转反侧,脑子好像丢在对门了,直到天快亮了才迷糊一会儿。梦中好像是在孙佳宁家,一个很陌生的场景,宽大松软的沙发上,孙佳宁乖乖地躺在他臂弯里,身体柔软得像面条一样,蜷缩在他怀中。正待亲热升级,突然传来"咚咚咚"的砸门声,怀里的小妮子大惊,林泉立即起身套上衣服,回头看时,沙发上衣衫不整的美女却变成了蓝兰……

梦是假的,砸门却是真的。林泉迷迷瞪瞪地醒过来,听见门正"哐哐"地被摧残着。

"来了来了——"赶忙起身套上衣裤,不用问,这事儿除了孙佳宁,没人能干得出来。

"这么半天才开门,干啥坏事呢?"孙佳宁一身浅绿色跑步速干衣,前凸后翘,小细腰一览无余,额头上围着一条天蓝色止汗带,发间湿漉漉的,一看就是跑步刚回来。

"买了点早点,给丁群也送过去了一份,你先吃点,我回去洗澡。"孙佳宁把手里纸袋放在桌上,正说着,就听到"哐"的一声,身后门被关上了。

回头一看,林泉正满脸狞笑地凑过来,顿时大惊失色,想跑?出路在他身后,这个时候的林老师一看就是流氓附体,意图不轨啊。

"妈呀,林老师你想干啥?"孙佳宁双手护胸后退着,一副柔柔弱弱、楚楚可怜的样子。

林泉嘴里嘿嘿呵呵地怪笑着,一步一步地把她逼到窗户跟前,五指钳子似的扼住她纤细的脖颈,眼睛里流淌着贪婪与占有。

"差不多行了啊,一大早不洗脸不刷牙臭烘烘的,你就拱啊拱啊的,待会儿丁群过来,看你这个样子,丢不丢人啊。"孙佳宁放弃了柔弱的形象,伸手一掌打在林泉手上,顿时就把附体的流氓打出了林老师的七窍。

林泉悻悻地松开手,倒不是怕她,只是这一大早没洗脸没刷牙的,确实不应该做这些美好的事情,要不怎么也得啃她两口。

"乖,你先洗漱吃早点,我刚跑出一身大汗,得去洗洗。"孙佳宁现在对于打一巴掌给个甜枣这些手段,堪称炉火纯青了。

风卷残云地吃掉早点,匆匆忙忙地洗漱,把形象恢复到最佳状态,正想去对门骚扰一番，丁群来了。

"林老师，收拾得怎么样？我那边已经退房了，随时可以出发。"丁群把一个大背包放在门后。

"哦，我差不多了，等宁宁收拾完咱们就走。"林泉嘴上敷衍着，心里暗骂："那么早退房干啥，退了房跑我这来干啥？干啥啥不成，碍事第一名……"

李店镇位于静宁县的南部，距离静宁县城40多公里，相传是人文始祖伏羲的降生之地。该镇通信、交通都算是比较发达，苹果栽植面积较大，所产红富士苹果含糖量高、硬度大，耐储藏，品质好，深受外地客商的青睐，2003年被县政府命名为苹果生产十强乡镇。

还是丁群开车，孙佳宁和林泉坐在后面，假意看着窗外掠过的风景，下面两人的手却握在一起，时不时地还眼神偷偷碰撞一下，此时两人的眼中，甘肃静宁县应该就是全世界最美的地方，没有之一。

"调研规划是比较详细的，每个乡镇都应该随机选择山或者川等不同地形，去查看不同品种的果树情况。在静宁我们要调查红富士、秦冠、嘎啦、乔纳金这几种果树的坐果情况，李店大多数都是秦冠和红富士，我们第一站就去常坪村。"

孙佳宁已经被窗外的梁峁地吸引住，这是黄土高原丘陵沟壑地区常见的一种地貌，黄土梁是由黄土组成的一种长条形高地，黄土峁是一种由黄土构成的圆顶山丘，梁峁的成因相似，梁和峁混杂在一起称为"梁峁"地形。

"这地理环境很奇特啊，给人一种荒凉悲怆的感觉。"孙佳宁自言自语地说着。

"那是你们从北京来，看惯了高楼大厦，现在也只是看着新鲜而已，过几天习惯了也就没这感觉了。"

林泉单手摆弄着手机，百度搜索上显示，常坪村位于李店镇东山，属湿凉半干旱丘陵区，气候温和，光照充足，昼夜温差大，水源丰富，适宜蔬菜、水果种植。

"这就是山川地形之一了呗？"林泉问。

"嗯，昨晚我就在地图上找了两个去处，你们跟着我好了。"丁群透着轻车熟路的自信，令人感觉很踏实。

和林泉设想中的地头调研不同，李店基础建设非常不错，首先路况就非常好。开车走上一条山路，虽然有些崎岖，但都是沥青路，两旁高矮不齐的都是果树，有的树下堆着余烬明灭的锯末，正冒着烟，难怪一路上他们一直闻到空气中有浓重的烟味。

在山路的拐角处，有一片开阔地，上面已经停了几辆车，还有一台四轮子。再往前的路也看不到了，丁群索性就把车停在这里。

三人穿好外衣下车，抻了抻筋骨，沿着一条土路走进果园。这片园子尽头的山体，被近乎垂直地切下一大片，远远看去像是一堵四五米高的黄土墙，两旁的果树上，嫩绿的叶子正随风展动，树下地上齐整地铺着塑料薄膜，上面压着土，看样子像是不久前浇过水。

林泉看了半天，也看不出来哪里遭了灾，倒是丁群东瞧西看地瞅出来点名堂。

"林老师，你看这个花。"

顺着丁群手指的方向，林泉看到一条绽满嫩叶的枝条，尽头处有两朵小白花，阳光下在枝头煞是好看。

"冻害直接伤害的是苹果花，你看这两朵花还挺好的，可是其他树枝上的花就很少了。"丁群说着，在几棵树中间走走看看，不时地一个健步从地膜上越过。

孙佳宁拿出手机，不时地换着角度给这两朵小花拍照，又把脸蛋凑过去，笑靥如花地自拍一张。

"哎，恁们干啥的？"一个头发乱糟糟的汉子从果园深处走来，哑着嗓子吼道。

丁群笑脸相迎："大哥，你好！我们是国林期货的调查员，听说咱们这边前两天受了冻害，我们来看看有什么可以帮助果农的。"

瞧这话说的，还成了来送温暖的。

汉子也没听明白国林期货是个啥，听着好像是来帮助果农的，态度顿时就好了许多，和丁群你一言我一语地聊了起来，俩人说的都是甘肃当地话，林泉边听边猜，最后还是一头雾水。

俩人说了一会儿，汉子急匆匆地走向园外，路过林泉身边时，还冲他笑了笑。

丁群过来说："林老师，他这里正有一个县里林业局的专家小组，要给果农做灾后指导，咱们一块去听听，也许能有什么收获呢。"

林泉还没说话，孙佳宁抢先开口："专家来了？这还了得？这50年一遇的低温灾害，要是来了专家不得变成百年一遇的啊。"

第五十八章
县一级专家

　　林泉笑呵呵地说:"你没听是县林业局的吗?县一级的专家都是基层的,还是靠得住的。"

　　说笑间,三人迈步向果园深处走去。

　　专家是一个两鬓斑白、肤色黝黑的干瘦老头儿,手拿一个小木棍儿,围着果树,一会儿扒拉扒拉枝叶,一会儿捅咕捅咕树根,不知道的以为寻宝呢。他身后跟着一个瘦高小伙子,正在一个笔记本上写着什么。另外,还有七八个人,看样子都是果农,围在一旁抽烟聊天,林泉凑过去,从兜里掏出一盒软中华,挨个发一圈。

　　"恁们干啥的?"一个光头中年人接过烟,皱着眉有些迷茫地问。

　　"哦,我们是国林期货的。"看几人似乎不懂,林泉解释说,"期货公司知道不?期货就是可以让你受灾了不损失钱财。"

　　"期货额知道,那玩意儿不是啥好东西。"光头操着口音挺重的普通话说。

　　林泉呵呵一笑:"那是你不懂,什么事情你要是不明白都会坑你的。"说着顺手把剩下大半盒烟拍在他手里。

　　光头拿着烟,龇着黄板牙笑着说:"那是额没这个命。"

　　身边几个人哄笑一声,七嘴八舌地说着地方话,林泉听不懂,也懒得想,看他们的表情就知道,都是在闲扯。

　　"期货很简单,就拿你们现在这里的情况来说,受灾越严重,后面苹果越会涨钱,能涨多高,取决于你们受灾多重,套期保值这个功能就是给你们量身定做的,只要你们不用赌博的心态面对期货,那你们就不可能吃亏。"

"恁咋知道额受灾多重?"一个穿皮夹克的中年人开口。

"我当然不知道,我又不是专家。"林泉正说着,先前和丁群说话的汉子回来了,带着男男女女好几个人,直接就奔专家去了。

"林老师,这边的专家要给果农讲解减灾措施,那个小伙子是他的学生,还要在果园勘察,你看这样好不?我跟这个小伙子走走,他们是下来专业抗灾的,手里肯定有最精确的数据,你留这里听听,看看有啥值得注意的事情。好吧?"丁群凑过来小声说。

"我也跟丁群姐一块逛逛好不?"孙佳宁凑过来说。她穿着大红长款羽绒服,加上明眸皓齿的容貌,甚是惹眼,周围的男人一大半眼光都被她焊住了。

"嗯,别走远了,注意安全。"林泉叮嘱两人,眼睛却只盯着孙佳宁。

这片果园应该就是光头的,他搬来一把椅子给专家坐,其他人就地围个圈子,或蹲或坐,林泉索性也席地而坐。

"各位老乡,这两天我们去了好几个村子,上冻情况有轻有重,就今天上午,我在咱们村就去了三处……"

出乎林泉意料,老专家一嘴南方口音,听着像是江浙一带的。

"……人家陈辉看到冻害预警信息之后,立马就给园子连续喷了两遍防冻药,还有叶面肥,同时还灌水覆土,连续四天夜里烧锯末放烟,最冷那两天,你们都啥样?人家至少有六成以上的果花完好无损。你们呢?都是老果农了,有几个是今年才干的?说白了这就是一个预见性加上一个不侥幸,咱们静宁县本来就是个雨养农业大县,主要就是靠天吃饭,这些年的自然灾害还少吗?干旱、冰雹、低温霜冻,哪年不得来点?对你们来说,这些灾害陌生吗?有能力预防的事情,为什么就不能提前做好准备呢?是说冷空气会绕着你们的园子走,还是……"

老头上来先是一顿输出,还是无差别的。由周围人的状态可以看出,这个老专家人望很不错。林泉轻轻挪动到光头身边,小声地问:"这老专家够厉害的,说话好像你们村领导。"

"恁不晓得,村领导敢来骂人?人家帮了额们太多太多,还不求回报……"

从光头极不标准的普通话中,林泉得知,老专家名叫孙嵬,是县里林业局的农灾专家。正如他所说的,静宁县是一个自然灾害频发的地方,主要靠自然降水灌溉农业,加之丘陵地带抵御自然灾害能力较弱,这里年年有干旱、冰雹、低温霜冻等灾害发生,冰雹次数最多的一年竟高达11次。自然灾害已成为影响和制约全县苹果产业高质量发展的重要因素。为了抗击自然灾害,政府除了持续投入资金引进先进设备，也没有忽视对果农的防灾教育。孙崴作为县里最资深的防灾抗灾专家，一直在基层第一线工作，这些年来，为静宁的抗灾可谓尽心竭力，全县农户可以不认识县长，但是没有不认识孙老头的。

"……就好比你得了大病，好了还要歇个把月吧？还要喝点鸡汤补补吧？果树受冻后，树体也一样衰弱，抗逆能力差，容易发生病虫害，这个时候要通过外力给它增强体质。要加强病虫害综合防治，减少因病虫害造成的经济损失。你们要看自家园子的受害情况，如果冻害较为严重，就不要再疏花了，要想办法保花保果，可利用边花、腋花，还有二茬花，用它们来补充受冻花，等苹果坐果以后再挑选质量好的定果。可进行人工辅助授粉，提高坐果率，如果花还没有开完，那就立即进行人工授粉，还要喷施 0.3% 硼砂、芸苔素 481、天达 2116，这立刻就可以弄上，或者喷施 0.3% 硼砂加 0.5% 蔗糖液或 0.2% 的钼肥，这些都可以有效减轻冻害，提高坐果率，靠天吃饭不能懒，你现在懒个一天，等秋天下果时候就让你知道厉害……"

孙老头说得慷慨激昂，唾沫横飞，嘴角还有一团白沫。这明显就是进入了自己绝对权威的领域，与其说是辛苦带领果农抗灾，不如说是以自己最强的能力实现自身价值，那种感觉，就是最直接的成就感。

"……另外，这两天还要及时喷施复硝酚钠、芸苔素这些抗逆剂和营养液，配合喷施硼肥和钙肥，尽可能地恢复果树长势。都长点心，园子里面多转转，花期受冻，如果花托未受害，喷施赤霉素等生长调节剂也可以促进坐果。果树受冻后，抗病能力下降，这个时候要注意控制重点病害的发生，什么霉心病、花腐病、叶腐病还有果腐病这些，都得预防着，用上多抗霉素、中生菌素，还有腈菌唑、丙森锌、戊唑醇这些药。都长点心，别把我说的当废话，你糊弄它一天，它就糊弄你一年，都挺大的人了，不省心。"

洋洋洒洒地说了半个钟头，这一波疾风骤雨的发言算是暂时打住了，下面农户开始单个提问，孙专家回答，针对各种冻害程度，采用不同的挽救措施，还不时地加上点儿人生哲学，孙老头那叫一个指点江山，挥斥方遒，举手投足间尽显真专家风范。

这感觉似曾相识，林泉突然想到，这不是和自己一样吗？会议室讲课，之后单独提问，在游刃有余的回答中，体味那种智珠在握的优越感。想到这里，他看着孙老头那干瘦黝黑的老脸，不禁越发觉得顺眼。

果农说话基本都是方言，林泉听得太阳穴直跳也不是很明白，索性拿出手机，打开张群给他的资料，看看苹果期货有啥特点。

苹果期货是2017年年底上市的，每10吨为一手，林泉之前也试着做过高频，效果不错，手续费才1元，每跳赔赚都是10元。郑商所的品种，最低交易保证金是7%，目前没有夜盘交易。最后交易日是合约交割月的第10个交易日，最后交割日是合约交割月的第13个交易日。符合国标一等及以上等级质量指标且果径大于等于80毫米的红富士苹果，其中果径容许度不超过5%，质量容许度不超过20%。

林泉皱眉看着，这些都是苹果期货的基础资料，似乎没有什么用，下面是密密麻麻列出的交割库，在平凉静宁交割库这一行他注意到，上面标注的每天最大发货量为150吨，属于中等。对于这个数据，他没有任何概念，毕竟投机交易和套期保值是两个概念，并不是说他看不上套期保值，相反，越到交易境界提高的后期，越能贴近事物的本质，期货的根本目的是发现价格和套保，投机交易啥的，都要靠后。

从交易盘面上来看，主力1805合约并没有出现太大涨跌，作为一个新商品，之前的交易数据不多，上市当天收大阳线，最高价格8228，此后就是一路跳水，一直跌到6471。技术面可以借鉴的基本没有，只能从当前判断。4月9日、10日这两天分时图波动比较大，9日尾盘还有所跳水，10日也不怎么样，今天依然没啥起色。整体来说，主力合约保持在7160到7445这一个箱体中窄幅震荡，并且这个箱体完全维持在布林线中轨之上，目前价格7314。

第五十九章
美人计用错了

但是让林泉困惑的是，从盘口看主力大概率会在这两天移仓到1810合约，可是1810合约目前价格竟然还不到7000，难道这个灾情不会对未来价格产生影响吗？还是说灾情还没有体现到远月合约价格上？他皱着眉头想了想，又打开了1812合约。果然，这里的价格已经是7086，分时图还在上涨，单从15分钟和1小时周期上来看，上涨还没结束，动力应该比较强。

看来是自己不熟悉苹果的采收销售时间，林泉捏捏额头，又打开了1901合约。这里的价格已经是7218，和1812合约差不多，同样也是在昨天就开始拉了一个大阳，今天上涨动能依然强劲，持仓比1812合约数量大不少，毕竟1月、5月、9月合约作为准主力合约，更加受到交易者重视。

从目前这个情况看，1805合约在"五一"前震荡，投机氛围还是比较浓，但是距离限仓没有几个交易日了，只要主力合约移仓，1810合约应该就会走出独立行情。

目前最大的问题，就是这次灾情会给整个苹果产业带来多大的影响，这不单是静宁县的问题，还要看别的地方是不是也遭受了类似的灾害，光看交割库就能知道，山东、山西、陕西、甘肃、河南、河北都有灾情。林泉记得丁群说过，国林期货还有几个调研团队去了其他地方，看来要把灾情汇总一下，用调研数据整体判断严重程度。

调研归调研，技术面归技术面，目前看远月合约都是多头强劲，按照这个路子走下去，会有更多的空头离场，也会更加壮大多头力量。既然如此，那就先开几手多单，就当赚个差旅费。

林泉看看表，已经是 11 点 15 分了，从 15 分钟和 1 小时图上来看，远月合约技术走势大同小异，都是在开盘冲高，之后震荡向上，15 分钟周期的 CR 指标，已经在高位出现拐头向下，指标高位拐头，大概率代表某一个周期涨不动，现在看 15 分钟是需要有所调整的。林泉沉吟着，在这种供需强烈变化的端口，技术面上的单边行情往往会背离再背离，指标高位钝化。既然要收盘了，那就下午再说，好饭不怕晚，今天怎么也得先建个底仓。

"嘿！"随着脆生生的一声，孙佳宁突然从后面跳出来，吓了他一跳。

"怎么逛这么久？"

"你先别管别的，我跟你说，看到那个小伙子没有？人家是林业局的领导，我给你约了他吃晚饭。"孙佳宁一脸的骄傲。

"领导？"林泉迷茫地看过去，那个小伙子正看过来，两人目光还没交汇，小伙子就立刻躲开了，一脸正儿八经地看向孙老头那边，鼻尖上的粉刺红得就跟一滴血似的。

林泉啼笑皆非地说："他能领导什么，小白丁一个。你美人计用错地方了。"

"喊，林老师你这就无知了吧？人家可掌握着所有受灾的数据，你以为领导管用啊。"孙佳宁一个白眼甩过来。

丁群跟在后面说："林老师，这还真多亏了宁宁，那孩子名叫张萌，是老专家的学生，也是林业局的，有点腼腆，晚上咱们一块儿坐会儿，聊聊应该有好处。"

丁群既然这样说，应该不是无的放矢，林泉应允一声，随即继续看手机。

"哎，我说，你怎么一点都不上心啊？为了这第一手数据，我跟丁姐可真浪费了不少脑细胞，那小哥木讷得紧，一说话脸就红，加个微信费了大劲了我……"孙佳宁噘着嘴，不满地嘟囔着。

林泉没理她，对着手机说："张总，我现在在静宁，跟着丁群在地头呢，有个事儿跟您说下，宁宁想开个账户，我这就让她跟您联系，如果可能还是尽快拿下来。"

说完，林泉转过脸对着孙佳宁说："准备身份证，跟张总微信问个好，开个期货户。"

孙佳宁蒙蒙的，脑子一时转不过来了："啥意思啊，你之前不是说不让我分心吗？"

"那你就别开，反正期货也挣不了个飞机票钱，你还是做你的微商好了。"林泉连头都不抬一下。

"别别别,我这就微信联系他,林老师您这小脾气说来就来啊。"孙佳宁忙不迭地掏出手机,很早以前她就加了张群,只是没怎么说过话而已。

丁群凑过来问:"林老师发现了啥?"

林泉笑笑说:"没啥,我看远月合约有些动静了,先让她开个户,要是有机会就赚点儿,没机会也不耽误什么。"

"哦……"丁群撇撇嘴,"可惜我们从业者不能有自己的账户,要不也能跟着林老师沾沾光了。"

林泉玩味地看着她:"这不是真话吧,要想交易还能被这一条规定限制住?"

"嘿嘿嘿,"丁群不好意思地笑笑,"要是有好机会,林老师可要通知一声哦。"

"嗯,你们国林这次出来了几个团队?都去哪里调研的?"

"陕西有一组,要去延安、洛川,后续可能还要去白水、富县。山西的一组人第一站是吉县,后面去临猗,还有平陆。另外,山东分公司就近出人去了栖霞,之后可能还要去乳山、莱州调研。天安期货我有个朋友,正在河南三门峡调研,我们可以互通一下有无。"这么多地方,丁群说得几乎没有犹豫,如数家珍。

"好了好了,你说这些,我都记不住,你只要说一下这些地方减产情况如何就好。"

"咱们基本都是同步出来的,他们那边估计也没有什么具体数据呢,但是陕西灾情也应该挺严重的,山东也是如此,这次确实是大部分苹果产地都有灾情。下午我跟他们沟通一下,有什么消息我第一时间汇报。"

林泉呵呵笑着说:"现在你可是我领导,刚才我看了看苹果交易,已经有了反应,远月的几个合约都在上涨,技术面全面看多了,我准备下午开个底仓,先开在1810、1812和1901这三个合约上吧。"

丁群点头,孙佳宁发完微信凑过来问:"为什么开这三个合约呢?"

"你看这次苹果遭灾,从期货的角度去考量,投机炒作的逻辑是减产,这个减产肯定出现在苹果的采收季,苹果的采收时间是7月至9月,从投机角度来看,越是靴子落地之前,炒作氛围越浓,目前已经有部分资金调仓去了10月合约,下一个主力合约是1810的可能性很大,我们提前布局这个合约,要的是采收季到来之前的那一波炒作。12月和明年1月的合约是为了元旦、春节,只要这次减产是全面的,那么这两个合约大概率会受到多头追捧。"

孙佳宁点点头，又问道："那为啥不买 1811 和 1902 合约呢？"

林泉啼笑皆非地说："不想买成不成？你怎么想的？挨个合约都买入吗？在紧要的合约上多买一点不就成了吗？"

孙佳宁噘着嘴说："人家不是第一次吗？你说我入多少钱好呢？"

林泉沉吟一下："现在苹果的保证金是 5000 元左右，你就入金 10 万元吧，不管有多大把握，都不能把全部身家投在单一地方，这是投资的底层逻辑。"

"成，那买多少呢？"

"别着急，下午我看看再说，你账户今天开户也拿不下来，估计明天上午才能使用，先建个底仓，这三个合约都买 2 手就成。"

孙佳宁算算说："那也才用 3 万元啊。"

林泉也不禁想了想："一直都是技术派操盘，我很少跟随调研数据做单，这个还是等晚上再议吧，看看灾情到底如何再说。对了，丁群，咱们现在还要待在这里吗？"

丁群说："这边我已经都记录下来了，原本下午我安排去王沟村的，那里属于山川的川区，这不宁宁约了人家小伙子吃晚饭，你看怎么弄？"

林泉想了想："这刚中午，咱们立刻出发去你说的地方，宁宁继续远程施展你的美人计，晚饭约在镇上吃。"

三个人都是行动派，起身就走，孙佳宁远远地冲张萌晃了晃手机，示意随时联系。

第六十章
信任　信心

去王沟村的路上，林泉一直在看手机上的资料，顺便给刘晨发了个信息，讲了一下情况，以他的敏锐，应该是会自己处理开仓的。然后又给黄业打了个电话，说明这边苹果的灾情比较严重，如果有意可以建个底仓，能赚点零花钱。

其实这个电话，主要是给丁群听的，之前她的提问，明显就是想参与这波行情，与其让人家搭个情分来提问，还不如自己直接说了，这两天人家跑前跑后的，虽说有张群的交代，该记的情分还是要记着的。

当然，去往王沟村的途中，另一只手还是和孙佳宁拉在一起，孙佳宁的手细细长长的，他不禁想起了雨后新出的笋芽儿，软软嫩嫩还凉凉的，摩挲起来滑滑的，他非常享受这种半激情、半祥和的内心状态。

毕竟是出来工作的，林泉强迫自己分出20%的脑细胞来看资料。手机上的资料大都是苹果的基本面资料，说有用也有用，至少它是最底层的基础，说没用吧，对于交易来说，还真是一点用都没有。他不停地滑动着手机，昨天张群又给他发了一些资料，里面有一个知识点引起了他的注意。

苹果能够保存多久？林泉记忆中，小时候姥爷带他去昌平拉苹果回家，在阴凉处放几天，把水缸擦洗干净之后用酒擦一遍内壁，然后把苹果分层码放在缸里，再喷点白酒，用破棉被盖上，最外层可以蒙上一层塑料布封口，苹果在里面随吃随拿，放一冬天没问题。

话说这是30年前了，现在各地都有冷库，按照目前的冷库储藏苹果情况，可以储藏苹果的冷库有保鲜库和气调库两种，气调库是保鲜库的一个分支。林泉滑动着资料，浏览着苹果的储存方式。苹果保鲜库温度设置在0~2℃，相对湿度

85%~90%，可储藏3~6个月。如果是苹果气调库，温度设置在-0.5~1℃，相对湿度90%~95%，O_2量为3%~5%、适当CO_2浓度，这种情况下苹果的储藏寿命可达8~12个月。也就是说，即使到了今年10月，冷库里仍然会有去年的存货。

按照这个逻辑，只要这次灾害坐实了，那么现在开始苹果就会进入一个惜售期，价格会节节攀升，因为减产是注定的事实，但是这个攀升，是不是会有一个限制呢？从林泉的角度来看，水果可以作为刚需，但是苹果不见得是刚需，一旦价格太贵，人们自然就会去消费其他水果。其他水果……

"丁群，你们这些人下来会不会也调研一下其他水果？"林泉突然发问。

"会的，调研的主要目的是预测苹果的远期价格，其他水果是否丰产或者减产，也是对苹果价格有影响的因素。"丁群似乎知道林泉在想什么，直奔主题地解答。

"哦，我不太懂农业，这次冰冻灾害似乎正好是苹果的花期，那么其他的水果也是这个时间开花吗？"林泉继续问。

"林老师，我可不是农业专家，这些也在我的知识范围之外。但是，我们工作群也会大致交流一下调研结果，昨天就有人说，陕西那边的梨、樱桃还有桃子，这些果树也受灾了。我记得有谁特意说过，同一地区，早开花的果树比晚开花的苹果树受害的情况更严重。"丁群边开车边说，时不时地瞟一眼后视镜。

孙佳宁问："丁群姐，你们这个调研，确实有用吗？我看你也就是找几个人问问情况，要是我在这里认识人，是不是一个电话也就能搞定了？"

丁群笑笑说："话是这样说，但这就是工作啊，就好比这一次，我们下来这么多人，每个人都是其中的一环，大家需要把所有调研结果汇总，最后出来报告。如果按你说的，你得找多少朋友呢？"

孙佳宁撇撇嘴："直接朋友应该没有这么多，但是朋友圈可以搞定啊，一个500人的群，基本就能覆盖大部地区了吧？别的不说，就这个平凉市，我的群里就有三个人。虽然关系不怎么近，但是咱们要问的问题也不是什么机密。"

丁群微笑着没有说话，继续开车。孙佳宁眼珠一转，转过脸问林泉："你说我说得对不对？"

林泉苦笑："怎么说呢？也对，也不对，不能完全一概而论。"

"什么意思，你说清楚？"孙佳宁身子一歪，侧脸瞪着林泉，小手上也加了几分力道。

"这个呢……你说的逻辑上是行得通，可是现实中应该没啥可操作性。"看孙佳宁眼中凶光一现，他赶忙接着说，"你那个群确实人员覆盖很广，也都是活跃人群，但是他们对你来说，属于客户，你是卖东西给他们的，并且销售的商品并没有什么稀缺性，这就导致很难让他们为你做什么。"

孙佳宁转着眼珠想了想，似乎还真是这么回事，不由得有点泄气，手上一使劲甩开林泉，转脸看向窗外，不知想些什么。

林泉呵呵笑着说："这有什么可不高兴的？别说你了，我这个群怎么样？都是跟我来学投资的吧？远的不敢说，就这个静宁县就有人在我群里，那又怎么样？我能让他下来给我看看灾情？再说了，他看出来的结果我能信任吗？"

孙佳宁眨着大眼睛说："为什么不信呢？无冤无仇他会故意骗你吗？再说了，他骗你能有什么好处吗？"

林泉说："你理解错了，这个不信任指的不是人的品质，这个信任指的是投资层面的。我一直和你说，底层逻辑很关键，这个就是底层逻辑。无论调研还是技术面，都需要有信任才能继续下去，你用技术买股票，那你就要相信技术是管用的，你用调研投资，就要相信调研的结果，这些都需要来自你自己的判断。就说咱们这次下来，说是想看看调研是怎么做的，咱们也学学调研，但是呢？你已经开户了，我下午就会建仓，这还只是出来的第一天，这一天中我们看到的有关灾情的事情，咱们都相信了，同时没看到的也相信了，就比如丁群转述的她同事在别处的灾情调查信息。但是，如果这一切不是我亲眼看到的，你我这种胜似亲人的关系，你来调研了，跟我说的灾情我大概能信，但是你跟我转述别处的灾情，我就够呛能信了。"

孙佳宁笑脸凑过来，笑眯眯地问："你刚说咱俩是什么关系？"

一阵淡雅的香气令林泉心神一荡，不由得又偷偷捉住她的小手，嘴上嘿嘿笑着说："你懂的……"

前面丁群咳嗽一声，林泉老脸一红，假装没事地看向窗外，紧紧握着孙佳宁软软的小手。

"我还是有点不明白你说的信任，如果是我下来调研，我肯定会把丁群姐跟我说的原样转述给你啊，你为啥会不信？"

林泉说："这个信不信，你可以理解为投资层面的信心，也可以理解为能力的确认，比如说你让我帮你买一管口红，要好看的，你觉得我能不能买到让你称心的？"

孙佳宁单手扶额："哎哟喂，你别给我拿回来个水彩笔我就阿弥陀佛了……"

第六十章 信任 信心

· 247 ·

"哈哈哈哈……"丁群在前面哈哈大笑,"林老师有你说的这么弱吗?哈哈,水彩笔……"

林泉郁闷地说:"你看你,我说的是正经的,你就开始人身攻击。这里面是有内涵的,无论是调研结果,还是技术面上的做多信号,本质都是对你交易的一个信心支撑,如果没有这些信心来源,你如何能拿得住手里的单子?"

孙佳宁笑着说:"我记得王俊雄在店里说过一个论调,你要是不信这世间有鬼,那么玄学对你来说就不存在。"

林泉说:"这是他剽窃我的语录。交易是需要信心的,只有成功才能带来信心,调研也好,技术分析也好,都是为了提高成功率,这是一条链,哪个环节不完善也不成。"

"哦,感谢林老师讲解,"孙佳宁眼珠一转,"那啥,待会儿林老师给我买个口红去吧。"

"呵呵,我给你拿个火腿肠儿回来你信不?"

丁群乐不可支地笑个不停,车都开始晃了……

谈笑间已经到了王沟村,丁群把车靠边停在一个果园边上,三人下车,中午时分,有风,太阳明晃晃地挂在头顶,却没有啥暖意。

丁群戴上羽绒服后面的帽子,活动着腿脚说:"林老师,咱们分开问吧,宁宁也知道该问啥,这样咱们兵分两路,完事早点回镇上。"

"没问题,我带着他就成。"孙佳宁拍着胸脯保证。

第六十一章
果园散步

"上午你们都问的啥啊？"丁群走后，林泉才开口问。

孙佳宁从口袋里拿出来一个小本，翻看着说："问是一部分，主要还是得看。苹果树的花分两种。一种叫作顶花芽，长在结果枝上面。另一种是树枝梢头位置的花芽，叫作腋花芽，这种花芽就算结了果质量也不好，一般情况下要去掉的。但是今年顶花芽被冻死了好多，所以腋花芽就相对重要了，上午我和丁群主要是看腋花芽有没有出芽，后来和那个小伙子一起，丁群又问过什么留果之类的问题，我没记住。"

"那咱俩现在干什么？"林泉看看两边都是果园，也不知该去哪里。

"溜达呗，反正人家丁群是工作，咱们是看人家工作，是不？"说着就沿着小路走了下去。

说实话，果园真不是一个散步的好地方，尤其是在这么一个阳光惨淡的大冷天。两旁的果树都是一人多高，拦不住阳光也挡不住风。他们沿着路走了好一会儿，也没有遇上人。

"这是没有人，可不是咱们不问哈。"孙佳宁已经开始找理由了。

林泉说："没事，咱们下来只是为了了解调研的过程和框架，并不是真的要调研，就像刚才在车上说的，调研的过程和结果，只是为了操作得更加准确而已，达到目的就可以。"

说着，林泉打开交易软件，下午开盘苹果继续维持高位震荡，分时图上白线斜刺向上，他本想等到回踩分时均线就建个仓，这是正常的技术买入点，现在看来够呛了，多头强势得基本不给回踩的机会。

他想了想，在1810合约上对手价直接开多仓买入6手，成交在6960位置。

"你这账户真有钱啊，82万元呢，买6手是什么意思？资金管理吗？"孙佳宁伸着脖子看交易界面。

"嗯，我的习惯，分批建仓而已，6手也可以算是个底仓，万一明天再来个减产或者绝收的消息呢。"

"这6手还不到3万元啊，我看下，29158元，我觉得期货比股票便宜。"

林泉啼笑皆非地说："什么逻辑啊，这两个就不是一样的东西，各有各的计价。再说了，这3万元是保证金，严格来说，现在是用7%的资金，去买卖100%的商品。"

孙佳宁皱着眉问："保证金怎么算呢？"

"你看盘口显示的这个价格，就是我买入时候的6960，这是1吨的价格，苹果1手是10吨，用6960这个即时价格乘以10吨，再乘以7%的保证金率，就出来了单手的保证金，明白了不？"

"还是有点晕……"孙佳宁一脸的不解。

林泉说："你现在不用过多考虑，账户下来后保证金应该也没这么低，到时候再给你算。保证金低也不见得是好事，要是交易技能不过关，买得多就赔得多。"

"嗯，我听你的。"她乖巧地点点头。

继续打开1812合约，走势和1810基本一致，强势向上突破，价格已经达到了7110，林泉没有犹豫，直接对手价下单买进6手做多，成交价格在7111位置，使用资金约29866元。1901合约在7300整数位买入了6手，使用保证金30660元。加起来，整体资金使用目前还不到9万元。

边走边看间，他突然注意到1903合约的价格已经达到了7383，这让林泉一时没想明白，按理说3月已经过完春节了，水果消费旺季已经过去，怎么这么多人还在看涨那个时间额价格呢？这里面一定有自己不知道的逻辑。

不明白就不动手，这是他花了大价钱才学来的经验，与其说是经验，倒不如用教训这个词更为贴切，当初多少次亏得痛彻心扉才长的记性。林泉从来不认为自己是个聪明人，因为他所有的经验与认知，都来自现实的毒打，跌跌撞撞一路走来，能活到现在也算是上天有好生之德了。

俩人随意地走着，这边的地块并不像河北、河南那样规整，梁峁地无论高低，有块相对平整的地方就给种上作物了，有些果园里，苹果树中间还会种上些蔬菜和西瓜之类的经济作物。远处半山腰上，有几间民居房，都是黄土坯房，门前围着栅栏，偶尔几声犬吠传来，孙佳宁往他身边靠了靠，这丫头怕狗。

"这些日子微商也不好做了，以前好的时候每天都能赚2000多，现在比那会儿腰斩了。"孙佳宁低着头，眼睛盯着自己的鞋尖。

林泉双手插兜，也低头走着："微商什么的门槛太低，什么人都能干，这种活儿也就刚开始的时候还能成，后期就费劲了。不过这个活养活一个人还是没问题的，只要一直稳定地做下去，肯定能比得上大公司的月薪。"

"能比得上丁群吗？"

"期货公司和券商并不是外人想的那样，它除了门槛稍微高一些，需要考证，其他也没啥技术含量，大公司业务量稍微大一些，待遇稍微好一些，小公司有的时候完不成任务甚至只给两三千的底薪。说到底，没有啥技术含量的工作，挣钱多不了。"林泉随意地说。

孙佳宁啧啧摇头："丁群这样东奔西跑的，还得懂果树的生长护理啥的，还没有技术含量啊？"

"你管这个叫技术含量啊？这些活儿说白了谁都能干，也就是期货从业资格证得费点时间考，其他的并没有什么特殊之处。"

孙佳宁说："之前那次吃饭，蓝兰不是还让我去她们公司吗？看她说的也没有什么难点嘛。"

林泉摇摇头："姑奶奶，她不是看上你了，她是知道我在后面，无论是开户数量还是资金量，我捎带脚儿就能给你完成，这样她还不用搭我的人情了，明白不？"

孙佳宁转身面对他停下脚步，眯着眼坏笑着说："你俩是不是那个……那个啥？说，如实交代。"

林泉低着头笑笑，绕过她继续走着说："我俩三年中学同学，那会儿我特喜欢她，但人家是好学生，我距离地痞流氓就差一步，所以也只能默默地对她好，她也知道我对她好，但是，也就只能是但是了。后来各自过各自的日子，再见面时她已经嫁人，我也已婚。后来，我离婚，她也离了，再后来我俩渐行渐远。呵呵，你别这样看着我，我俩还真是干干净净，什么都没有。"

"好啦好啦，你要不想说我就不问，"孙佳宁把手插到他的臂弯里，缓缓走着，"还以为就算微商做不了，也可以去券商公司上班呢。"

"可以呀，龙泉就不错，大券商待遇好，上上下下都是熟人，你好好混，不

第六十一章 果园散步

· 251 ·

多久也能当个总监啥的。"

孙佳宁撇撇嘴："我就知道你会这么说，我不用你照顾，人家靠自己也能做业务，也能当总监的。"

林泉摇摇头说："理论上是可以的，但是我不会让你去的。"

"为啥？"

"业务本质上就是需求和需求的交换，现在券商对客户的需求更强烈一些，所以就处在一个相对的弱势，在哪家券商开户都是炒股，凭什么开在你那里。要不就是你有很厉害的条件，要不就是你长得好看，还能让我占便宜，那我就把户开在你那里。所以你记住，只要我在你身边，就不会让你去做业务，我家的生活逻辑就是万事不求人，这个你也得记住了啊。"说到最后，林泉歪头用脸颊碰了一下她的小脸。

"杨朔才是你家的人，我可不是。"孙佳宁低着头，大大的眼睛笑成了小月牙。

"你说错了，杨朔有自己的家庭，而咱俩可不确定……哈哈，你懂的。"林泉老脸都红到脖子了，他这脸皮间歇性地薄厚不定，说到甜言蜜语突然就张不开口了。

"喊，看把你美得。"孙佳宁脸也红扑扑的。

"好啦好啦，这环境不太适合说好听的，我看你对券商啥的挺有兴趣，但是这工作我觉得并不适合你，无论是做业务员还是调研员，把这些事情作为一份工作每天都去重复，这根本上就是在浪费生命。"林泉把话题转移到别处。

孙佳宁不疑有他，跟着说："那要是券商操盘呢？我跟你学了技术是不是就可以操盘了？"

林泉摇摇头说："你说的是交易员吧，我给你讲，事情不像你想的那样简单。首先，你确实可以去券商或者基金公司，如果他们有自营盘也需要职业盘手的话。这个应聘要求呢，学历怎么也得985吧，要是硕士金融背景，那就直接弄个研究员，干个几年，没有大的事故，直接熬成基金经理。对了，你还有证券从业资格证，那可以去券商或是期货公司的资管部，他们对你的考核主要就是操盘，说得天花乱坠都没用，如果你有以往操盘的资金曲线图，这个是他们最关心的，一看就知道你水平如何。要是没有呢，那就直接下单做做呗，懂行的人看你做几笔就知道你什么成色了，这时候你是职业盘手还是蒙事的散户就一目了然了。"

孙佳宁听得眉头紧皱："那我看还有很多地方招聘操盘手啊？"

第六十二章
有情饮水饱

林泉说:"操盘手和操盘手也是有差别的,你是司机,舒马赫也是司机,这能一样吗?你说的那些,良莠不齐,咱们不说那些骗人的,就说真的招聘,一般也就是那些小型私募,他们招的也都是一些小白交易员,让这些人在一个规定严格的交易体系里面固定化交易,说白了就跟我做的程序化差不多。记得有个'T+0'工厂,里面就是找了一大帮学生,每天按照固定计划操作股票'T+0',止盈止损都非常严格。工作环境特点就是高压,这些操盘手淘汰率非常高,在我的眼里,这就是黑煤窑一样的存在,你要是去了,我还得想办法去捣毁他们的窝点……"

孙佳宁脸贴在他大臂上:"唉,未来的设想一个一个地破灭,前一阵子我还想着,要好好跟你学技术,自己又有从业证,以后再不济了也可以去券商做个交易员啥的,现在你这么一说,我更无所适从了。"

"我以前也是这样,总给自己加戏,想要什么什么,以后要是这样就好了。后来我发现,真正成功的人生,都是从做减法开始的。就比如你现在,不要再给自己设定新目标啥的,而是应该去检查自己原有的目标是不是应该保留。咱俩刚说的,对你来说就是一件好事,至少让你明白了券商的工作本质是什么,明白了做交易员需要什么素养,如果达不到,及时放弃才是最佳选择,把原本浪费在这个问题上的脑细胞,放在该做的事情上,也许能事半功倍呢。"林泉抓住她的小手,直接放在自己衣侧口袋里。

"那你说,什么是该做的事情呢?"

林泉说:"真正该做的事情,其实很少的,你需要换一个思考方式。小孩子受到夸奖，都是因为什么呢？应该是因为超前吧，别的孩子还不会走呢，你会跑了。蹲班是一件特别丢人的事情，跳级则是全家的荣耀。这说明超前对我们来说很重要。那你是不是该看一看你身边的老人，他们最需要的，也许就是你该提前去争取的呢？"

孙佳宁抬起小脸，笑眯眯地看着他说："我知道你要说什么了，健康对吧？"

林泉点点头说："对，你有再多的钱都买不来一个好身体，身体废了，一切都是零。我最喜欢你两点，一是锻炼身体，二是不参与无用社交，其他都是次要的。"

"锻炼身体已经是习惯了，但你说的无用社交指的是什么呢？"

"就是那些为了宣泄，或者是跟无用的人一起吃吃喝喝啥的。"林泉在口袋里不停地摩挲着她的小手。

"无用的人？你指的是什么人？那你基本天天喝酒，算不算是无用社交呢？"孙佳宁反问。

"无用的人主要指的是那些不稳定的人，无厘头的人，这样的人自己都没活明白，今天他非常拥护的事情，过几天没准就坚决反对了。跟他们在一起，除了耽误时间、浪费感情，没有任何帮助。我当初的那些朋友就是如此，和他们在一起，除了喝酒吹牛，没有任何新鲜事。你看我现在虽然也经常喝酒，但是面对的都是明白人。"林泉笑嘻嘻地说道。

孙佳宁撇撇嘴说："你不能天天喝酒，身体肯定顶不住，人家是为了忙事业应酬，你呢？你其实根本不用应酬，就像你说的，万事不求人，也不存在请人喝酒求人帮忙的情况，喝酒纯粹是你的个人喜好，别人是陪你喝酒才对。"

林泉不好意思地"嘿嘿"笑两声："我这是夸你呢，结果怎么成了你打击我？"

"我不用你夸啊，我知道自己在做什么，人来世上几十年，绝对不是来天天工作加班的，也不是来哄谁高兴的，是用来享受的，是用来体验人生的。锻炼身体，早睡早起，养成良好的生活习惯，还有不乱花钱，可买可不买的东西不买，攒钱，非必要的支出就取消。不参加聚会，什么同学会、老乡会，这都是最坑人的聚会，就像你说的，不是各种炫耀，就是各种埋汰算计。非要出去吃饭，就跟着林老师，不用掏钱顶多是当个司机。嘿嘿嘿，我算计得精细不？"

"嘿，要么我喜欢你呢，这就是互补啊，你不觉得咱俩有很多相似的地方吗？"

孙佳宁小鼻子一皱："谁跟你一样，别臭美了，别的不说，就你那后备箱，还有你那床，乱七八糟，邋遢透顶。"

"嘿嘿，一切都是浮云啊，要是能一直保持现在的心情，千金不换啊。"林泉在口袋里紧紧握着她的小手。

"嗯，以前总想到处旅行，去西藏，去贝加尔湖，去好多好多没去过的地方，现在想来，重要的不是去哪里，而是和谁一起。"孙佳宁也很享受这一段时间的宁静，要是能永远这样，该多好。

这是2018年4月11日的下午，一个很普通的日子，但是对林泉来说，却有可以铭刻在记忆中的感受。在这陌生的环境中，孙佳宁跟在他身边，俩人就在这清冷的阳光中慢慢悠悠地走着，也不说话，时不时地相视一笑，周围一个人都没有，风都停了，冷冰冰的果园在他们眼中也变得春意盎然了。

还真是，有情饮水饱啊。

一直到丁群打电话过来，俩人才意犹未尽地返回停车的地方。回到镇上天已经快黑了，按照丁群的安排，三人入住在一家叫作金果园的宾馆，环境还不错，干净简单，符合林泉的喜好。美中不足的是，孙佳宁号称为了省钱，只开了两个标准间，她要跟丁群睡一间，弄得林老师贼心和贼胆纠结好久。

放下行李，三人匆匆来到一家名为"蜀香缘"的川菜馆，孙佳宁和张萌约的晚饭就在这里。

一个挺雅致的小包间里，张萌已经等了一会儿了，整整一下午，他满脑子都是孙佳宁巧语嫣然的样子，根本无心工作，魂不守舍的。为了这顿饭，他提前和孙专家请了个假，说是不舒服，回到招待所洗了个澡，特意换上笔挺的白衬衣，再套上米色短款风衣，镜子里看着还真有点帅。就是鼻子尖上的这个粉刺是真没辙了，想着挤了之后可能更明显，只能忍了。

早早地来到包间，菜单已经看过好几遍了，连如何有风度地把菜单递给美女，他都已经设想过两遍了。就是没想到林泉和丁群也会来，三人进门的时候，张萌明显错愕了一下，赶忙起身寒暄。

"没想到还有两位，抱歉抱歉，服务员，再拿两套餐具来。"张萌忙不迭地招呼着。

孙佳宁笑着介绍说："丁群姐你见过了，这位是林老师，这一顿是林老师请客，咱们敞开了吃他。"

林泉笑呵呵地和张萌握了下手："上午匆匆一见，没能和老弟聊会儿，实在遗憾，今晚正好喝点，不醉不归。"

张萌并不经常应酬，有些拘谨，说话间脸都红了，灯光下，鼻尖上的痘痘好像镶嵌的血钻，红得发亮。

孙佳宁负责点菜，怎么看都是给林老师省钱，麻婆豆腐、回锅肉、糖醋排骨、水煮鱼，再点缀几个凉菜，征得张萌同意之后，两位男士喝啤酒，两位女士喝沙棘汁，这么一桌顶多200多元就搞定了。

一番没营养的假客套之后，几人聊起了甘肃的风土人情，张萌是西北农林大学的毕业生，3年前分配在林业局，一直跟着孙老做乡村经济作物产量提升的相关工作，具体内容说白了就是下乡指导农民种植苹果，以及其他经济作物。丁群倒是有不少相关问题得到了他的解答。

菜上齐，酒倒满，林泉率先举杯："虽然是初次见面，但是和老弟投缘，咱俩走一个。"说罢一碰杯，仰头就干了。

张萌忙不迭地跟上，一饮而尽，看了一眼孙佳宁，起身给林泉倒满，举杯说："和你们几位相比，我也算是半个本地人了，怎么也要尽一下地主之谊，林老师，这杯我干了，您随意。"说着举杯一饮而尽，眼神余光观察着孙佳宁的反应。

孙佳宁看着张萌说："你俩这是要拼酒吗？都跑一天了，先吃点菜，空腹喝酒最伤人了。"

张萌顿时放下杯子："好好，今天中午在常坪泡了个面，都忙着抗灾，我和孙老师也就凑合吃点。干我们这行，一心都在农民的身上，饥一顿饱一顿是常态。"

丁群给他夹了一筷子回锅肉，情真意切地说："没想到你年纪轻轻就有这样的情怀，这也是果农的福气啊。你们也真是辛苦，先吃点菜，我们这次下来，就是来看看静宁的灾情如何，到现在也全无头绪，还不知道报告该怎么写呢。"

张萌边吃边说："现在减产是没跑的了，就看后续的救灾情况了。"

林泉把弄着酒杯说："嗯，我上午听孙专家说了，有不少的补救措施，是不是可以挽回大部分损失呢？"

第六十三章
灾情严重

张萌摇摇头说:"挽回也只是相对的,这种程度的低温让苹果花序和花朵都严重冻伤,只能等腋花开了看看再留一些。"嘴上说着,眼睛不时地向孙佳宁那边瞟去,看得林泉心里一阵硌硬。

丁群问:"这种寒潮不是经常会有吗?是没有通知到果农还是怎么的?"

张萌说:"今年的这次寒潮本来就重,再加上3月的时候,全县平均气温都快到7℃了,比往年高了都快4℃,还有整个的日照时数都到了197小时,也比往年高了10%,这种气候环境,果树开花提前了好多。随后就赶上4月4日开始刮大风,48小时内全县最低气温下降10℃以上,这么多因素叠加在一起,就导致受损很严重。"

"上午我听孙专家说有人提前浇水放烟啥的,这些措施可以减少损失吗?"林泉说着举杯和他一碰,略微一沾唇就放下了。

张萌干掉了杯中酒,吃口菜说:"浇水是管些用,但是咱们这边是雨养农业,基本都是等降雨,很多果农没有防患未然的意识,真正浇水、喷防冻药的少得很,至于烧锯末放烟的倒是有很多人,可是这次降温伴有大风,很多地方烟留不住,自然也就控不住温度。"

丁群想了想,问道:"那是不是可以认定这一次减产很严重,并且是不可避免的了?"

"减产是必然,多少这不好确定,下来了好几个工作组,目前已有的数据是受灾面积不低于两万公顷,确定的绝收面积也有几千公顷了。目前正在从外面调运苹果花粉还有杀菌剂,后面我们就要忙了,得指导果农去进行人工授粉,还得防范霉心病,还有红蜘蛛……"

林泉和丁群对视一眼,两人已经得到想要的答案了,和预想的差不多,减产已成定局,就看减产多少。

"从气象报告看,这次降温面积很大,你能不能预测一下其他省份的灾情呢?"丁群顺带问问别的地方。

张萌说:"今年是大范围的低温冻害,据我所知,北方果品产区基本都有发生,咱们这里,还有陕西、山西都比较严重,之前气温升高也是大范围的,这就使得很多果树提前开花,再有就是降温快,我看数据显示,整体降温幅度达到了8~18℃,这个数字你们可能感觉不大,我看着可有点触目惊心,今年果农的日子难过了啊。"说着他一声长叹,似是为了天下而忧,可眼神却快速地从孙佳宁脸上掠过。

偷偷摸摸看人,最招人讨厌了,林泉无语了,也懒得和这么个倒霉孩子费劲,自顾自喝起来。

孙佳宁也注意到林泉兴致不高,圆场说:"林老师,我有个想法,你给我把把脉,既然这个冰冻灾害经常会有,那么能不能每年的清明时节那些时候,我们就在远月合约里面预先埋伏多单,要是有行情就能占个先发的优势,要是没有行情我们就按照技术操作,你觉得这样行不?"

"呵呵,你就想当然吧,什么样的自然灾害还能让你提前预判了?你都能预判了,人家果农还不如你吗?"

孙佳宁想想,泄气地说:"也是,果农肯定也有这样的想法。"

"那今年既然肯定减产,干吗不让果农也去买点期货呢?这样不但可以挽回损失,也许还能有超额收益呀。"孙佳宁小脑瓜属于跳跃性思维,瞬间又跑到扶贫频道了。

张萌立刻接口说:"这是一个好办法,很多种植户都跟我很熟,我可以帮你联系,他们对我的建议一定很重视。"

孙佳宁看看林泉,没有回应,又看着丁群问:"丁群姐,这对你们公司业务也好啊,你看,果农挽回了经济损失,你们也拓展了业务,两全其美嘛。"

丁群笑笑说:"我不是做业务的,但是如果真的需要,可以给客户直接对接公司开户,说白了就是给联系个做业务的同事就成,这都是举手之劳。反正现在开户都是用手机录视频,简单得很。"

"你看我就说嘛,两全其美。林老师,你怎么不说话?"

林泉喝一口啤酒说："你知道做期货的所有人中，有多大比例是赚钱的吗？"

孙佳宁想了想："我记得你说过，不是10%就是5%，总之期货赚钱的人比股票还少。"

林泉点点头说："对，5%的人才能不亏钱，这还是建立在全市场基础上。可是，比如说你这次找了100个果农，让他们开户做期货，他们赚钱的概率应该比5%更低，那你说你图什么呢？"

孙佳宁愣愣地说："怎么会，今年减产不是已经成定局了吗？让他们买多不就成了吗？"

"所有倾家荡产的赌徒，都是从一次开始的。你记住，只要尝到了甜头，人的贪欲膨胀的速度绝非你能想象。不出3年，所有人都会被收割殆尽。"对于人性的认知，林泉深入骨髓。

看孙佳宁怔怔的，丁群解释说："林老师说的是对的，现在你找100个果农，他们全都没有交易经验，那么长期来看，很可能全军覆没，即使今年赚到钱了，这对他们来说更不是什么好事，后面一定会亏个大的，人都是这样，一旦尝到了甜头，就会以为这是自己能力的回报，于是就会把侥幸当作常态了。"

林泉笑着轻拍双手："丁群让我刮目相看啊，没想到你能认知到这个程度，看来有时间我得请你喝一顿啊。"

丁群立刻举起面前的沙棘汁："不用等有时间，现在就可以，来，干一个。"

"干！话说回来，现在很多远月合约已经开始上涨，应该是预期挺强的……"

林泉不动声色地把话题转移到了期货上，丁群本身在期货公司做了十多年，孙佳宁正在学期货，桌上只有一个张萌是什么都不懂的，也插不上话，只能干坐着喝酒，不一会儿就有点上头。

看他喝得也差不多了，林泉表示这几天都没休息好，提议今天就先这样，改日再聚。于是，张萌晃晃悠悠地看着女神跟林老师结账上了车，回眸一笑，挥手再见，留给他的只有清冷长街……

这一天看似没干什么事，但是也挺熬人的，加上之前两天确实没休息好，回到宾馆林泉困得不行了，丁群想要跟他交代一下第二天的行程，他都听不进去。孙佳宁也是喊累喊困，丁群也只得作罢了。

林泉很久没有睡得这么死了，连梦都没有做就一觉到天亮了。手机闹钟正在锲而不舍地叫着，他伸个懒腰爬起来，感觉浑身又充满了力量。

刚洗漱完，敲门声响起。本以为是孙佳宁，开门一看却是丁群。

"林老师起得早啊。"

"嘿，这都快八点了，宁宁呢？"林泉招呼她坐下。

丁群说："宁宁一早就去跑步了，这不正洗澡呢。我是听见你这屋有动静，过来看看。"

林泉泡了两杯茶，推给丁群："喝茶。昨天你不是说今天有什么行程需要安排吗？"

"是，昨天晚上刘总在工作群安排了一下，静宁这边还有一点零散调研数据需要完善，就让我留下做了，其他人要去天水继续调研灾情。我想问问，林老师您是怎么安排的？"

林泉说："我也没啥头绪啊，怎么安排？你说的零散调研数据是什么呢？"

丁群端着茶杯说："昨天去的四个乡镇，都是静宁县南部地区，还有一处要去的位于静宁北部，叫作三合乡，距离咱们这里不到100公里的样子。"

"去这个三合乡，也是像昨天那样做地头调研吗？"林泉问。

丁群点点头："差不太多，找几个果农聊聊问问，做好问询的视频，基本就算可以了。对了，昨天各地的调研结果显示，灾情都挺严重的，尤其是陕西、山西。虽然现在没有形成具体报告，只是调研人员之间互通情况，但看来确实很严重。"

林泉想了想，这次下来，本意是想看看调研该如何开展，谁承想误打误撞地成了灾情调研，这并不是他想参与的。在林泉的想法中，应该是做一些产业调研的事情，说白了，就是想看看专业调研团队，他们是如何用科学的方法有目的、系统地收集、记录、整理和分析一个期货品种的未来。而天灾这种极端情况，是很难预测的，即使掌握了相关知识，对将来的用处也不大。

"咱们还是一起去吧，如果是和昨天一样，那我就不跟你下地了，去了三合乡就找个地方，我得看看盘，下午你要是还有调研任务，咱们可以一起去。好吧？"林泉本来想就此分开，但是想着去三合乡有100公里，丁群要是不开车会很麻烦，反正自己也没啥要紧事，就当玩儿了。

丁群起身笑笑说："那敢情好，您要是不去了我还得坐大巴去，现在也不早了，我去收拾一下，咱们尽快出发。"

第六十四章
建仓苹果

三合乡在静宁县的北部山区，从李店镇出发，行程大概85公里。这两天一直是丁群开车，林泉觉得有些不合适，于是抢过了方向盘，孙佳宁则是不管不顾地坐在了副驾，丁群一个人坐在后面。

紧赶慢赶也没赶上开盘，9点15分到了丁群预订的住处，三合电力宾馆。林泉把车交给丁群，坐在宾馆大堂里就打开了交易软件。

交易界面上，苹果高开之后下探不少，目前看除了1901合约价格保持在7288，账面上浮亏12跳，另外两个合约都处于小幅盈利状态。

孙佳宁拿着门卡过来说："房间开好了，去房间里看吧，我的账户也下来了，你给我看看怎么建仓，好不？"

林泉拿着电脑"哦"了一声，手上快速地切换着周期，屁股却是纹丝不动，孙佳宁索性也坐在他身边，看着盘面一头雾水地发呆。

过了一会儿，林泉合上电脑，笑笑说："呵呵，我要不一次性看清楚，心里总别扭着。来，我给你拿包。"

虽然只是标准间，但是环境还不错，居然有一个小客厅，长沙发对面两个小沙发，还有一台电脑，看着不是什么好配置。林泉也没收拾东西，扔下书包直接联网。孙佳宁的账户下来得很是时候，正好赶上几个合约高开低走，现在灾情消息并没有全面扩散，价格虽然已经上涨，但还没有到爆发的时候。

孙佳宁在林泉的指导下给账户入金10万元，这没有什么好犹豫的。3个合约都是开仓3手。1810持仓价位7026，价位合适，1812持仓价位7210，这两个合约的持仓价位都比林泉的持仓价位要高一些，尤其是1812合约，差一点高出去 100 跳。而最远期的 1901 合约则是 7288，比林泉的买入价位低一些。

"这个就先算是初步建仓吧，要说这都算是重仓了，使用资金快 5 万元了。看后面的走势，如果价格能够回落一些，在有支撑的情况下可以再进去点。"林泉眯着眼盯着盘口说。

孙佳宁也盯着电脑，却不知道自己该看什么，显示器上，分时图、K 线图她都认识，和股票差不多，但是就是看不明白。

"要是不回落呢？这不是灾情挺严重的吗？怎么会回落啊？"她不解地问。

林泉头也不回地说："我说的是如果。就拿 1812 来说吧，前两个交易日价格从 6777 直接涨到 7224，440 多跳，这中间看多的人图什么？他们是干什么的？你想过吗？"

孙佳宁伸着脖子看着显示器说："应该是那些所谓的先知先觉吧。"

林泉点点头说："你这么说也不是不可以。所谓先知先觉，也只是在某一个领域里面快人一步，这个快一般都是消息不对称带来的。全国这么多果农，就没有做期货的？还有那些上下游的仓储、运输、销售，他们都算是产业链中的一环，相对于其他普通人，这些人算是能够从业内视角看待这次苹果灾害的人，他们其中那些会做期货的，或者家人做期货的，就能够先知先觉。我认为这两天的上涨，应该是这些资金买入给推起来的。"

"那会不会我们再进来已经晚了？就好像股票里面主力已经拉升了，散户再追进去就该赶上洗盘了呢？"孙佳宁有点患得患失。

"你觉得咱们晚吗？"看她一头雾水的样子，林泉解释，"我是说咱们作为调研人员，下来得晚了吗？"

孙佳宁迟疑地说："不晚吧？丁群好像说过，咱们应该是第一批就下来的人了。"

林泉说："对，咱们就是第一批。再有你要记住，不管事实如何，从业者禁止交易，这不是说着玩的，也就是说最早参与调研的这些人，并不像咱俩这么随意地就能开仓。就好比丁群，她即使看到了后面会有行情，也只能用别人的账户悄悄地下单操作，所以说，在下来调研的人中，咱们也是靠前开仓的。"

"那干吗不多买点？这资金使用一半都不到呢。"

林泉摇摇头说："投资主要是资金管理，全仓买入看多这就是赌博了。赌博什么样你不知道吗？黄赌毒这都是人类的劣根罪，要从根本戒断，说白了，就是不要有第一次。如果这次你满仓占了便宜，下一次一定会满仓吃大亏，建立在错误之上的成功才是更要命的。"

孙佳宁撇撇嘴说："哦，那好吧，这就完事了吗？你不是说过，只要开仓了，就一定要有止损设置吗？"

林泉笑眯眯地一竖大拇指："哈，宁宁你已经具备成功投资者的重要素养了。止损是时刻都要放在第一位的，安全最重要。我认为只要开仓的理由不在了，那就离场没商量。这一次咱们是下来调研的，支撑咱们看多远月合约的是灾情减产，这是第一个看多理由，但是在这个理由上面，我们并不好设置止损，毕竟你我不是业内人，咱们也不能在这里住上个一年半载。那么，我们就还回到盘面上来看 1810 合约。从技术面上来讲，促使我们开仓的就是昨天、前天这两根大阳线，从形态上讲，这就是一个突破前期成交密集区的动作，如果再从刚才我们分析的这些资金的构成来说，应该属于产业链当中先知先觉的资金，那么如果这些资金都走了，也变相说明业内已经对远期不抱希望，那我们也就走呗。随意，就把最终止损线设置在这两根阳线的起涨位置，1810 合约就在 6777 这个价位，也就是说，到了这个价位，那就说明这次灾情已经完全消化了，减产不存在了。"

孙佳宁默默地计算一下，皱着眉说："1810 合约的建仓价格是 7026，那也就是说单手亏损 250 跳离场？"

林泉玩味地笑笑："你是想说单手亏损 2500 元吧？"

孙佳宁小嘴一噘："开仓 1 手才用了 5000 多元保证金，这一下就亏出去一半啊！"

林泉说："做远期合约，这个止损也说得过去，毕竟你要赚取的利润可远不止这些。你也可以用技术止损，如果有时间盯盘，我应该会用技术止损，比如 K 线形态或者技术位出现了多周期空头，那么可以暂时离场，等到空头力量释放了，再建仓呗，这样的好处是可以回避掉潜在的大额亏损，坏处就是弄不好会踏空。"

"技术止损怎么弄，你给我讲讲呗？"

林泉挠挠头说："止损的底层逻辑，一般都是跟随着开仓理由的，也就是说不同的操作方式，止损方式也是不同的。比如高频操作，开仓你的盈利目标可能只是一两跳，那么自然是强势上攻时开多成交最快，经常瞬间就能成交，但是这个时候，你的止损一般就是建立在这个上攻被空头镇压的条件上，也就是回撤到了初始向上攻击的位置。"

孙佳宁想了想说："我以前总听你和焦哥说什么 3 跳止盈 5 跳止损，这个是怎么固定的呢？"

林泉解释说："你说的是高频交易技法，固定止损是建立在对应商品的开仓方式上的，比如说豆油，这个商品活跃程度一般，手续费也比较合理。在出现开仓信号之后，满仓买进，直接挂单在交易窗口，盈利3跳卖出，这个时候还要再挂一个止损单，用划线挂单，亏损5跳就止损离场，你看这里。"

说着，林泉用鼠标抓住一个持仓的成本线，上下移动着说："你看，这条成本线是可以移动的，你要开的是多仓，那就向下移动到你想止损的位置，只要价格下跌到了这里，就会触发软件自动给你平仓交易，这个叫作划线止损。"

"3跳止盈5跳止损这个方式，只适合豆油吗？"

林泉说："要看商品的运行是否活跃，太活跃的比如镍，它应该设置成30跳止盈50跳止损。你不要过分拘泥于某一种商品，要看本质。这个盈损适合高频战法的分时图开仓模式，它的底层逻辑也简单，就是选择交投并不活跃的商品，初步确定方向的时候，下面指标如果多头确立，那就开多，如果回撤了5跳，那么基本就进入了短期空头，所以这个止损只是利用跳数使用比较明显比较快捷的特点，本质上还是在看多空力量对比。"

孙佳宁皱着眉头说："你说了这么老些，我还是没有明白怎么设置止损。"

林泉缓缓地说："你先不要拘泥于止损的设置方式，你可以先看看自己战法的开仓逻辑，比如刚才咱们开的苹果，从调研看，认为远月要上涨，并且目前已经开始上涨，那么之前上涨的，是先知先觉的业内资金，如果连这些业内资金都跑了，那么行情也应该就没了。所以，我们把止损设置在他们入场的起点。高频战法就不是这个逻辑了，比如刚才说的分时图战法，这个是建立在双周期搭配开仓位上的，那么这时候的止损，就先不考虑长周期，分时图这个最短周期开仓的时候还有一个逻辑，那就是分时均价线，线上不开空，线下不开多，按这个逻辑，完全可以用均价线作为止损位，或是离场位，尤其是那些日内单，一旦上涨过高，价格回落破了均价线，多头就应该离场，就算长周期多头还很强势，等它下跌一下整理完了，上攻均价线，再买入做多也可以啊。"

孙佳宁苦思冥想，还没有开口，林泉接着说："转折位战法有些不同，它有一次加仓的机会，但是这里就必须借助仓位管理技巧了。转折位也是多周期的，这里止损也还是要看短周期，但不像看分时图那么紧凑了，怎么也要看30分钟左右，甚至1小时，看是不是已经和长周期对立起来了，如果是，那就离场。说白了，这个方法适合目前我们做的苹果。"

孙佳宁听得眼睛一亮，笑眯眯地说："你看你看，我就想知道目前苹果怎么设置止损，你却天南海北说了一大圈。"

林泉无奈地说："姑奶奶你要弄清底层逻辑啊，逻辑不通你永远学不会的。兵无常势，水无常形，止盈止损也不是一成不变的。咱们这次做的这个苹果，现在看走势很强，这几天随着调研的密集，逐渐会有更多的资金入场，这次我不打算用浮盈加仓，只做趋势跟随。今天咱俩开仓，如果明后天能有个小幅回撤，我们可以再加一点，之后的仓位一旦进入单手100点的盈利状态，那就把止损位置移动到成本线，这个时候的逻辑就是宁可不赚钱，也不能亏了。当然，咱们还得跟着调研结果看，灾情越严重，后期的涨价就越确定，随着时间的推移，如果走势真如我们所想的那样上涨，那么就按照转折位战法设置离场位，也就是说，中短周期出现空头走势，我们就离场或者减仓，中短周期恢复多头，我们就再把仓位提高。说白了，在今年这一年中，苹果我们只做多，不做空。明白？"

孙佳宁小嘴一抿，重重地点头："明白，一定按照林老师的既定方针做，今年我也不吃别的水果，就啃苹果了，用实际行动支援多头。"

第六十五章
春情荡漾

对林泉来说，盯盘什么的基本都不需要了。看个10分钟，整个商品市场走势基本就了然于胸了。这不是能力问题，而是视角不同。他已经知道自己要赚哪些钱，知道怎么赚这些钱。很久以前就掌握了这项技能，不要看自己想要的，而去看什么是可以不要的，在另一个视角中，世界是不一样的。

孙佳宁回另一个房间收拾行李，床上摆满了衣服、日用品。今天时间多，她把这两天换下来的衣裤泡上，抓紧时间洗了。她拿起来一条墨绿底色大花裙子在身上比了比，又跑到卫生间照照镜子，可惜了，这次出来没带宽檐帽子，要不配上才好看呢。想了想，又跑到对门问："嘿，你有没有要洗的？我就手一块儿洗了。"

林泉正把显示器切换到股票界面，头也不回地说："这几天我都没顾上洗澡，你要不要就手把我洗了？"

"等过年给你洗干净宰了……"门"哐"的一声关上了，林泉继续看盘。

对于商品，他原有的策略就是跟随，技术面的跟随，毕竟多空都可以下单，只要确定好做什么样的趋势时段就好了。几十种商品，在技术层面都可以操作，出来这几天，茶馆的电脑程序化也没有停止运行，他只需要时不时地手机远程看看就好。其实看不看都无所谓，全自动程序化，只要不停电、不断网，理论上可以一辈子交易下去。

股票其实也完全可以应用量化，也就是程序化操作，但是他始终没有走这一步，如果完全电脑化了，自己该干什么去呢？游山玩水或是田园生活，都不是他所向往的。除去家庭之外，林泉算是比较成功的。在交易这个领域，他已站在金字塔的顶端了，也只有在交易中，他才有掌控一切的安全感、成就感。

上证指数在4月10日收了一个光头大阳线，11日跳空高开出一个有上影线的小阳线，今天略微低开，之后题材股表现略好，在前一天收盘价位置震荡，而大盘权重则一直在下面震……盘口什么的都是次要的，市场这种状态是多方叠加起来的，贸易战是一个重要因素，但是A股本身的因素也有不少。距离5178的股灾高点还不到3年，这个时候要说呼唤牛市，为时尚早，资深投资者都应该知道，熊市不跌透了，不跌得人心如死灰，就别说底。很多人都说技术派无用，在林泉看来，真理一定是掌握在少数人手中的。

就从盘口分析来讲，一个大阳线之后调控出现一个小阳线，如果今天再收个阴线，形态上就非常像双飞乌鸦的K线组合。组合形态之类的他并不重视，但是其中的资金博弈则是很重要的信息。双飞乌鸦形态是上攻受阻的一种形态，如果抛开K线，单独用连线表达价格走势，那就是一波上攻之后，在某一个高位价格见顶，之后盘面被空头主导，展开一波下跌，这在空头市场是最常见的。

K线形态的最主要作用，就是让那些做短线者，在某一个位置可以对多空状况作出判断。就好比目前的这个形态，今天收盘如果是大阳线，那么就形成了多方炮，还是强有力的多方炮，后市看多。如果今天收盘时破了4月10日大阳的收盘价，那基本就形成了双飞乌鸦，这个时候其实是观望的时候，就这个位置震荡几天并非不可能，如果是震荡几天再出个大阳线，依旧是多方炮，震荡几天出个大阴线，依旧是空头反包的内涵。

看K线形态，要学会合并看待，上涨的几根K线如果合并成一根，其实代表的是一个时段的主力意图和行为。比如连续上攻，从8块钱上攻到了10块钱，这个过程中肯定不是一根K线，而是几根K线组合出来的。随后开始回落，这个时候要看成交量，10块钱的位置成交量增大，但是如果随着下跌，成交量递减，这就说明在10块钱的位置很多筹码开始离场，无论是恐高还是获利了结，这都是离场盘，他们暂时看空。如果下跌，成交量开始递减，到了9块钱附近交投很清淡，换手很少，这就说明投资者都已经认可这个价位，觉得9块钱比较低廉，盘中筹码不再卖出，这就是缩量调整的内涵。

但是，这种情况多出现在大盘震荡市或者牛市，目前这种单边下跌的市场，更常见的是一路下跌到了很低位置，然后超跌反弹几天，就像4月9日到11日这种连三阳的K线形态，然后高位成交量放大，抛盘再次涌出，随后价格的反转下跌一定会吃掉这三根K线的涨幅，一路下行。

技术派最重要的是学会停手，不要想着什么情况下可以做单，要看什么情况下不能做单，这样才不至于放大心底的贪欲。

快中午了，门口轻响，孙佳宁探出小脑袋，见林泉没啥反应，便径自走了进来。她一袭墨绿色的长裙配着米色的半袖小衬衫，头发刚吹干，分外飘逸。可是林泉此时的精力都在显示器上，压根儿就没注意到孙佳宁已经换了造型。

"你在看什么呢？"孙佳宁在他身后无奈地问。

林泉双手敲击着键盘变换指标，嘴上说着："我看看大盘形态，这个K线组合挺有意思的。"

孙佳宁顿时来了劲："我会看形态，你那些课程我都学完了。"

林泉指着上证指数K线说："那你给我解释一下现在是处于什么状态。"

"这不是还在空头吗？要是不看5日线，10日、20日和60日均线都是空头排列的，昨天跳空上涨的小阳线有一点影线，就是因为上涨到20日均线受到了压力，今天也一样，开盘之后看着好像是要上攻，现在已经落下来了，如果今天上不去20日均线，那后期还得跌。"孙佳宁侃侃而谈，"你看分时图也是啊，黄白线分开挺大，并且都在开盘价之下，这个情形下午很可能继续下跌，如果收出来一个大阴线，那K线形态不是一个反包了吗？"

林泉惊讶地说："可以啊小姑娘，我还真没看出你能有这个见解，如果不去预判行情就更好了……你这是要过夏天了？穿这么好看？"

"好看吗？"孙佳宁后退两步，摆弄一下裙子，脚上踩着一双浅绿色的夹趾拖鞋，阳光从窗口照进来，在墨绿色长裙的衬托下，脚趾雪白雪白的，像嫩藕芽儿似的，林泉的眼光一下就被焊住了。

"好看！让我摸摸成不？"林泉这会儿也顾不上电脑了，直接就色眯眯地逼了过去。

"哎，你……林老师你这样可不好啊。"孙佳宁连退几步，被逼到墙边，退无可退了，"你要干啥？"

"不干啥，你身上什么味儿啊？"他低头在孙佳宁的发间不停地嗅着，洗发水飘逸的味道混合着青春女孩的香气，令人心神俱醉。

"别闹……痒啊……"孙佳宁此时心跳如鼓，有心想跑开，肩头却被他按住了，迟疑间耳朵也被咬住了。

尝到了甜头的林泉一发不可收，孙佳宁洁白修长的颈部，看着就让人心动，他的嘴唇在这天鹅般优美的脖颈间滑动着，灼热的呼吸令她全身战栗，一时间要炸裂一般。

"宁宁，让我亲亲可以不？"林泉这边也是胸中狂跳。

此时孙佳宁已经全无反抗之力，也无反抗之意。她的身体已经被束缚进一个有力的怀抱，这个时候语言就是多余的东西，林泉抬起脸庞，粗重的喘息中，看到她的眼里雾蒙蒙、水盈盈的，小脸上泛了红潮，鼻尖渗出细小的汗珠，惶恐的同时还有几分妩媚。他情难自禁地低头含住她的唇瓣，继而温柔地绕住她的舌尖，微冷的舌滑入口中，他贪婪地吞噬着属于她的气息，两人一时间忘记了周围的一切。

第六十六章
此生不再孤独

　　以前每一次从女人身上下来,在激情的顶峰下坠之后,林泉总会问自己,这有什么用呢?急火火地忙活一身大汗,荷尔蒙褪去,剩下的问题就是算账了。这不,少了个朋友,多了个累赘,看着怀里的姑娘,林泉暗自嗟叹:"这累赘,真好看啊!"

　　两个人都是一身大汗,身体贴合在一起,脸靠得非常近,窗外的自然光下,他甚至可以看到她脸上细致的绒毛。孙佳宁闭着眼,枕着他胳膊一动不动,但是轻颤的睫毛显示她并未睡去。

　　"你瞅啥?"可能是被看久了,恼羞成怒,或者是关系转换之后的一时不适应,孙佳宁突然瞪着眼冷冷地说话。

　　"瞅你……好看!怎的?"看着她眼中的杀气,林泉瞬间就服软了。

　　"你个臭流氓……以后可要对我好点啊。"她小声嘟囔着,把脸埋在林泉胸前,四肢八爪鱼似的缠紧了他。

　　一时间,林泉心潮澎湃,自从和孩子妈分开之后,也不是没有过别的女人,但是能让他内心安定、这么不加防备的姑娘,孙佳宁却是第一个。以往颠沛的生活,使得他对一切都心存警惕,不会轻易让人走进内心,即使是蓝兰,也没有让他有过相互依托的感受,一时间,他内心光明无限。

　　"给我讲讲你的故事吧。"孙佳宁像个鸵鸟一样把脑袋埋在他怀里。

　　"嗯……"林泉闭着眼,沉吟一下说,"我没啥故事,给你讲一个让我非常有感触的小说吧。"

　　"你讲,我听着呢。"

"这是一本前几年网络上流行的小说，排名很靠前，叫《紫川》。紫川是一个国家，有一个年轻人叫秀川，是这个国家文武全才的将军，虽然生性放荡不羁，内心却是忠义双全、有情有义。他在落魄的时候认识了一个叫林雨的姑娘，两人有过几次很走心的接触，有英雄救美，也有情仇追杀。其实这个姑娘是流风国公主，同时还是一个无双统帅，手下铁血骑兵天下无敌。因为家人的陷害，林雨落难在另一个国家，秀川单枪匹马、奋不顾身再次营救，为此不惜搭上自己的性命和前程，即使背负叛国罪名也在所不惜。我记得那一段，身为国家大军统帅的秀川，亲自送林雨走过边境，在两国军队营垒的交界处，两人伫立，默默对视凝望，眼神中饱含心酸和悲哀，林雨嗟叹：'若是有缘，为何让我生于流风，你却生于紫川？若是无缘，又为什么让我们于茫茫人海中相识？天意弄人啊……'"讲到这里，林泉不禁有些眼眶发热，"秀川也很难过，他说：'对啊，就是天意弄人，我们又有什么办法呢？'林雨即将离去，他们也许今生不再相见，也许再见面时，就是你死我活的沙场，作为敌人，隔阵相望……"

孙佳宁静静地听着，她没看过这部小说，无法设身处地地体会剧情的波澜，但是她却深刻地感受到，身边这个男人的情绪正在强烈起伏，是什么样的内容让他如此心潮澎湃呢？

"后来，天下风云变幻，两个国家打了起来，林雨率领铁血骑兵攻入了紫川，为了抗衡她，紫川国的高层从监狱里把秀川放了出来，领兵对抗。双方你来我往打得激烈。就在这时，异族入侵人类世界，全人类的灾难到来了。首先遭受攻打的就是紫川，于是，秀川甘冒巨大风险夜探敌营，和林雨相会，只为罢兵休战，好让紫川能够有力量阻击异族。两人在签好停战协议之后，月下约定，等到击败入侵的异族之后，双双离开权力位置，开一家小店，过简简单单的生活。在数十万人搏杀的战场中，两个人轻声细语地规划未来的生活，但是这个未来来临之前，却是九死一生啊。临别时，林雨哭着说：'阿秀，你放心去吧，如果你战死，我定会为你复仇，将魔族斩尽杀绝……'"

讲到这里，他微微侧身，圈住孙佳宁的手臂微微用力，把她的脸贴在胸前。不为亲昵，只为不让她看到自己眼中闪动的泪光。

"再后来，就是漫长的战争岁月，秀川带兵在最前线的远东战场，因为叛徒的出卖，异族从防守的缺口攻进去，直插紫川的首都，前线和后方被分割开来，音信不通。在最艰苦的岁月里，那些年轻男女们在硝烟血海中搏杀，所拥有的也只是信念和美好记忆的支撑。在战争最艰难的时刻，秀川派遣自己最忠诚的手下军官,穿越千里战区,去找林雨求援。回信我记得很清楚:'天狼西射,星河灿烂。君望远东,我望西北。死生契约,不离不弃。望君早归,与子携手。'当秀川收到回信的时候,已经是很久之后的一个夜晚,他看着信,推开窗户,抬头仰望星辰,想着遥远的夜空之下,还有一个人和自己一样,仰望着同样的夜空,思念、等待着自己,并且这份思念和等待不会随着时间和距离消逝。这个时候,秀川对自己说,'此生不再孤独'。"

说到这里,林泉已是泪流满面,"就这六个字,每次都能让我心脏炸开。宁宁啊,此时此刻,这就是我最想跟你说的话"。

正如书中所言,只有经历过午夜酒醒、泪湿衣襟,寂寞就像虫子一样啃咬着心灵的人,才能真正理解这句话的珍贵。

泪水不要钱似的滑落,孙佳宁完全被带入了节奏,不知是感念秀川和林雨的两地情怀,还是为了林泉表达出来的那种感受,抑或是自己也完全能感同身受那种不再孤独的希望之光。她搂住林泉的脖颈,紧紧贴在他身上,泪水中喃喃地说:"不会的,有我在你就不会再孤独了……"

林泉在泪水中笑着,脸颊贴着她的额头,往事的碎片仿佛是一条静静流淌的小溪,悄无声息地流过。一时间他有些疑惑,半生颠沛奔波,意义何在?难道只是为了让自己成熟之后再遭遇今天?也许今天就是宿命,只是自己不知道。

第六十七章
我们都曾有从前

太阳缓慢且坚定地移动着,阳光从床上移到了墙上,整整一个下午,两人都缠绵在被窝里。流泪后的孙佳宁仿佛变成了一个14岁的小女孩,不停地讲述着以往的故事,一会儿哭一会儿笑的,林泉只是揽着她圆润的肩静静地听,很少插话。

"……奶奶去世之后,我就去了县城读寄宿学校,那会儿我对我爸只有一个要求,就是要把奶奶的小院留给我,我长大之后就要回去住,要天天陪着奶奶。还别说,我爸虽然不靠谱,但是小院确实给我留下了,现在据说让村里的一个女学生住着呢,也不收钱,就是为了维持房子的状况。老房子要是没人住就会坏的,有可能倒掉,有个人住着,收拾着,就能一直等着我。林老师,你说有没有可能咱俩一起去啊?奶奶就葬在房后,我得让她看看我男人什么样啊。"

"你只要说去,立刻就能出发。"林泉肯定地说。

"嗯,这个我绝对相信你。我家的事情我从没有跟别人讲过,也就跟杨朔说过一些,她是我最好的朋友,现在好像也不是了,我们的关系变了。你说我和她还能像以前一样吗?"

"傻孩子,在年轻的时候,大家都把朋友放在首位,其实人生在世最重要的关系就是伴侣,其他都是过客,包括父母、子女。杨朔以后会有伴侣,那是她最亲的人,凡事要以最亲的人为主,你自然就不是最主要的了。我以前也有很多朋友,随着大家长大,搞对象结婚,也都逐渐疏远了,朋友还是朋友,但是当初的两肋插刀,谁都不可能了,插个白菜帮子都嫌凉……"

孙佳宁"咯咯咯"地笑着:"林老师,我以前怎么没发现你嘴里这么多零碎啊,说脏话可不好。"

"这叫本性难改,这么多年社会、江湖的,本性早已经固定下来了,只能掩饰,很难改变了,再说也没有必要改变,未来什么样,谁也说不好,没准十年后,世界就变成武侠江湖了呢。"

"嗯……你说得对。"她又把脸贴在林泉胸前,半闭着眼睛说,"以后的事情,谁知道呢。我高中那会儿就想好了,人活到 20 岁就足够了,顶多到 25 岁,就算是人到中年了吧,活着也就没啥意思了,不再青春年少还不如死了的好。于是我就暗下决心,到了 25 岁,如果还不死就自我了断,甚至我连怎么自杀都想好了,据说烧炭没有痛苦,呵呵,现在都 26 岁了,回想起那时候,真的好笑,非主流,无厘头啊。林老师,你年轻时应该也这样吧?"

"我们都有过从前。我小时候,那都不能算是皮,整个就是魔王,家庭教育完全缺失的魔王,我做的很多事情,直到今天自己都不能理解。我 13 岁就离家了,捡酒瓶、烧电线卖钱,没地方可去,就弄点钱买书买本自己上学。那可不是爱学习,纯粹就是为了欺负同学,后来结识了一帮社会人。怎么说呢,坏事干了不少。那个时候法律不像现在这么健全,我们天天都去各个学校门口抢钱、抢粮票、抢衣服鞋子,勒索,泡妞,这么说吧,如果不是后来机缘巧合当了兵,现在的我不知道什么样呢。你看你,刚 26 岁就知道规划未来,知道洁身自好,还知道锻炼身体投资未来,我 30 岁的时候还什么都不懂呢。也就是上天眷顾,让我经历了很多之后豁然开朗,让我在而立之年开始学习,一步一步地走到今天。现在想来,当初那些不堪的经历、苦难的生活,就是一个个千斤重负,压得你到一个临界点,不是崩溃,彻底沉沦,就是升华,脱胎换骨。宁宁,我们都要感谢自己,感谢之前每一天的自己,是他们成就了今天的我们啊。"

"难怪林老师你总自己一个人喝酒,原来是和以往的自己干杯啊。"

林泉手臂轻轻使劲,把她光溜溜嫩滑的身子和自己贴得更紧,轻笑着说:"这是我的矛盾之处。和自己看不上的人喝酒呢,瞅着那些不堪嘴脸闹心。看得上的人呢,又都知道深浅,有自己的处世之道,不能经常在一起喝,都要有距离的。你像黄业,我俩一年半载地才喝一顿,所以大部分时间都只能自己喝喽。"

孙佳宁把脸埋在他胸前蹭着,喃喃地说:"以后可不能这么喝酒了,你也说了,都是普通人,你长的又不是牛肝,老喝酒肯定会出问题的,我可不想老了天天带你看病。"

"呵呵……"林泉正要说话,突然对门传来了敲门声。

孙佳宁腾地抬起头侧耳倾听，真的是对门在敲门，丁群回来了？

她快速起身，一伸手把被子捂在林泉脑袋上，低声说："不许偷看我穿衣服。"

"那我怎么办，就跟这儿光着？"林泉压低声音说，在被窝里也是一通忙活，先把裤子套上。心下嘀咕着，又不是什么见不得人的事，再说了，跟丁群刚认识几天啊，躲她干啥。

对门响了几声，就没动静了。俩人快速武装好，孙佳宁化身保洁阿姨，手脚麻利地把床收拾得跟刚进门一样。林泉觉得有些好笑，假装着急地低声说："还有地面，快把纸巾捡了，把茶杯刷了，还有马桶，也得刷，还有……疼……别掐！"

门外的丁群是毫无察觉的，敲门没有响动，她以为俩人吃饭去了，于是转身下楼去前台要门卡，顺便给林泉拨个电话。

林泉不得不佩服孙佳宁的利索，两分钟不到，连身上带房间都整理完毕，门大开着，丁群提着包裹探头一看，笑着说："我怎么没想到敲敲这边的门呢？这一天累够呛，林老师你们吃了吗？"

"懒得出去吃了，订点外卖啥的凑合一顿吧，你今天调研的效果如何？"林泉随口一说。

"也就那样，待会儿要把数据汇总，先给林老师看看。对了，明天我也要走了，跟公司大部队会合，你们要不要一起啊？"丁群看着孙佳宁说。

"不了，我们下来主要是了解一下调研的思路和逻辑，说实话，这种灾情调研的可复制性不高，我俩就不跟着你们捣乱了，万一那位刘总看到我不高兴，再迁怒于你就不好了。"林泉懒洋洋地刷着手机订餐，"丁群，你先去收拾一下，我订点好吃的，待会儿咱们喝点。"

丁群刚去对门，孙佳宁凑过来问："真的不调研了？不是因为我吧？"

"看你说的，我不是说了吗？这种灾情调研咱们只要知道结果就好了，也怪我没和张总说清，我的本意是产业调研，这个逻辑值得学习。"林泉看着手机说。

"哦，那这次不就亏了吗？这么老远跑来，也没学到什么。"孙佳宁坐在床头，两只脚晃呀晃的。

"谁说的？这次出门，我已经是赚大了。"林泉看着她，眼中尽是笑意。

"坏人……一个不留神就吃了你的亏……"孙佳宁咬牙恨恨地说。

"还想不想吃点别的？哎哟，干吗又掐我，我是说订餐啊。"林泉凑过来出言调戏，直接被两指镇压。

第六十八章
人在旅途

一大早孙佳宁就敲开了林泉的门,一身帅气的紧身跑步服,把她的身材衬得曲线玲珑。

"……先去平凉送丁群上火车,大概不到150公里。之后开车去奶奶家,我已经和出租公司联系好了,可以异地还车。路是有点远,导航是1400公里,一路基本都是高速,咱们也不着急,慢慢开呗,先说好,你可不许喝酒啊,我自己一个人可开不了……"

原本预计出来调研得十天半拉月的,结果这么快就完事了,于是孙佳宁就把回家看看老房子这件事情提上了日程。林泉倒是无所谓,店里电脑程序化每天手机远程操作一下就可以,带着美女游山玩水肯定更惬意,开车1000多公里,没准路上还能发生点浪漫的事,想着想着,看着孙佳宁带着汗水的小脸蛋红扑扑的,顿时他就心猿意马起来。

想归想,他也知道孙佳宁这会儿不能让干啥,等送走丁群,时间多的是,好饭不怕晚嘛。

"……调查分别在李店镇的王沟村、常坪村等村镇进行,按照整体规划,每个乡镇随机挑选山、川等不同地形取样,分别调查了红富士、嘎啦、秦冠、乔纳金等品种的受灾情况。遇到果园有主人在的,进园抽样调查……"

林泉和孙佳宁坐在车后排,端着丁群的笔记本看调研报告,摇摇晃晃地看得脑袋疼。

"……单株调查折合计算,乔纳金坐果最差,亩留果量不足1500个,预计亩产量在 240 千克左右。嘎啦其次，单花续留果 1~2 个，预计亩产量在 500 千克左右。据林业局勘察，全县总体上，树势越旺，坐果越差。这应该是因为前期持续气温高，旺树开花早，所以受损严重，而弱树开花相对较迟，有部分花躲开了冻害。总体而言，如抗灾效果较好，全县苹果树所留果实也以腋花芽和不太饱满的花芽坐果为主，主要是这部分花开房比较迟，而顶花芽和饱满花芽，在冻害发生时已经开放，花器被冻坏，基本没有坐住果。如后期环境较好，在一个花序中，边花坐果也将占到所留果的八成以上，中心花坐果不到所留果的两成。综合各处调研员数据，可知该县减产已成定局，是否会出现局部绝收，还要看后续救灾结果，建议一周后再次展开数据调研……"

他俩合上笔记本，装好电脑包并放在副驾上。丁群这份报告是团队整体调研之后的收尾，也就是说它是调研团队的总结报告，虽说大部分结果都在预料之中，但是林泉也很承情，虽说仅仅是几天交往，但感觉她是个不错的朋友。

其实人生就是这样，很多人突然出现在你身边，也会突然离开，反之，你也是突然出现在别人生活中，也一样会突然离开。黑格尔说，一个人就是一个世界，那么这许许多多的世界在碰撞重叠之后，也会带有相似的色彩与痕迹吧。

在平凉站和丁群分手之后，林泉开车上了高速，开始了 1400 公里的送孙佳宁回乡之路。

其实林泉还是喜欢坐飞机，他喜欢那种透过窗口，看世间万物逐渐变成蝼蚁一般大小，随后消失在视野中的感觉，似乎自己突然拥有部分上帝视角，能在别人无知觉中窥探他们。开车固然可以看到一路风景，但是长途下来，确实很疲累。

"……再给你说一个啊，这是个真事儿。我以前住家里老房子，就在茶馆附近。我住那院儿有个街坊是警察，属于那种人狠话不多的类型。平常不怎么说话，管孩子只有一个手段，那就是揍。他儿子比我小几岁，那是哪年来着？我记不清了，好像是高中毕业了吧，搞了个对象。你也知道，搞对象这事儿挺费钱，他儿子也没啥钱，于是壮着胆子回家找他爸要钱。那天下着小雨，他爸就坐在门口看下雨，他蹭过去跟他爸说：'爹啊，给我 50 块钱成不？'他爹看都没看他，说：'干啥用？'这哥们儿含含糊糊地说：'我这不找了个对象嘛。'他爹还是没看他，沉默一会儿又问：'什么人？'这哥们儿一听有点晕，想着他爸上班审犯人可能是习惯了，要想顺利拿到钱，还是说清楚才好，于是就说：'河南人。'他爸那暴脾气"噌"就上来了，不由分说，过去就是20多个大嘴巴子外加一个庐山升龙霸，嘴里骂着：'女人还满足不了你了是吧？还和男人……'"

"啊，我的天啊，哈哈哈……"孙佳宁笑得喘不上气，"和男人……这暴脾气。哎哟哎哟，我肚子疼……"

她足足笑了两分钟，笑得眼泪都出来了，好容易平复下来点儿，喘着粗气说："林老师，你可真能编，这个故事我好像知道，哪有你说的这么多零碎，要50块钱搞对象，够干啥用的？还下着小雨，哈哈哈，哎哟，我肚子都要抽筋了。"

林泉开着车，一本正经地说："这你就不懂了，圣人云：下雨天打孩子，闲着也是闲着。"

"哇，哈哈哈哈……"孙佳宁又是一通狂笑，整个人歪倒在副驾上。

看她这个样子，林泉突然觉得开车远行也很不错。当然了，必须有个赏心悦目的美女随行，要是两个大男人开这么远的车，想想就痛苦。

在孙佳宁的安排下，中午找了个服务区随便泡了两个碗面，下午继续开，只不过这回林泉坐副驾了。红旗HS7驾驶感觉还是说得过去的，就是开起来之后风噪比较大。林老师也不敢讲笑话了，谁知道这丫头会不会笑疯了把车开沟里。

打开"经济之声"，里面正在说可转债的操作流程。听着没啥意思，林泉打开手机看群消息。

资管群里每天都会有人聊一些股票期货的问题，也有人时不时地发一些交易截图，有哭穷的，也有炫富的。林泉看到有300多条未读消息，就知道又有分歧出现了。

分歧是常态，每个人都有自己对世间万物的看法，这是视角的问题，每个人的视角都源于自身的生活经历，这就导致没有哪两个人的视角是完全相同的。而网络往往属于匿名状态，发言者不需要对粗鲁和极端的言语负责任，这也就导致经常能看到相互抨击乃至恶语相加。不过资管群还好，六七年了，很多人成为朋友，很少出现言语冲突，一般都是和平讨论。这不，这几百条讨论的内容，就是技术学了很多但是赚不到钱怎么办？

其实很多人都有这样的疑惑，这是一类人，他们认为只要付出了就应该有收获，如果没有收获，那就是"天地不仁，以万物为刍狗"。关上广播，林泉对着手机用语音说了起来。

"各位老板，我说两句啊。学了很多但是赚不到钱，这不是什么新鲜事。大家都是活了一辈子，睁了一辈子眼，凭什么别人就比你看到的多？这是多方面的问题，我简单表述一下，大家可以对号入座。我认为第一是视角。就好比技术层面的看多看空，多周期看起来是不一样的，日线上还是多头猛进的走势，可是一小时已经开始放空了。这个时候你需要知道自己做的是什么周期，也就是你需要明白自己挣什么钱呢，你做的就是日内'T+0'，就别扯什么波段操作，波段操作的钱你也赚不到，既然不是自己的，那就别遗憾，银行里钱多的是，你怎么不敢去拿？还有很多人说，我要是不提早卖了，后面这一波上涨就能赚多少多少，你要是有前后眼，地球都是你的了。"

一条发出，林泉想了想，继续对着手机说："第二是学习。我觉得学习是一种能力，有些人天生就没这个能力，狗熊掰棒子，这是因为你根本就没有用心去研究一下底层逻辑。学习的底层逻辑是什么？应该是把看到的知识选择应用，之后根据自身条件去优化，这才符合人生规律，所有大师，都是经过世间繁华之后用减法去见证智慧的。说白了就是先丰富自己，由简而繁，之后再用减法由繁而简。所有成功的交易者，都是看到了足够多的交易方法之后，采用了适合自己的最简单的操作逻辑，然后简单的事情重复做，仅此而已。持续赚钱的交易者，都有自己的固定逻辑，有些人做供需，有些人做调研，有些人做技术面的超跌反弹，有些人做价格突破，无论用什么方法，都有错的时候，但是持续赚钱指的不是某一次交易，而是长期化。"

抓住他语音的空当，孙佳宁笑着说："林老师真是个热心人，每次都费这么多话给群里讲解，也不要什么好处，还经常发红包。"

林泉撇撇嘴说："这群里基本是以前买过我课程的人，人家能够认可我的知识体系，我就应该对人家负责，有疑问也应该解释一下，所谓赠人玫瑰，好过给人一枪，就是这个道理。"

孙佳宁"咯咯咯"地又笑了起来，林泉赶忙安抚："别笑别笑，好好开车，稳定一下情绪，我这还没给他们说完呢。"

说完他清清嗓子，对着手机继续说："第三是认清自己。大家都是普通人，狂妄自大和妄自菲薄，在我们身上都有所体现，成功的路都是一样的，为啥别人能走上去？世间的人多了去了，为啥只有少数人能成功？这些都是需要反思的问题。我的经验就是别对自己太好，成功的人都不是惯着自己的人，学习、运动、提升这都不是舒服事，认知、践行、坚持、提升之后还是认知、践行、坚持，从某种意义上来讲，成功的人就是在每个领域中，都能做到简单的事情重复做，这才算是成功。当然，还有很多优秀的个人素养，对成功也很关键，用白话解释，你要真想进步,什么都拦不住你,你要只是痛快痛快嘴,那中午是吃白菜还是黄瓜都能难为你两小时。"

放下手机,林泉笑着对她说:"没办法,有时候也要体现一下自己的存在价值嘛。要不这一天到晚干啥去?也不能总是泡宁宁对吧?"

"喊!"孙佳宁给了他两个大大的白眼。

第六十九章
替你算计下

两人一路说说笑笑，轮换着开车倒也不累，傍晚时分已经进入湖北。天空淅淅沥沥地下起了小雨，虽说雨并不大，但在车速的加持下，也给司机的视线带来了很大阻碍。

"下一个服务区进去吃点喝点，等雨停了再走吧。"林泉打开雨刮，看着前面的车亮了双闪，他也摁亮了双闪。

"就这点小雨怕什么，慢慢开就是了，这天气我感觉挺舒服的，能想起来很多以往的事。"孙佳宁坐在副驾上，神情忧郁地看着雨中的远山。

林泉说："不是怕，安全最重要，咱们不着急可以慢慢开，保不齐哪就蹿出来个着急的，雨天视线不好路还滑，就算咱们能控制，别的车可不好说。听我的，咱们服务区花钱去。"

孙佳宁收回视线，乖巧地答应一声。

可能是因为下雨，服务区里车很多，停好车，去过卫生间，俩人来到餐厅，林泉找了个角落坐下，宁宁去安排晚饭，不知不觉间，这已经成了两人的默契。

"没啥你爱吃的，这里都是做好的菜，要了个排骨扁豆，还有烧茄子，小龙虾看着还成，你尝尝要是好就再要一份去。"孙佳宁端着个大托盘过来，三个菜、两碗饭，没有酒。

"服务区还能做得好了？凑合着吧，要是开我车就好了，咱们可以自己开火做饭，还可以睡车上，支帐篷也成啊。"林泉叨叨着。

"我还没有睡过帐篷呢，等回去，帐篷给我玩几天。"

林泉翻白眼："连帐篷带人都给你，随便玩。"

孙佳宁说："喊，我就要帐篷和车，你就算了，等哪天你讲课我就找个地方露营去。"

"你一说讲课我想起来了，昨天王子腾还跟我说讲技术课的事情呢，回去我得研究一下，整个大系列的技术讲解。"

孙佳宁吃一口烧茄子："我有点不明白，子腾老师跟你这算什么呢？也不赚钱，也没见他给证券公司拉过客户，要说是为了练演讲，我看不像。"

林泉剥好一个小龙虾，放进孙佳宁饭碗里："为啥这么说呢？"

"首先他是能讲课的，并不是怯场，人一多就说不出话那种。"孙佳宁筷子夹着小龙虾，神情严肃，"我也跟他聊过几次，他的交易思路特别清晰，跟你很像。你想啊，那么大的一个券商，他都能做研究所的头头，肯定是有过人之处的，又怎么会跑到你这小茶馆来混呢？"

林泉笑笑，漫不经心地一边继续剥虾一边说："那你觉得他是为了啥呢？"

孙佳宁看他好像并不当回事，嘟着嘴说："我也只是觉得不对头，就这么一说，你当没听见也行。"

林泉摇摇头说："你看你，别这么急嘛，你关心别人是否会对我不利，本人感到很欣慰。但你还是年轻，你想到的问题我早就想过了，咱并不是个'傻子'，你以为林老师是谁想捏一下就能捏的？"

孙佳宁一脸惊讶，甚至有点兴奋地说："哎呀，原来咱俩想一块儿去了，那你说，他想干什么？"

林泉笑着拿过纸巾擦手，看看四周，神秘莫测地低声说："让我亲一个我就跟你说。"

"少废话，你快说，要不待会儿掐掉你一块肉。"

"呵呵，我哪知道他想干什么，赶快吃饭吧。"林泉端起碗筷，嫌弃地夹一筷子扁豆塞嘴里。

"喊。"她一脸不情愿地说，"关心你就是个错误，就应该装作看不见才对。"

林泉指指饭桌说："食不言寝不语，吃完了我再跟你说。"

孙佳宁冷笑一声说："你就双标吧，天天边吃边天南地北地吹，现在改食不言寝不语了。哼！"

外面雨下得有点大了，餐厅里人逐渐多起来。饭菜确实很难吃，俩人匆匆扒拉几口也就吃不下了，在超市里买了点饮料零食就回到了车上。

林泉坐在驾驶位，前排座椅都放平了，俩人躺着看天。全景天窗上水花飞溅，映射着路灯和驶过的车灯，有一种光怪陆离的感觉。

林泉拉着孙佳宁的手，拇指不停摩挲着，出来这几天，他脑子里都没有怎么想孩子，全被她占满了，此时想起来，心里颇有些愧疚。女儿现在在干什么呢？是学画画还是在看书？今年都该上幼儿园了，是不是该给她买点什么了？

叹息一声，他不自觉地拿出手机点开淘宝，想给孩子买点玩具。身旁的宁宁不明所以，还以为是因为之前的谈话让他不高兴了，摇了摇他的手可怜兮兮地说："你别生气啊，我就是觉得子腾老师这个事情做得有些蹊跷，并不是想干涉你的事情，你不喜欢我以后就不说了。"

"你说什么呢？我想点别的事。"林泉看着天窗上的水光，"再说了，你说的方向没有错，只是方法不对。"

"什么意思？方向是什么？方法又是什么呢？"孙佳宁一脸疑惑。

"哪，我给你好好说说。"林泉微微侧过身，在昏暗的光线中看着孙佳宁的小脸，"身边的人对自己是什么目的，这其实就是一个方向，一个自我保护的方向，这里的自我包含了自身，以及自己关心爱护的人。你认为子腾来我这里目的不纯，我很高兴，说明你把我的安全和你的安全绑在了一起，也可以说是利益，你认为咱们两个的利益是一致的。所以，这时候你开始怀疑他，对不？"

孙佳宁有些不好意思地说："其实他刚开始来讲课的时候，我就有过这样的想法，我还和他聊过几次天，想试探下呢，只是啥都没聊出来。"

林泉笑笑说："这都是老狐狸，哪是你能试探出来的呢？接着刚才说，你的方向有了，就该进入方法层面了。首先你肯定是想，他想图谋什么，对不对？"

"是呀，我记得你在课程里讲过，人的一举一动都有自己的目的，就算咳嗽一下也是为了让嗓子舒服一些，是不是？"

"是是是，课程里说的是主力操盘意图。得，咱们回来看看子腾要做什么。首先，他说的是想讲讲课，练习一下演讲能力，这就是他摆出来的意图，是不？"

孙佳宁点点头说："是，但是我不信。"

"你不信的理由是他本身就能讲课，而且讲得还不错，对吧？"

孙佳宁继续点点头说："没错，而且他来了之后讲的课程我也听了，没有啥练演讲的感觉。"

林泉说："那暂且认定他撒谎了，你觉得他是为何而来？"

孙佳宁顿时卡壳了："你们认识时间久，我怎么会知道他想要干啥。会不会是为了拉客户呢？毕竟他是券商的人，还是高层呢。"

"人家这么大的券商，会在意我这边几个客户吗？再说了，要是有这方面的需求，老黄早就跟我说了。"林泉否定地说。

孙佳宁摇摇头，有些落寞地说："那我就不知道了。"

林泉继续说："那我们假设一下，他没有结婚，会不会是看上李墨了？哦忘了，李墨孩子都不小了，那或者是看上你了？"

"少往我身上扯，我第一次见他就说到了这事儿，你忘了是你们一起吃饭，我是你带去的人，他怎么会动这心思？"孙佳宁表示不成立。

"我看没准儿，我家宁宁魅力无极限……别动手，行行行，咱们换下一个假设，会不会是他想在某只股票上动动手脚，看上了刘晨以前的人脉？"林泉摇头晃脑地说。

"啊，可能吗？操纵股价可是犯法的，他会不会真的有这方面的目的？"孙佳宁顿时有点紧张。

"呵呵，不至于，这方面的事情，他让谁干也绕不开我，与其惦记他们，还不如直接冲我来呢。"林泉笑着说。

孙佳宁思索着："也对啊，你的技术比刘晨好，你的钱也比刘晨多，你还能给他找很多有钱的散户，他应该是盯上你了吧？"

林泉啼笑皆非："你想啥呢？他是老狐狸，我是小白兔吗？我要想干这个还用跟他合作吗？咱们这只是假设他有目的。"

孙佳宁皱着眉苦思冥想，说："那会不会他的目的不是在店里呢？会不会是以黄总为目标呢？毕竟他们是公司里的上下级，有啥恩怨情仇的咱也不知道。"

林泉"呵呵呵"地笑，别说，这丫头年纪不大，心思还真活泛，一般她这个年纪还都一脑袋糨糊呢，哪像她这样思维缜密。

"……有没有可能他只是想跟你拉近关系呢？毕竟你跟黄总的交情深，跟你关系好了，他在黄总那边也就水涨船高，你说会吗？"孙佳宁小脑瓜飞转着。

"哎，对头，你这个说法证明你已经进步了。"林泉赞许道。

"那是我猜对了吗？"孙佳宁有点小兴奋。

林泉说："对不对我不知道，但是你的思维方向越来越接近正确，目的不见得就是坏事，也不见得别人的接近就是要暗算，有些时候目的是中性的或者是好的。我给你一个重点，不要总是去想别人要做啥，要去想他能做啥。"

孙佳宁喃喃地念叨着："要做啥……能做啥……要做啥……"

林泉继续说："要做啥是他的想法，能做啥才是可能出现的结果，这个你要记住。还有，如果要做坏事，一般人是不会把自己放在明面上的，你想想，他和我的关系虽然很简单，但是我们之间的旁系关系千丝万缕的，即使出现了矛盾，应该也是积极消化，怎么会自己赤膊上阵地玩阴招？更何况我俩就没有发生过不愉快。"

孙佳宁泄气地一噘嘴："那就是说我还是白操心了呗？"

林泉赶忙拉过她的手，放在自己胸前说："看你说的，你要不操这个心，我怎么知道你关心我的事呢？"

孙佳宁幽幽地叹了口气："唉，我也不知道怎么就想起来这个事儿，你一天到晚大大咧咧的，啥都不放心上，我就是有点担心，替你算计下。"

林泉握着她的手紧了紧，看着天窗上的雨花，心里不自觉地生出一股暖意，又想起来了《紫川》，想起了此生不再孤独。他一向不在乎钱多钱少，就是因为这个世界上所有直击灵魂的感受都是用钱买不到的。

第七十章
出落村

雨淅淅沥沥地下到了半夜才停，俩人一直在车上聊天聊地，聊曾经的过往，聊未来的憧憬，直到雨停了还都是两眼放光毫无睡意。于是林泉开车，孙佳宁陪聊，俩人说好了每到一个服务区都要停下来拍张照，结果这么走走停停的，天都大亮了才到襄阳。

两人胡乱在路边找了个酒店休息，一觉睡到快天黑了，胡乱吃点又开始上路，还是一样的走走停停，热恋中的男女是感觉不到时间和疲倦的。

两人特意在县城休息了一夜，赶个大早到了出落村。

天刚蒙蒙亮，山间路边田野里飘散着一缕缕白雾，偶尔的鸡鸣犬吠，显示出这里和城市的不同。两人把车停在公交站旁边，林泉背着一个大书包，听着孙佳宁细说这里以前的样子。

"这条路肯定是修过了，以前可没有这么平整……就那棵歪脖树下面有个挺大的坑，有次下雨我跑出来蹚水，就掉里面了，当时个子矮，水都没到了脖子，回家一说给奶奶吓坏了，叫东口的张爷爷给填上了……嘿，这个小石桥还在啊，你看这个桥下面，现在是挖过了，像个小河了，以前就是特别细的一个水溜溜，那年小学上自然课，我从这里捞了好些蝌蚪，到学校每个同学都给了一只，老师夸了我好久……"

孙佳宁就像是个小话痨一样，不停地讲述着她和这个村庄的以前。树洞里的鸟窝，山根里的草药，往事就像河床里的气泡泡，不间断地浮出水面。

"那就是柚子树，那也是，这都是有主儿的树，村里家家都有自己的果树，就我家没有……你看那棵大榕树没？那就是奶奶家。你不知道，夏天的时候这棵老榕树会开好多花，粉色的，像一个个小雨伞似的，好看极了，你看，那个篱笆就是我家的，还是老样子啊……"

篱笆是用普通的树枝树棍插出来的，中间用铁丝绑住，林泉注意到，铁丝的绞合都比较专业，基本都是开口线绕主线三圈，一看就是用专业的工具捆扎上的。正门口处两根木桩深入地下，篱笆棍子用8号铅丝锁死在桩子上，中间是个轻便的小竹门，一边用两个铁环做合页，固定在桩子上，就形成了一扇可以开合的小门。

院落偏左就是那棵粗大的老榕树，树下有个用青石垒砌做腿、1米多长的厚木板做面的老桌子，两把竹椅一看就有年头了。正屋是北房，和两间厢房并不相接。院子很干净，这天气也没有什么落叶，正屋的门锁着，门边的墙根晾着一双回力女鞋，上面贴着卫生纸防止干了泛黄。林泉凑过去用手搭着玻璃窗看了看屋里，回头对孙佳宁说。

"桌子上有个小镜子，床上看着也只有女人用品，看来真是个年轻女孩住，你老爹没蒙你。"

孙佳宁站在院子当中，心下茫茫然。时间在这个院子里好像停滞了，初升的阳光从树叶缝隙间投射在地上，影影绰绰的当年模样。似乎奶奶就在小院外面的菜园干活，自己正在喂鸡，剁碎的鸡草，咕咕叫的老母鸡，也是在这样的朝阳中，奶奶哼唱着："同志哥，请喝一杯茶呀，请喝一杯茶，井冈山的茶叶甜又香啊，甜又香啊……"

"怎么了，想入神了吗？"林泉看她痴痴的，有点担心地问。

孙佳宁回过神来，绕过林泉走向正屋后面，那里有一个挺大的坟，看似也打理过，并没有杂草，坟前有些祭奠物品，坟头一块石头下面，压着几刀黄白纸钱。

"应该是我爸来过了。"孙佳宁接过林泉递来的背包，里面有些祭奠的点心、水果，还有很多纸钱、纸人、香烛啥的，俩人手脚麻利地摆放好，林泉找根树棍，画个圈点燃纸钱，不断在火堆里扒拉着。

"……我以为自己会很难过，会哭，可是现在却没有什么感觉。我反而有点替奶奶庆幸，能够躺在爷爷身边，还能有我总能想起来她，我爸虽然不靠谱，对她也还说得过去。早晚我也会有这么一天，到时候，又会有谁祭奠我呢？"

林泉沉默了一下："我以前有一段时间总有一个奇怪的想法，死亡也许是另一个开始，谁又能确定没有精神体的世界呢？也许我们死了，只是肉体上的消亡，也许我们的灵魂，或者说精神，能够带着这一生的记忆，去另一个世界，那里也许有我们的祖先、逝去的亲友，也许那些历代先贤也在。就凭我宁宁的美貌，李白也得跟你说：'我曾十步杀一人，却败给你一个眼神。'张良也会自认读过万卷书，却不知道怎么了解你。"

孙佳宁微微笑笑："你是说人死了就都去峡谷了吗？不用哄我开心，我并没有难过，奶奶都去世这么久了，我都快想不起来她说话的声音了。"

林泉拨弄着火堆中的纸灰说："我并不是要安慰你，只是说一下我个人的看法。很多人都不怕死，但是都怕记忆的失去。记得有部电影，港台的吧，一个人出车祸死了，到了天堂。一个办事人员说他是第一千亿个死者，天堂优惠酬宾，每一百亿整数的死者就算是中奖，可以满足他一个愿望。这个人立刻就说不想死，想要回去一趟，因为他还没有和最心爱的女孩表白。办事人员说：'之前的中奖人也是这样要求。'呵呵，你看，没有谁是真正自私的，都是牵挂着别人的。"

孙佳宁笑着摇摇头说："你说的是《星语心愿》吧？他能回到人世5天，我也看过的，一部很老的片子了。你说，如果片中那个女护士是我，你是那个洋葱头，你会怎么做？"

林泉苦笑："说实话，我是不舍得把你推到别人怀里的，并且谁也不能确定，以后那个人会不会对你好。如果我能够回去5天，应该不会过分缠绵，我会尽全力敛财，给你、给我妈、给闺女留下物质上的安定，我知道这可能不是你们需要的，但是只有这样才能让我内心安宁。"

孙佳宁坐在地上，双腿并拢屈膝，两手环在膝头，脸上无喜无忧地微笑着："钱。林老师，你不会想着只有钱能够表达一切吧？"

"你误会了，我并不想用钱表达什么，作为普通人，钱就是一生80%以上的追求，我不想让我珍爱的人面临生活的窘迫，没有经历过穷困的人，不会理解的。你知道吗？我和黄业，还有一些退伍老兵，一起弄过一个救助基金，专门帮助那些牺牲烈士的家属，他们当中有些人，真的是吃糠咽菜，就这四个字，我说出口的时候都会感觉心痛，吃糠咽菜，呵呵。菜主要是野菜！"林泉深吸两口气，"扯得有点远了，归根结底人总是自私的，我给珍爱的人留钱，是为了自己内心能够安宁。"

孙佳宁视线下垂，看着明灭不定的灰烬说："能够理解，我也不是有钱人，也知道金钱的重要性。就好比你说的，人都是自私的，站在我的角度，我宁愿一分钱不要，5天不吃不睡地抱着你，这样我的内心才会安宁。"

"哈哈哈……"林泉歪着头笑着，"虽然不愿意你真这么做，但是你这么想，我确实心底热乎乎的。片中曾志伟说：'不要再打扰别人了，该走就走吧。'这句话我也一直记得。唉！要真的是我只能回去5天，也是万般无奈啊。"

"行了行了，不说这些了，咱们是祭拜爷爷奶奶，顺便让他们看看你，以后你要是对我不好，我让奶奶半夜打你去……拉我一把。"孙佳宁借力起身，拍拍屁股上的灰，"我带你去村里逛逛。"

林泉是很喜欢溜达的，尤其是山野村庄，这些地方能带给他一种出世的感觉。出落村是比较松散的村落，并没有大面积的建筑挤在一起，几家几户的一小片聚集着，少有高墙大院，偶尔有村民走过，对他俩也都是好奇地打量一番，似乎看到了水墨画中的不和谐因素。

"……中学的时候，我对我爸妈的感情，可以说是憎恨，我觉得他们根本就不配为人父母。可能那段时间是叛逆期，有一次我自己一个人跑回来，就在奶奶坟前哭了好久，我觉得这个世界根本没有人重视我，在这个世界上，没有任何属于我自己的东西。那天下着小雨，我头发都湿了，冷得浑身发抖，今天回想起来，我还是不自觉地感觉到很冷，你有过这样的体会吗？"

孙佳宁低头边走边说，声音平淡，脸上微微地笑，仿佛在说一件毫不相干的事情。

"有过，我们的原生家庭都很差劲。"林泉的态度也差不多，低头缓步而行，"我爸妈在我10岁时离婚的，我爸本着不让我妈舒服的目的，强烈要求我的抚养权，于是我就跟了他。13岁我就离家了，捡破烂、偷东西，啥都干过，那会儿最怕的就是饿，有了钱就先买吃的。我小学附近有个木材厂，里面一个角落是堆放板材的，什么三合板、五合板、刨花板之类的，都是一张张码成垛，上面盖着大苫布。我经常睡在那里面……"

怕孙佳宁不理解，林泉笑着用手比画着："比如这一垛木板今天拉走一半，那一垛没动，这样苫布下面不就出来一个空间了吗？跟帐篷似的。里面都是木头，夏天是没法睡，会热死，但是冬天一点儿都不冷，睡觉可舒服了。"

孙佳宁笑笑："还能舒服到哪儿去？"

林泉说："相对而言嘛。我弄到了钱，就去买馒头，那会儿馒头一毛五一个，再买个水疙瘩，就是榨菜头，就不会饿肚子了。那会儿小，思想也简单，不饿就是幸福。有一天我玩得很晚，天都黑了好久了，大冬天的我饿着肚子回去，你猜怎么着？没了，什么都没了，所有的木板垛都不见了。我当时都傻了，甚至怀疑是做梦，想了半天，估计是木材厂都给拉走了。这也没什么，可是我的馒头、咸菜都在里面呢。"说完，他指着旁边的树停下脚步。

"就这样的树皮，那个木材厂遍地都是，我就在树皮堆里面扒拉扒拉，当时脑子也单纯，就想着拉木头的也都是大人，他们不会要几个破馒头、咸菜？应该是给扔了吧，于是一边在地上扒拉，脑子里一边还原当时的场景，某个工人看到几个塑料袋，应该会捡起来，一看都是些硬馒头，顺手就给扔了，会扔哪里呢？我一边设想一边找，找到了夜里十点。后来实在是又冷又饿，就跑到一个居民楼，把人家楼道里的大白菜心儿给抠着吃了……"林泉也是笑着说，就好像是说别人的事。

"后来的几十年，我每当想起这一段，就会特别憎恨我爸，一直到他死，我都没有原谅他。"

孙佳宁落后他一个身位，慢慢走着："那现在呢？你心里还有恨吗？"

林泉抬头向天，吁了口气说："哪还有什么恨啊？他也不想这样的，奈何争不过命啊。"

孙佳宁点点头说："是啊，那会儿我也曾用各种极端的方法想让他们痛苦，让他们认识到自己是多么不堪，多么浑蛋。呵呵，还是林老师睿智，你这句'他也不想'，让我彻底不再记恨他们了。"

林泉微笑着说："和自己的父母和解，这是一件挺难做到的事情，原因应该是都没弄明白什么是和解。这里说的和解，不是让你去和父母相亲相爱，这个你我都做不到。只要我们不再去试图改变他们，不再试图让他们为以往的行为忏悔，也不要再梦想着得到他们的理解与关怀，让他们可以做他们自己就成了。我们可以在生活上帮助他们，但是自己要知道，不去改变他们，这不对也做不到，不与他们纠缠，就是智慧。"

两人缓步走上了一小段坡路，孙佳宁的手挽在林泉的手臂上，又被他抓住，两只手紧握着揣在他温暖的衣兜里。

"路漫漫其修远兮。"孙佳宁脸颊轻轻地倚在林泉肩头，"我记得谁说过，智慧的人，都是从痛苦中走出来的，实力是在一次次失败中才能得到提升的。林老师，以前有过的所有苦难，都是成就我们今天的一点一滴啊。"

"呵呵，谁说不是呢？嘿，这村儿里还有供销社？"林泉指着前面一栋墙壁斑驳的大屋，墙上还能看见大红的标语，"要想富先修路，少生孩子多种树"。

孙佳宁松开他的手，这姑娘有人的时候就很腼腆。"以前这门口周末有个小集，谁家杀猪吃不了就在这里卖，或者换些东西。现在估计够呛了，时代在进步，你看窗口都贴出收款码了。"

虽然还叫供销社，但里面和普通的农村小超市也没什么两样。俩人看了看，林泉买了两盒摔炮，这东西虽然普通，但是北京市区没得卖。

孙佳宁本意是想等住在老屋的姑娘回来的时候聊聊，想了想也没什么必要，彼此不认识，也没什么好说的，于是就写了张纸条，对人家帮忙照顾房子和奶奶的坟茔表示感谢，并留下了自己的联系方式。

"现在去哪里呢？"上了车，林泉一边点火一边问她。

孙佳宁用一种沉静而依赖的眼光看着他说："随你，重要的不是去哪儿，而是跟谁。"

第七十一章
烧烤夜话

"我中学就在密城上的,寄宿制的……那会儿感觉没有这么繁华似的……不是走错了吧?"孙佳宁迷迷糊糊地念叨着。

这座城市只能算作三线城市,当年这条路上两边都是梧桐树,现在都被砍了个干净,不少摩天大楼拔地而起,还有些地块被围挡圈住,里面是热火朝天的工地。

林泉指着导航说:"西翠路,没错啊,怎的,小姐,你是古墓派的吗?这工地是正刨你们家呢?"

"你往那边开……"

在孙佳宁的指挥下,林泉开着车在这附近绕呀绕的,孙佳宁一脸的茫然,这条街以前都是各种餐厅小店,一到晚上整条街都会被大排档占满,灯火通明的,有很多她小时候喜欢的美食,现在感觉要变成CBD似的。

"社会在发展,人类在进步,城市的发展不以个人意志为转移。这可是你家地头,我只能跟着你走啊。你看天都快黑了,还是先找个好吃的饭馆,再找个干净舒服的酒店,抱着香喷喷的大姑娘睡上一觉。嘿,这才是人生制高点。"林泉乐呵呵地说。

孙佳宁白了他一眼:"你想得美,各睡各的。这可不是我家地头,离我家都快100公里了,只是当初在这里上了几年学而已。我都快10年没来过了,哪儿给你找好吃的去啊?"

"那就随遇而安了呗,这样,前面红绿灯左拐之后直行,左手出现的第一家餐厅!不管是啥都是它了,怎么样?"林泉兴致勃勃。

孙佳宁点点头，靠在椅背上，望着西方逐渐暗去的天际。

"早先后海那边有一家'今贞烧烤'，也是可以自己动手烤的，朝鲜风味，相当不错，我经常去，后来换了老板，就不行了。"林泉喝着啤酒。

这是一间烧烤小店，餐台中间放上火盆红炭，一根根雪亮的钢签上插着牛羊肉、蔬菜、毛肚、鱼豆腐啥的，林泉兴致勃勃地烤着，暖风中食物的香气扑鼻而来。

这不是左手第一家，第一家是个牛肉面馆，林泉直接耍赖了。

"周末过完了，明天就要开盘了，苹果是不是还要加上一点仓位啊？"

孙佳宁看着手机，目前她持有的3个合约都有所获利，4月13日盘中有所调整，但最后还是上涨收盘，虽然不是光头阳，但也差不太多。

林泉翻烤着几串鸡胗，漫不经心地说："不要想着有机会了就不能错过，你不是已经有底仓了吗？你要知道，高手是不会全仓投入一搏的，因为高手相信机会多的是，自己随时可以在市场上获取资本。只有新手才会满仓一搏，什么叫一搏？赌博呗，赌呗，既然是赌，那就更主要是靠运气了，还分析个什么。"

孙佳宁噘着嘴说："我就是想问问你，要是有把握的话可以多下几手吗？现在股票那边基本也是空仓的，钱都在账面上趴着呢。"

"真无语啊，你居然抱怨空仓。唉！我心都碎了。你知道现在全国有多少人羡慕你吗？有多少人被套，看着账户天天缩水，你居然还不满意？唉，错付了……"

孙佳宁赶忙解释说："什么啊，我这哪是抱怨，只是说明资金没有动向而已。"

林泉把烤好的鸡胗儿递过去："你呀，要知道我跟你说的才是投资真理，你这10万块钱，现在如果全进去，一旦有个轻微的价格回落，立刻就能打垮你所有的内心防御，这不是闹着玩的，很有可能几分钟之内就让你亏一半，这个时候你该怎么做？靠技术面吗？技术面让你立刻止损离场，你止损不？离场之后价格又回升起来了，你崩溃不？啥都没干，账户资金亏出去一半，你得死多少脑细胞？相信我，始终走在安全的边界之内，这才是唯一的真理。"

孙佳宁沉默了，内心似乎有些明悟，又好像差了点什么。

天黑了下来，店里逐渐开始上人，大厅很快就没有位置了，几个包间也坐满了，生意兴隆，人声鼎沸的。店老板是个大胖子，前前后后、忙里忙外地指挥服务员，一看就是个和气生财的生意人。

他俩坐的位置比较偏，林泉有一个习惯，在外面喜欢坐在边角处，最好是视线能看到所有角落的位置，并且背后没有人才好。就像茶馆大厅一号位置那样，一眼望去，全方位覆盖。

林泉喝口啤酒继续说："不论是调研，还是技术分析，对于咱们操盘来说，只有两个帮助。第一，看未来大概率是上涨还是下跌。第二，看短期之内可能会出现什么变化，就比如现在，我们通过调研，知道了苹果在未来一年之内，大概率是上涨的，那之后用技术套它就成了呗。"

"我就是这点不明白，怎么用技术套呢？"孙佳宁追问。

"你看咱们现在开仓之后，一直都是有所获利的，这个获利已经可以支撑一定程度的回落了，目前看咱们下单的三个合约，越远的合约越强，获利也就越多。那咱们就说1810，它最近，并且稍弱一点。走势上你看一下，我开仓是在4月11日，这一天强势站上7000这个位置，整数位，之后4月12日，就是你建仓那一天，价格回落在7000位置有支撑，然后上涨收光头阳。之后4月13日，咱俩开一天车，没看盘，但是你看它的下影线，当天最低价7004，还是止步于7000点。"说着，他手里的牛心管烤好了，焦黄油亮，刷上点辣酱，递给孙佳宁。

孙佳宁此时的心思完全不在吃上，虽然正式做期货不过才几天，但已经让她的眼光完全盯在了随时变动的数字上，仅仅两个交易日，在周五下午收盘时，1901合约已经在7448这个位置，还收的是光头阳，仅仅这个合约开的三手多单，就已经盈利4800元，另外两个合约虽然盈利幅度没有它大，但是到了周五夜盘，整体账户盈利达到了10000元，要知道，总共才投入了不到50000元啊，如果当时多建仓一些，现在收益岂不是更多？

似乎是看到了她的想法，林泉边吃边对她说："投资这个行当，最忌讳的就是意淫，也就是说幻想当初要是怎么怎么样，现在就好了之类的，这些想法不但无用，而且害人。你要想在投资这个行当走下去，记住了，我让你做啥你可以不做，我不让你做啥你一定不要做，这个很重要。"

孙佳宁若有所思地问："你是说资金管理吗？"

"资金管理的最基础逻辑，就是让你能够站在一个进退自如的位置，我再跟你重复一次，投资这个玩意儿，最大的敌人就是你自己，比如你现在想多开一些仓位，这就是危险的，不光是这一次的交易危险，如果你尝到了甜头，那么下一次或者下下次，你终究会有一次重重的伤害，我认为，爆仓是不可避免的。只要你在重仓操作上尝到了甜头，那么后面一定会重伤，这期间你所有靠运气积攒起来的财富，都会化为乌有，这就是定论。"林泉脸上漫不经心的，说出来的话可是挺重。

"那就是说，我就按照现在的持仓，不再操作了？"

"那倒也不是，你现在的操作很简单，就先看1810这个合约，刚才说到7000这个价位，说白了，支撑这个东西，就是出现次数越多越有力，现在已经多次考验7000点了，那么你就先围绕这个价位下功夫，收盘价只要收在7000之下，你就可以先跑出去，这个你要等尾盘，比如说还差一分钟，这个时候你应该很清楚今天收盘价会不会破位，哪怕最后两秒钟，只要对手价交易，就你这几手持仓，分分钟能跑了。"

林泉喝口啤酒："如果真破了7000，在受灾这个逻辑没有被推翻之前，你就围绕每天的分时图均价线做，上线你就开仓，下线你就离场，每天如此，这样即使下行调整，也伤不到你，而上涨你也不会被洗出去。后面还依然按照固有逻辑操作，如果你很想在一波行情中有更多收益，那么只要你单手盈利超过了一手保证金，就加仓一手，加仓之后的离场位就是你的持仓成本线，还是那个逻辑，宁可不赚钱，我也不亏损。"

孙佳宁神情专注地点头："盈利一手保证金，那也就是要上涨700个点左右了，这样一个合约里面的三手就能盈利两万多，这之前的止盈止损就按照分时图的均价线吗？"

林泉说："那怎么成？要按照均价线你怎么可能积累浮盈？我是让你在7000点附近震荡的时候这么做，账户一旦积累到200点以上的盈利，就先不要动了，这个时候你可以看一条日均线，比如5日均线，如果上涨行情中收盘价一直不破5日线，那你就拿5日线作为标准，比如说收盘价只要跌破5日线达到100点，那我就离场。但这只是先期，如果后期盈利比较大，尤其是加过仓之后，那最好看10日线，只要收盘价在10日均线之下，就离场。"

"为什么不一开始就看10日线去做离场线呢？"孙佳宁端着果茶杯，却始终没有顾上喝。

"作为离场线，就不是止损线那么单一了，离场主要是考虑前期已经有所获利，这个时候应该是以保本金为先，其次是保住获利。技术派当中有一些非常固定的逻辑，你一定要记住，比如说不管上涨多少，回落是必然出现的，上涨得越多，距离回落就越近，你是不是感觉这有点像废话？"林泉笑嘻嘻地问。

"还真别说，听着特别有哲理，细想起来，这不就是废话吗？"孙佳宁也笑了。

"就是这些废话，才真正构成了投资精髓，你想一想每一次的熊市顶峰，那都是最疯狂的时刻，那些人都是聪明人，总以为自己比别人强，他们不知道涨多了就会跌吗？"林泉笑笑，喝口啤酒。

"那他们是侥幸了？"

"简化地说吧，贪婪和侥幸，这两种负面心态导致了所有的亏损，当然这两种心态还会衍生出很多别的情绪，比如自负啊，暴躁啊，你要有一个合理的目标，目标达成了就好，就比如你这一次做多苹果，你真正想赚多少钱？"

孙佳宁想了想，有点心虚地说："能翻倍吗？"

林泉眉毛一扬："你是指使用资金还是整体资金呢？"

"使用资金才用了5万块钱不到，整体资金翻倍成不成？"

"啥啊就成不成的，好像是我给你的钱似的，这要看市场能不能支持你的目标。我跟你说啊，就你现在持仓的这几手，按照前天我跟你说的止损要求，拿住了，哪一个合约盈利达到了保证金翻倍，那你就再买三手，这也算是浮盈加仓了，用赚来的钱加仓，加仓后成本价就是离场位，如果后续再赚到三手保证金，那就是距离现在已经有了1500点的收益，这时候你就盯着10日线吧，收盘价在10日线之下就可以离场。"

孙佳宁点点头说："好的，我记得你以前说过大涨之后的顶背离是离场的重要条件，这个也可以吗？"

林泉叹口气说："顶背离一般出现在一波上涨之后，经过调整再次上攻出现新高，距离现在还远着呢，你现在问了也记不住，真到了那个时候再说吧。等回去，你买套'最佳趋势战法'，这套视频讲趋势的操作还是比较全面的。"

孙佳宁瞪着眼，看上去像是要吃人的样子："我还买？你都已经卖了我那么多课程了，还让我买？你财迷心窍了吧？"

林泉笑嘻嘻地说："这样你才记得住啊，半价怎么样？半价卖你还随时可以指导，这教学态度没的说了吧？"

二话不说，她快速打开微信小程序"灯塔之光"，在期货课程里找到"最佳趋势战法"，一看价格，12800元，这是最贵的课程了吧？

孙佳宁放下手机恨恨地说："你想得美，有这钱我先开仓两手苹果了，课程回去就给我，什么钱不钱的，咱俩扯这个就见外了，你想想你都吃了我多少包子了？"

林泉叹口气说："你这包子真挺贵。"

"喊，刚知道啊，你以为我的东西是白吃的吗？早晚让你吐出来。就这点啤酒了啊，不许再要酒了，我去个卫生间，然后找个酒店去。"孙佳宁说着从背包里抽了一包纸巾起身而去。

第七十二章
斗殴事件

卫生间在二楼拐角处，旁边就是一排包间，烧烤店的卫生间一向都是非常忙碌的地方，一进门是两个洗手池子，男女卫生间左右分开。方便完毕，孙佳宁出来洗手的时候，意外发生了。

两个穿着时尚的女人正有说有笑地洗手，看见孙佳宁站在身后，其中一个穿皮短裙的女人冲厕所里喊了一声："萍萍，你完了没有啊？我这给你占着地儿呢。"

"来了来了——"一连串高跟鞋的脚步声中，一个脚踩根天高，身穿白色西装裙，身材火辣的女人从厕所里走了出来，看都没看排队的孙佳宁一眼，嘴里叨咕着："让让，让让。"一伸手就把她扒拉开了。

"哎——你这人怎么这么没素质？"孙佳宁一下就来了气，不排队还动手，这什么人啊？

"你说谁没素质？你瞎吗？没看见我给她占着水池呢吗？"短裙女人张嘴就开喷。

那个叫萍萍的女人也回过身，上下打量了一下孙佳宁，看她一身轻便运动服，像个学生似的，满脸不屑地说："还素质？小婊子你懂个屁。"

轻飘飘的一句，气得孙佳宁攥紧了拳头，她深吸一口气，微笑着说："原来你是干这个的，不好意思耽误你工作了。"说完手也不洗了，转身就要走。

那个萍萍先是一愣，瞬间就像踩了尾巴的猫一样弹了起来，急吼吼地冲了过去，嘴里还骂着："你个小婊子，你骂谁呢？谁给你的勇气跟我对话？"

说着两步就到了面前，伸手就要抓孙佳宁的头发，不料孙佳宁快速向后撤步，拉开了两人之间的距离，高跟鞋本就不好掌握平衡，这一下子那个女人重心不稳，直接就跪在地上了。

"哎哟——"这猝不及防的一下，两个膝盖剧痛不已，疼得她立刻一歪身侧倒在地上，卫生间人来人往，瓷砖地面上也有些污水，一下子就弄了她满身满手。

"哎，萍萍你没事吧？打人啦，你别走，你等着！"旁边的两个女人手忙脚乱地想要扶起萍萍，奈何她这一下直跪全无防备，一时疼得起不来身。

林泉刚结完账，也听见了二楼的鸡飞狗跳，正狐疑间，孙佳宁快步回来，一脸的愤怒中也有几分惊惶。

"咱们走吧，遇上几个泼妇……"孙佳宁快言快语地简单叙述了一下。

"你没事吧？没伤到你吧？"林泉第一反应是先看看她有没有伤到。

"我躲开了，没碰到我……"正说着，楼梯口那边一片乱哄哄，那个穿着皮短裙的女人带着几个男女气势汹汹地快步走来。

"就是她！潇洒哥你不知道，那女的她刚才嚣张得很，抢洗手池子还推倒了萍萍姐。"她满脸义愤填膺，对领头的一个黄毛大声说道。

几人站在孙佳宁面前一米处，黄毛潇洒哥冷着脸，双手抱在胸前，歪着头酷酷地看着孙佳宁，淡淡一笑说："小姑娘，看你岁数不大，怎么这么浮躁，你爹妈没有教给你出门在外不要招惹是非吗？"

孙佳宁心下一阵慌乱，看了一眼林泉，发现这家伙居然低垂着眼帘，似乎不敢直视对方，顿时感觉心脏不停地下沉，周身的力气似乎也在离自己而去，勉强挺着说："我没有抢什么池子，是她插队，我也没推她，是她要抓我，我躲开，她自己摔的。"

店老板这时从后面钻了过来，哈腰赔着笑脸对潇洒哥几人说："几位老板，怎么了吗，消消气，有事好商量……"

潇洒哥看都不看他，身后一个高个儿瘦小伙张嘴骂道："商量什么啊商量，人摔在你卫生间了，等会儿跟你算账，滚一边去！"

孙佳宁看林泉就在一边耷拉个脑袋，真心感觉自己瞎了眼。一时间有些心灰意懒，看这情况也不能善了，心一横，大声说："反正是她自己摔的，你们就说想怎么样吧？"

潇洒哥笑着摇摇头，一副高手风范，身后的高个儿瘦小伙冷笑着说："怎么样？简单啊，你把哥几个伺候好了，啥事不能给你平了？是不？"

孙佳宁咬着牙,死死地盯着,眼前一共5个人,皮短裙女、黄毛潇洒哥、高瘦男、一个戴眼镜的矮个儿,还有一个一身肌肉穿着背心、手臂上盘龙绕凤的花臂男,眼下是没说的了,只能硬刚了。

潇洒哥看看孙佳宁,轻轻歪头看看林泉,不由得轻蔑地笑笑,对身后说:"把这丫头带走。"说罢转身就走。

高瘦男"嘿嘿"笑着走上前:"走吧妹妹,哥几个都是老司机,你算是享福喽……嗷!!!"

就在孙佳宁准备鱼死网破,先抓瞎他一只眼的时候,一声撕心裂肺的惨叫冲天而起,林泉旋风般踹出一脚,正蹬在高瘦男的右腿迎面骨上,咔嚓一声脆响,随后的狂号让人头皮发紧,这么大的动静,这哥们儿声带橡胶做的啊?

整个餐厅刹那间鸦雀无声,潇洒哥猛地回头,面色惨白地看着地上翻着白眼号叫的小弟,再看孙佳宁身旁这个好整以暇的男人,后背一阵发凉。要知道刚才他就站在最前面,如果那时候动手,估计现在在地上死鱼打挺的就是自己了。

"我劝你们别乱来,有事可以依靠警察解决,谁再动手,我帮你冷静冷静。"林泉还是半低着头垂着眼帘,声音冷得像是三九天北极圈平流层的寒风。孙佳宁站在一旁,心下还在狂跳,脑子一片空白。面前地下躺着的这一大坨,刚刚还想暴力抓走自己呢,现在直接废了,估计就是自己想揍他也是轻而易举的。林老师,你……真是太帅了。

林老师现在可不这么想,低垂着眼睛只是为了更清楚地看清他们的下盘,退伍这么多年了,身体大不如前,要是这几个家伙一拥而上,双拳难敌十手,自己也只有一顿胖揍挨着。他眼角余光已经看见店老板在打电话,肯定是在报警了。眼前这种货色一般欺软怕硬,只要再放倒一个,余者胆破矣。

潇洒哥满头黄毛都快立起来了,愤怒、恐惧、庆幸、骑虎难下,种种滋味在心头。他咬咬牙,上前一步冷笑着说:"好身手啊,不过你好像惹错了人……"

林泉一动不动,似乎根本没听见。

潇洒哥咬着后槽牙说:"刚子,干他。"

花臂男刚子阴沉着脸点点头,一把脱掉了身上的黑背心,左臂到胸前缠绕着布雨飞龙,右臂盘踞着斑斓猛虎,搭配上疙疙瘩瘩的肌肉,线条流畅,浮世绘风格分外强烈。

"小子,现在认错还来得及,潇洒哥向来仁义……"

话音未落,林泉抬头,面无表情地说:"我错了。"

刚子顿时卡壳了，四周围观的有人低声笑了起来，孙佳宁也是啼笑皆非，紧张的心情顿时缓解。

潇洒哥感到自尊和智商同时受到了碾压，看着瘫倒在地上的小弟抱着腿，正吭哧吭哧地咬牙忍着，一时间也想通了，再不动手自己就真成了笑话。

抄起旁边桌上一个酒瓶子，他咬着后槽牙吼一声："一起上，干死他！"说着一马当先地就冲了上来。

林泉伸手把孙佳宁拉到身后，眼看着黄毛已经高举酒瓶冲了上来，迅速一个低跨步，矮着身子撞了过去，原本黄毛的酒瓶子是奔着他的脑袋去的，这一下目标消失了，忙乱间只能手臂下沉，顺势砸在他的肩头。潇洒哥想象中的酒瓶破裂并没有出现，在肩膀上的肌肉和衣服卸力之下，酒瓶子脱手飞出，但是撞过来的林泉却没有停下，根本不用看，低着头一扬手，正杵在他脸上。

潇洒哥只觉得左颊一凉，一个尖锐的东西从舌头上划过，满嘴都是腥甜的血气，顿时魂飞魄散，是刀！想到怀中这个人手里有把刀，下一刀可能就是扎在自己心脏上，什么面子、里子，此刻都被抛到了九霄云外，大叫着双手用力推拒着林泉，意图离他远些。可是刚一后退，脚下正绊在高瘦男身上，俩人吼叫着滚在一处。

林泉并不想追击，跟这几个垃圾鱼死网破，根本不符合自身利益，要按照生意来说赔姥姥家去了。潇洒哥倒下，他刚要后退，旁边一直不吭声的矮个子眼镜已经到了身边，一酒瓶子就砸在了他头上，这叫一个砸得实在。在清脆的玻璃爆裂声和周边食客的惊呼声中，眼镜左手又抢起来一个酒瓶，林泉右手护头挡住，侧身向前挤过去，眼镜上身后仰，手臂乱抢间，胸前空门大开，正忙乱调整间，林泉的拳头正正地砸在了他的鼻子上……

孙佳宁吓得不知所措，完全不知怎么是好，林泉满脸是血，两拳砸在眼镜的脸上之后，他起身回头在地上找着什么，突然间弯腰，捡起刺伤潇洒哥所用的家伙，原来只是一个烤串的钢签，根部被弯折成了一个把手形状，草草地包裹上了一些纸巾。

捡起来这把"武器"，林泉看着文身哥刚子，龇牙一笑，满脸血浆地直奔他而去。

刚子脑子都没有反应过来，就这么电光石火的几秒钟，几个兄弟全趴下了，潇洒哥正捂着脸往这边爬，自己这边的战力除了自己，只有一个两股战战的女人了，正惶恐间，对面那个"血人"从地上捡起来个什么，虽然没看清，但肯定不是鲜花、现金、道歉信之类的，弄不好就是把凶器。正想怎么办，这家伙血瓢似的就奔自己过来了，一时间脑子宕机了，转身就跑，林泉一声大喝，这厮竟然跌跌撞撞地跑出了餐厅。

林泉喘着粗气拉过把椅子坐下，孙佳宁这时候也缓过来了，抓起纸巾给他擦血，眼眶中泪水涟涟的，嘴里轻轻地念叨着："疼不？都怪我……对不起林老师，都怪我……"

店老板带着几个厨师和服务员，把现场围了起来。三个伤者都有人看着，那个短裙女想要走，却被两个服务生拦了下来，看来店老板也豁出去了，这么一闹跑了好几桌，还砸坏不少东西，搁谁身上也得发飙。

林泉头上的伤口并没有多么疼痛，但胸前一阵一阵地憋闷，虽说没有缠斗太久，但是这副身体多年没有操练了，放松下来之后眼前直发黑，心脏擂鼓似的狂跳不止。

第七十三章
宁宁哭傻了

警察是跟着刚子一块儿进门的,一看现场都是伤者,赶快叫了"120",一番盘问,扣下所有人证件之后,潇洒哥三人坐一辆救护车走了,孙佳宁和林泉坐另一辆车,警察还不错,特意嘱咐救护人员去不同的医院。

救护车哇啦哇啦地响着,林泉躺在担架上,孙佳宁坐在一旁,拉着他的手垂泪。此时心下这个后悔啊,跟这群垃圾人置气是多傻的事情啊,林泉要是有个三长两短,该怎么办啊?

"林老师,你没事吧?哪里疼你就说出来,别忍着……"

"乖,我没事,你别着急,我受的比这重的伤多了去了。"林泉苦笑着安慰,身子微微有点动作,半拉身子都跟着疼,额头上冷汗直冒。

孙佳宁多少恢复了一些平静,赶紧按住他说:"你别动,马上就到医院了。"说着她眼睛瞟了一下旁边的男护士,低声说:"是我连累了你,现在该怎么处理?"

林泉忍着疼,装作没事的样子"嘿嘿"一笑说:"那几个伤成啥样我也说不好,我这个估计也就是个轻微伤,要是算成互殴,就是拼伤了,对面要是有一个轻伤,我就得进去蹲些日子。"

"这怎么可能?明明是他们围攻你,你是正当防卫的。"孙佳宁一脸震惊。

"我跟你说,别和我犟嘴,给刘晨打电话,把这边的情况告诉他,让他联系三哥,嗯……也跟黄业说一声。还有,让他过来接你,现在就过来,我要没事,咱们就一起走,我要有事,你不能一个人走,必须有人接。"

说话间医院到了,司机停车后下来开门,把林泉的担架车搬下来,移交给急诊护士。之后就是一连串的检查，清理缝合伤口。

头上缝合 6 针，右臂、右肩挫伤，需要养一段日子。林泉躺在医院的软皮长椅上，正在和孙佳宁交代。

"……这个就是轻微伤，对方最差也是轻微伤，如果算互殴，去了派出所就出不来了，但是不去也不行，所以我们就在医院耗一天，刘晨已经出发了，就算开车过来，也不过 1300 公里，24 小时也就差不多了。现在你看我状态差，那就是用力过猛有点脱力，睡一觉就好……"

孙佳宁眼睛都哭肿了，满心都是后悔，这是哪儿跟哪儿就来了这么档子事，现在想起来抽自己的心都有了。

"派出所你不能跟我去，找个酒店开个房间等他们到，之后的事情他们会做，我包里还有两万多现金，给我拿几千，万一进去了有个花销。其余你拿着……"林泉絮絮叨叨地安排着，没办法，自己会如何他还真不放在心上，想到可能进看守所待些日子，心里不禁有些迫切呢。但是宁宁在外面呢，这次又是和地头蛇结了仇，所以必须把她安排好，只要她回北京了，自己怎么都好混。

"我不！我要是自己走了，留你去坐牢，还不如让我死了算了……"孙佳宁哭得都忘了自己了，回想过去，奶奶去世也没哭成这样啊。

"你是不是傻？你得躲开那帮人，等刘晨他们来了，你还得跟着他们捞我啊，要是你再落入他们手里，咱们可就更没招了。"

"我也躲不开啊，我的证件也被扣了，再说了，事情因我而起，我不去怎么能成啊？"孙佳宁彻底乱了。

林泉闭上眼想了想说："没关系，你无足轻重，你没有动手，现在涉嫌刑事的只有我，你可以晚一两天再去，随便什么借口都成，手机丢了，睡觉忘了，只要你没有刑事责任，谁也难为不了你。只要你没事，这件事对我一点影响都没有，你要是有事，那可真毁了，千万千万……"说着林泉昏昏沉沉地睡了过去。

他做了一个梦，好像醒来回到了茶馆，李墨在吧台里对自己视而不见，正奇怪间，王俊雄从楼上下来，也是看不见自己，还有玲姐、赵欣，所有人都看不见自己，不论自己怎么喊都没用，正惶恐间，蓝兰推门进来，冷笑着说："这是你自找的……"

林泉想要抓住她，却怎么也抬不起手来，也喊不出声，就在自己眼前，蓝兰诡异地笑着，嘴里、鼻子里、眼睛里都淌下血来……

醒过来心脏还在"怦怦怦"狂跳，孙佳宁坐在他脚边，歪着头眯瞪着。林泉看看手机，已经凌晨4点了，轻微地活动一下身体，右胳膊基本动不了，其他地方虽然酸痛，但是都在正常范围内。

医院长椅上睡不实在，林泉一动，孙佳宁就醒了，两人都被这个长椅折磨得够呛，扶着林泉去个厕所，之后俩人开始在长长的楼道里遛弯。

医院的急诊属于永远嘈杂喧闹的地方之一，在这里，你永远想不到下一个患者是啥情况。人来人往，这边刚接到一个突发车祸的伤员，那边又来个使尽浑身解数要求打杜冷丁的"瘾君子"，最常见的就是酒精中毒的，也会有年迈的老人被推进来。

"……谁也不愿意来这里，但是又有谁能逃得开？"林泉看着热闹的急诊大厅有些感慨。

"你本不该来的，都怪我惹事……"孙佳宁依然在自责中。

"你如果再这样，就别跟我说话了。咱俩现在是一体的，这种事本来就是突发情况，谁也无法预料。发生了就一起面对，事前咱们没办法未雨绸缪，事后还不能冷静对待吗？你看看这些人，哪个不比咱们更惨，多大点事儿啊，值得你这样无病呻吟的？"林泉目前形象不佳，脑袋上裹了个网兜，固定着纱布保护创口，脸色灰白还有斑斑血渍。

孙佳宁也好不到哪里去，小脸煞白，双目红肿，头发乱蓬蓬的，那个落魄劲儿，站在林泉身旁也不遑多让。两人相互搀扶，缓缓走着，背影就像一对年迈的老夫妻，在岁月的长河中相携而行。

"……你是林泉吧？这边是派出所，你的伤情怎么样了？……是这样，对方的伤情都已经诊断好了，你来派出所，我们给你调解一下吧……哦，那你尽快……就今天下午，三点吧……"

林泉把电话挂断，指着手机屏幕说："之前我就跟你说过了，大致的走势只要不坏就行，不要和丁群断了联系，要对比着他们调研进程中的各种消息，只要还在减产，那么单子就是安全的，有所获利之后，就靠移动止损线离场。我的账户你也得管着，店里的程序化密码在这儿，如果死机了、断网了或者停电了，我是说如果，你就找章晨风，让他给你重新挂机，但是他没有密码，你要给我看好家……"林泉絮絮叨叨地安排着。

孙佳宁一脸担忧地问："先说派出所怎么说的。"

"说让我拿着诊断报告去调解，我说还有检查没有做完，他们把时间延后到了下午三点，不错，我正好有时间给你讲讲账户如何处理。"

　　孙佳宁摇了摇头："账户不用说了，我都记住了，眼下你要做的事情才是重要的事。"

　　林泉咬着牙活动了下右手说："我要做的事情很简单，就是去派出所说一下事情经过。你别看那个领头的脸给扎穿了，只要舌头没掉，轻微伤而已。倒是第一个躺下的那个有点不确定，腿肯定是折了，就是不知道能挂上什么伤。要只是简单骨折，也是轻微伤，那就互相拘留呗，顶多15天，我就当进去减减肥，最近确实有点营养过剩。"

　　"那要不是你说的那样呢？你也不是医生啊，万一那边伤得重呢？我看第一个躺下的那个人腿都变形了，特别吓人。"孙佳宁心有余悸。

　　林泉说："那就可能刑拘了，这就要等刘晨过来再说了，他也不是自己来，有明白人的，只要想办法让对方谅解，那就没事了。你在外面听他的，咱们都做好自己该做的事，事情既然出了，就要冷静面对，不要哭哭啼啼感情用事。"

　　眼下能让林泉头疼的，也就只有孙佳宁的安全了，他怕这姑娘胡来，至于蹲几天看守所啥的，他完全没放心上，本来就需要找一个没人认识的地方，彻底地放空思想，哪里都一样。

　　好说歹说，孙佳宁算是口头答应了，俩人一直在医院，手拉手靠在长椅上，说不完的话，还有止不住的泪。孙佳宁泪眼婆娑的样子，让那些不明就里的人心生恻隐，一般这样的哭法，下一步就是上坟了。

第七十四章
赔你五百

基本如林泉的预料,进了派出所就被关小屋了,还被戴上了手铐。这说明依照现有证据,已经够得上强制措施了。

不一会儿,进来个年轻警察做笔录,林泉按照事发经过一字一句地说了,他一直是一个事到临头还能保持冷静的人,昨晚交锋时候的语言表述,也都是对自己有利的。

笔录做了有半小时,案情简单明了,一摞材料递过来,林泉慢慢地翻看着。

"这一处不对,我个人与他们没有任何纠纷,他们是调戏妇女,意图在公共场所绑架我的朋友,我是在制止犯罪……这一处不对,那个'黄毛'冲过来的时候喊的是'干死他',这个餐厅里有不下30个人证,警察同志你没有记录……还有这里,什么叫凶器呢?警察同志,我用的是羊肉串的签子,是餐厅的餐具,和啤酒瓶子是相同的性质,请你修改一下……还有……"

年轻的警察皱着眉,不时地抬头看看房顶的监控,无奈地按照林泉说的逐句改过,再让他重新确认,最后林泉咬着牙忍痛签了字。

就在这个时候,一个二级警督走了进来,看着林泉,脸色很不友好。

"他认了没有?"他看着林泉问了一句。

"呵呵,按他说的,是在见义勇为,制止犯罪。"年轻警察撇撇嘴说。

"呵呵,不见棺材不落泪,没事,有的是时间。"看林泉在那里费劲地写字,二级警督轻蔑地说。

好一会儿,林泉才把所有笔录签完,年轻警察拿回去一张一张地看着,突然停住了,抬起头眯着眼看看林泉:"最后这是什么意思?"

"就是你理解的意思。"林泉轻松地说，左手费力地托起右手，活动一下手铐。

二级警督拿过来笔录一看，最后一页的签名处赫然写着："鉴于可能会受到不公正对待，要求派出所保留本人从进来到离开的所有录像证据。"

二级警督放下笔录，看着他微点着头，嘴角一丝冷笑。林泉一副困倦欲眠的样子，根本不抬眼。

"先关着他，你跟我来。"说罢，二级警督拿着笔录转身出门。

在隔壁一间空房里，二级警督问："小陈，你看怎么弄？"

小陈犹豫了一下，皱着眉说："何所，就这个笔录，加上旁证还真不好处理，关键是餐厅那边还有人录像了，要不然看看能不能调解一下？"

二级警督想了想说："对方是分局的龙局长的关系，这边这个看着也不是啥好相处的，我去问问，你这边看着点他。"说罢转身出去。

小陈看着他走远，冷哼一声嘀咕着："我看怎么弄？神仙打架想让我顶锅吗？"

派出所后面的小院落是办案区，属于封闭空间，出了铁门之后就是办公区，沿着楼道走到尽头，就是所长办公室，二级警督推门而入。

"王总，刘女士，久等了。"二级警督客气地说着。

屋内两人，男的身穿得体的西服，四五十岁年纪，大背头油亮，一副成功人士的面孔和派头。女人赫然就是头天晚上摔倒在洗手间的那个萍萍，此时她也一改之前跋扈的做派，举止得体，典雅大方。

"哪里哪里，何所长，给您添麻烦了。"刘萍起身客气地说。

王总则大模大样地坐在沙发上，抽着烟问道："怎么样了？对面的人怎么处理？"

何所长没有坐回办公桌后，而是拉了把椅子坐到沙发的斜对面，把手中的笔录递过去。

"王总，对方说的和令弟几人说的有些出入，另外现场的旁观者、餐厅老板的笔录也倾向于对方，这件事情不太好弄啊。"

王总接过笔录随便翻翻，随手放在茶几上，沉默地抽着烟。

"何所长，这件事情明摆着的，对面那个人就是个凶手，还有那个女的也是很厉害的，我弟弟只是下去问问他为什么推我，他们就下毒手，三个人都受了伤,我弟弟脸都被一刀扎穿了……呜呜,我怎么跟我妈交代啊……"说着说着悲上心头,刘萍泪如泉涌,低声哭泣着。

"老何啊,我本来不该过来找你,确实是太气愤了,公共场所欺压良善,一言不合当场行凶,还有王法吗?这样的人要是不收拾他,我真是气愤难平啊。"王总声音低沉,愤懑之意溢于言表。

"是,是……您的心情我能理解,刘女士,您还请宽心一些,令弟的伤应该很快就能好……"何所长不停地安慰着两人,见缝插针地表达一下自己的看法,"我觉得怎么收拾这个人其实并不重要,毕竟令弟和朋友的损失已经成为事实,要不我去谈谈让对方做出一些赔偿?"

王总沉默着,刘萍也没有接话,何所长有些尴尬。

"我也知道对于王总来说,赔多少钱都不算啥,但是这里面有个环节挺麻烦,对方也受了点伤,要真的按照互殴定性,令弟那边的人也得有个治安拘留。所以我想着,要不谈谈赔偿啥的?"

沉默了一会儿,王总吁了口气说:"萍萍啊,你也别伤心了,何所说得在理,说白了,这事儿一个巴掌拍不响,刘锐也有一定的责任。何所长辛苦一下,看看对方准备怎么赔偿,我们在这里等,如何?"

"王总深明大义,我这就去布置一下。"何所长笑笑起身出门,直奔办案区。

林泉正在研究手铐的构造,记得以前的手铐锁孔是在铐子侧面,里面是一个弹簧拨片,钥匙插进去一扭就打开了,现在的锁孔改在了底部,在两手连接处有一个挺大的孔,他正在想象钥匙的形状,年轻警察推门而入。

"林泉是吧,知道这是什么不?"小陈晃了晃手中的档案袋,"昨天晚上你挺能干啊,三个人都不同程度地受伤,目前看两人轻伤,一人存疑,要不要我给你念念啊?"

林泉泥雕木塑似的,坐着一动不动。

小陈也不理他,翻动着手里的伤情鉴定说:"……胫骨骨折,局部肿胀,软组织损伤所致水肿,足背动脉搏动轻微,合并有神经损伤……鼻骨骨折合并鼻中隔骨折,还有一个面颊穿透,正在验伤,我说你挺厉害啊,这么多伤够判你几年的吧,还是这么无动于衷吗?"

林泉叹息一声说:"唉……我也不想啊,谁让赶上了呢,不对啊,判我干啥?制止犯罪不对吗?"

小陈冷笑着说:"别以为自己什么都懂,对方犯什么罪了?先动手的是你吧?使用暴力致人受伤的是你吧?别弄得自己很无辜似的,到哪里就说哪里的话,你要是受伤严重,不用多说我立马抓人去……"

小陈明显也是一个经验丰富的警察,业务熟练,话里话外全是林泉的问题,林泉也有点累了,低着头静静地听着。

"现在你是别想出去了,如果得不到对方谅解,那就只能去看守所等着判了,没有别的可能。你年纪也不小了,来密城是旅游的吧?好端端的惹这事干吗?嘿,我说,我这可是为了你好,别不识好歹啊。"

林泉无奈地说:"那你说,我该怎么办好呢?"

小陈一瞪眼说:"争取对方谅解啊,还能怎么办,赔钱呗。"

"赔多少呢?"林泉脑袋上裹着个网兜,垂头丧气,无精打采。

"你问谁呢?你得看人家对方要多少才能谅解你。"

林泉一脸沮丧地说:"哦,那你叫他来吧。"

见他还算配合,小陈又交代了一下,让他把握最后的机会,要不然就只能蹲看守所去了云云,随后出去了。

过不多时,小陈回来了,身后跟着一个女人,一身长款风衣显得身形颀长,相貌也挺别致。

小陈给她搬了把椅子,让她坐在林泉不远处。刘萍看着眼前这个人,头发乱蓬蓬的,半拉脑袋裹在网兜里,脸上还有血渍,脸色灰白,犹如丧家之犬。

"这位女士是受害者的家属,赔偿事宜你可以跟她协商。"小陈交代一句,就坐在旁边不言声了。

等了一会儿,见对方不说话,刘萍冷笑一声开口。

"是嘴也受伤了吗?怎么不说话呀?你不是很厉害吗?"

林泉斜了她一眼,没有说话。

"看我有什么用呢?你的女人呢?昨天不是也挺厉害吗?敢跟我动手,叫她出来解决问题啊。怎么的,有本事惹事没本事擦屁股吗?"

小陈一看这不对路啊,赶忙干咳一声赔笑着说:"那个……刘女士,咱们还是围绕着赔偿谈,好吧?"

"谈赔偿也成啊,你说吧,赔多少钱,仨瓜俩枣的也就别说出来现眼了,看你这样儿也不像什么有钱人。"刘萍气势凌人,高高在上地说着。

"500成不?"林泉弱弱地说。

不光刘萍呆住了，小陈也傻了，500？怎么一个计量单位呢？

刘萍想了想，问道："500？500块吗？"

林泉点头说："我带的钱不多，还要留点路费回家呢。"

都无语了，这还怎么聊，是人都听出来这话中的戏弄成分了。小陈冷声说："我告诉你，这是派出所，是执法机构，给你机会你要是不当回事，后果自负。"

林泉看着刘萍，叹口气说："那就1000，成了吧，你也就值这些，再多了就属于溢价了。"

刘萍气得后脑勺疼，转过脸冲小陈吼道："这就是你说的赔礼道歉，这就是你说的谈赔偿！"说罢转身就推门而去。小陈皱着眉，想起来这是办案区，自己不送她出不去，赶忙起身追了出去。

林泉开心了，本来也不至于这么调侃对方，既然是跟孙佳宁动手的那位，那就先言语上出口恶气吧。

这会儿安静了，根本没人理他了，林泉坐在审讯椅上，周身都被固定了，想动也只能是摇头晃脑，这屋子没有窗户，看不见外面，也不知道现在几点了，想起孙佳宁来，他的心里还是很不安，自己怎么样全在预判之中，而她……关心则乱啊。

第七十五章
看守所第一夜

不知过了多久，门又开了，小陈和另外两个警察走了进来，站在林泉身旁，一人拿出一张 A4 纸对林泉说："林泉，你涉嫌故意伤害罪，现在对你执行刑事拘留，在这里签字。"说着把文件递过来。

"签字就免了，直接拘留吧。"林泉并不接笔。

"别想多了，你不签字照样刑拘你，还记你一个态度不好。"另一个警察讥笑着说。

林泉缓缓地说："我不签字，是对你们适用罪名的不认可。多说无益，去看守所吧。"

"你知道得还挺多，呵呵，那就走呗……"

解开手铐，打开椅子上的固定板，林泉站起来，另一个警察要来拖他，小陈制止了，抓着林泉的胳臂走出审讯室。

林泉走得很慢，小陈与其说是抓着他，不如说是扶着他，林泉能够感觉到对方释放过来的善意，但到底为什么，他也懒得思考了。现在，他最怕的就是看见孙佳宁在什么地方突然出现，这丫头会不会听话，他心里可真没底。

天早已经黑了，还好，路过接待大厅的时候没有看见宁宁，上了警车，在派出所门口也没有看见，应该是听话了。林泉有些后悔，这丫头一个人在外面，实在让人揪心，自己最近的行为太没水准了，应该等刘晨到了，再来解决问题。自己要是真的留下刑事污点，对女儿也有影响，到时怎么办？他有些烦躁，这账怎么算都是亏，一步错步步错，眼下也只能将错就错下去了。

看守所在郊区，一个多小时车程，到地方已经快午夜了。一片昏暗中，依稀看见五米左右高的墙上架着电网，每隔不远就有一个红色的灯泡亮着，和北京的看守所看上去没有太大差别。林泉不禁感叹命途多舛，以前去看守所是接人，现在自己成了要入住的了。

一番交接手续，简单的体检，仔细的搜身之后，他抱着被褥走进铁门。铁门之后是一个中枢，从这里延伸出去一条条筒道，每一条筒道中都有一扇扇的铁门。毫无疑问，骄傲的林老师也得钻进去关着了。

中枢里面是监控室，大玻璃后面有几个警察正在说着什么，玻璃下面一长串的铁架子上面挂满了脚镣，各种型号都有，震慑力十足。旁边有个办公桌，两个警察在说话。

此时，看着灯光昏黄的筒道，第一次进看守所的林泉感受到了恐惧和压力。莫名的令人恐惧，说明了这里和外界的不同。

两个警察接过林泉的身份卡，认真看了看，转身拿起一个铁盘，上面挂满了钥匙，"哗啦哗啦"地走进最左边的筒道。

"想什么呢你？过来啊。"一声呵斥，林泉也不得不过去。可能是看他有伤，警察并没有催促，反正他也是上班，不着急去干啥。

铁门在身后轰然关闭，在一连串清脆的撞击声中被锁死了。林泉面前是一米多宽的走道，道左是一个两米多宽、十多米长的大通铺，上面整整齐齐地躺满了人，右边是一扇巨大的半落地玻璃，里面有蹲坑也有脸盆架子啥的，算是个水房吧。屋子的尽头处，站着两个人，高个子的看林泉费力地搬着东西，上前来帮他把被褥放在通铺的一个空位处，低声说："你先睡这里吧。"

林泉点点头，看看四周，通铺上并不拥挤，二十来个人，有几个转过脸来看看他，又各自闭眼睡去了。

他坐在铺上歇了一会儿，咬咬牙起身，一瘸一拐地走进水房，也不拘是谁的脸盆，拿起来就接了半盆凉水，洗脸洗脚。还别说，这个看守所一看就是新建不久，两个蹲坑，墙上砌有五个方孔，里面是五个水龙头，还有一个单独的红色龙头，应该是开水管。

洗洗之后精神好了些，简单地铺好被褥躺下，他感觉浑身跟灌了铅一般沉重。这两天的事情，在眼前像放电影一样掠过，每一个环节似乎都难以避免，但又好像有其他的选择余地。

"怎么就走到这一步了！"他在心里恨恨地骂一句。

第七十六章
布置

"兄弟烧烤"的霓虹灯招牌还亮着,已经午夜了,客人也都走光了。不,严格地说,还有一桌客人,就在昨天出事那一桌,仅有一位客人,点了一桌子的烧烤却不吃,摆满了桌面。

胖老板早就认出来了,就是昨晚出事的那个女孩,也不知道她的同伴怎么样了,应该不太好,从女孩的情绪状态就能看出,她什么都没吃,却在对面倒了一杯啤酒,似乎正在追忆过往的什么。

胖老板刚给老婆打完电话,说明了情况,妻子很是"温柔贤淑",让他赶快把那小娘们儿轰出去,要打外面打,要死也死外面去。

胖老板叹了口气,叫后厨的两个厨师别走,三个人也弄了几个菜、几瓶啤酒,角落里坐着,小声说着什么,似乎怕吵到那个女孩。

一声急促的刹车音,胖老板从窗子望出去,一辆黑色奔驰S500急刹在店门口。

随后又是一辆牧马人吉普停下,车上呼啦啦下来七八个人,伴着"砰砰砰"的关车门声,人已经进店了。

胖老板暗自叫苦,硬着头皮迎上前。

"您好,小店已经打烊了……"正说着,一个身穿黑西服的小伙子挡在他身前,在小伙身后,走进来一个穿黑色皮夹克的魁梧中年人,他看看周围环境,冲胖老板点头笑笑说:"你好,我们是来找朋友的。"

说着,他指了指那个女孩,迈步走了过去。胖老板本能地想要跟过去,却被黑衣小伙伸手挡住，只能暗自祈祷不要再出事了。

"你是宁宁吗？"魁梧汉子站在孙佳宁面前，很有礼貌地问。

孙佳宁一动不动地看着他，汉子宽容地笑笑："我叫郝平生，是孙志宏的朋友，他很担心你的安全，叫我先来打个前站。"说着他看看腕表，"估计再有一个小时他就到了。"

孙志宏就是孙佳宁的老爹。林泉去了派出所之后，她思前想后都觉得不对，于是给她老爹打了电话，这也是她平生第一次求助于父亲。

"不好意思，怠慢了，郝叔叔，您请坐。"孙佳宁起身问好。

"这里可以坐吗？"郝平生指指孙佳宁对面，那里摆着一套餐具，还有一杯啤酒。

"您请。"孙佳宁伸手把啤酒拿到自己这边。

郝平生坐下，两眼凝视着她，嘴角带着微笑："我见过你的，在你的百日宴上，那会儿你才这么大点，我还抱过你呢。"他似乎在回忆当时的情形，"你爸要奸，我刚抱一小会儿，他就不干了，非抢过去自己抱着，那天全屋的人都不许抽烟，说是怕呛着你。呵呵，他喝酒都是抱着你喝的……"

孙佳宁礼貌地笑笑说："那时候我小，他可能是第一次当爹，新鲜吧。"

郝平生一声叹息："唉……宁宁啊，子女是不懂父母的心思的，除非也为人父母了。好了，不说这些，我来就是保证你的安全，什么都不问，咱俩随便聊聊，好吧？"

孙佳宁微笑着说："那敢情好，我都半天没说话了。"

郝平生转身对后面喊一声："晓峰，你们也弄点吃的，别喝酒了。"

胖老板看没出事，悬着的心算是放下了，刚要回去自己桌上，黑衣小伙喊他过去，直接拿着菜单开始点菜。看这一伙人凶神恶煞的，胖老板也不敢拒绝，让两个厨子也别喝了，去后厨干活。

郝平生很健谈，拣一些宁宁父亲年轻时候的糗事讲讲，就当笑话说了，虽然孙佳宁心事重重，但气氛倒也融洽。

后面几个人很安静，也不聊天，喝着茶水吃着烤肉，各自看着手机，只有晓峰时刻盯着外面和后厨。

突然，晓峰站起身，身旁的几人也顺着他的眼光看去，只见一辆咖啡色丰田埃尔法缓缓停在S500后面。晓峰立刻凑到门口看了看，扭头对郝平生说："生哥，七座商务车，北京牌照。"

第七十六章 布置

· 315 ·

孙佳宁急忙抬头，正好看见刘晨从副驾下来，两人看了个对脸。

"这是我的朋友，从北京过来的。"孙佳宁说着，起身往外走，心里不禁有些骄傲，1000多公里呢，有朋友为自己开车过来，容易吗？

刘晨也很是疑惑，从外面看孙佳宁是和一个陌生人在一起。为保险起见，他回头对车上下来的另一个人说："三哥，那个姑娘是跟林哥一起的，旁边的人不认识。我先过去看看，你们准备着点儿，我这身子骨可不是动手的料。"

这边刚下车，孙佳宁也出来了，刘晨指了指身后的枯瘦汉子说："这是三哥，林老师也得叫声'三哥'。"

孙佳宁立刻稍稍低头，恭敬地喊了一声："三哥您好，麻烦您跑这么老远，我们惭愧得很。"

三哥双手背后抻抻筋，笑呵呵地说："没事儿，林老师的事，没什么麻烦的，确实够远，我这老腰够呛。"

话音未落，一道雪亮的车灯照过来，跟在孙佳宁身旁的晓峰动若脱兔地蹿过来，抓住孙佳宁手腕就拉到身后。

来车迅捷地停到众人面前，大灯灭掉的同时，车门打开，出来一个高个子男人，一身长风衣，显得极有风度。

"宏哥，你来得很快嘛，这边北京的几个朋友也刚到。"郝平生及时出声，免去了孙志宏的疑惑，这么多人围着自己女儿，搁谁也得想想。

孙佳宁有点头疼，刘晨这一车6个人，郝平生那边8个人，老爹这边4个人，据说还有一车在路上，这阵仗可真不小。好在虽然人多，主要介绍几个关键人物认识就成，省去了大量的口舌。

再回到餐厅中，胖老板心说刚歇会儿，这倒好，继续忙活吧。

换了个圆桌，郝平生、晓峰、孙老爹、老爹的兄弟朱永利、刘晨、三哥和孙佳宁几个人坐在一起。孙佳宁细细地把整个事情讲述了一遍，当听到有个瘦高个儿要把孙佳宁带回去给怎么样了，她老爹气得手都哆嗦了，这一辈子只有他欺负人，唯一的闺女居然差点被人那啥，心脏泵血都不规律了。

后来听到林泉在医院里的安排，老爹不由得插话："闺女，这小伙子真不错，有勇有谋的，走一步看三步，绝对是个人才，你眼光厉害。"

孙佳宁没接这话茬儿。刘晨心说："你要是知道这'小伙子'年纪跟你差不太多，就该换个评价了吧？"

一番讲述娓娓道来，用了将近20分钟，深度还原了现场，就连动手的位置都给指认了出来。孙志宏气得不行，这太欺负人了，当时就要郝平生想办法找出来这几个孙子。

三哥这时候说话了："各位，着急也不在这一时半刻的，哪位是本地的兄弟？先去问问老板笔录是怎么做的，不要吓唬他，一定要问出来真实内容。"

郝平生扭脸说："晓峰你去，先跟他摆明利害关系，怎么跟警察做的笔录都没关系，只要说实话就不会难为他，但要是不说实话，影响这边的布置，那他就当心了。"

三哥点点头说："来之前没想过有这么多当地朋友帮忙，还以为要做些麻烦的功课，现在看来省心不少。既然姑娘说对方三人也是坐'120'走的，那能不能从这个方向入手，先找到他们呢？听过程这几个人也不是什么有心计的主儿，医院那边应该会有他们的个人信息。不管怎么说，咱们的人还在里面，找到这几个孙子，让他们说实话，咱们就主动很多。"

郝平生笑笑说："没问题，我这就叫人去。"说着起身去安排。

三哥接着说："姑娘，有点事情我不太明白，你能不能给我解解惑？"

孙佳宁恭敬地说："三哥请讲。"

三哥笑着说："林泉让你先别去派出所，应该是怕你落到那帮人手里，这个我能理解，他就是这样的人，为了自己心上人，即使血溅五步也不会后退一步。但是，他自己为什么要先去派出所呢？他完全可以和你一起等着我们来，他也知道我们快到了呀，这个问题我有点想不通。"说完，三哥笑眯眯地看着她，等待回答。

是呀，他完全可以和自己一起等到现在啊，这是为了啥？难道林泉脑子也受伤了？

"这个……我也不清楚，他脑袋上缝了6针，会不会是脑震荡，一时间失了智？"孙佳宁懵懵懂懂地说。

刘晨差点喷了出来，只有他发现了，孙佳宁这不是调侃，是真这么想的。

三哥笑笑，点点头说："一切皆有可能。那这样吧，刘晨明天去一趟看守所，门口找个带话律师，问问林泉是不是有什么深层次的安排，咱们别给他打乱了。他这件事情并不复杂，您看还有没有别的什么办法，能从派出所里知道一些消息呢？"他看着孙志宏说。

"应该没问题，天亮就能有消息，不会耽误事。"孙老爹心绪不佳，他也是风云人物，只是关心则乱，这么多年，闺女第一次向自己求助，结果被这个北京来的"瘦猴子"抢了风头。

"您费心了。说实话,我个人觉得这真不是啥大事,也就斗胆胡乱安排了,惊动了您已经是我们做晚辈的不是了,再让您费心实在是难以接受。"

三哥最后一句算是把孙老爹给胡噜顺了,只听他哈哈一笑,爽朗地说:"说这些就见外了,来到这边就是孙某的客人。永利,你给各位安排好酒店,待会儿这边完事,先去休息,千里迢迢赶来,辛苦各位了。"

郝平生那边也完事了,回来坐下说:"已经叫人去了医院,不管他们在那留下什么信息,都会拿回来。晓峰已经去问做过笔录的其他两个人,这边老板说的和宁宁说的差不多,感觉应该不会骗咱们,相信他也不敢。"

三哥点点头,看着孙老爹说:"那咱们现在先这样?"

"那就先这样。生子,麻烦你的兄弟跑跑,明天我的人手也会过来。还有,刚才这位兄弟说,想了解一下派出所那边是不是有什么咱们不知道的事,你给想想看,能不能找到熟人问问。"

郝平生点头应下。

看着要走了,孙佳宁起身来到吧台,胖老板正满脸疲惫地坐着,见到她来,连忙起身,态度恭敬得很。

"老板,你把账算一下,所有的。"

"姑娘,刚才那位老板结过账了。"胖老板笑得有些谦卑,指指郝平生。

那边桌上众人也起身了,郝平生走过来说:"宁宁啊,你们好不容易来我地头,怎么也得给我个表现机会是不是?"

孙佳宁向他道谢,又想了想,从口袋里拿出来一叠钱放在吧台上:"大哥,昨天到今天给你添了不少麻烦,这是3000块钱,算是我昨天的饭钱,还有给您的损失赔偿,感谢您在警察面前敢于说真话。"

胖老板感动得差点哭出来,这两天差点给熬死吓死,开个买卖容易吗?

三哥低声对刘晨说:"林泉好眼光,这么懂事的姑娘,少见了。看来家传基因这个真靠谱。"

这话好巧不巧地落进了孙志宏耳朵里,不消说,孙老爹看这个北京来的"瘦猴子"越发顺眼了。

第七十七章
会见律师

外面的人忙忙碌碌,林泉作为主角,却过得无所事事。

一早筒道里传来几声金铁交鸣,然后所有在押人员起床,各自把被褥收拾起来,他这才注意到,原来大通铺下面还有一条狭小的空间,大概五十厘米深,可以收纳一些东西。

还有几个人坐在通铺上把被子叠成豆腐块,还别说,叠得真像那么回事,方方正正,有棱有角的。林泉自嘲地笑笑,想当初当兵,每天早上内务就是干这个,现在又来了,只是这身份,有点欲说还休啊。

"哎!新来的,犯了啥事进来的?"

发问的是监舍里面的管理者,一个胖胖的光头,都叫他邱哥。

"没事,打了个架。"林泉看看他,垂下眼睛活动着肩膀。

见他爱搭不理的态度,邱哥也不在意,自顾自地说道:"也没谁愿意管你外面的事,既来之则安之吧,有事就和我说,随和一点,后面日子长着呢。"

林泉还是没理会,他的心思根本就没在自己身上,满脑子都想着刘晨到了没有,是不是已经接到了宁宁?其实他自己也知道,就算刘晨不来,又能怎么样呢?法治社会,还能有高衙内那样的狂徒不成?只是关心则乱啊。除了宁宁,其他倒没有什么可担心的,以前也有几次去看守所接人,对这里面的道道了解很多,进来待些日子也没啥,正好可以静静心。

不大的监室里住了20多个人,不知怎么,倒也不显得乱,大部分人坐在通铺上发呆。旁边一个满脸白胡楂的老头,一边拿着一叠纸看着,一边荒腔走板地小声哼唱着一首老歌:"由来只有新人笑,有谁听到旧人哭,爱情两个字,好辛苦。是要问一个明白，还是要装作糊涂，知多知少难知足……"

林泉苦笑了一下，是啊，旧人曾经是新人，新人也会变旧人啊。当初和彤彤妈搞对象时，那也是蜜里调油，感情好得不成不成的。最终还是败给了时间，要是没有彤彤，也就是陌路人了。

好久没见彤彤了，这一阵子出门，也没顾上给孩子打个电话，他心里不禁有些歉然。

监舍高处有一个带铁栅栏的窗子，明亮的阳光照进来，斜斜地映在墙上，不被察觉地移动着。筒道中不时传来铁门被打开又关上的声音，所有人都坐在通铺上，低头想自己的事，没有人说话，更没人走动，屋顶安装的监控可不是摆设。

墙上的阳光渐渐隐去，这是太阳升到头顶了。门外突然响起一阵清脆撞击声，一个年轻警察打开铁门。

"林泉，出来。"这里的警察，脸上基本没什么表情。

坐得久了腿有些木，林泉费力地站起身，一拐一拐地走出监舍，铁门在身后重重地关闭。

会见室宽敞明亮，摆着十多把椅子，一个穿着黑西服的白净男人坐在防爆玻璃后面。这个会面方式有点像在银行柜台，玻璃下面有一个可以传递文件的小窗口，玻璃上面打着一圈小孔，有传音功能。

屋里面还有一个女囚也在见律师，正哭得痛不欲生的，身后不远处一个女警，面无表情地看着。林泉发现，看守所里的警察面对犯人时基本都是一个样，冷漠而无视。

"林泉你好，我叫胡建勇，是刘晨和孙佳宁共同委托的律师，这是委托书，这是我的律师证，请你看仔细。"胡律师说"看仔细"的时候，特意加重了口吻。

林泉仔细一看，果然发现在委托书的角落里写着"带话"俩字。这种律师就是所谓的带话律师，也可以说是一次性律师，他只管来一次，把里外的消息传递一下，当然，危险消息他们是不管的，你要让他传话说把谁弄死，打死他也不敢啊。

"刘晨说，不要担心外面，一切都很好，你在里面保重，会给你存钱，有关案情或者需求，可以跟律师说。"胡律师叙述很简单。"孙小姐想知道你的伤怎么样，是不是能吃饱，如果有人欺负你先不要动怒，给他记本上，回头扒了他家祖坟。这不是我胡说啊，孙小姐真是这么说的。"胡律师带着笑解释道。

此时林泉的心里，可以说是拨开云雾见明月，漫天愁云散尽。自从餐厅冲突开始，宁宁的安全就是他最担心的问题，至于自己的处境，他就根本没有担心过，这才多大点事儿啊。

"嗯，我知道，一听就是她的话。你也给我带几句出去，告诉他们我很好，钱够花，切记不要让我那么快出去，最少让我关半拉月，这个一定切记。"林泉点头说道，心情大好之下，倒觉得看守所也是个体验生活的好去处了。

胡律师说："该带的话，我一定带到。关于你这个案情，孙小姐和我说了说，我认为有待商榷的地方很多。如果不算起因，那么以伤害罪处理你是说得通的，毕竟形成了互殴，从这个角度来说就看谁的伤更重一些，对方轻伤，而你轻微伤，所以你进来了。但是，这个事件最初是对方寻衅在先，我建议你后期提审时，要着重讲清楚这个起因，伤害罪很大可能会不成立。"

这律师算是个厚道人，带话的同时还从专业角度给分析了一下案情。

"胡律师，你的委托费是多少？"林泉依旧严肃地问。

胡律师有点意外，沉吟一下还是回答道："我收了刘晨先生三千块钱委托费。"

林泉喃喃自语说着："三千块就带这么一句话，有点亏了。"

胡律师看着林泉，感觉挺无语的，浑身邋遢，脑袋上裹着网兜，看样子智力也不在线。

"这样，胡律师你记一下，下面的话你原封不动帮我带出去哈。"林泉清清嗓子，表情专注，"陋室空堂，当年笏满床；衰草枯杨，曾为歌舞场。蛛丝儿结满雕梁，绿纱今又糊在蓬窗上。说什么脂正浓，粉正香，如何两鬓又成霜？昨日黄土陇头送白骨，今宵红灯帐底卧鸳鸯。金满箱，银满箱，转眼乞丐人皆谤。正叹他人命不长，那知自己归来丧！训有方，保不定日后作强梁。择膏粱，谁承望流落在烟花巷！因嫌纱帽小，致使锁枷扛，昨怜破袄寒，今嫌紫蟒长。乱哄哄你方唱罢我登场，反认他乡是故乡。甚荒唐，到头来都是为他人作嫁衣裳！"

林泉背诵的声音虽然不大，但是屋里的几个人都听得真真切切，旁边的女囚抽泣着看过来，一时间都快忘了哭了。

她身后的女警明显有些紧张，看了看站在门口的男警察，眼光中明显是在询问："这是不是应该送医？"

男警察也愣在原地，这个应该不属于自己要制止的范围吧？谁也没说会见律师不能背诗啊。

胡律师更是呆住了，还真没见过这样的，为了赚回来带话的费用吗？有点杀敌一千、自损六万的意思了。

"好的，林先生，你的话我一字不落，都能带到。"胡律师给了肯定的答复，说着他摸摸衣领，林泉眼尖，看到那里有个小东西，应该是个麦。现在的带话律师都用录音笔了，赚钱实在是简单。

"行吧，千万告诉他们，我要待足半个月啊。"林泉说着站起身，点点头走出会见室。

第七十八章
林泉害人啊

从看守所回酒店的一路上，孙佳宁都在笑，笑得前仰后合的。录音笔里的内容她听了好几遍，越来越觉得林泉像个小孩子，原本因为林泉坐牢而产生的愧疚自责，不知不觉也消减了很多。

酒店房间里，三哥也听了两遍录音，他一直在思忖，为什么要待够半个月呢？

"会不会是对方比较肥，林泉想要讹点钱呢？"三哥觉得自己脑细胞有点不够用了，这个结论也说不过去，按说林泉不至于啊。

刘晨想想，挠着头说："您都想不明白，我更白费了，我是觉得这个录音，还是不要给别人听了吧，林哥这个状态太奇怪了。"说着他看了看孙佳宁："他也没有说什么重要的事，从头到尾只说要待满半个月，这话咱们传过去就够了。"

三哥算是明白过来了，刘晨是不想让林泉在别人面前现眼，尤其那边还有孙佳宁爸爸。

"成，黄业那边说了，里面有人照应着。这个点儿也该吃饭了，宁宁，你问一下你爸，一块儿吃点不？"三哥转过脸对孙佳宁说。

"他们都是吃晚饭的人，中午就在酒店餐厅凑合一下吧。"

帅府酒店是密城最豪华的酒店，二楼餐厅叫帅府潮州海鲜酒楼，同样是密城最高端的餐饮场所。

一个中式雅间里，孙志宏首座，郝平生、三哥和刘晨分坐两边，四人正在小酌密谈。

"……具体情况也就是这样了，我个人感觉林哥那边应该没啥事情，咱们可能把场景搭得有点大了。"刘晨笑笑说,"当然了,防患未然也是对的,林哥一向谨慎。"

三哥说:"林泉安排咱们来是怕宁宁出事,这个我完全理解,他肯定也没想到宁宁还有这么强大的背景,否则绝不会让咱们跑来瞎闹。"

孙志宏呵呵一笑说:"老弟你过谦了,我们只不过是在自家地头,看着挺厉害,其实自家的事情自家知。我就这一个闺女,唉!从小她跟着奶奶长起来的,跟我有点不亲,她是不知道,为了她,当爹的有啥豁不出去的……"

郝平生安慰道:"儿女是天生的债主啊,我家那小子也是难缠得很。不过话说回来,宁宁我怎么看怎么喜欢,懂事,知书达理,做事有分寸,还有几分刚强,这个有点像你年轻时候。"

"我只愿她一生安安稳稳的,其他都不奢求啊,她也长大了,现在都有男朋友了,不过这事情也不能完全由着她,我已经给她妈妈打电话了,估计晚上就过来了。"孙志宏情绪有点不佳。

刘晨估摸着是得到了林泉的具体资料,嫌他岁数大,这也是情理之中,谁家老爹也不愿意闺女给自己带个兄弟回来。

郝平生没接这茬,孙志宏再婚了,新嫂子比他小18岁。晚上宁宁妈来,这是老嫂子,怎么称呼都不对,还是别废话了。

"派出所那头消息基本落实了,那几个小子背后是一个车行老板,叫王长友,山西人,52岁,在本市经营着两家车行,着实风光得很。昨天和宁宁起冲突的娘们儿,就是他的姘头,或者说女朋友也成,叫刘萍。挨打那几个人,领头的是刘萍的弟弟刘锐。昨天林泉到了派出所半小时左右,王长友和刘萍也到了,据说跟所长关系不错。这个刘萍和林泉谈过赔偿的事情,结果被林泉羞辱了,要是严格按照证言证据,其实并不足以定性成伤害的,应该就是因为这层关系,才强行定性。"孙志宏手里拿着一张纸,简单叙述着,"现在其实可以从看守所预审下手,那边给他退回去补充侦查,人可以做取保候审,但是这家伙说要待足15天,这是怎么个情况呢?"

三哥苦笑着说:"这个谁知道呢?林泉脑子很缜密的,他要说待15天,那就让他待着吧,反正应该也受不了罪,这样咱们外面的事情也还少些。捞人的事情我们来处理吧,龙泉集团的黄总明天就到,这个由他搞定。"

郝平生疑惑地问:"哪个龙泉集团?做金融的那个吗?"

三哥点点头说:"人家不光做金融证券,也搞实体产业。黄总和林泉,铁哥们儿。"

"哦……大老板。"郝平生点点头,"等人来了,兄弟你得给引荐引荐。"

三哥笑着说:"小事情,黄总我们也很熟的,当兵复员的,豪爽得很。"

孙志宏见俩人说上别的了,直接拉回主题问:"生子,那几个人找到没?"

郝平生说:"就算找到了吧,断腿的那个现在还跟医院趴着呢,另外两个回家了,他们在医院留的是身份证和电话,地址都不是本市的。要想找他们也容易,电话定位一下就成了。医院那个我叫人盯着呢,怎么弄还是等你们决定,手心里的人了。"

孙志宏点点头说:"这个家伙不能放过,还有那个领头的,其他无所谓了。"

三哥接口说:"我是这样想,林泉要拖15天,我们也不知道是为了啥,会不会是在派出所里盯上了那个车行老板呢?要想收拾这几个小喽啰容易,同时咱们可以再围绕他们的靠山下点功夫,如果能收集一些黑材料,那咱们还是顺水推舟吧,生意做得大的,有几个不是河边蹚水过?你们的兄弟都是在本地讨生活的,我们是外来的,得罪人的事还是我们来做,完事兄弟们抬腿走人了,省得留后患。"

孙志宏呵呵笑了起来:"老弟你有点生分了,别说这是我姑娘的事情,就算是普通朋友的事,我也得出手相助啊。这个你就不用管了,四个人谁都跑不了,还有那个嘴骚的娘们儿,再加上他们的靠山,生子你把他们找出来,我来会会他们。"

郝平生笑着说:"宏哥这就是说笑了,哪能劳你大驾,在这里自然是我来,别着急,先把人都查出来,聚齐了一块儿拿下。"

刘晨在一旁听得耳朵都疼了,这都是啥人啥事啊,自己一个文化人,怎么卷进了这样的圈子,林泉害人啊。

第七十九章
明月夜

　　夜渐渐深了，一轮圆月正挂当空，几朵云彩萦绕。
　　孙佳宁坐在窗前，手中握着笔，怔怔地看着月亮，手机里正播放着张国荣的歌……

　　走过千山我历经多少风霜，
　　才能够回到你的身边，
　　等待的容颜是否依然没有改变，
　　迎接我一身仆仆风尘。
　　等待我的人是否还坐在窗前，
　　带几行清泪迎接晨昏，
　　是否还依然在门前挂一盏小灯，
　　牵引我回到你身边……

　　她一直喜欢老歌，只要有感觉，很老很老的歌她都会听。就好比这首《明月夜》，悠扬的曲调中满是孤独与等待，眼前浮现的画面都是黑白的，宛如歌者的结局。她知道这首歌是张国荣唱的，也知道这个才华横溢的人在2003年的愚人节跳楼身亡，再深入的了解就没有了。当然，他的结局为这首歌赋予浓重的寂寞感伤，绝大部分人听到这熟悉的曲调，就会想起《倩女幽魂》，想起《霸王别姬》，但是孙佳宁不会，她只会静静地感受歌词当中的清冷夜晚。
　　听完一遍，她关上手机，在面前的信笺上写着：

"林老师，这么多年，我经常写日记，但是从没给谁写过信，今天算是第一次。想起来你为我做的这一切，哭了好几次。应该感谢奶奶，要不是回来看她，怎么会得到这样奇幻的经历啊，我想，这一辈子都忘不掉的。今天下午，我快速阅读了一遍你说的那本书《紫川》。虽然是走马观花地翻阅，但是也能深刻地体会到你说的那种境界，此生不再孤独！如书中所写，也如你所言，只有经历过午夜酒醒、泪湿衣襟，寂寞就像虫子一样啃咬着心灵的人，才真正理解这句话的珍贵。是啊，只有疾风暴雨之后的人生，才知道平和静好是多么难得。世间万千美妙，属于自己的，却是百不存一啊……"

　　孙佳宁长长地出了一口气，唇边带笑地看了看窗外银盘般的圆月，她接着写道："分开的那天，我实在是没有办法了，就给爸爸打了电话。他立刻就大老远地跑来保护我，现在就在旁边的房间呢。说实话，我感到温暖，想想从前，他其实也没有对我不好，只是我刻意疏远他罢了。就算是今天，我也不喜欢他们这类社会人。林老师，三哥跟他们是一样的人，做朋友没问题，但是我不希望你也和他们一样，咱们以后的生活应该是平安喜乐的，你说是吧？"

　　想了一想，孙佳宁微笑着继续写道："三哥说，你兜里的钱进去之后也能用，里面有卖吃的用的，律师也说有流动售货车，就是简单的熟食和袋装食品，今天刘晨又给你存了一万，你要多吃点，这么多钱不花留着干啥用？用不了多久你就回来了，明天我就搬到看守所附近住，现在已经受不了离你太远的日子了……"

　　写着写着，她突然有些烦乱，放下笔，拿起手机漫无目的地翻看着。微信里最热闹的莫过于资管群，里面的聊天记录多得都爆了，多数是问股票的，还有一些人回答别人的问题，乱糟糟的。她一条条地翻看着，突然，一条新消息映入眼帘。

　　"呼叫流金岁月老师！帮忙看看苹果主力，我持仓价位7300，重仓，看着有点指标高位钝化了，该怎么办啊？"

　　说话的人昵称很有意思，叫作"三斤半"，也不知道这个昵称想代表什么。孙佳宁打开面前的笔记本，切换到期货交易软件，苹果没有夜盘交易，图中显示的是截至下午三点的K线走势。

　　从图中来看，苹果1810的摆动类指标确实都在高位，并且动作都变得不迟缓，这就是钝化的最基础表现，K线还在上攻，但是指标却逐渐下移，并且都是强势区域向下。按照林泉课程中所讲述的，这种情况最佳的走势，就是K线出一个中阴以上的下跌，这样可以把获利盘出清一部分。再不就是小阴小阳横整理，利用横盘的时间等待指标完成调整，积蓄力量再次上攻。

看着自己的持仓，她斟酌着打字发言："我看1810合约的强势还在延续中啊，应该会继续上涨吧，画好止损线就可以了呀。"

三斤半："我是想看看什么时候开始调整，要不要先离场回避一下，等调整完了该上涨的时候再买进来。"

彩派："哥们，要是真高手，调整不要躲出去，直接反手做空，等调整晚了再反手做多，这才是神级操作。"

三斤半："呵呵，你是看热闹不怕溅一身血啊，这么强势的上涨，我反手做空？真当我小白啊。"

彩派："不是当你小白，是你的问题太小白，高位钝化能怎么办？你还指望谁能告诉你是持仓还是离场不成？做期货，买卖决定只能自己做，明白人也不会给你指点的，不信你问问老师，看看他会不会说让你卖出？"

刘晨："这几天老师去山里度假了，信号不好，不定啥时候他看见就回复了。苹果1810这个合约，我刚看了一下，现在的仓单挺吓人啊，现在有多空同时增仓的态势，就今天，多头增仓8860张，空头也增了5860张合约，斗争比较激烈啊。"

孙佳宁有点发愣，在她的知识储备中，并没有多空持仓这个选项。半年来的学习，一直是围绕指标展开的，她也怀疑过，难道只靠几个指标就能预测未来的走势？赚钱就这么容易吗？林泉给她的解释也很直接，指标是一个介入市场分析的抓手，也就是说这个东西很容易学，能够让人快速进入投资市场，等到自己有了分辨能力之后，再去接触其他类别的分析工具才好。

难道这就是其他的分析工具？正胡思乱想间，群里的气氛有些热烈了。

千纸鹤："@刘晨，大佬帮忙给讲一下怎么看多空持仓好不？"

三斤半："您这个多空持仓在哪里看啊，是盘口吗？"

花艺飞鸿："多头增仓多说明什么呢？是不是要继续上涨呢？"

……

刘晨："大家不用过于热切，持仓也算是一个指标吧。要知道期货合约是双向交易，一手买多对应一手卖多，一手买空对应一手卖空，对于一个合约品种，只要不是平多和平空，这多单和空单的持仓量总体上就不会有变化。大家主要看主导盘面的多空力量，就好比今天前20席位多头中，增持多单的席位达到16个。你们可以去郑商所网站上看，今天永安期货席位和英大期货席位增持幅度都超过

1500张，其余席位增持幅度集中在700张左右。减持多单的4个席位中，仅海通期货席位减持幅度略超过200张，其余席位调整幅度都比较小。"

孙佳宁快速打字问道："这说明这些席位都看多？"

刘晨："表象确实如此，不光要看多头，也要看空头的。在前20空头席位中，只有永安期货席位做出减持操作，且减持幅度不超过500张。增持空单的19个席位中，整体增持幅度较小，只有徽商期货席位、国泰君安席位和东证期货席位增持幅度超过500张，但是也都没有超过700张。总体看来，多头在今天还是比较硬的。"

三斤半："@刘晨，我看您刚说的，这个永安期货怎么多空都在操作呢？"

刘晨："一个席位当中，肯定是有的看多有的看空。绝大多数机构，作为商品配置也是多空都有持仓的，很多交易工具大部分散户没有，比如期权之类的。就说今天永安期货吧，增持多单1755张，同时还减持480张空单，现在净多增加到了3211张，你们对这个数字可能不太理解，总之就说明永安期货席位，对于苹果期货后市向多的信心很足。"

花艺飞鸿："那有没有席位看空呢？"

刘晨："当然有了。就今天的交易，中信建投在减持44张多单的同时，增持356张空单，净多单减少至950张；国泰君安在减持59张多单的同时，增持581张空单，净空单增加至933张；海通期货和华安期货当日也做出类似的减多、增空操作。位居空头排行榜首的徽商期货席位，今天增持226张多单的同时，继续增持615张空单，净空单增加至4015张，可见该席位对后市依然倾向于悲观。"

三斤半："那这么看永安期货3211张净多单，徽商期货4015张净空单，到底谁更准一些呢？咱们怎么跟呀？"

刘晨："跟？你想怎么跟？这些只能给你提供一个参考，你要自己有一个多空逻辑，然后用这些参考去验证自己的逻辑才是。要是没有自己的逻辑支持，你怎么能持得住仓位呢？"

三斤半："@刘晨，我更相信你的看法，能不能给我一个建议呢？是多或者是空，我都听你的。"

刘晨："……当我什么都没说好了。"

彩派："哈哈哈，就知道是这样的结果，不论什么时候都有这样的人，他需要的不是学习，而是你给他指出来钱在哪里。信不信？要是你说让他获利了结，明天继续上涨他就能赖上你。"

刘晨："呵呵，我也是跟着流金岁月学习的，我说了不算。那位朋友，我建议你按照流金岁月老师战法的安排走。如果有了获利，那就应该可以容忍一定程度的回撤，你成本线是7300，那就是有了100多跳的获利，完全可以在7260位置划线离场；如果明天没有回撤，价格继续上涨，你也可以逐渐上移止损线，这样才能两者兼顾。"

三斤半："那要是明天没有上移，回撤了40个点，不就把离场线击穿了吗？今天100跳一手能获利1000多块，到明天获利就600了，这有点可惜啊。"

彩派："人如其名，你可真不糟蹋你这个名字啊。三斤半是什么意思？整个脑袋里的水分吗？"

孙佳宁"扑哧"一声笑了出来，这个"彩派"牙尖嘴利的，还好赶上这个"三斤半"是个好脾气，换别人早就骂起来了。

三斤半："@刘晨，好吧，您刚才说的移动止损位这个方式，流金岁月老师的哪一节课程里面有呢？"

刘晨似乎也没了耐心，直接群里回复："你自己百度去吧。"

群里逐渐安静下来，孙佳宁思考着多空持仓这个概念，想给刘晨打电话问问，看看时间，午夜了，只得作罢，躺在柔软的床上，满腹心事，久久不能睡去。

第八十章
底层逻辑

又是一个大晴天，万里无云的，林泉此时正晒着太阳，在放风场里和一个老头闲聊着。

每一间监舍都有个对应的放风场，正对着铁门就是。面积基本和室内一样大，两米多高的围墙上，拇指粗的钢筋焊接成一个罩子，扣在整个空间上方，每天十一点左右会打开，让在押犯出来见见太阳，透透气，放放风。

刘招财其实年纪并不是很老，五十多岁，只是一脑袋的白发让他看起来像快七十岁似的。这是一个资深股民，每次进来新人他都会打听一些股市的消息，可这是看守所，进来的人要是有投资的脑子，也就不会去坑蒙拐骗了，所以他一直就没遇上个谈得来的，这回可好，遇上林泉了。

"……中石油这类股票，我从来不用价值投资去看待。你说它是属于大宗商品呢，还是消费赛道呢？还有就是业绩，这家伙年年增长都是几毛几分地来回波动，根本就没有一个稳定的。"林泉盘坐在墙角，眯着眼睛说道。

刘招财皱着眉说："不涨应该是因为他盘子太大吧。原来介入是想做个短线，后来套住了，又觉得这类公司跟国运都有关联，作为价值投资的标的应该很不错啊。"

林泉摇摇头说道："既然说到价值投资，那首先就要说到底层逻辑。你做了20年股票，到今天还是亏损的，这么一个成绩，是不是可以确定你的底层逻辑完全失败？"

刘招财点点头，叹口气说："这么说也没错，成败论英雄嘛。"

林泉说："底层逻辑如果错误，最好的办法就是推倒重来。"

刘招财摇摇头说："呵呵，我都什么岁数了，还推倒重来？哪有这个时间啊。"

林泉笑笑说："老刘，推倒重来可能是瞬间就能完成的事情，你前期的积淀越深厚，重新开始之后的进发速度越快。"

刘招财拱拱手笑着说："那敢情好，还望林老师给我解惑一二。"

林泉也不客气，轻描淡写地说："这都是小事，只要你能从本质上看待股票这件事情就成。这么说吧，你做了20年股票，可想过自己能从股票上得到什么？你肯定说是钱，但是你要用这些钱干什么呢？"

"改善生活环境……也不是，最早以前想着能赚大钱，能赚钱自然就能让身边充满赞美和惊叹，可能是虚荣，好像也可以说是对成就的向往吧……"刘招财皱着眉，斟酌着说道。

林泉说："人与人看似不同，但是说穿了也都差不多，你想要的，我也想要过，但是后来我想通了。先说改善生活环境，你我都没有这个迫切需求，咱们又不是揭不开锅了，需要拿钱买米，或者说孩子学费交不起了，立刻就要用钱。说白了，钱对于我来说，只能带来一种安全感，顶多再加上一些成就感，其他没啥用的。"

刘招财点点头说："确实，从开始做股票到今天，我就没有从证券账户里面出过钱，只有不停地往里面入金。现在就更别说了，能跑过银行理财我就满意了。"

"还是的，这就说明我们都不急着用钱。那么你想想，既然不着急用，为啥刀口舔血地做短线呢？你说价值投资，你说国运，这些都对，但是不紧凑。你所说的国运，严格来说应该是国利，国家强盛才有利于民嘛。"林泉挪了挪屁股，换个方向继续晒太阳，嘴里继续说着，"你对钱的本质是有了解的。钱就是一种权利，你有两块钱，就有去超市买一瓶水的权利，这些权利是可以转让、置换、赠予的，权利越多，能干的事情越多，但这些权利是和国家发行绑定的，如果国家不认可了，你手中的权利就成了废纸，这不用多说，都知道，但是没有几个人认真思考过。对吧？"

刘招财点点头。

林泉继续说道："你说跑过银行理财就满意，这要求不高，很容易达成，选择目标是关键。我们选股票的时候，就选那些绑定国利的不就好了？比如，中国银行、工商银行，你刚说中国石油，也可以。在我看来，单一的股票不如行业

ETF 来得痛快，建筑 ETF、消费、医疗、银行、证券，还有商品、有色 ETF、钢铁、稀土。万一国际局势动荡，黄金 ETF，农业，畜牧业，等等。要是想深度绑定，上证 50，沪深 300，中证 500，可以做的太多了啊？"

刘招财若有所思地想想说："ETF 我也接触过，但是这东西会不会太慢了？"

林泉呵呵一笑说："刚才谁说跑赢银行理财就可以了？"

刘招财说道："银行理财是旱涝保收，这行业指数涨涨跌跌的，怎么能有银行理财稳定呢？"

林泉说："投资市场的涨跌，说白了都离不开周期，各种库存周期、产能周期，还有什么建筑周期、康波周期，最简单好理解的牛熊周期也就在眼前啊。行业周期是最好评估的，经过一段时间的下跌，这个时间最好在两年以上，跌幅超过 30%，出现见底信号，日线图重新站上多头，那么就可以理解为这个行业正在复苏，作为投资，我就会买入第一仓位。"

刘招财问道："要是买入之后继续下跌呢？"

林泉耸耸肩，无所谓地说："跌就跌呗，看跌成啥样了。小跌不理它，大跌就是破坏了多头格局了，能跌多少呢？再来一个 30% 吗？"

刘招财笑笑说："不可能再来一个三成下跌吗？"

林泉瞟他一眼说："再跌一个 30% 好啊，下跌总有结束的时候，日线再次出现底部特征，再次站上多头，我双倍加仓。你要知道，这是一个行业，下跌几年，而且腰斩了，再次走强，后面的收益该是多稳定啊。"

刘招财想了想说："要是继续跌呢？"

林泉平淡地说："那就继续重复这个动作，小跌不理，大跌就等再次站上多头，之后继续买入。"

"您这个有点太轻率了吧？"刘招财笑呵呵地说，"先不说您这个行业基本面研究得是否合理，就说这个下跌三成就买入，再下跌三成加仓，这个资金管理怎么做呢？您把资金分成多少份额呢？"

林泉点点头说道："行业基本面好说，你要是会就去研究，不会就抓技术面。记住，下跌两三年，下跌 30% 以上，出现底部信号，日线站上多头，这是四个条件，你要分开解读。下跌两三年，这个时间足够长，作为周期轮动应该差不多了。并且，跌这么久，大部分的散户都离开了，散户少的地方主力资金就会开始偷偷建仓。至于下跌 30% 以上，这是个基础数据，一般两三年下跌 50% 很常见啊，下跌 70% 都不是没可能的。不论多少，都要找到第三个信号，出现底部特征,也就是底部形态,下跌过程中量价的配合要合理,不再出现新低,最好能有个头肩底之类的形态,或者说 MACD 等指标底背离也算底部形态。然后,日线站上多头,这个好理解,均线多头排列就算是多头,RSI 指标站上 50 也算是多头。这很难吗?还有资金管理,更简单,先确定你准备同时做几种行业。就说做券商、军工、医疗、通信设备好吧?就这四个行业。比如说 100 万资金,那就先把资金分成 4 份,一份就是 25 万。这 25 万,再分成 5 份,每份 5 万就好了。军工出现买入信号,那就先买入 5 万,赚 25% 就可以离场,如果亏损了,那就说明继续跌下去了,就等第二次多头时买入 2 份,也就是买入 10 万。明白不?"

刘招财皱着眉头思索着,林泉说的话很容易理解,只是和自己原本认知有点冲突。此时,他感觉自己原来的逻辑确实不对,至少林泉说的这一套,资深股民一听就懂,也确定可以赚钱。但是,否定自己,他一时难以接受。

"我明白,这不就基本等于越跌越买呗,分仓介入而已。如果这四个目标全出现买入信号了呢?"他犹豫着问道。

林泉一哂,撇撇嘴说:"全出现信号就全买,买入全上涨 25%,就全卖了,继续寻找其他目标,这么多行业,轮着做就是了。总之,这世界上九成九以上的成功者都知道一个真理,简单事情重复做,仅此而已。"

刘招财默然,似乎有一些明悟。

第八十一章
亲娘来访

距离看守所 100 米的地方，有个挺大的鱼塘，边上开了好几家农家乐，环境也算不错，荒凉且安静，除了来钓鱼的，平常日子人很少。孙佳宁以半个月 1800 块钱的价格租了一间大床房，有独立卫浴，还每天管两顿饭。

远远地看着看守所高墙，她心下很安宁。事发之后，她一直都不知道后面会有什么事情等着，倍感惶恐，林泉去了派出所之后，这种未知的恐惧感压得她透不过气来，所以她才会给父亲打电话。

而现在，一切似乎都已经过去了，林泉虽然还在看守所里，但在孙佳宁眼中，没有啥是他无法应对的，在里面他也一定会过得很好。再说，三哥也交代了，黄总托了人照顾他，现在自己要做的，就是安静地等着。

抱着林泉的笔记本，她打开之前自己购买的视频，半个月的时间，不抓紧学习一下怎么对得起自己呢？

林泉的期货课程和股票的有些差异，就好比 CCI 指标课程，就有股票版本和期货版本的区别，乍一看似乎雷同，但是细品就能发现其中差别。指标这个东西，使用方式就摆在那里，CCI 指标看多空还是非常便捷的，最关键的就是它的天地线，正负 100 这两条线代表的就是多空，指标线上穿 100 就是多头，下破 -100 就是空头。孙佳宁在刚学的时候，感觉这没啥技术含量啊，很容易就学会了，但是林泉却笑着说："投资市场里面千千万万人都知道 CCI 指标，但是被套牢爆仓的比比皆是。为什么呢？明明做的是多，CCI 都下穿 -100 了，还坚持持仓，为什么呢？"

是啊，为什么呢？孙佳宁似懂非懂。

人持有资金和持有证券真的是完全不同的两种心态。

指标只是工具而已，每个人使用工具都有也应该有自己的方式方法，而自己的使用方式，一定源于自己的认知。

鱼塘边的大树下，摆着几张桌椅。正在学习的孙佳宁泡上一壶菊花，一身浅蓝色运动服，明黄色头绳扎起的马尾，在阳光下整个人洋溢着青春的气息，引得那些大爷大叔都不看鱼漂了。

天刚黑，一辆黑色奥迪A8停在鱼塘边的空地上，后门打开，一个穿黑色长风衣的女人下来。她犹豫地看着闪闪亮的霓虹招牌，再看看周边简陋荒败的环境，疑窦丛生。

"确定是这里吗？怎么看起来这么破？"

司机是一个英俊挺拔的中年男子，摆弄着车载导航说："太公渔场，应该不会错，你看那边就是看守所，这附近也没有其他鱼塘了。"

"我进去看看，可能会久一点，辛苦你了。"女人整了整大披肩，温柔地说。

"看你说的，去吧，不要急，慢慢和孩子说，多久都没事，大不了咱们也不走了。"男子宽厚地笑笑。

女人沿着鱼塘，走到农家乐的庭院门前，刚要进去，好像感觉到了什么似的，不自觉地看了过去，正好和孙佳宁看了个对脸。

"宁宁？"女人似乎没看清，出声确认一下。

"妈妈，是我。"孙佳宁抱着笔记本走过来。

这个女人正是孙佳宁的妈妈安波。她强行压制着激动的情绪，借着远处的灯光上下打量着亭亭玉立的女儿，眼前似乎浮现出20多年前的小宁宁，正在学走路的孩子紧张地张着双手，红扑扑的苹果脸，小屁股扭啊扭啊的，摇摇摆摆地向她走来，嘴里还含混不清地喊着"么么么么么……"。

鼻子一酸，泪水瞬间堆满眼眶，她想忍住，却无力阻止往事浮现。自从孩子大学毕业之后，她们就没有见过面，一晃快5年了。她想给孩子一个笑容，但首先给出的却是喷涌的泪水。

"宁宁啊……女儿……"安波一把抱住女儿，各种无法抑制的情绪迸发，昔日的税务科科长，今天的招商局局长，哭得像个丢了宠物的孩子。

孙佳宁也是泪流满面，她突然感觉自己这些年来对父母的冷漠很过分，他们两人虽然没能给自己一个完整的家庭，但心里还是很牵挂自己的。

很快，安波调整好情绪，擦着泪水，强笑着说："好久没见你了，也找不到你，妈妈都快记不清你长什么样了……"说着又哽咽起来。

孙佳宁好一顿劝慰，本来说要两个菜在小餐厅吃点，这也别吃了，直接带老娘回房间了。

安波洗了个脸，坐在大炕上，孙佳宁意外地发现素颜的老妈皮肤依然细嫩，精致的面容，加上一头大波浪般起伏的秀发，比20来岁时也不逊色多少。

"干什么一个人住这荒郊野地的？多不安全啊。"

孙佳宁给妈妈倒了一杯茶，顺手从裤兜里拿出来一个小手电，红键按下去，瞬间"刺啦啦"电光闪烁，吓了安波一大跳。

"不光有这个，还有防狼喷雾，做好了十足的准备。"孙佳宁对自己的装备挺放心的。

"妈今天过来，主要想跟你聊聊，听你爸说，你有对象了？"安波斟酌着措辞，她也不敢真拿老娘的架子，毕竟这么多年不在一起，作为母亲，她有愧于孩子。

"嗯，你不是都知道了吗？比我大好多，快赶上你了。人就在旁边的看守所里呢。怎么？你是觉得有什么不妥吗？"孙佳宁话音有些冷，自从知道她要来，心里就已经预判了所有的来意。

安波感受到了她的情绪，于是温和地说："宁宁，我和你是一家人，你的感情生活对咱们家来说是大事，家里出了大事，我当然要问问了。"

孙佳宁沉默着。

安波继续说："我跟你爸势同水火，这是我俩的事情。但是理智地讲，他在相人方面还是有独到之处的，你爸感觉很忧心，又不敢和你说这事，怕你一生气又不理他了。坦白地说，你爸不是个好父亲，但是他对你的那份关注，丝毫不亚于其他父亲，只是……只是他不太会表达，再加上咱们家的情况特殊……唉！过去的就不提了，你只要知道我和你爸在关心你这个问题上是一致的就可以。"

孙佳宁面无表情地说："你们是关心我呢，还是要干涉我呢？"

安波耐心地说："我只是想了解一下我女儿在和什么人交往。"

孙佳宁说："他很好，别人怎么看我不知道，我也不想知道，就好像鞋合不合适脚知道。"

安波问："他是做什么的？"

孙佳宁说："也没啥具体工作，在北京开了个小茶馆，搞搞股票、期货而已。"

第八十一章 亲娘来访

安波点点头:"自由职业,这样也好,时间多,如果有点责任心应该很顾家。你们是怎么认识的啊?"

孙佳宁说:"去年年底吧,我那会儿自己做股票,结果被骗了……"一边回忆,一边娓娓道来。她本就不想隐瞒什么,见母亲态度很温和,也就和盘托出了。

第八十二章
母女夜谈

安波听得很仔细，偶尔还会插嘴问一问细节，心下却是不停地盘算着怎么能把闺女拉回来。在她看来，女儿表现得再成熟、再老到，也只是一个未经世事的孩子，对方大着将近20岁，据孙志宏说应该是个社会人，花言巧语这些套路自然是手到擒来，自家的闺女再聪明，也只是个孩子啊。

"这个人还挺有意思，那他讲课什么的收费吗？"

孙佳宁已经进入状态："他才不靠着讲课收费呢，做期货、做股票都能赚钱，我们几个人的账户都是他给管的。"

安波小心地问："那你的股票账户赚钱了吗？"

孙佳宁噘着嘴说："今年大环境不好啊，整个大盘都狂跌呢，他给我们都是空仓的。"

安波"哦"了一声，若有所思地点点头说："你说你买了他的课程？花了多少钱呢？"

"快1万了吧，那都是之前的事了，以后他还能跟我要钱啊？"

"哦……那他这么能赚钱，在北京应该有房产吧，你去过吗？"安波继续发问。

"你干吗刨根问底的？他肯定有自己的房子啊，我没去过也知道啊，店里的玲姐就经常去他家给打扫呢。"孙佳宁有些不满。

安波点点头，想了想，又问道："那他之前为什么离婚呢？我是说他和他前妻之间是有什么分歧呢？"

孙佳宁想了想说："这个我还真没有问过，不过他倒是没说过前妻有什么不好，应该是性格不合吧。"

安波说："哪里不合呢？这个你应该提前知道啊，人要想改变性格太难了，你的性格也很刚强，要是彼此不能适应，你要提前改变啊。"

孙佳宁一瞪眼说："我为什么要改变啊？我就是我，不想为了谁去改变，同样也不会让他为了我改变什么，两个人彼此接受的时候，就应该做好同时接受缺点的思想准备。"

安波依旧温和地问："你见过他女儿吗？"

孙佳宁撇撇嘴："见过照片，很漂亮的一个小姑娘。"

"那你是做好准备当继母了？"安波漫不经心地问着。

"不用的，孩子跟她妈妈。"

"那……"安波刚开口，就被女儿打断了。

"妈，您别问了，我知道您的意思，这些都在考虑之中。什么事情都需要一个过程，这世界上没有谁脸上写着'我适合你'，都需要去碰，要不怎么会有缘分一说呢？"孙佳宁打断了母亲的问话。

"女儿啊，人活一辈子，最难的就是认清自己。我也年轻过，也曾经认为自己掌控一切，但是在今天的我看来，当时是很傻的。也许当时掌控了很多，但是总会缺失一些最关键的。我们不说单一的个体。从心理学这个角度出发，如果一个女孩子喜欢比自己大很多的男人，这就是恋父情结的一种表现。其主要原因就是在成长过程中缺少爸爸的关爱，或者说和爸爸的关系一直存在问题。在成年后，这些女孩会不自觉地被像爸爸一样的人吸引，从根本上讲，是潜意识里想从他的身上得到爸爸不曾给予的爱护。这个你能明白吗？"安波轻声慢语地说着，也一直在观察女儿的反应。

孙佳宁莞尔一笑："这么说，我是有病了？妈妈，病来如山倒，病去如抽丝。这个过程谁也无法改变的，就算我有病好了，让时间和经历来慢慢治愈吧。我没有奢望得到你们的祝福，但是也不想得到你们的诅咒，那个为了我付出的人，就在旁边不远处呢。"

安波凝视着她，内心充满了无力感。多年的仕途生涯，她也算是见多识广了，可是面对长大的女儿，却像豆腐掉进灰堆里，吹也不是，打也不是。"那好，妈问你一个问题，你觉得我和你爸现在算是仇人吗？"安波换了个角度。

"这个嘛，我还真说不清，想起你俩以前的事情，还真觉得你俩是有仇，现在都离婚这么多年了，应该也都看开了吧。"宁宁斟酌着说。

安波笑笑说:"哈哈,你不知道,我俩是真的成了仇人了,一看见他电话打来,我弄死他的心都有,我半生都被他耽误了,还有你,我女儿,也被他耽误了。你应该能想到,是他告诉我你的事情,让我来找你,劝劝你择偶要谨慎。但是你知道他为什么不自己跟你说吗?"

孙佳宁奇怪地问:"对呀,他也不是没有机会和我说,我正好有求于他,他要说什么我不愿意听的,我也得忍着啊。"

安波冷笑着说:"因为他娶了一个小自己18岁的女人。"

孙佳宁目瞪口呆的,这还真没想到。如果有一天,自己带着林泉,爸爸带着他的新老婆,4个人坐一桌吃饭会是个什么情形?哥俩对姐俩?想想就挺无语的。爸爸再娶,让她心里确实有些不舒服。

她试着问:"就因为这个,你们产生仇恨了吗?"

安波摇摇头说:"我说仇恨,只是说我俩的关系,在他没有娶那女人之前,我们就彼此恨得要死。但是,你知道我想跟你说什么吗?"

孙佳宁想想,老实说:"不知道。"

"我想说的是,即使我俩彼此这么仇恨,如果是在一个餐厅里,有人对我语言或者暴力威胁,你爸爸也一定会挺身而出,这是他作为一个男人的责任。或者换个别人,我的男同学、同事,上级或者下级,有谁会看着我在公共场所被侮辱而默不作声呢?"

孙佳宁默然。

安波继续说:"我们再换一个角度,刚才你说你们店里有个大姐,经常去给他收拾屋子是吧?就这个大姐吧,如果那天出事的时候,他身边的人不是你,而是这个大姐,他会不会动手?或者说是他茶馆里别的女员工,他的女同学,他是不是依然会动手呢?女儿啊,你应该感谢他,但是不要盲目地自我感动,跳出你自己的思想,从一个旁观者的角度看待这件事才对……"

孙佳宁心里乱乱的,跳出自己看待问题,林泉也这样讲过。妈妈这样一说,确实如此,自己之前那些美好的憧憬,难道真的都只是现实中最平淡的事情吗?一时间,她有点沮丧。

安波静静地看着女儿,看着她脸色越发凝重,眼中流露出烦躁,渐渐地,这些负面情绪隐去了,是被压制了呢,还是真的看破了呢?她无从得知。

良久,孙佳宁看着妈妈的眼睛,突然笑了起来。

"妈妈,你知道吗?这句话林泉也告诉过我,遇到情绪起伏的时候,跳出自己,用旁观者的思维看这件事。您说得没错,从旁观者角度看,那晚的冲突中,保护我确实是他应该做的,也许他会对别人做同样的保护,如您所说,这是一件平常事。但是,如果站在旁观者的角度,妈妈您此时做的事情,可并不光彩。女儿有了心上人,做父母的不给祝福就罢了,还捕风捉影,横加挑拨,无中生有,在自己女儿心里埋下怀疑的种子,这些就是您现在做的。"

安波迎着女儿质询的眼光,笑了笑说:"对于女儿,母亲只有疼爱。对于可能伤害到女儿的人,母亲也不介意变成恶毒的巫婆。"

孙佳宁针锋相对地说:"可能伤害到女儿的,就是母亲此时的臆想。"

安波深呼吸,垂下眼睛,她想起了孙志宏电话里面说的。

"千万别用父母身份去压制她,姑娘从小就没怎么在咱们跟前,本身就跟咱们不亲,现在是遇到难处了才找到我,如果这个时候压制她,可能会让她恨咱们……"

调整一下情绪,安波微笑着说:"你看,咱俩这么久没见了,一见面就这么针尖对麦芒的,是我考虑不周了。你饿不饿?要不我们回市区吃点东西?"

"看您说的,这是农家乐,有大炖菜。要不让他们做点菜,咱俩慢慢吃,你晚上也别走了好不好?这么大个炕,咱俩一起睡。"宁宁看着她的眼睛,母女亲情流露无遗。

"好。"稍加犹豫,安波迅速拿定了主意,"你点几个菜,我去安排一下外面,今晚就睡在你这里了,咱娘俩好好聊一宿。"

第八十三章
审讯

十多平方米的房间，整体蓝白色调，屋顶对角安装着两个摄像头，保证房间内没有监控死角。这长条的房间里有一个审讯台，对面是一把铁椅子，四条腿都焊在一个大铁板上，一看就是审讯所用。

林泉就坐在这椅子上，一个年轻警察坐在对面，一边翻看着卷宗一边抽烟。

"该说的都说完了，提审你之前，这个案情我就看了两遍，说句不该说的，从法理角度来说，不应该算刑事罪，但是从法条来讲，故意伤害是能够成立的。你有抵触情绪，我能理解，但是也仅限于理解，法律是具有强制性的，你明白吧？"

林泉点点头，默不作声。

"现在讲究人性化执法，在把这个案子递上去之前，有一次调解机会，你可以委托别人和对方协商，或者看守所安排你们见面调解。如果能够达成谅解，这个法律责任就可以解除，你立刻就能出去。不然，就只能递交检察院了。"年轻警察烟瘾似乎很大，之前的烟雾还没散尽，这又点上一根，喷云吐雾间，视线还停留在手中的卷宗上。

林泉闷闷地说："不用调解了，我不认为自己有罪。"

年轻警察放下卷宗，看着林泉笑笑说："看守所里上千人，没几个说自己有罪的，调解是给你机会，有时间干点啥不成，非在这里蹲着。"

林泉眼睛看着自己的鞋尖，缓缓地说："你也说了，从法理来讲，我不算刑事犯罪，其实这不完全对。如果真从法理来讲，坐在这里的，应该是对方吧？"

年轻警察不急不躁地说："或许吧。不过法律的一个重要标准，是看危害性，从旁观者眼光来看，现在是谁造成的危害更大呢？"

林泉抬头看着他，笑笑说："如果我不反抗呢？任他们带走我的女朋友吗？"

年轻警察说："首先，这属于你的推论，并没有成为事实，法律并不能以你的推论去认定事实，再者说，你当时除了动手反抗，应该也存在用法律解决问题的途径啊。"

林泉摇摇头，继续笑着说："单从执法者角度来说，你的逻辑或许行得通，但是从一个普通市民来讲，难道看着自己的女朋友被流氓带走，不加阻拦只是拿起电话报警吗？"

年轻警察也摇摇头说："你刚才说到自己是一个普通市民，其实严格来说，你是一个当过兵、受过一定搏击训练、有着很强战斗力的市民。所以，你选择了自己比较擅长的方式处理这个问题，直接武力回击对方。但要是其他没有这个能力的普通市民呢？他们更是法律应该保护的对象。本质上讲，法律是一套规范人类行为的制度，我更认为它是一个平衡人类行为的标尺，让强者能克制自己的能力，让弱者处在更安全的环境中。"

林泉点点头说："从更高的角度来说，跳出这件事，你讲的应该是正确的，但是我们眼下正在面对的案情，法律也应该有一个标尺吧？"

年轻警察掐灭手中的烟头："更细化地说，法律是为这个社会提供一个稳定的行为预期，也就是说让每一个人都能预测到自己或者别人，做什么样的事情，会得到什么样的结果。就好比你开车到了红绿灯面前，只要你眼前的是绿灯，就可以大胆通过了，即使你看不到别的路口是什么灯。这是因为根据规则，你可以合理预测到自己通过绿灯的时候，横向路口是红灯禁行，并且你也知道，如果有人违反了这条规则，就会受到相应的处罚。这其实就是法律，或者说规则，提供的一个稳定行为预期。事发当时你很冷静，动手的时候，肯定预测到会对他们每一个人造成什么样的伤害，但是你依然做了，从这一点来说，你没有主观故意吗？"

林泉看着他，淡淡地说："他们要带走我女朋友，可能是绑架，非法拘禁，或者是其他什么恶性犯罪，而我，是在阻止犯罪，面对几个即将施暴的歹徒，法律会赋予我什么样的自保措施呢？"

年轻警察又点上一支烟，喷吐着烟雾说道："你说的可能，还是基于你的预测，这一点并没有形成事实。甚至你说的他们要带走你女朋友，这个都没有形成事实吧？"

林泉愣住了："当时他们可是领头的有指令，团伙中有行为，这都不算吗？警察同志，预谋犯罪在刑法中是不是存在呢？"

年轻警察呵呵笑着说："你说的预谋犯罪，在法律层面叫作犯罪预备。为了犯罪，准备工具、制造条件的，是犯罪预备。他们有吗？如果仅仅有犯罪想法，没有去准备、去实施，就构不成犯罪要件。你要知道，刑法只惩治实行犯，而不惩治思想犯，有个金句，万恶淫为首，在事不在心，说的就是这个道理。所以说，单从你这件事情来说，双方都有过错，行为上，你确实涉嫌违法，这是法条的定性。"

林泉撇撇嘴说："那你还说啥法理来看不是有罪呢？"

年轻警察说："他们的主观恶性是毋庸置疑的，刚才所说的只是你的行为确有越界，你这个案子啊，既然拒绝调解，我就给你报上去了，检察院是否批捕，只能是走着看了。"

林泉笑笑说："我一直认为预审员应该是黑着个脸，说话恶狠狠的，没想到你这么有耐心。"

年轻警察哈哈大笑："哈哈，你以为我对谁态度都好哪？赶上个偷抢诈骗那些故意侵财的你再看看，这是看守所，进来哪有冤枉的？像你这样的很少。其他的基本都是故意犯罪，对他们自然就是秋风扫落叶。就如同你这个案子，如果你受伤比较重，那么进来的肯定是他们，并且适用罪名大概率是寻衅滋事，或者说你们没有动手，他们要强行带走你女朋友，也是如此。你说当时自己别无选择，其实并不是如此，这个，不用我多说吧？"

林泉不置可否地笑笑，深呼一口气说道："说了这么多，你觉得派出所送我这个罪名恰当吗？故意伤害，呵呵，这种情况下，存在故意伤害吗？"

年轻警察再次掐灭手中烟头，说道："我说了这么多，你应该想得清楚，以涉嫌故意伤害罪为由刑事拘留你，符合法条。但是，这种激情冲突犯罪，伤情不重的情况下，法条也允许双方调解，如果你坚持认为自己无罪，后续公诉机关和法院都会来提审，你可以说明情况，他们也会对你的诉求加以判断甄别。"

林泉沉默一会儿，缓缓说道："作为一个被流氓滋扰，愤而还击的公民，需要在自己的自由被限制的情况下，去向执法机关自证清白，这是法律应有的态度吗？"

年轻警察点点头说："你可能觉得冤，但这就是法律的态度。面对冲突的时候你有别的选择，但是你选择了武力解决问题，造成的结果超出了法律红线。我同情你的遭遇，理解你的愤懑，但是法律的规则如此，你应该想一想，这个规则面对普罗大众的时候，是不是利大于弊？"

林泉深呼吸："好吧，我知道了，案情问完了吗？"

年轻警察眯着眼看看他，站起身递过卷宗说："你看看笔录，确认无误就签字吧。"

第八十四章
等待

入夜时分,孙佳宁坐在电脑桌前奋笔疾书。

"老头啊,周末好啊。一想起你就在我不远处,心里就莫名其妙地踏实。这几天住在农家乐,我看了很多你录制的课程,你怎么就能知道这么多呢?以前也亏了很多钱吧?哈哈,你亏了就等于是我亏了,你的经验教训也就等于是我的,看来我真的很有可能成为金融女神喽。昨天晚上我爸也来了,跟我说了好多以往的事情,有些我知道,有些我不知道,细细想来,他和妈妈都是调理不好自己追求与能力的人,两者之间达不到平衡,于是整个生活一团糟。我算是被殃及了,唉!好倒霉啊。但是我始终都应该感谢他们,毕竟我现在觉得生活很美好啊,我也对自己很满意啊,但是这一切,都源自他们给我的生命,所以呢,要啥自行车啊哈哈……"

写着写着,孙佳宁唇边漾起一抹微笑,她真的是这么想,如果今天的自己不是现在的自己,那会是什么样子呢?是会多出来一段经历,还是少一些记忆?这种不可捉摸的变数,想想就不寒而栗。

"……我现在天天盯盘,这几天苹果一直不给力,就像你说的,一直在盘整,1810合约在7150上下震荡,截至昨天收盘1810合约价格是7174,我的三手赚了4440。1812合约三手赚了7950块,1901合约赚了一万多了。其实也不能说苹果不给力,这才几天啊,赚的都比我做微商多多了。期货还真是你说的那样,我现在满脑子都是K线图走势,没事就看你的课程,这东西太让人上道了,现在股票都没心思看了。昨天我和我爸说了好多你的事情,还给他看了我的账户,他好像也并不排斥你。说起来,我的本金还是他给我的呢。哎,你知道吗?我第一次觉得我爸其实挺有智慧的,他跟我说,红尘相见,必有相欠,不是你欠他的,就是他欠你的。两个人在人海相遇,不论时间长短,都是相伴一段时间,若无相欠,那必然就该散了。这段话我想了好久,真的很有道理,身边的人不管是朋友还是对头,相遇可以理解为给了对方一个偿还的机会,要是两个人各不相欠,那么也就渐行渐远了吧?那么你和我,谁欠谁呢?"

写得久了,脖子有些酸痛。放下笔,孙佳宁靠在椅子上舒展一下双臂,窗外一片黑暗,只有远处看守所高墙电网上的红灯亮着。想到林泉正在里面,失去自由的日子应该是很难过的,她不禁喃喃自语道:"林老师,你现在在干什么呢?"

心之所念,必有回响。这会儿,林泉正躺在铺板上,怔怔地看着高高的屋顶白墙,满腹心事地辗转难眠。

躺在他旁边的刘招财也没睡,小声问他:"林兄,你想什么呢?"

林泉闷闷地说:"想媳妇,想孩子,想老妈,想的多了。"

"唉,最好别想太多,尤其是别自己加戏,分分合合就是人生常态,思虑太深,容易伤神。"刘招财劝解道。

林泉看着天花板轻轻地说:"我从不担心谁会主动离开,偌大的世界,离开我肯定是有了更好的,这点胸襟咱还是有的。只是对外面的情况不了解,有些烦心。"

"可不是吗?我刚进来的时候,天天都想着股市是不是又崩盘了,每天晚上都睡不着,提审的时候都想问问预审员炒股不。唉!这辈子的家财基本都在股票里,身不由己,心也不由己啊!"刘招财唉声叹气的。

林泉撇撇嘴说:"你呀,看不开,人这一辈子,走心的事情太多了。18岁考不上大学,人生就此完蛋了吗?30岁没有结婚,是不是就注定会孤独终老?40岁买不起房子,住在廉租房的人有的是。很多咱们曾经看得非常严重的事情,其实什么都不算,人这一辈子,除了最终得死这件事情,其他都是不确定的事情,能够容忍不确定性,是一个成功者的重要素养。"

刘招财翻个身,侧脸对着林泉说:"林兄,你说大盘这几天会不会已经反转了啊?"

林泉无奈地抚了抚额头,叹口气说:"唉!为什么这几天就要反转?你不要把事情都往对自己有利的方向考虑,我进来的时候,上证指数周线都空头排列了,还用说别的吗?3000点保卫战这个概念你知道吧?在这里,不进行充分的换手,不放出来量,那就只能再去下一个台阶整理。这一段时间,成交量一直萎靡,你要知道,只有成交量挺上去,价格才有可能上涨,无量,只能下跌,这是无可置疑的。"

刘招财说："这个我也知道，只是想着国家不可能放任股市下跌吧？从2015年的5178到2016年的2638，这个幅度都接近腰斩了，要说空头力量的释放，也释放够了吧？如果股市一直萎靡不振，对国家经济也是有很大影响的啊。"

林泉反问道："空头力量的释放？你知道空头力量是谁？从何而来？"

刘招财摇摇头。

林泉笑笑说："空头力量主要是看空市场并且可以做空盈利的力量，你该不会以为大盘下跌的过程中，所有人都和你一样在亏钱吧？"

刘招财说："这个我知道，机构，还有很多大资金，他们都能做空，还有融资融券，两融业务本身也是双向交易的。你是说大盘下跌过程中，这些人都是在不停赚钱的？所以，大盘下跌实际上是他们搞出来的？"

林泉点点头说："虽不中，亦不远。下跌过程中确实有很多人获利，你这样的散户主要就吃亏在见识少，根本想不到这个市场中有多少种赚钱方式。一个股票在高位为什么会有公募私募去接盘？新股上市几十上百倍的市盈率为什么还暴涨？股市有风险，入市需谨慎，这句不是玩笑话，真实的世界并不是你眼睛看到的那样简单。"

刘招财有点愣神，想了想，他轻轻问道："林兄，你也能做空吗？"

"这是基本操作好不？两融业务和股指期货，还有一些期权品种，这都是散户可以接触的做空工具，2015年部分限制股指期货，也是因为做空得太过于疯狂。你要知道，金融证券市场，就是没有硝烟的战场，一个国家的经济基本盘你以为闹着玩呢？"

刘招财说道："这个我知道，好歹咱也是个干部。您给我讲讲股指期货呗？说实话，我真是一叶障目了，就根本没想到做空这个方向，要是早知道这个操作，不论牛市熊市，不就都有事情做了吗？股指期货开通麻烦不？"

林泉说："有啥麻烦的？也就是开个期货账户，保持账户里面有50万资金，持续一周时间就可以开通，你最好同时也把原油交易权限开通了，这家伙号称商品之王，期货交易也需要50万验资。"

"就是说50万资金放在账户里面几天呗？这个小意思，之后就可以做多做空股指了吗？"刘招财一脸的求知热情。

"嗯，开通成功就可以交易了，像上证50、沪深300这些你就都可以买卖了，用少量保证金就可以购买价值数倍的指数合约，多空都可以。就好比现在，我进来的时候上证指数连同上证50，周线图形中均线都是空头排列了，完全可以在远月合约中卖一手空，要是指数行情真的暴跌，几天就能翻倍。说白了，这东西放大收益，同时也放大亏损，你可千万别光盯着赚钱，交易这个行当，躲避风险才是第一位的。"林泉说到交易，也精神了起来。

刘招财转转眼珠，消化着这些知识点，皱着眉问道："我知道一点期货的交易逻辑，为什么要买远月合约呢？我记得都是做主力合约啊。"

林泉笑笑说："周线图形中的均线空头排列，这是一个空头趋势很大的形态。但是短期很有可能下跌幅度已经很大，不论从消息面还是技术面，短周期可能面临反弹，也就是常说的短多长空。这个反弹的时间不能确定，你跟着主力合约，万一这个反弹持续一个来月，你做空没准就亏了，主力移仓你走不走？走就是亏钱，不走到了结算日，没准亏得更多。所以说，给自己留够充足的时间才好，买入远月合约，3个月以后的，行情反弹不能三个月吧？那不成反转了？"

刘招财眨眨眼说："那要真反转了呢？"

林泉想也不想地说："那就赔钱呗。"

刘招财讪讪地笑着说："你看你，呵呵，我就是问问啊。"

林泉也一本正经地说："我说的是真的啊，真反转了，你就赔钱呗，合着你心里只能接受赚钱带来的愉悦，却受不了亏损带来的打击吗？"

苦着个脸，刘招财压着嗓门低声说："我不是这个意思，我说的是……唉，我的意思是怎么才能避免这个局面出现。"

林泉斜眼看了看他，低声说道："投资这个东西，其实就是在预测未来，预判错了也是正常的，止损一定要跟上。就像刚才咱俩说的这种情况，周线级别的均线都已经空头排列了，说明后期下跌趋势成立的可能性很大，那么这个时候你要在短周期去确立空头，也就是说，短周期再次进入空头趋势，就是你开空单的时机，不管长周期还是短周期，只要有一个出现多头，就是你空单离场的时候，不论这个单子是盈利还是亏损。"

刘招财点点头，想了想说道："其实股指如果进入空头，股票那边的持仓也可以放低，回避可能出现的风险，对不？"

林泉点点头："对喽，大盘向下的时候，个股的反抗能力是很弱的，只有顺应趋势才能稳住自己的账户。学会看大盘，学会做空，是一个散户进阶的重要分水岭，你记住，势不可当的时候，就推波助澜。"

刘招财心下默念着："势不可当，推波助澜……"眼前的世界像被打开了一扇窗子，他感觉自己距离真实的世界，似乎又近了一步。

第八十五章
狒狒与盐巴

周一午后的阳光很温暖,鱼塘边的青草地上,蒲公英盛开,毛茸茸的小球一个又一个。孙佳宁摘了很多,和风铃草一起,插在一个汽水瓶子里,摆在电脑旁。在鱼塘边的大树下,孙佳宁已经成了这里最美的风景。

这个鱼塘是挖在一条小河边的,河里的水很干净,她很想脱了鞋子把脚泡在清澈的水里,但是旁边那些钓鱼的大爷大叔直勾勾的眼神比较讨厌,还是等林老师回来和他一起泡吧。

她此时的心情很好,原因无他,赚钱了。苹果4月23日一早开盘就是高开,稍做震荡就开始一路上行,这都临近收盘了,价格还在向上攻击,看起来很有收个光头阳的趋势。

上午和丁群微信聊了一会儿,她还抱怨说林老师不回她微信,殊不知林老师都一个多礼拜没见手机了。不过丁群传过来的消息却令人很重视,她们这一次的调研基本结束了,灾情比较严重,可以说是全国性的减产,这也佐证了苹果涨价的趋势。

说实话,她现在心里痒得很,手里还有不少闲钱,要不要接着跟进去再买几手呢?现在账面上浮盈已经不小了,1810合约持仓成本价是7026,现在已经临近收盘,价格还在上涨,已经要站上7500了,这个合约的浮盈目前是14220,相比投入的保证金,已经要翻倍了啊。目前,分时图上几个依旧在上攻,成交列表中大单不断地买入,看来收光头阳的概率很大。

1812合约的持仓价格是7210,今天已经站上了7800,目前三手浮盈17700。而1901合约价格已经到了7940,按照成本价7288来算,三手浮盈达到了

19560。天哪，保证金已经翻倍还带拐弯儿了，天哪，期货赚钱就是快啊。

正在加仓不加仓间犹豫，下午三点到了。收盘的时候，孙佳宁看到，自己的账户盈利差不多是52000。

果然，何以解忧？唯有赚钱。只是，如果上午跟丁群聊完了就把仓位加起来，那现在的收益应该更加可观了，毕竟当初一共才用了不到5万的保证金啊。

遗憾中，她似乎感到有什么地方不是很妥当，这种感觉似乎就在眼前，但是无从触碰。她努力地想去抓住这一线灵光，但是却好像老虎吃天，无从下嘴。

正思考间，不远处传来"砰"的一声，抬头一看，一个高大帅气戴墨镜的男人，正关上车门，向自己这边走来。

孙佳宁觉得这人很眼熟，但一时间想不起来，待走近些，才看清原来是黄业。

"哎呀，黄总您怎么过来了？快请坐。"

黄业呵呵笑着坐下，礼貌地伸手接过她递来的茶杯。

"还是宁宁你会生活啊，这个地方真不错，闲了还能钓钓鱼啥的。我昨天就到了，晚上还和你爸爸吃了顿饭呢。"

"啊，我都不知道。"孙佳宁沉吟一下，"真是不好意思，为了我们这点事儿，还劳烦您这么远赶来，惭愧惭愧。"

黄业摆摆手说："我和他有足够的交情，你也就不用跟我客气了，这里环境还挺好，就是有点荒啊，安全你可得放心上。"

说着，黄业用审视的眼光上下打量着她，戏谑地说："真是没想到啊，你俩能走到一块儿去，看来还真是阳光总在风雨后啊。"

"您这话是从何说起呢？"孙佳宁笑笑问道。

"没什么，我只是感慨一下林泉，这些年孑然一身，原来是在命运中等你呢。"

孙佳宁脸红红地说："黄总您说得可真有诗意，一看就是有大学问的人。"

黄业呵呵大笑说："这样的话我可没有你家那个会说，他才是语言文字上的高手呢。"

孙佳宁说："是吗？我还真没觉得，可能是他怕我发现什么，故意在我面前不显露吧。黄总您说，这家伙是个什么样的人呢？"

黄业说："都这个时候了，你还管他是什么样的人干吗？事已至此，就算是刀山火海，你也就闭着眼睛跳呗，难道我要是说他可不是啥好人，你就不要他了?"

孙佳宁伸手拿起茶壶给他续茶,用有点撒娇的口吻说:"您就跟我说说他以前的事情呗,我特别想了解了解他。"

黄业点点头说:"你特别想……这不是你想不想的事情,而是你能不能了解他。林泉是个很复杂的人,也是个很简单的人。如果你很简单,那么你就无法了解他的复杂;同理,如果你复杂,那就更不能理解他的简单。说着好像很玄妙,你能理解吗?"

孙佳宁眉头紧锁说:"您再给我往深了说说。"

黄业说:"他这个人呢,经历比较复杂,从小家庭就有些缺失,一路走来全靠自己,他初中之后就闯荡社会,那段时间尝尽了世间冷暖,所幸后来参军入伍,算是没走上歪路。复员之后又开了10年的酒吧,所接触的都是一些社会闲散人,也就不自觉地染上了很多社会习气,但他本性又有些清高,呵呵,说白了,他这些年都在矛盾中,虽然讨厌社会习气,但是本身又带有这种习气。"

孙佳宁问:"您说的社会习气都是什么呢?"

黄业说:"社会习气有很多表现,最主要的体现就是不守规则,并且以不守规则为荣,这也是林泉讨厌社会习气的原因。他是做投资的,想在这交易里面做出成就,必须明确地知道规则并且遵守规则,这一点林泉没问题,交易他算是完全看透了,但是生活中,我觉得他未必能做到遵守规则。"

孙佳宁点点头说:"我有时候也觉得他有些匪气,但是您说他未必遵守规则,这是指什么呢?"

黄业笑笑说:"远的不说,就说这一次吧,你们在外出了事,如果是普通人,应该是依靠警察解决问题,但是你们的做法呢?从北京叫人过来,为的不就是从法律层面之外打击对方吗?"

孙佳宁摇摇头说:"他叫人过来主要是担心我的安全,我没有跟他说过我家的情况,所以林泉认为我是孤立无援的。"

黄业说:"要接你,刘晨一个人就够了,或者让刘晨再带几个人来都成。为什么叫三哥过来?你是不知道这位三哥的光荣历史,林泉可是知道得清楚,什么都不用交代,我们都知道他想干什么。这就是要逾越规则,也就是他本应讨厌的社会习气。"

孙佳宁愣了一会儿说:"这有什么不对吗?对方本来就不是什么好人,难道不该打击吗?"

黄业摇摇头说："没有什么应该不应该的，这不是问题所在，问题在于你一旦使用了这种逾越法律、逾越规则的手段，就如同打开了潘多拉的盒子，当你以后面对社会不公的时候，这种逾越规则的手段都会出现在你的脑海中，怂恿你用非法手段解决问题，同时还能让你欲望膨胀，因为你有了超越常人的手段。以此类推，恶性循环，常在河边走，哪能不湿鞋？经常逾越规则，一定会被规则打趴下的。"

孙佳宁怔怔地想了一会儿，大概明白了，又好像还有些迷糊，沉吟着问道："那林泉他相信三哥他们，其实是不对的了？"

黄业笑着说："你想多了，刚才我说的林泉自己都知道，他比我了解规则，让三哥他们来，应该是一时的怒火攻心。至于相信，这家伙算是半生独行了，在他来说真正相信的人，应该只有他自己。"

孙佳宁思考着说："您说的相信，应该是综合的吧？"

黄业说："对，这个相信包含了信任、能力，以及周边环境。就比如他相信你不会骗他，这是基于对你的信任。但是如果你也受骗了呢？信任你和信任你的能力，这是两回事。"

孙佳宁笑笑说："那就是说我的能力不足喽？"

黄业摇摇头说："咱们沟通太少，我并不了解你，咱俩也没有必要单指某个人说，还是从宏观角度来衡量吧。以前我和林泉聊过，这个世界上的人，整体来说是金字塔的构成状态，每一个国家、群体、家庭等都是大小不一的金字塔。当然，咱们现在所说的是非国家层面的社会群体，也就是泛指我们随处可见的人。"

孙佳宁默默地倾听着。

"过去有句话，人分三六九等，肉有五花三层。这其实说明人与人之间是有差距的，这个差距有物质层面的，也有精神层面的。实际上，我认为99%的人都处于第一阶层，也就是金字塔的塔基位置，咱们现在不以物质去区分，用状态来说明。在塔基这个位置的人，基本状态都是得过且过，他们不会跳出自身去观察未来，更重要的是还一叶障目，认为自己已经对未来有了很好的规划，比如有养老金啥的，同样也就是这些他们认为的追求和保障，彻底地把他们按在塔基上。"

孙佳宁说："您的意思是这些人的追求和保障，其实是禁锢他们的牢笼？"

黄业点点头说："你听说过非洲人抓狒狒找水源的那个办法吧？就是找个小树洞，往里面放点盐巴或者是别的什么吃的，故意让狒狒看见，当人走开后，狒狒就跑过去，伸手掏里面的东西，这时候人就跑来抓它，狒狒手里握紧了东西之后，就卡在洞里拔不出来了，于是就被人抓住，捆起来渴着。等几小时之后再放开它，这时候它只想着赶快喝水去，人类只要跟着它，就可以找到水源。这个不是故事，这是真实的事情。试想，如果把放在树洞里的诱饵，换成养老金、医保、保障房等社会福利呢？谁敢说自己不是那个狒狒？"

孙佳宁沉思着，缓缓说道："您是说，其实我们绝大多数人就是那个狒狒，只不过它追求的是树洞里的盐巴，我们追求的是若干年后的养老金等福利。同样，狒狒和我们，都能带来金字塔高层所需要的资源，或是其他什么东西，是这样吗？"

黄业呵呵笑着说："有些词不达意，但也算是基本正确。"

"那金字塔基层之外就是高层吗？"

黄业说："基层之外，应该还有个中层，之后才是高层。中层这个位置比较难以界定，你可以说它是狒狒，也可以说它是人。如果是狒狒的话，就是那些看透了人类手段的狒狒。你想啊，狒狒完全可以蹲在树洞跟前吃，只要不贪心地抓满，那就随时可以离开，人类抓不到它的。这种狒狒，要是用人去类比，应该是已经看透了社会运行本质，并且能够对自己有清楚的认知，也能够给自己恰当定位的人，林泉就是这样的人。"

孙佳宁"咯咯"笑着说："呀！您要不说，我都不知道自己其实找了个狒狒……"

黄业正色说："不能这么说，他其实有时候也是人的……"

孙佳宁起身给他倒水，恭敬地请教说："那请问金字塔高层是什么人呢？"

黄业看看手表："高层主要是制定规则的人，或者真正看透了世间所有虚妄的人。要么是真正的智者，要么就拥有超强的实力，如果两者都具备，那就是伟人。"

"那您一定算是高层了，睿智且有实力。"孙佳宁打开赞美模式。

"呵呵呵……你快别笑话我了，要单指这三个阶层，我应该不如林泉呢，他好歹明白了什么是自己的真实，什么是虚妄，而我，还在为了树洞里的盐巴而挣扎呢。"黄业苦笑着说。

孙佳宁奇怪地问："对您来说，树洞里的盐巴是什么呢？"

黄业摇摇头，似乎喃喃自语地说："是啊，明知道是盐巴，还不能放下。名利场啊，或许是强于他人的优越感，或许是自我实现的需求，也许仅仅是为了不输于其他人……"他望着远方天际,好像有些神不守舍,"这就是刚才说过的复杂和简单啊。复杂需要不断地做加法,在人生路上丰富自己的阅历,广交朋友,见识新鲜事物。当一切达到顶点的时候,就要开始做减法,取精华去糟粕,让一切恢复平淡,平淡才是真啊……"

孙佳宁看着他,这个人和林泉真有不少相似之处,似乎都很喜欢感悟世界,感悟生活本质,按照林泉说的,这是一种生活方式,更是一种思考方式,也许自己也应该尝试一下,用这种方式看到的世界应该是不一样的吧?

黄业放松一下心情,点上一根烟问道:"我听说他非要在里面待满半个月?这是什么情况?"

孙佳宁把律师进去看他的前前后后经过讲了一遍。

黄业抽着烟沉思片刻,说道:"我觉得他们都想多了,有可能他就是想换个生活环境,林泉有没有和你说过,他一直想报名参加那种极限野外生存的比赛?"

孙佳宁笑着说:"我知道啊,他后备箱里都是露营装备。"

黄业说:"你看,通过这个,你应该就能看出他这个人的一些心理活动。后备箱全是露营装备,说明他对现有的生活状态不满意,随时准备着过那种居无定所的生活,这如果不是生存原因,那就应该是因为心理需要。作为一个有阅历、有思想的人,野外露营应该能带来更多的思考空间,只有跳出自身环境,才能更好地看到环境的全貌。"

孙佳宁心里微微一动,最近总是接收到跳出自己的提示,这是冥冥中的一丝暗示吗?

黄业坐了没多会儿就离开了,临走时嘱咐孙佳宁:"这边的事情都已经安排好了,你爸爸那边各方面也都做了不少功课,既然他非要待半个月,那就让他待着好了,反正时间也不长。他在里面应该也不会遭罪。等出来了就抓紧回北京,毕竟他也是上有老下有小的,老没消息家里该着急了……"

第八十六章
朋友

这几天孙佳宁住在农家乐，红旗车就给刘晨开着了。下午三点多，刘晨接到孙佳宁的电话，说是有急事，赶忙飞车赶来，现在这姑奶奶是重点保护对象，她的召唤就是最重要的事。

一下车就看见孙佳宁坐在水塘边的摇椅上晃荡，明晃晃的阳光下，白色大檐太阳帽和红色连衣裙相得益彰。

"急吼吼地叫我过来干啥？"刘晨在她身旁的小桌边坐下，看到桌上有几块酸奶糖，自顾自捡起一块剥了吃。

"这都收盘了你才来。我接到一条短信，说是要上调保证金，你看看。"说着，孙佳宁打开手机，递给刘晨。

刘晨低头看着手机，含着糖嘟囔着说道："唔，没事，每逢长假，期货公司都会上调保证金，这是规避风险的一种方式，咱们国内长假一下子七八天不开市交易，但是外盘还是在交易的，万一有些人单一重仓了，外盘走势反向暴涨暴跌，一下子就会爆仓。对了，你仓位怎么样？"

孙佳宁拿回手机，点开交易软件，再递回给他，漫不经心地说："你自己看看呗。"

"嚯，这是你账户吗？赚了这么多？"刘晨第一反应是看看账户是不是林泉的，一共三个持仓单，都是3手，获利比例都远超100%，整体盈利105790块。

"当然是我的喽。"孙佳宁笑吟吟地说。

刘晨再三确认之后，不由赞叹说："厉害啊宁宁姐，这个获利比例太强了，非常适合后期做浮盈加仓啊。"

孙佳宁撇撇嘴说道:"不成,林老师不让我做浮盈加仓,说是让我先稳稳地从底层逻辑开始摸索。"

刘晨一边打开手机搜索苹果期货的一些消息,一边说道:"嗯,那你还是听他的。唉!早知道这么大行情,我也跟着你们去甘肃好了,现在这么个价格,还真有点恐高不敢跟进了。"

孙佳宁说道:"我也想问问你呢,价格这么高了,尤其是1901合约,都已经8600多点了,我买入的时候才7288,涨了这么多,会不会已经到头了?"

刘晨看着手机上的讯息,苹果确实已经是最热门的商品了,1805合约的下一个主力合约应该是1810,但是大量资金绕道1810直接增仓1901合约,这使得目前1901合约涨幅在4个远月合约中稳居第一。而且从消息面来看,天气影响仍在延续,现货市场货源偏少,再叠加上"五一"假期,整体行情走势稳健向多。

"这会儿说啥也没用,今天就没有夜盘了,你也不能买卖了,假期过后再看看吧,要是单从技术面上看,现在是很强势的上攻状态。对了,你不是一起调研的吗?跟调研公司那边联系问问啊。"

孙佳宁说道:"我天天跟调研那边的人聊天,现在他们调研的所有地方,结论都是减产,还有个别地方是绝收,反正都是涨价消息。"

刘晨放下手机说道:"那不就得了,消息看多,技术看多,你还有啥可操心的呢?"

孙佳宁笑笑说道:"我这不就是担心吗?好不容易赚了这么多钱,怕万一一下子赔回去可怎么是好。"

刘晨又拿起一块酸奶糖,边剥边笑着说:"看你说的,还好不容易,就像你付出了多大努力似的。这才几天啊,就用5万块钱赚了10多万,你就凡尔赛吧。不过话说回来,你还真要注意,必须有合理的止盈止损,这个你知道吧?"

孙佳宁点点头说:"知道,林老师进去之前都给我交代了,唉,也不知道他现在怎么样,里面能不能吃饱饭啊。"

刘晨笑笑没有接话,心说:"你当林老师是幼儿园的乖宝宝啊,这家伙生存能力超强的……"

林泉的生存能力确实很强,已经和整个监舍的人都非常熟悉了,除了学习时间,二十多个人基本都是闲聊度日,晚上还能在铺板上打扑克消磨时间。

这不,吃完晚饭,天刚黑,监舍墙上的电视就打开了,播放的是一部没头脑的肥皂剧，没啥意思。电视下面管号的邱哥、刘招财、林泉，还有一个叫作肖磊的东北人，四个人闲聊开了。

肖磊是黑龙江人，初中没毕业就出来跑社会，吃喝嫖赌抽，坑蒙拐骗偷，先后在广东、吉林等地蹲过监狱，按他自己的话说，坐牢和回家差别不大。

"……本来给网贷平台催收用不上多么麻烦的手段，借款的多数是学生，你想啊，学生没钱，爹妈总有吧？他能上大学，那必然是爹妈供出来的，总不能因为大学借了点网贷，爹妈一生气就断供了吧？所以基本上都能收回来。没想到赶上这小子是什么助学工程资助的，我们给弄走关了几天，一查还真是穷，家是广西山里的，除了个破竹楼啥都没有，估计让他家拿出来200块钱都没戏。打了一顿也就给他放了，没想到正赶上那个什么辱母案发酵，于是就给我们捎带进来了。"

"那要是这样的穷孩子，完全收不回来钱怎么办呢？"刘招财在一旁发问。

"常在河边走，哪能不湿鞋？肯定会遇上连本金都收不上来的。就好比这个孩子，借了4000块钱，实际给他3300，本利算下来要还1.6万元，这些钱让他马上还肯定是没戏了，那就分期还，你不能上一辈子学吧？在你全部还完之前，每个月介绍一个人来平台贷款借钱就可以，借出去的钱平台也会和我们分成。"

刘招财冷笑说："借4000给3300，四个月连本带利1.6万元，你们也就能在校园里玩玩这个了，换个地方不被打死才怪。"

肖磊耸耸肩，无所谓地说："是啊，你说得没错，但存在即是道理，什么社会环境说什么话，适者生存嘛。学校里不是每个人都借网贷吧？为什么别人就可以抵制诱惑呢？每个成年人都要对自己的行为负责，就当是他们走上社会的第一课吧。"

刘招财说道："这么说他们还应该感谢你们了？你让他每个月介绍一个人来借钱，这不就是让他去骗其他学生吗？这么做明摆着就是故意犯罪！"

肖磊的眼睛在几人身上转了转，继续说："你说得没错啊，就是故意犯罪，所以我现在在这里。难道你不是吗？单从社会危害来说，酒驾只要出事，那就是大事啊，都是要人命的啊，作为一个普通人，我们不应该站在道德制高点去谴责什么，因为你我总有相通之处。"

林泉眯着眼听着，这样的人从本质上已经不能称为人了，完全扭曲的世界观，完全以自己为中心的价值观，也许将来会改过，但是此时，他就是个垃圾，直立行走的垃圾。

"……世界是公平的，一半光明，一半黑暗，总会有人站在阴暗的世界里。就比如我，我跟这些学生一样，都是从婴儿长大，他们好歹还上了大学，而我呢？中学上了一年就被迫去混社会，难道我愿意学坏吗？难道我不是被引诱的吗？"肖磊心平气和地说着，并不带什么感情色彩。

刘招财则不然，说着说着就上了火。

"呵呵，你说得轻巧，你是没孩子，但是你祸害的是别人家的孩子啊，你童年不幸，就必须让别人也像你一样倒霉吗？"他脸红得就像是充了血，让人感觉随时都会爆发。

"好啦好啦，聊天没必要上升到太高的高度。"林泉缓缓地说，就好像一个旁观者，"肖磊说得没错，存在即是道理。就好比这次老刘你进来蹲几个月，就是告诉你法律面前不要心存侥幸。而肖磊做的这个事，主要告诉社会的就是，大学生虽然在法律上成年了，但这主要指的是身体，心智上差得还远。当然还有更深一层的提示，那就是全社会也都要注意肖磊这样的存在，就好比狼的存在是有道理的，牧羊人一枪崩了狼也是有道理的，只有这样，才能让那些狼抓紧进化，要么同步于羊，要么进化为更强大的狼。"

肖磊摸摸鼻子，讪笑着说："您这是点我了，呵呵。"

林泉喝口水说："谈不上谁点谁，每个人的认知不一样，我相信你如果有更高层级的认知，不会去做这些不堪之事，我也无意在这里说教，每个人都有自己的活法，走自己的路，享自己的福，受自己的罪，遭自己的雷。至于老刘，你也别抬杠，你俩完全不在一个点上，都属于自说自话，两个世界的人，道不同不相为谋吧。"

肖磊不急不恼，慢条斯理地说道："您说得很对，我们就是在两个不同的世界中，不存在谁高谁低，都是活一辈子，都要为自己的选择埋单。大家都应该做一些有结果的事情吧？就好比老刘此时的暴怒，有什么用呢？你是敢过来给我一拳还是怎么的？你要敢给我一拳，信不信分分钟把你捏成个耗子，就你这小身板儿，呵呵……"

"你……！"

刘招财愤而起身，刚要上前，被林泉拦住了。这时候，邱哥说话了："肖磊，你走社会时间长，见过的底层阵仗多，所以你很习惯把别人拉进底层，也就是拉进你熟悉的领域，用你丰富的经验打败别人，是这样吧？"

邱胖子人高马大的，说话也慢条斯理，但是其中透露出来的威胁意味很浓。

肖磊笑容可掬地点点头，说道："邱哥说的是，我也是一时闲的，差点惹您不高兴了。"

邱哥见他这么懂事，转脸对刘招财说："老刘啊，你怎么回事？就你这体格子，还想动手，你打得过谁啊你？"

刘招财哑口无言，转身走到房间一角，坐着生闷气去了。

林泉看看几人，也没说啥，挪动屁股靠在墙上，抬头看了一会儿电视，里面乱糟糟演的是啥都没看明白，于是起身走到刘招财身后坐下，呵呵笑着说："怎么的，还真动了气了？"

刘招财也笑了，叹口气说道："有那么一点，现在想明白了，大千世界，无奇不有，要允许阴暗的角落滋生出来的怪物存在。"

林泉点点头，看没人关注这边，轻轻地说道："老刘，明天我可能就要出去了，你有什么事要交代家里吗？"

刘招财霍然抬头，疑惑地问道："你怎么知道的？"

林泉神秘地笑笑说："你不用管，相信即可。"

刘招财想了想，轻声说："也是，你这个案子确实委屈，估计检察院也不能批捕。我呢……也没有啥事，林兄，您给我留个电话，这几天和你接触，真的给我开了心智，如果以后有缘分，真心希望能和你一直做朋友。"

林泉点点头说道："萍水相逢，我当你是朋友，有机会去北京，一定要联系我，本人多教你几手投资绝学哈……"

刘招财笑着说："那敢情好，我看你对投资的理解，完全是最高层的智慧级别了。对了，明天谁来接你？"

"朋友，还有……女朋友。"林泉笑得很开心。

第八十七章
出狱

天刚亮孙佳宁就收拾好了行装，林老师要出来了，自己也就不需要住在这里了，至于去哪里，根本就不用自己费心了，跟着林老师走就好了。

这半个月，她每天都处在一种兴奋的状态中，这是一种进入新生活的兴奋，之前的生活模式似乎全被颠覆了。以前她一直自己独行，现在有林泉陪伴了。以前她靠着微商赚钱，现在走上了投资的坦途，就这半个月苹果期货带来的收益，足够她小鹿乱撞的了。

八点整，三辆车开到了看守所门口，领头的是他们租的红旗SUV，孙佳宁怕三哥他们万一有事，一辆车周转不开，就把红旗一直给刘晨开着了。

咖啡色丰田埃尔法跟在后面，三哥他们就是开着这辆车从北京过来的。最后是郝平生的黑色奔驰S500，孙老爹磨不开面子来，郝平生替他前来了。

七八个男人站在路边，看见孙佳宁过来，刘晨迎上去笑着说："车钥匙先不给你，估计今天还得用用。"

"你说了算……郝叔叔辛苦了，我们接他就成了，怎么好劳动您大驾？"孙佳宁乖巧地道谢。

"辛苦啥啊，我倒要看看是什么样的人物，能配得上我们宁宁啊。"郝平生一如既往地豪爽。

"哈哈，那好，待会儿您可得给我把把关……"众人一通寒暄，三哥几人这段时间没少和郝平生他们接触，都是社会人，不熟都能勾肩搭背的，更别说一个锅里搅马勺半拉月，彼此称兄道弟，好不热闹。

他们都是啥人，孙佳宁大概也知道一些，看着他们身后的大铁门，她心里一阵腻歪，林老师那样的人被关在里面，这些牛鬼蛇神居然在门外，这简直无处说理。

众人没有久等，大铁门上的小门打开了，林泉提着个小手袋出来，回头冲送自己的警察打了个招呼，晃晃悠悠地走过来。

孙佳宁小跑着赶过去，一把拉住林泉的手，笑靥如花地问道："林老师，想不想我？"

林泉看着她身后那么多人，不禁有些脸红，低声说："先别闹，这么多人，回去再说。"

孙佳宁接过林泉的手机，果然没电了，插上充电宝，又接过他手中的纸袋，只见里面乱七八糟的，有好多现金，还有很多纸片。

郝平生笑吟吟地走上前来说："宁宁，你不给深度介绍一下吗？"

孙佳宁笑笑，略带娇羞地说："林老师，这位是郝叔叔，我爸爸的朋友。"

林泉点点头，外面的人际关系一看便知了："您好，我的事情给您添了不少麻烦，惭愧惭愧。"

"哪里哪里，这样，你和宁宁坐我车吧，还有些事情，我得和你们说明一下。"郝平生并没有摆出叔父的架子，而是平和得就像老友一样。林泉不好推托，和三哥他们打过招呼后，拉着孙佳宁，随郝平生走到他的车前。

就算林泉对车没有什么具体要求，也不禁对这辆S500感叹一声。外观他倒没怎么注意，但一上车就被全新样式的仪表盘吸引，一看就是之前喊破天的裸眼3D功能，并且支持多种主题切换，科技感很强。热石按摩座椅，每个座椅还配有两个谐振器，能在播放音乐时伴随节奏带来额外的低音震动。这一切让对车没什么追求的林泉啧啧赞叹。

郝平生坐在副驾，待车开出去一段路程，转头笑着说："林泉是吧？我比你大几岁，托个大叫你声兄弟了。今天是宁宁爸爸委托我来接你，来了我们密城，没接待好你，委屈了啊。"

林泉呵呵笑着说："看您说的，我们就该一来密城就告诉您，省得这么些乱七八糟的事情，给你们惹了这么多麻烦。"

"哎哎……哪里话，都是小事，看守所张教导员和我家还沾点亲呢，说话就快退下去了。"郝平生不动声色地点出自己出的力。

林泉"哎呀"一声，恍然大悟般地说："我说呢，多谢多谢，唉……现在说什么都是虚的，日后再看吧。"

第八十七章 出狱

郝平生爽朗地哈哈一笑说:"不必这么客气,说到底咱们都是一家人,来密城不打个招呼,这是宁宁的不是,和你无关,我们都很欣赏你做的事呢……对了,你扫我一个微信,有个视频你得看看。"

孙佳宁看看林泉,从自己小包里拿出林泉的手机,已经充了不少电,林泉打开微信,扫了郝平生的二维码,待通过之后,先传过来的是两张照片。第一张一看就是派出所和他谈赔偿的刘萍,喜眉笑眼的,很是好看。第二张据说也是刘萍,只不过鼻青脸肿,如果不仔细看,还真难辨认出来。

"我一个小兄弟,听说了这事有点气不过,就去教训了一下这个女人,我也没拦着他,就当给你们出气了呗。话说回来,还是你们北京来的兄弟做事爽利,那个领头的小子差点被他们给吓死……"郝平生坐在副驾平淡地说着,随后传过去一个视频。林泉边看边皱眉,身旁孙佳宁也伸着脖子看,两人目光对视时,林泉在她眼中看到了莫名惊骇。

"要我说还是这位小兄弟做事爽利。"林泉"嘿嘿"笑着,一副大仇得报的样子,"说回来我们还是应该感谢您,要是没有您的关系,这会儿我怕是还在里面蹲着呢。"

郝平生摇摇头说:"林老弟,你不必这么客气,这事情大家都看着呢,你的朋友够义气,也够实力,呵呵,待会儿午饭咱俩得喝几盅……"

林泉谈兴不浓,虽然有问必答,但是客气里面始终有几分矜持。

车到帅府酒店,众人先各自回房,暂且散去,留给林泉换洗时间。客房内,刘晨正和他讲着今天的安排。

"……赔偿五百块钱,我给的现金,对方签了谅解协议。但是私下是他们赔了钱,咱们才谅解的。这事我也没问,三哥应该是全知道的。中午是郝总安排的,就在酒店二层,宁宁爸爸也会去,先给你打个预防针。"刘晨笑着瞥了一眼孙佳宁,"晚饭三哥说他来安排,我说这不合适,应该咱们安排,三哥说当年你有恩于他,让我别管那么多。我说林哥,这一趟我晕头转向的,感觉掉进无间道里了,身边全是小马哥啊,林老师还有这么大的社会背景吗?"

林泉正对着镜子查看头顶秃掉的一小块,还好,缝针的医生下手有分寸,剪掉的不多,旁边的头发能够遮住。

"这种事可不就是要社会人才能解决吗?叫你来主要就是接她,顺便当一下会计兼出纳。对了,看守所的钱你存的吧?那个手袋里面还有不到两万块钱,宁宁你凑齐了先给他,晚点我再给你转些钱。我人都出来了,不能花别人钱。"林泉说完，就钻进浴室去了。

刘晨接过钱，笑着说："那我就先回房了，你给他捯饬帅点，待会儿见老丈人，别倒了排面，呵呵呵……"

第八十八章
丈母娘见女婿

帅府酒店的套房布置淡雅简单，窗外阳光暖暖地照射进来，干干净净的林泉正坐在沙发上，接受体检。

"头上是没啥问题了，胳膊怎么样？活动没问题吧？"孙佳宁检查完头顶，又捏着他的肩膀检查着。

林泉笑笑说："早就没事了，现在要是再回到那天晚上，保证毛都不倒一根就完胜他们。"

"嘁……"孙佳宁嗤之以鼻，"中午他们说是给你接风，但是我不想让你去。"

"为啥呢？"

孙佳宁叹口气说："你知道我为什么去看守所门口住吗？离你近一些是其一，还有就是为了躲开他们。虽然他是我爸，但是对于他们的行为作风，我实在接受不了。郝平生车上给你看他们打人的视频，完全是一副炫耀的嘴脸，他早已经把这些非法手段当作了自己的本事。你还不知道吧？他们要了对方好多钱，美其名曰是赔偿咱俩的，听说还把这些钱分成了几份，想必待会儿也会分你一杯羹。呵呵，这不成了变相敲诈了吗？"

林泉笑着点点头说："非法的手段不能长久，但也是真实存在的，也许将来会有法律或者规则制裁他们，但那是将来的事，你我敬而远之就好了。"

孙佳宁皱着眉说："三哥是你的老朋友，我不该多说什么，这回人家大老远过来，我们应该感谢，可是他的思维逻辑，真是挺可怕的。就是他去找的潇洒哥，据说抓住了对方什么把柄，还弄了好多逼供视频，这是敲诈啊！名义上这些钱还是给你的损失费。你说，和这样一群人吃饭，能有什么必要？"

林泉苦笑着说:"我也不想去啊,可那边有你爹啊。"

孙佳宁瞪着眼说:"我爹怎么了?他们都是那种为了利益不择手段的人,你又不缺钱,不要和他们搅和在一起。三哥是你叫来接我的,不好驳了人家面子,要不然我都不想和他们说话。"

林泉想想说:"三哥倒不是问题,我俩交情足够,就是你那边的人得用心应付。"

孙佳宁笑着说:"三哥没问题就好,咱俩快走,我有一个他们谁都无话可说的安排。"

林泉愕然:"走?走哪儿去?你轻点……"

孙佳宁背上自己的包,不由分说地拉起他就往外走。

帅府酒店最大的一个包厢里,郝平生正在张罗众人入座,整整四大桌,生猛海鲜加潮州菜,基本算是最高规格了。

郝平生看看表,微微皱眉,冲刘晨招招手,走出包厢。

"你大哥呢?这就等着他过来开席了。"郝平生耐着性子问。

刘晨苦笑说:"我也不知道,宁宁早就开车带他出去了,我也不知道去哪儿了,电话也不接。"看了一眼屋里,刘晨又补充说:"不光是我,三哥电话也没接,而且是都不接。"

郝平生愣了,啥玩意这是?刚放出来俩人就私奔了?也不至于啊,谁也没说反对他俩。会不会是……?他一脑袋的问号。

"好,我知道了,你先进去坐吧,我问问去。"郝平生交代一句,转身进了包厢。

"宏哥,你……"

孙志宏指指耳机,示意先别说话,嘴里说着:"嗯,嗯……知道了,你让她也得多给我打电话。嗯……这边交给我,挂了。"

"生子,出了点状况,宁宁她妈把俩人弄走了,这边你给费心招呼招呼吧。"孙老爹略带歉意地说。

"啊?"郝平生也迷瞪了,今天主要就是给林泉接风,顺便促进一下宁宁父女关系,这倒好,俩人都被劫走了,这边成啥啦?

其实林泉也不想这样,如果说有什么事情比和老丈人喝酒更别扭,那就是和丈母娘喝茶。

安波一身白色小西装,乌黑的大波浪披肩,戴着一副黑色宽框眼镜,妥妥的职场精英老板样。在她对面,林泉规规矩矩地坐着,刚被宁宁收拾完的头发老实地卷卷着,在看守所待了半个月,略有些消瘦,浅灰色的帽衫,牛仔裤马丁靴,坐在宁宁身边,乍一看倒也算是郎才女貌。

放下电话,安波轻轻地用小勺搅动着咖啡,心里快速转着主意:虽说长得不错,也算事业有成,但是这个年龄确实比闺女大太多了,自己有心拆散他俩,却又摆弄不过闺女,别到时候没拆散了他俩,反而让闺女跟自己一刀两断了。

"你爸说让你没事多给他打电话,回头我跟他说,你俩跟我回家,这边就让他处理好了,你们别掺和了。都是些社会人的烂事,能躲就躲开吧。"

孙佳宁看看林泉说:"我倒是想走,会不会有点不合适呢?毕竟我爸也找了不少人呢,我走了会不会不礼貌?"

"傻孩子,他是你爸,你出了事他能不找人吗?找来的人也都是冲着他的面子来的,事情办完了,这人情的往来也都是他和人家的,你当别人要你的礼貌呢?社会人做事,熙熙攘攘,利来利往,没有利益,就是百倍的礼貌也没用。"安波嘴上说着女儿,眼睛却瞟着她身边的人。

宁宁秀眉紧皱,低声问林泉:"我爸这边好说,三哥他们呢?人家上千公里跑过来的呢……"

林泉轻轻笑着说:"没事,三哥跟我老朋友了,彼此有信任。咱们不论干了啥,后面补上一句话就成。"

安波鼻子轻轻一哼:"社会人的本质就是逐利,只不过是用各种仁义礼智信做遮掩罢了。你们以后要多留神,不要和这类人走太近。"

林泉听着,不由得对这位准丈母娘的语言功底钦佩有加。这句话里说的是"你们",但主要是说给他听的,告诫他不要和这些社会人来往。如果说的是"你",那这句话就是说给宁宁听的,直白地表示你身边这个家伙就是社会人,你和他在一起,前景堪忧。

正说着,孙佳宁起身去洗手间,台面上只剩下安波和林泉。

"我听说你做投资很厉害?"安波说话间一直搅动着手中的咖啡。

林泉点点头说:"谈不上厉害,只能说是明白吧。"

"这辈子就不打算再做些别的事业了?"

林泉说:"以后的事情,还真不好说,我想就算要做些事,也应该是围绕着投资这个主题吧,毕竟走出来一条路挺不容易的。"

安波抬眼直视着他说:"对宁宁,你有什么打算呢?"

林泉轻轻叹口气，缓缓地说："唉……不瞒您说，我到现在都看不清楚她。这姑娘实在是太优秀了，我也设想过几条路线，都是只能让她衣食无忧，领略世界而已，更多的，我眼界不够，只能是听取一下您的意见了。"

安波暗自咋舌。好家伙，这也是一张利嘴啊。先是夸自己女儿优秀，再说就是已经设计过多重发展路线，并且这些路线都能让她衣食无忧，还能有余力走遍世界。最后还说这些不够，让自己这个当妈的提供发展意见。自己还能说啥？

安波放下手中的汤匙，微笑着说："你也是有女儿的人，我觉得这一点咱们是有共同语言的。做父母的，都希望自己的儿女能够安稳、快乐地生活，同时，当父母的也都会尽力去给儿女铺设以后的道路，哪怕是自己不可见的遥远未来，一生的时间很长，她即使再聪明，眼界不够也是一个硬伤，更何况有些事情不是靠聪明就能预见的，她现在才25岁，我认为……"说到这里，她突然停下来。

林泉并没有打断她的话语，而是伸手轻轻拿起宁宁扣在桌面上的手机。果然，屏幕上显示正在通话，这个家伙去卫生间就是想偷听这俩人说什么。

"……我认为她还不能知道以后的道路是什么样子，所以，如果有父母的参与，对她来说才有最好的发展氛围。"这么突然的临时改口，也确实考验安波的急智。

林泉笑笑说："我知道您的意思，为了她有更好的生活，这个出发点咱们是一致的。"他当然知道宁宁妈要说啥，无非就是年龄悬殊，宁宁中年时，自己已经是老头了。这一点彼此都知道，但是如果说出来，就伤脸面了。

安波看着他，展颜一笑说："你还真是个有趣的人，希望我们能一直相处融洽。"

"你们聊得挺好嘛。哎呀呀，妈妈你就给我们喝这些吗？没有大吃大喝的活动吗？"宁宁回来了，两只手甩啊甩啊，一副很讲卫生的样子。

林泉腹诽："你肯定是蹲墙角一直听呢……假装尿尿还要假装洗手……"

安波笑着说："你当我也跟你们一样那么多时间啊，这一趟都是假公济私才能来的。你俩自己吃饭吧，我还要赶回去，上百公里的路程呢。一会儿我就给你爸打电话，说你们俩是跟我一起走的，后面我就不管你了。"

说着，她从随身挎包里拿出一张银行卡："你现在开始做投资了，妈妈也没啥能支持你的，这里有点钱，密码是你生日。投资也好，零花也好，赚了赔了的无所谓，只要你安安稳稳、开开心心，除此之外，妈妈对你别无所求。对了，以后要经常回家，尤其是过年，你记着，妈在哪里，哪里就是你家。"

孙佳宁心里一酸，眼泪差点涌出来。她依稀想起，很小很小的时候总是在做一个相同的梦，妈妈穿着白色的婚纱，抱着穿着白色公主裙的自己，在出落村的打谷场上讲着公主的故事，天上星星月亮，远处群山，自己温暖而放松。

"真希望我的宁宁永远不要长大。"妈妈轻轻地说，"这样你就永远都不会离开妈妈了。"

这么温柔的声音，诉说着不可能实现的希望，人都要长大啊！

回想从前种种，安波对老公确实可以说是心狠手辣，但是对女儿，也真是呵护有加，只是当时生活工作所迫，很多时候有心无力。说到底都是红尘争渡的普通人，表面看起来光鲜亮丽，私下也是一团乱麻。

第八十九章
尾声

出落村，阳光明媚的好天气，林泉满头大汗地扔下铁锹，抓起小桌上的大缸子就灌了一通凉水。

篱笆边上的小菜园荒废很久了，今天把土翻了一遍，还顺便扩大了一点，这要是在北京，扩出去这几平方米地方，可值了大钱了。

捧着缸子，他四下打量着。菜园在小院的左首，不会被繁茂的榕树挡住阳光。篱笆松散的地方都给修补好了，院子里用碎石铺上了一条蜿蜒小路，美观并且在雨天不沾泥。竹椅有一把完全朽了，另一把还能坚持……林泉默默地设计着。

"烫死了！吃面喽……"孙佳宁快步从屋里跑出来，把一盆热气腾腾的阳春面放在桌上。

"你研究啥呢？快趁热吃面，按你说的方法做的，不好吃不怪我啊。"

林泉在脸盆里洗手，眼睛却看着茂盛的树冠说："待会儿去供销社看看有没有绳子，买几根回来挂上，我给你做个秋千如何？"

"好啊，要不要找个梯子？你能上树吗？"孙佳宁看着树冠有些眼晕。

"这都是小事，想上去简单得很。你这菜园子浇水有点麻烦啊，埋根管儿吧，这边在压力井这儿砌个池子，以后就省心了，把水压到池子里就直接过去了。"

孙佳宁看着他四下寻摸的样子，不禁笑着说："你是不打算回北京了吗？"

林泉叹口气："唉！可惜太远了，这要是在海淀或者昌平有这么个环境，我绝对长住不走了，可惜啊……来碗面。"

"有啥可惜的？大不了就不回去了，咱俩就在这里养老了。"孙佳宁眼波流动。

"哈……住一段时间可以，要是不回去他们还不得抢占了我的基业啊，王子腾讲课留不住人的，还得靠本帅……"林老师呼噜呼噜吸溜着面条，眼珠子还在院子里转呀转的，他是真喜欢搞搞特色小院儿。

"我去供销社逛逛，昨个儿看有卖铁皮的，待会儿砸个烤箱，给你烤串吃……"林老师还没放下碗，已经开始筹划下一顿了。

孙佳宁靠在门框上，眼前的一切似乎不真实，时间好像混乱地卷动成一个个旋涡，奶奶正在篱笆外的菜地里费力地浇水，自己小小的，在大树下喂鸡，大榕树一如既往地沙沙舞动着树叶，生活平和而单调。

脑海中一张张泛黄的照片，回忆重新被激活了，宛如昨天。

孙佳宁痴痴地发呆，林泉什么时候出去的她都不知道。良久，直到她爹出现在院子里。

香烛纸钱都是齐备的，孙志宏祭拜了爹妈，坐在唯一的小竹椅上，接过女儿奉上的茶水，眼中也是阵阵迷惘。

"这树我小时候就有，你爷爷曾经把我吊树上打，你看，那边的园子是村干部家的，柚子长得最好，赶上下果我就去偷吃。话说那老头人真不错，当年的村干部，那就和村霸一个意思，可这老头从不欺负人……后来挣了钱，就搬城里住去了，现在想起来，还是这里好啊。"

"呵呵，这边的房产应该是归我吧？"宁宁微笑着，眼睛看向远山。

"别说这边的，城里的也是你的。你老爹挣吧一辈子，都是给你留的。"孙志宏叹口气，"唉！宁宁啊，你得理解老爹啊。"

孙佳宁坐在台阶上，微微晃动上半身说："你是想说你的小媳妇吧？爸爸，你不用说了，存在即是道理，这些日子我也想过，林泉也和我说过不少，过往种种，对于我们普通人来说，只能是随波逐流，好在命运给我们留下回头的机会，以后好好过日子吧，等我回了北京，这房子你给我照顾好了就成。"

"我听你妈说那小子还成，不像是个社会人，既然你看好他，我也就不多废话了。事先说明，他那几个朋友可不是什么好路数，你得替他上点心，这种人不要走太近才是。"孙志宏说着从口袋里拿出来一张银行卡，"这里面有80万，是密城那事儿的赔款，这一份你拿着吧。年纪不小了，也该有自己的家底儿了……"

"赔款吗？该不是你们强取豪夺的吧？"孙佳宁看着银行卡，冷笑一声。

孙志宏有点尴尬，缓缓地说："这么理解也不是不可以。但是他们确实也作恶了，如果当时他们把你带走了，会是什么结果？如果不是林泉当过兵，能以一敌多，会是什么结果？他们还妨碍司法，试图让林泉判刑，这也就是你和他都有些门路，要换成别人呢？"

孙佳宁淡淡地说："所以你就化身正义，代替法律去惩罚他们？"

孙志宏轻叹一口气说："宁宁啊，我知道你对我有些看法，但是你要知道，这个世界上如果有真心希望你好的人，爸爸绝对是第一个。"

孙佳宁看着父亲说："这两天我和林泉聊了很多，也包括这件事。这件事我俩都处置失当了，以致后续脱离了自己的掌控，才引出很多不该出现的事情。现在事情过去了，我们要的是堂堂正正地走在阳光下，不可能让来历不明的钱拖累自己。前几天妈妈给我20万，最近期货也赚了不少钱，我不缺钱的，更别说还有他。"

孙志宏无奈地苦笑一下说："那行吧，你要了你妈20万，总不能厚此薄彼吧？我也出20万行了吧？你先别拒绝，这钱是我的装饰公司刚结算的，不信我给你看报税记录。"

看女儿不置可否，孙老爹苦口婆心地说`："姑娘啊，以前是你不在身边，怕你被别人骗，所以没给你多少钱，咱家不论我还是你妈，都是这样的态度。现在你长大了，对象也还不错，所以给你留点钱傍身。"

孙佳宁撇撇嘴说："你说林泉吗？他当然不错，这点眼力我还没有哇，看你这么上道，中午请你吃我做的菜吧。"

"你会做菜？"

"昨天刚学的，正好让你尝尝我手艺。"

"姑娘，最近的医院也得10多公里呢，食物中毒啥的来得及送我不？"孙老爹苦笑着问。

"喊，林泉吃了好几顿了，这不还活蹦乱跳的吗？"

……

入夜，柔和的灯光下，孙佳宁伏案写日记：

2018年6月13日　出落村老宅　晴转多云

今天被小林同学教育半天，主要集中在两点：一是投资不应该过分追求收益，要合理地放弃鱼头或者鱼尾；二是不要为已经发生的事情而烦恼，这个他指的是我想加仓这个问题。其实现在我很困惑，做期货的追求就应该是暴富，这是期货的杠杆特性决定的，也是所有人的共识，可是小林同学就是不允许我浮盈加仓。要知道，就算不追加资金，只靠刚开始买入时候的4万多块钱，在浮盈加仓的情况下现在肯定也收益上百万了，两个月的时间啊。还说不让我为已经发生的事情烦恼，我能不烦吗？错过了多少收益啊。

　　本富婆现在这么多资金都趴在账上，硬是不许动，唉！也就是我打不过你个臭林泉，我做一大锅菜给你喂成个猪……

　　不过这个"猪"做饭是真不错，比饭店的还好吃，我要节制，不能先于他变猪！

　　这些天微商群还不错，零花钱输送得比较多。小林同学说得对，投资的钱就应该趴在账户里，它带来的是生活的安全感，而自己一定还要有一个生活费的来源。说到这个问题，应该让他回北京了，最近茶楼的收益少了许多，李墨都说我拉走了他们的摇钱树，看来这个臭林泉还是关键人物呢。

　　可是回去就会见到蓝兰啊，唉，愁人！

　　阿弥陀佛，保佑苹果1812合约再涨一倍，1901合约再涨两倍，多多益善……

　　当然了，还是要记住林老师的交代，投资就是预测未来，投资不要预测未来。

　　真拗口……